Das Skelett vom Bliesgau

Elke Schwab

CONTE *krimi*

Bibliografische Information der Deutschen Nationalbibliothek
Die Deutsche Nationalbibliothek verzeichnet diese Publikation
in der Deutschen Nationalbibliografie; detaillierte bibliografische
Daten sind im Internet über http://dnb.d-nb.de abrufbar.

ISBN 978-3-941657-14-4

Das Werk einschließlich aller seiner Teile ist urheberrechtlich geschützt.
Jede Verwertung ist ohne Zustimmung des Verlags unzulässig.
Dies gilt insbesondere für Vervielfältigungen, Übersetzungen, Mikroverfilmungen
und die Einspeicherung und Verarbeitung in elektronischen Systemen.

© Elke Schwab
© CONTE Verlag, 2010
Am Ludwigsberg 80-84
66113 Saarbrücken
Tel: (06 81) 4 16 24-28
Fax: (06 81) 4 16 24-44
E-Mail: info@conte-verlag.de
Verlagsinformationen im Internet unter www.conte-verlag.de

Lektorat:	Alexandra Zerfaß
Umschlag und Satz:	Markus Dawo
Umschlagfotos:	Barbara Helgason / Fotolia *(Skelett)*,
	Markus Dawo *(Landschaft)*
Druck und Bindung:	PRISMA Verlagsdruckerei GmbH, Saarbrücken

Prolog

Dunkelheit und Stille hüllten sie ein. Lediglich zwei gelblich schimmernde Lichtkegel zitterten vor ihren Augen. Das einheitliche Rauschen der Autoreifen auf den nassen Straßen vermittelte das Gefühl von Vertrautheit, von Gewohnheit. Aber nichts davon traf zu. Alle Insassen fühlten sich innerlich wie erstarrt – von einer Vorahnung verfolgt, dass das, was sie taten, ein Fehler sein könnte, den sie noch bitter bereuen würden. Aber nun waren sie schon so weit gegangen – es gab kein Zurück mehr.

Ein Blick nach hinten bestätigte das Grauen.

Mit der Autodecke notdürftig zugedeckt war alles zu sehen, was besser verborgen geblieben wäre – aufgerissene Augen, ein wächsernes Gesicht, starre Arme und Beine.

Das alte Stück Flies war verrutscht.

»Es ist Vollmond«, ertönte es vom Beifahrersitz des Wagens. »Ist das nun gut oder schlecht?«

»Gut, weil wir keine Taschenlampen brauchen, um eine geeignete Stelle im Wald zu finden – schlecht, da andere genau wie wir auch gut sehen können«, kam es von der Fahrerseite.

Sie fuhren bereits über eine Stunde. Wie lange sollte die Schreckensfahrt noch dauern?

Der Weg wurde unbefestigt. Das Auto rüttelte alle durch.

»Ich glaube, hier müssen wir aussteigen und den Rest zu Fuß gehen.«

»Bist du verrückt? Dann müssen wir die Leiche meilenweit schleppen.«

»Was ist dir lieber? Mit dem Auto stecken bleiben und morgen in der Zeitung stehen? Oder über Stock und Stein marschieren, dafür morgen weiterleben, als wäre nichts passiert?«

Das Murren endete sofort.

Sie stiegen aus.

Kalte, feuchte Luft schlug ihnen entgegen. Es hatte in den letzten Tagen viel geregnet. Der Waldboden war matschig; sie mussten höllisch aufpassen.

Sie zogen die Leiche aus dem Wagen. Nur mit vereinten Kräften gelang es ihnen, den bleischweren Körper über den glitschigen Boden zu tragen, wobei sie immer wieder ausrutschten, mit ihren Knien im Dreck landeten und sich aufrafften, um ihren Weg fortzusetzen.

Das schrille *Kraich-Kraich* einer Schleiereule zischte drohend durch die Dunkelheit. Das sich ständig wiederholende Geräusch – einem quietschenden Keilriemen ähnlich – nahm einen Ton an, der Glas zum Zerbersten bringen konnte. Gespenstisch zog es durch die Finsternis, verfolgte sie auf Schritt und Tritt.

»Dieser Vogel ist mir unheimlich!«

»Mit seinem Lärm weckt er noch die ganze Nachbarschaft.«

»Wen soll er hier wecken? Die Toten?«

»Oh mein Gott!« Lautes Stöhnen. »Noch so ein Witz und ich lasse alles fallen und laufe weg.«

»Das wirst du schön bleiben lassen!«

Schweigend setzten sie ihren Weg fort. Gelegentliches Rascheln im dichten Gestrüpp begleitete sie durch die Dunkelheit.

In einer Schneise blieben sie stehen. Eine Weile schauten sie sich um, bis der Entschluss fiel: »Hier ist es nicht gut.«

»Warum nicht?«

»Schau auf den Boden! Hier sind überall Hufspuren. Der Pfad wird als Reitweg genutzt. Da fällt eine Veränderung im Boden sofort auf.«

Sie schleppten ihre Last weiter.

Der Geruch wurde immer unangenehmer.

»Kann es sein, dass unsere Leiche schon zu stinken beginnt?«

»Quatsch!«

»Aber was riecht hier so ekelhaft?«

»Keine Ahnung! Unsere Leiche ist es jedenfalls nicht. Halt doch einfach deine Nase dran, dann wirst du es schon merken!«

»Nein danke! Lieber glaube ich dir!«

Sie zerrten den Toten weiter durch die Dunkelheit.

»Ich kann nicht mehr.«

»Halte durch! Gleich haben wir die Stelle erreicht, die ich für geeignet halte.«

Der Weg wurde holpriger. Sie hatten immer größere Mühe, ihre Last nicht fallen zu lassen. Dicke Steine, quer liegende Äste und herausragende Baumwurzeln erschwerten das Vorankommen. Der Vollmond war durch die immer dichter werdenden Baumkronen kaum noch zu sehen. Die kahlen Äste der Bäume bewegten sich wie in Zeitlupe. Der Anblick hinterließ den Eindruck von Skeletten, die sich auf sie stürzen wollten.

In einer kleinen Lücke zwischen dicken Baumstämmen und verdorrten Hecken legten sie die Leiche ab.

»Los! Hier wird gegraben!«

»Hier?«, die Stimme schimpfte laut, »Eine härtere Stelle konntest du nicht finden?«

»Ruhe jetzt! Oder wollt ihr im Gefängnis landen?«

Unter Murren und Stöhnen hackten sie auf dem steinigen Untergrund. Dort ein Grab zu schaufeln erwies sich als mühsam. Aber es gab kein Zurück mehr.

Nur millimeterweise kamen sie voran.

Es klang wie eine Erlösung, als es hieß: »Tief genug!«

Gemeinsam hoben sie die Leiche an und warfen sie in das selbst geschaufelte Grab.

»Die Decke nehmen wir wieder mit.«

»Igitt! Die will ich nicht mehr sehen müssen.«

»Dann kannst du sie ja in den Müll werfen! Aber bei der Leiche bleibt sie auf keinen Fall.«

»Warum denn nicht?«

»Sollte das improvisierte Grab gefunden werden, ist die Decke verräterisch.«

Eine Weile zauderten sie.

Sie hatten alles akribisch genau geplant, als sie losgefahren waren. Jeder wusste, wie der Plan aussah.

Wer würde jetzt beginnen?

Langes Zögern.

Verstohlen sahen sie sich um. Niemand wollte den Anfang machen.

Der Ruf der Schleiereule ertönte.

Unheilvoll, warnend, drohend.

Das war der Startschuss.

Wie auf Knopfdruck legten sie los.

Hinterher schauten sie in das Loch hinab. Die toten Augen starrten sie immer noch weit aufgerissen an.

Hastig schaufelten sie die Erde zurück.

Es war eine Wohltat zu sehen, wie die Gestalt nach und nach unter den Erdmassen verschwand.

TEIL I

Kapitel 1

Anke Deister konnte ihr Glück nicht fassen. Seit sie Mutter einer wunderbaren Tochter war, hatte sie sich nicht mehr auf ein Pferd gewagt. Dabei hatte ihr das Reiten immer große Freude gemacht – ganz besonders auf dem Schulpferd Rondo. Inzwischen zählte Lisa drei Jahre und neun Monate, eine Zeit, die für Anke wie im Flug vergangen war. Während Anke stets vom Reiten geträumt hatte, war Lisa fleißig dabei, es zu lernen. Lisas Kindergartenfreundin hatte ein kleines Pony – für sie genau das Richtige.

Aber das Träumen hatte für Anke ein Ende. Das Schulpferd Rondo gehörte ihr. Einerseits hatte sie immer darüber nachgedacht, sich eines Tages ein Pferd zu kaufen. Doch, dass es Rondo sein würde, das Pferd, auf dem sie reiten gelernt hatte, wäre ihr nicht in den Sinn gekommen. Das verdankte sie ihrem Arbeitskollegen Erik Tenes. Unmissverständlich hatte er ihr erklärt: »Entweder du kaufst ihn jetzt sofort oder er geht in andere Hände. Interessenten gibt es genug.«

Sie hatte nicht gezögert.

Mit diesen wohltuenden Erinnerungen ritt Anke im Schritt durch den Wald bei Ormesheim im Bliesgau. Sie hatte einen Platz in einem Reitstall gefunden, in dem sie ihr Pferd in guter Obhut wusste, auch zu Zeiten, in denen sie sich nicht um ihn kümmern konnte. Ihr Beruf als Kriminalkommissarin hielt oft Überraschungen für sie bereit, nämlich Ermittlungsarbeiten, die sie voll und ganz in Anspruch nahmen. Deshalb war es ihr wichtig, dass Rondo durch ihren Beruf keinen Nachteil erlitt. Das war hier nicht der Fall. In diesem Reitstall gab es viele Koppeln, wo er täglich mit anderen Pferden in einer Herde laufen konnte.

Das Mandelbachtal lag im Südosten des Saarlandes und war geprägt durch seine lothringische Nachbarregion auf der einen und die benachbarte Pfalz auf der anderen Seite. Durch weite offene Täler entlang des

Mandelbaches, dem das Gebiet seinen Namen verdankte, wirkte es für das Auge wie eine endlose, grüne Weite. Es lag rund zehn Kilometer östlich von Saarbrücken und grenzte an die Städte St. Ingbert und Blieskastel. Die Lage war traumhaft, ein Anblick, der in Schwärmereien versetzen konnte. Ringsum nur Natur. Aber leider hatte Anke bisher noch keinen Reitweg entdeckt, der diesem Traumbild gerecht wurde. Kaum losgeritten, erkannte sie, dass der Weg, den sie eingeschlagen hatte, schon wieder zum Stall zurückführte. Kurzerhand beschloss sie, noch einen Bogen anzuhängen.

Dafür wählte sie einen schmalen Seitenpfad zu ihrer Linken.

Die Luft wurde schlechter. Hinter dem hohen Wall, der den Wald wie einen Kessel eingrenzte, befand sich eine Mülldeponie – der Grund für den Mief. Der war unangenehm.

Sollte sie den Weg fortsetzen oder umkehren?

Der Boden wurde steiniger.

Befand sie sich überhaupt noch auf einem Reitweg? Rondo kam ständig ins Stolpern, was mit der Wucht seines Gewichtes von sechshundert Kilogramm jedes Mal eine heftige Erschütterung für Anke bedeutete.

Plötzlich erschrak Rondo. Anke spürte, dass er angespannt war. Es dauerte nur eine Schrecksekunde, schon rannte Rondo wie von der Tarantel gestochen los. Anke konnte ihn nicht halten. Auf ihre Versuche, ihn mit den Zügeln abzubremsen, reagierte er nicht. Im Gegenteil: Er wurde immer schneller.

Die Äste hingen tief. Anke duckte sich, klammerte sich um seinen Hals, damit sie bei dem Tempo nicht auf den harten Boden fiel. Funken sprühten an den Stellen, an denen Rondos Hufeisen auf Steine trafen.

Dann strauchelte er. Die Reiterin verlor das Gleichgewicht. Im Höllentempo kam die steinige Erde auf Anke zu. Ein dumpfes Donnern, dann verschwand alles in undurchdringlicher Schwärze.

Anke öffnete die Augen. Sie schaute auf Baumkronen.

Wo war sie?

Sie spürte, dass sie lag – auf dem Boden. Waldboden.

Wie war sie dorthin gekommen?

Es fühlte sich kalt an – alles fühlte sich kalt an.

Etwas schimmerte vor ihren Augen. War das ein Schein? Ein Heiligenschein?

Anke spürte nichts, nur Kälte. Keine Arme, keine Beine, keinen Körper.

Ein übler Gestank drang ihr in die Nase.

Vorsichtig testete sie, ob sie den Kopf bewegen konnte. Sie konnte. Ganz langsam drehte sie ihn nach links.

Mein Gott, wie lange liege ich schon hier?

Der Schreck der Erkenntnis traf sie hart.

Ihr Arm bestand nur noch aus Knochen!

Bestürzt schaute sie hoch. Alles leuchtete golden. Der Anblick beruhigte sie nicht. Sah so der Himmel aus?

Wieder richtete sie ihren Blick nach links.

Deutlich sah sie ihren Oberarmknochen, ihre Elle, ihre Speiche, die Mittelhandknochen und die vielen kleinen Röhrenknochen der Fingerglieder. Ungläubig ließ sie ihren Blick von den Fingern nach oben wandern. Dort erkannte sie ihr Schlüsselbein. War das ein Schulterblatt, was sie da zu erkennen glaubte? Verzweifelt schloss sie ihre Augen.

Wie wohl der Rest von ihr aussah? Erklärte das den Gestank? Roch sie ihre eigene Verwesung? Sie wagte nicht, an sich selbst herunterzuschauen. Die Angst vor dem, was sie noch zu sehen bekäme, siegte.

Sie schlotterte. War das vor Angst oder vor Kälte?

Aber warum klapperte es nicht? Wenn Knochen aufeinanderschlugen, musste es doch klappern. Wieder richtete sie ihren Blick auf den linken Arm. Vorsichtig hob sie ihn an.

Was sie nun sah, erstaunte sie noch mehr: Sie sah keine Knochen, sondern einen Arm, der in einem Jackenärmel steckte, voller Sand und Laub. Die Fingerknochen waren mit Haut überzogen. Zur Sicherheit bewegte sie die Finger vor ihren Augen. Es waren ihre eigenen und sie funktionierten noch.

Endlich kam ihr der Gedanke, sich aufzurichten.

Als sie auf ihren Füßen stand, erinnerte sie sich an ihren Sturz von Rondo. Er war im Wahnsinnstempo über einen steinigen Weg galoppiert.

Was sollte sie jetzt tun? Nach Rondo suchen oder nach den Knochen Ausschau halten? Sicherlich hatte ihr Bewusstsein nur verrückt gespielt. Die Knochen hatte sie sich eingebildet.

Sie klopfte den Sand von ihrer Reithose ab, wollte sich gerade auf die Suche nach ihrem Pferd machen, als sie tatsächlich ein menschliches

Skelett vor sich liegen sah. Genau auf diesen Knochen war sie gelandet. Das erkannte sie daran, dass das Skelett auseinandergerissen worden war.

Sie erschrak und war sich nicht sicher, was nun schlimmer war: die Tatsache, auf einen Toten gefallen zu sein oder die Tatsache, dass sie mit ihrer Ungeschicklichkeit wertvolle Spuren verwischt hatte?

Ein Scharren ertönte.

Sie wandte ihren Blick von den Knochen ab und schaute in die Richtung, aus der das Geräusch kam. Da stand Rondo in der Herbstsonne – sein Fell so golden wie das Laub am Baum direkt neben ihm. Er hatte auf sie gewartet.

Obwohl sie ihm für den Abwurf am liebsten in seinen großen Hintern getreten hätte, freute sie sich doch, dass er an einem sonnigen Plätzchen stand und ihr kauend entgegenschaute. Die Zeit, die Anke bewusstlos war, hatte er sich damit vertrieben, das goldgelbe Laub von den Bäumen zu fressen.

Mit zitternden Händen klopfte Anke ihm den Hals. Rondo schnaubte zufrieden. Geduldig harrte er aus, während Anke sich mit Mühe wieder auf das große Tier setzte. Ihre Beine waren wackelig durch den Sturz. Ihre Courage hatte auch gelitten. Aber sie wusste genau, dass man sich nach einem Abwurf sofort wieder in den Sattel setzen musste, um die Angst zu besiegen. Genau das tat sie jetzt.

Mit jedem Schritt, den sie sich von der Sturzstelle entfernte, wurde der unangenehme Geruch schwächer. Ihr Verstand registrierte, dass sie nicht Verwesung gerochen hatte, sondern die Mülldeponie, die direkt hinter dem Hügel lag.

Kapitel 2

»Wie bitte? Du bist auf einem Toten gelandet?« Jürgen Schnur konnte nicht glauben, was Anke ihm gerade am Telefon auftischte.

Sie bestätigte. Er hatte sich also nicht verhört.

»Wie tot?«

»Mausetot! Schon ein Skelett«.

»Hoffentlich war der Tote biologisch abbaubar.«

»Was redest du da?«

»Mehrere Kommunen, unter anderem auch das Mandelbachtal, haben sich zusammengeschlossen und beantragt, von der UNESCO als Biosphärenreservat anerkannt zu werden. Da sollten sie besser aufpassen, was sie in ihren Wäldern abladen«, erläuterte Schnur.

»Für gewöhnlich liegen tote Menschen nicht im Wald herum, bis sie verwest sind«, konnte Anke nur dazu sagen.

»Stimmt! Hier ist irgendetwas nicht mit rechten Dingen zugegangen.« Schnur legte auf und unterdrückte seinen Zorn, denn die Arbeit ging vor. War er jahrelang nur für Aktensuchen und Fallanalysen am Schreibtisch zuständig, so hatte er jetzt die weitaus bessere Position. Seit einem Jahr war er nicht nur Hauptkommissar, sondern auch mit der Leitungsfunktion betraut. Eigentlich hätte er damit sein Ziel erreicht, säße ihm nicht ständig Kriminalrat Dieter Forseti im Nacken.

Die Umstände des Leichenfundes verärgerten Schnur, weil er die Kommentare von Forseti jetzt schon in seinen Ohren klingeln hörte. Dabei war das nicht in Ankes Sinn gewesen. Auch war es nicht in ihrem Sinn, einen Tatort zu kontaminieren. Der Zufall hatte ihr übel mitgespielt. Nur – würde Forseti das interessieren, wenn sich herausstellte, dass Spuren vernichtet worden sind?

Er rieb sich über sein Kinn, eine Geste, die er nicht mehr abstellen konnte, seit sich sein Bartwuchs als feuerrot herausgestellt hatte. Damit tastete er die Stoppeln ab, um rechtzeitig zum Rasierapparat greifen zu können. Denn die ewige Häme, die ihn schon seit seiner Jugendzeit verfolgte, wollte er nicht auf seinen Arbeitsplatz ausdehnen. Doch das war schwieriger als angenommen. Die Kollegen hatten seinen vermaledeiten Spitznamen rausgekriegt. Jetzt musste er nur noch zusehen, dass er ihnen kein Wasser auf die Mühle gab. Nach einer raschen Trockenrasur eilte er in das Nachbarbüro zu Erik Tenes, den er aufforderte, ihn nach Ormesheim zu begleiten.

Kapitel 3

Weiträumig war alles mit grünweißem Polizeiband abgesperrt, eine Vorsichtsmaßnahme, die Anke an dieser gottverlassenen Stelle für überflüssig hielt. Wer ging schon freiwillig solche steinigen Wege? Die Bäume standen so dicht, dass wenig Tageslicht durchdringen konnte. Obwohl es noch hell war, mussten starke Lampen aufgestellt werden.

Sie selbst hätte sich diese Route niemals ausgesucht – Rondo hatte sie in einem halsbrecherischen Galopp dorthin geführt.

Je mehr sie sich der Fundstelle näherte, umso holpriger wurde der Boden. Dicke Steine, querliegende Äste, sogar umgefallene Baumstämme lagen dort. Anke staunte darüber, wie ihr Pferd so lange darüber galoppieren konnte, ohne zu stolpern. Sie hatte schon Mühe, im langsamen Tempo nicht ins Straucheln zu geraten.

Als sie näher kam, sah sie Jürgen Schnur, den Kommissariatsleiter, Erik Tenes, ihren Kollegen und einige Mitarbeiter der Spurensicherung. Ein älterer, stämmiger Mann saß gebückt vor dem Fund und machte vorsichtige Bewegungen mit einem Pinsel, während er von einem großen, schlanken Mann mit Argusaugen beobachtet wurde.

Was hatte das zu bedeuten?

»Gut gemacht, Anke.« Erik grinste. »Du findest die Leichen erst, wenn du schon darauf liegst.«

»Immerhin finde ich Leichen«, konterte Anke. »Ohne mich wärt ihr arbeitslos.«

»Ich muss euch enttäuschen«, mischte sich Jürgen Schnur in das Geplänkel ein. »Die ›Helden der Arbeit‹ gibt es seit der Auflösung der DDR nicht mehr.«

Anke und Erik verstummten.

Die Arbeiten an dem Skelett gingen emsig weiter.

»Was tun die Männer da?«, fragte Anke.

»Sie untersuchen, wie alt das Skelett ist. Wir dürfen nicht ausschließen, dass wir hier einen alten Fund aus der Keltenzeit vor uns haben, da der Fundort nahe an den Ausgrabungen in Reinheim liegt«, erklärte Schnur.

»Wie kommst du darauf, dass das Skelett schon zweitausend Jahre dort liegt? Hier gehen regelmäßig Menschen vorbei, die es längst entdeckt hätten.«

»Hierher verirrt sich niemand«, widersprach der Archäologe. Seine Stimme klang undeutlich. Er machte sich noch nicht einmal die Mühe, Anke anzuschauen. Er warf ihr die Worte über seine Schulter entgegen.

Ganz anders verhielt sich der ältere Mann, der die Knochen mit einem Pinsel bearbeitete. Er ließ von seiner mühsamen Arbeit ab, erhob sich schwerfällig, wobei er sich seine beiden Knie festhielt. Neugierig schaute er Anke über den Rand seiner Hornbrille an.

»Ich freue mich, Ihre Bekanntschaft zu machen! Mein Name ist Kehl – Ernst Kehl – mit einem Doktor der forensischen Anthropologie vorne dran.« Er grinste, wobei er seinen Blick von Ankes Gesicht bis zu ihren Füßen wandern ließ. »Hier haben Sie ja ganze Arbeit geleistet.«

Sofort fühlte sich Anke unwohl. Der Mann hatte winzige Augen, die unangenehm glitzerten. Seine Gesichtsfarbe war so grau, wie die wenigen Haare auf seinem Kopf. Er reichte ihr gerade bis zum Hals. Es fiel ihm leichter, auf ihre Brust anstatt in ihr Gesicht zu schauen, während er mit ihr redete.

»Ich werde Tage brauchen, um die zertrümmerten Knochen zu einem Ganzen zu fügen«, sinnierte er weiter.

»Dann hoffe ich, dass Sie das richtig machen«, entgegnete Anke unfreundlich. »Der Teil gehört nämlich zu Ihrer Arbeit, während ich meinen Teil der Arbeit schon gemacht habe.«

»Worin bestand Ihr Teil der Aufgabe?«, fragte der Alte amüsiert, womit er Anke noch mehr auf die Palme brachte.

Schnur bemerkte die Spannungen und lenkte durch seine Frage ab, indem er sich zwischen Dr. Kehl und Anke stellte: »Können Sie uns schon etwas über das Skelett sagen? Ist es ein Mann oder eine Frau? Ist es ein Fall für uns oder für die Archäologen? Wir müssen das wissen, damit wir mit unserer Arbeit beginnen können.«

»Zuerst werden die Einzelteile ins Labor gebracht«, begann Dr. Kehl mit seiner Antwort. »Dort werden wir die Knochen daraufhin untersuchen, wie alt sie sind und wie lange sie an dieser Stelle gelegen haben. Diese Untersuchungen nimmt der Archäologe vor. Sollte sich herausstellen, dass es sich um Knochen aus unserer Zeit handelt, beginne ich mit meinen Messungen, die mir Aufschluss darüber geben können, um welches Geschlecht es sich hier handelt. Bis dahin können wir nichts über das Skelett sagen.«

»Ein einfaches ‚nein' hätte es auch getan«, murrte Schnur verstimmt. An Dr. Kehl gewandt fragte er weiter: »Gibt es verwertbares Gewebe, an dem eine DNA festgestellt werden kann?«

»Sollte es schon zweitausend Jahre hier liegen, bestimmt nicht.« Dr. Kehls verschmitztes Grinsen galt Anke. »Ansonsten kann ich versuchen, aus dem Rückenmark oder den Zahnwurzeln DNA-Proben zu entnehmen. Aber so, wie das Skelett aussieht, glaube ich nicht daran. Vom Unterkiefer ist so gut wie nichts mehr vorhanden, der Oberkiefer zertrümmert. Am Zahnschema kann man normalerweise die Identität feststellen, aber Ihre temperamentvolle Kollegin ist gut auf unserem Skelett gelandet. Sie hat alle Möglichkeiten zur Identifizierung zerstört.«

»Nicht so voreilig, Herr Dr. Kehl!«, parierte Schnur. »Unsere Mitarbeiterin hat einen Namen, sie heißt Anke Deister. Sie war ausreiten, was nicht im Geringsten mit ihrer Arbeit zu tun hat. Freizeit steht jedem zu. Der Sturz ist wohl kaum als Vorsatz anzusehen. Deshalb beschränken Sie Ihre Beurteilungen auf das Wesentliche und unterlassen Sie Ihre Anspielungen!«

Der Alte stutzte.

Anke grinste. Sie hatte sich endlich daran gewöhnt, dass Schnur ihr neuer Chef geworden war. Mit seinem persönlichen Einsatz zu ihren Gunsten hatte er sie überrascht.

Erik warf ihr einen Blick zu, der denselben Gedanken verriet. Auch ihm entging Schnurs Geste nicht.

»Sobald ich mit den Untersuchungen an der Reihe bin, werde ich sehen, ob sich in den Zähnen noch verwertbares Material finden lässt«, lenkte der Alte ein. »Aber bei dem Anblick der Knochen bekomme ich meine Zweifel, ob sie wirklich in Ihren Arbeitsbereich gehören. Der Verwesungsprozess ist komplett abgeschlossen, was entweder auf eine lange Liegezeit hindeutet, oder aber, dass die Leiche bereits im Sommer 2003 dort gelegen hat und somit der langen Hitze und Trockenheit ausgesetzt war.«

»Die Leiche lag nicht tief begraben«, meldete sich der Archäologe zu Wort. »Das kann zweierlei bedeuten: Entweder sie wurde hastig entsorgt – liegt also noch nicht lange hier – oder die Erdmassen sind im

Laufe der Jahrhunderte immer weiter abgetragen worden, sodass sie von allein auftauchte. Das müssen wir im Labor untersuchen.«

Schnur bedankte sich, bevor er sich zusammen mit Erik Tenes und Anke Deister von der Fundstelle entfernte. Den Dienstwagen hatten sie vor der Einfahrt zur Mülldeponie geparkt.

Dort blieben sie stehen.

Anke hoffte, dass Schnur sie nicht auf die Dienststelle bat, denn es war bereits spät. Sie sehnte sich nach ihrer Tochter Lisa. Außerdem war Freitagabend. Wer würde nun das Wochenende opfern müssen, weil sie durch ihren Sturz auf ein Skelett gestoßen war?

Erwartungsvoll schaute sie Schnur an, bis er endlich sagte: »Unsere Leiche ist schon länger tot. Deshalb brauchen wir nicht in Panik zu geraten.«

Erleichtert atmete Anke durch. Sie wollte sich gerade auf den Weg zu ihrem Auto machen, als Erik ihr nachrief: »Ich bin froh, dass dir nichts passiert ist.«

Überrascht drehte Anke sich um und schaute ihm ins Gesicht. Die Sorge, die er aussprach, stand auch in seinen Augen. Es tat ihr gut, ihn so fürsorglich zu erleben. Bis jetzt war kein einziges Wort darüber gefallen, dass sie sich bei diesem Sturz hätte verletzen können. Umso mehr freute sie sich, dass es gerade von Erik kam.

»Danke!«

»Sei bitte in Zukunft vorsichtiger mit dem Pferd. Die Wege hier sind hart und steinig. Außerdem gibt es überall stark befahrene Straßen, was das Reiten noch gefährlicher macht. Ich möchte nicht bereuen, dir zu dem Kauf von Rondo geraten zu haben.«

»Das wirst du nicht«, versicherte Anke sofort. »Ich werde gut auf mich aufpassen.«

Kapitel 4

Anke stellte ihren Wagen auf dem kleinen Parkplatz vor dem Appartementhaus ab, in dem sie wohnte. Sie durchquerte das Parterre, verließ es durch die Hintertür wieder und steuerte den schmalen Pfad an, der sie zur Rückseite von Kullmanns Haus führte. Jedes Mal, wenn sie diesen Weg zu ihrem ehemaligen Chef und Mentor zurücklegte, erfreute sie sich daran, wie geschickt sie ihre Lebenssituation hatte einrichten können. Als alleinerziehende Mutter, die ihrer Arbeit als Kriminalbeamtin nachgehen wollte, war Kinderbetreuung unumgänglich. Und wer war dafür besser geeignet, als der ehemalige Chef, dem sie mehr vertraute als jedem anderen Menschen in ihrem Leben.

Schon von weitem hörte sie Lisas Lachen. Es ging ihr gut. Was gab es schöneres für Anke, als ihre Tochter glücklich zu wissen.

Als Lisa ihre Mutter sah, kam sie so schnell sie konnte auf sie zugelaufen. Überglücklich nahm Anke ihre Tochter in die Arme und trug sie zur Terrasse, wo Kullmann und seine Frau Martha beim Abendbrot saßen.

»Warst du bei Rondo?«, fragte Lisa immer wieder.

»Ja, ich war bei Rondo«, erklärte Anke und hüpfte mit ihrem Kind im Arm durch den Garten, als sei sie ein Pferd.

»Ich will Rondo reiten«, stellte Lisa ihre Forderung klar.

Als Anke nicht reagierte, wurde sie ungeduldig.

»Reiten! Reiten! Reiten!«, rief Lisa. »Wann darf ich auch mal?«

»Morgen«, überlegte Anke, ein Entschluss, den sie schon bereute, kaum dass sie ihn ausgesprochen hatte.

»Ist das nicht zu gefährlich?«, fragte Martha besorgt.

»Ach was! Lisa kann doch schon auf dem Pony ihrer Freundin reiten. Und Rondo ist viel braver als das Pony.« Anke bemühte sich um ein entspanntes Lächeln.

»Aber auch viel größer!«, sprach Martha genau das aus, was Anke beschäftigte.

Sie setzte ihre Tochter auf dem Boden ab.

Froh gelaunt hüpfte die Kleine durch den Garten. Inmitten der Grünanlage stand die große Schaukel, die Kullmann im Schweiße seines

Angesichts aufgebaut hatte, als Lisa noch in den Windeln gelegen hatte. Sie setzte sich auf einen der Hängesitze und wippte mit Schwung hin und her. Das war ein wirksames Mittel für Lisa, ihren Übermut zu bändigen. Kullmanns Wunderwerk war anfangs auf größte Skepsis gestoßen; heute verging kein Tag, ohne dass Lisa daran schaukelte.

Anke schaute ihrer Tochter zu, wie sie die Schaukel verließ und sich eine neue Beschäftigung suchte. Mit ihrer neuen Jeans, die den Schnitt einer Caprihose hatte, stolzierte sie zwischen ihren Spielsachen umher, die überall verstreut im Garten herumlagen. In ihrer neuen Garderobe sah sie geradezu perfekt aus. Stramme Beinchen lugten heraus. Ihr Gesicht war gerötet vor Aufregung, weil sie es genoss im Mittelpunkt zu stehen. Immer wieder schaute sie zurück, um sich zu vergewissern, dass ihr auch alle zusahen.

»Wie war dein erster Ausritt mit deinem eigenen Pferd?«, fragte Kullmann nach dem Abendbrot. Er war gerade dabei, jedem eine Flasche Bier zu öffnen.

Anke freute sich schon auf das kühle Gebräu. Doch mit seiner Frage riss er sie aus ihren Träumereien.

Kaum hatte Kullmann ihr die geöffnete Flasche vor die Nase gestellt, bemerkte er schon, dass sie etwas bedrückte. »Bist du runtergefallen?«

Martha schnappte nach Luft.

Anke zögerte eine Weile, bis sie antwortete: »Nicht nur das.«

»Was ist passiert? Hast du dich verletzt?«

»Nein! Ich bin unglücklicherweise auf einem Skelett gelandet.«

Eine Weile schauten Kullmann und Martha sie schweigend an, was in Anke das Gefühl vermittelte, sie würden ihr nicht glauben. Es dauerte eine Weile, bis Kullmann nachhakte: »Ein Tierskelett?«

»Nein! Ein menschliches Skelett.«

Nun war er so überrascht, dass er aufstand und einige Schritte auf der Terrasse auf und ab ging. Dann stellte er sich vor Anke und meinte: »Deine Arbeitswut verfolgt dich bis in dein Freizeitvergnügen. Vermutlich ist es kein Zufall, dass ausgerechnet du auf einem Skelett gelandet bist.«

»Was soll das heißen?«

»Dass ein Jäger vermutlich auf einem Reh gelandet wäre oder ein Schuster auf einem alten Schuh. Du bist bei der Abteilung für Tötungsdelikte, prompt landest du auf einer Leiche.«

20

»Das musst du gerade sagen. Kaum warst du pensioniert, bist du über eine Tote gestolpert. Und das noch in einer Angelegenheit, bei der niemand an ein Verbrechen glauben wollte.«

Mit einem Nicken setzte er sich, nahm seine Flasche Bier und prostete seiner Frau und Anke zu.

»Warum regst du dich so auf?«

Kullmann stellte sein Bier ab, schaute Anke eine Weile an, bis er fragte: »Gibt es schon Vermutungen darüber, wie lange die Knochen dort liegen?«

Anke berichtete ihm von den archäologischen Untersuchungen, die durchgeführt wurden, um ausschließen zu können, dass es sich um einen keltischen Fund handelt.

Kullmanns Blick wurde skeptisch.

»Erklär mir doch bitte dein Interesse an meinem Fund!«

»Ich gebe zu, dass ich sofort an etwas denken musste.«

»An einen alten Fall?«, hakte Anke nach.

»In meiner Dienstzeit hat es mal einen Mord ohne Leiche gegeben – und zwar in Ormesheim. Ich weiß die Einzelheiten nicht mehr. Aber bevor ich die Pferde scheu mache, warte ich erst einmal ab, was deine Abteilung herausfindet. Vielleicht liege ich auch falsch und bringe euch auf die falsche Spur.«

»Klar! Du neigst dazu, uns ständig auf die falsche Spur zu bringen«, spottete Anke.

»Halte mich einfach nur auf dem Laufenden! Sollte ich mich irren, bin ich froh, den Mund gehalten zu haben. Wenn nicht, kann ich immer noch nach der Akte suchen lassen. Was hältst du von dem Vorschlag?«

»Ich habe dich noch immer über meine Arbeit auf dem Laufenden gehalten. Warum sollte ich es ausgerechnet jetzt nicht mehr tun?«

»Du bist heute kratzbürstig«, tadelte Kullmann. »Hat dir der Sturz die Laune verdorben?«

Verdutzt schaute Anke ihren ehemaligen Chef und Mentor an. Er hatte Recht, sie benahm sich aufmüpfig. Dazu hatte sie keinen Grund – und Kullmann gegenüber schon gar nicht.

TEIL II

Winter 2000

Die Wolken wurden immer schwärzer. Eiskalter Wind pfiff ihm um die Ohren. Regentropfen peitschten in sein Gesicht. Er hatte Mühe zu erkennen, wohin er lief. Dabei versuchte er sein Tempo zu beschleunigen, aber seine Beine packten ihn nicht mehr. Er begann zu stolpern, rappelte sich wieder auf, taumelte weiter. Vor ihm lag die schmale Brücke zur Vauban-Insel. Das Ziel strebte er an, getrieben von der Hoffnung, sich dort vor seinem Verfolger verstecken zu können.

Was geschah nur mit ihm? Er wollte sich einen vergnüglichen Abend mit einer Frau machen, hatte sich ein erotisches Abenteuer versprochen, doch nun rannte er um sein Leben.

Eilig überquerte er die schmale Brücke.

Ein Donner ertönte. Vor Schreck zuckte er zusammen, weil er schon glaubte, es sei ein Schuss gefallen. Warum war hier alles menschenleer? Niemand zu sehen, den er um Hilfe bitten könnte. Auf der Insel angekommen stand er vor einer Wegegabelung. Schnell musste er sich entscheiden, Zögern könnte seinen Tod bedeuten. Er wählte den linken Pfad, passierte den alten Bunker, in dem sich das Restaurant Contregarde befand. Zu allem Pech sah er, dass es geschlossen war – vermutlich schon seit Jahren, denn Efeu wuchs an der Eingangstür hoch. Er sprang die mit Hecken überwucherte Böschung hinunter und rüttelte an den Gittern vor den Fenstern, aber sie waren viel zu stabil. Da fiel sein Blick auf einen weiteren Bunker, der sich eine Ebene tiefer befand, ganz nah am äußeren Rand der Halbinsel, die zur Seite des Saarlouiser Stadtparks zeigte. Mit großen Schritten eilte er darauf zu, sprang über die Absperrung und robbte sich durch die dichten Hecken. Dort angekommen zerrte er gleich am ersten Gitter. Er hatte Glück. Es war locker. Gerade wollte er hineinspringen, da hörte er etwas ganz dicht hinter sich. Erschrocken drehte er sich um.

Vor ihm stand eine vermummte Gestalt.

Sibylle blickte auf und schaute in ein Publikum voller verängstigter Gesichter. Einige wischten sich den Schweiß von der Stirn, andere atmeten tief durch, weil sie genau im richtigen Augenblick aufhörte vorzulesen.

Nur wenige Sekunden der Stille verstrichen, dann ertönte der Applaus.

Hinterher erhob sich Antonia Welsch, stellte sich als Literaturagentin vor und verkündete, dass das Buch nun zu kaufen sei.

Der Rest des Abends verging wie im Flug. Viele Bücher der Autorin Sibylle Kriebig wechselten ihren Besitzer. Die Gäste zeigten Begeisterung, waren von großer Neugierde gepackt und lobten Sibylles Vortrag, der Lust auf mehr gemacht habe.

Der Lärmpegel sank.

Nach und nach verließen die Besucher die Buchhandlung. Sibylle rieb sich ihr Handgelenk. Es schmerzte vom Schreiben der vielen Widmungen. Verträumt schaute sie sich um, bis sie zwei Männer sah, die unterschiedlicher nicht sein konnten. Der eine war groß, schlank und elegant gekleidet. Ihn umgab eine Aura, die Sibylle sofort in ihren Bann zog. Ihre Blicke trafen sich. Sie fuhr zusammen, als habe ihr jemand in den Magen geboxt. Was bedeutete das?

Sein Begleiter wirkte neben ihm winzig, dick und ungepflegt. Dafür blitzten seine Augen hellwach. Ausgerechnet der war es, der vor ihren Tisch trat. Er hielt ihr das Buch entgegen und fragte: »Wie sind Sie auf diese tolle Idee gekommen?«

Verärgert über die Frage schaute Sibylle auf. Der Blick dieses Mannes löste in ihr das Gefühl aus, er könnte in sie hineinschauen. Das verunsicherte sie.

Was bezweckte der Zwerg mit seiner Frage?

»Ich habe einfach viele Ideen. Dafür gibt es wohl kein Geheimrezept«, wich sie aus.

Ihre Angst, dass er ihr etwas entlocken könnte, was sie nicht sagen wollte, wuchs. Der Mann wirkte auf sie wie ein Fuchs.

»Haben Sie schon mehrere Bücher geschrieben?«

Was wollte er wirklich? Fragen wollte sie nicht, weil sie sich einen potenziellen Leser vergraulen könnte.

»Nein, das ist mein erstes.«

»Kommen noch weitere?«

»Ich hoffe es.« Sibylle lachte nervös. »Aber zuerst muss ich die noch schreiben.«

»Richten Sie bitte Ihre Widmung an Ingo«, bat er Sibylle.

Die Autorin schaute ihn prüfend an.

»Sind Sie das?«

»Nein! Ingo Landry ist mein Freund«, dabei zeigte er auf seinen Begleiter.

Neugierig schaute Sibylle wieder in die Richtung des Fremden. Er wandte ihr sein Gesicht erneut zu – wenn auch nur kurz. Aber das reichte schon, in Sibylle eine ganz Flut an gemischten Gefühlen hervorzurufen. Kannte sie diesen Mann?

»Und Sie? Wollen Sie nicht auch ein Buch kaufen?«, fragte Sibylle hastig, damit ihr Glotzen nicht auffiel.

Sie bekam keine Antwort.

Die beiden Männer waren die letzten Gäste gewesen. Nach ihrem Weggang gähnte die erste Etage der Buchhandlung leer.

Sibylle zögerte nicht und verließ zusammen mit Antonia das große Gebäude, in dem es plötzlich so still geworden war. Sie traten hinaus in eine sternenklare Nacht. Nur noch wenige Autos standen auf dem Parkplatz am Großen Markt. Alles wirkte jetzt ruhig und friedlich, die Hektik des Tages war vorüber.

Auf dem Heimweg durch das nächtliche Saarlouis begann Sibylle ungeduldig, das Make-up aus ihrem Gesicht zu wischen. Sie entfernte die vielen Spangen, die ihre roten Haare davon abgehalten hatten, wie Borsten abzustehen.

»Kannst du damit nicht noch ein bisschen warten?«, schimpfte Antonia. »Jetzt siehst du aus wie Frankensteins Monster.«

»Dann fällt auch niemand über mich her.« Die beiden lachten laut auf und konnten sich gar nicht mehr einkriegen.

Matthias Hobelt und Ingo Landry stiegen in ihren Wagen und fuhren auf die Autobahn in Richtung Mandelbachtal. Zur späten Stunde herrschte wenig Verkehr auf der sonst stark befahrenen Straße. Stille breitete sich im Wagen aus. Es dauerte lange, bis Matthias das Schweigen brach: »Die Lesung hat mich auf eine gute Idee gebracht.«

»Und die wäre?«

»Du kannst doch fantastisch schreiben.«

»Ich weiß!« Ingo nickte.

»Was hältst du davon, wenn du ein Gegenstück zu dem Krimi ›Frauen an die Macht‹ schreibst und veröffentlichst?«

»Ich soll ein Buch schreiben?« Ingo zweifelte.

»Hast du Bedenken, so etwas fertigzubringen?«, fragte Matthias.

Eine Weile hörten sie nur das leise Brummen des Motors. Ingo steuerte den alten Jaguar seines Vaters, dessen 6-Zylinder-Maschine nach wie vor wie ein Uhrwerk lief. Eine gute Limousine, die ihn an Komfort denken ließ. Bei kaltem Wetter zog er diesen Wagen den sportlichen Modellen vor. Gelegentlich leuchteten Scheinwerfer von entgegenkommenden Autos auf. Hier und da versuchte jemand zu überholen, was Ingo Landry mit seinen 250 PS unter der Motorhaube nicht zulassen konnte. In Sekundenschnelle beschleunigte er, was andere Autofahrer zum Aufgeben zwang, und in Ingo jedes Mal einen Triumph auslöste.

Mit dem Gedanken, ein Buch zu schreiben, könnte er sich anfreunden. Das würde Anerkennung für ihn bedeuten, etwas, womit es sich gut leben ließ. Bisher hatte er allerdings nur Aufsätze im Deutschunterricht in der Schule geschrieben. Sie sind von seinem Lehrer zwar ausgezeichnet worden, weil sie auffallend gut waren. Aber genügte das wirklich, ein ganzes Buch fertigzustellen?

Beruflich hatte er nichts aus seinem Leben gemacht.

Solange seine Eltern – seine Pflegeeltern – gelebt hatten, brauchte er das nicht. Das Ehepaar war steinreich, sie konnten ihm jeden Wunsch erfüllen. Es war für ihn nie nötig geworden, seinen Lebensunterhalt selbst zu verdienen. Sein Vater war über mehrere Legislaturperioden Kultusminister und seine Mutter Dozentin für Chemie an der Universität in Saarbrücken. Es grenzte an Wunder, dass sie Ingo trotz seiner Untätigkeit immer hoch geschätzt hatten. Womit hatte er sich ihre Bewunderung verdient?

Inzwischen waren seine Pflegeeltern gestorben – und mit ihnen das erhebende Gefühl, etwas Besonderes zu sein.

Heute überkam ihn der Eindruck, dass sein Werdegang mehr Ähnlichkeit mit dem eines verhinderten Künstlers, oder besser gesagt eines Lebenskünstlers, besaß als mit dem eines angehenden Buchautors. Von Kindesbeinen an gehörte das Basteln von schönen Spielzeugautos zu seinen Leidenschaften, bis er erkennen musste, dass er kein einziges

Modell fertiggestellt hatte. Er hatte keine Motivation, keine Ideen. Er konnte sich nie auf das Ganze konzentrieren. Etwas niederzuschreiben war nicht schlecht. Aber trotz seiner vielfältigen Überlegungen sah er das unüberwindliche Hindernis darin, es bis zum Ende zu bringen. Wie beim Basteln von Autos waren es die Details, die ihn im Sumpf der Engstirnigkeit versinken lassen würden, während ihm das eigentliche Konzept entglitt. Wie sollte er es schaffen, ein komplettes Buch zu schreiben?

Er wollte ehrlich zu seinem Freund sein, das war er ihm schuldig. Matthias hatte eine falsche Meinung von ihm, hielt ihn in der Kunst des Schreibens für begnadet, eine Haltung, die Ingo nicht gerne korrigierte. Sie behagte ihm – wie alles, was ihn auf das Podest stellte, auf das er eigentlich nicht gehörte.

»Nein, habe ich nicht«, kam es Ingo über die Lippen, als hätten sie ein Eigenleben. Gerade noch hatte er einen vernünftigen Gedanken, wenn er auch einem Gang nach Canossa glich, nämlich ehrlich zu seinem Freund zu sein. Welcher Teufel ritt ihn, sich auf dieses gewagte Spiel einzulassen?

»Nur, was soll ich schreiben?« Mit der Frage gab er seine Bedenken preis.

»Ganz einfach: Wir lesen das Buch von Sibylle Kriebig, entnehmen die Ideen, verändern sie ein wenig, indem wir die Männer an die Macht lassen und schon ist ein fantastischer Krimi fertig«, erklärte Matthias. »Und du wirst sehen, dass dein Buch sich besser verkaufen wird.«

»Warum?«

»Weil du mich hast.«

Ingo warf seinem Freund einen ungläubigen Blick zu.

»Also«, drängte Matthias. »Was hält dich davon ab? Schreib dein Buch und du wirst sehen, die Medien machen einen großen Erfolg daraus.«

»Du bist dir aber ganz schön sicher.«

»Natürlich bin ich das! Ich habe mir alles gut überlegt«, gestand Matthias. »Ein Buch von einer namenlosen Autorin wird sich auf dem Markt nicht behaupten.«

»Trotzdem kommt die Idee von ihr und nicht von mir«, zweifelte Ingo immer noch.

»Wen interessiert das? Bestseller werden nicht geschrieben, sondern von den Medien gemacht!«

»Also, wenn ich mir deinen Plan anhöre, gelange ich zu der Überzeugung, dass besser du das Buch schreibst. Du steckst voller Ideen – im Gegensatz zu mir.«

»So ein Unsinn«, wehrte Matthias ab. »Ich kann keine drei Sätze fehlerfrei schreiben. Du bist in Deutsch richtig gut, hast schon in der Schule die besten Noten bekommen. Also musst du das Buch schreiben.«

Sie verließen die Autobahn an der Abfahrt am Flughafen Ensheim, fuhren weiter über die Landstraße in Richtung Ormesheim.

Kurz bevor sie den Ort erreichten, traf Ingo seine Entscheidung: »Du hast Recht. Wir werden das Buch schreiben.«

»Klasse, Kumpel! Hand drauf!«, jubelte Matthias.

Ingo parkte seinen Jaguar vor dem Elternhaus. Feierlich schlug er mit seinem Freund auf ihre Abmachung ein. Dabei fühlte er sich wieder wie der kleine Junge, der einen Streich ausheckte.

»Das Geld teilen wir«, stellte Matthias klar und setzte damit dem Freudentaumel ein Ende.

»Wenn wir welches verdienen«, gab Ingo zu bedenken.

»Wir werden immer Mittel und Wege finden, den Verkauf anzukurbeln.«

TEIL III

Kapitel 5

Abwechselnd tauchten vor Ankes Augen Bilder vom Gesicht ihrer Tochter und einem kahlen Schädel auf, dessen untere Kieferpartie fehlte. Die helle, muntere Stimme, die sie hörte, passte ganz und gar nicht zu dem Totenkopf ohne Mund. Aber die Stimme war da. Lange wusste sie nicht, was sie ihr sagen wollte. Bis sie plötzlich die Worte klar und deutlich verstand: »Mama, aufstehen! Ich will reiten. Du hast es mir versprochen.«

Erschrocken richtete sich Anke auf. Traum und Wirklichkeit hatten sich vermischt. Vor ihr stand Lisa mit ihrem hübschen, runden Gesicht und den strahlend blauen Augen, die große Erwartungen ausdrückten.

Als Anke aufstehen wollte, schoss ihr ein stechender Schmerz durch den Kopf. Für einen kurzen Moment sah sie nur Sterne. Erschrocken ließ sie sich ins Kissen sinken. Aber Lisa war fest entschlossen, ihre Mutter an ihr Versprechen zu erinnern. Es blieb Anke keine andere Wahl, sie musste raus aus den Federn.

Der zweite Versuch gelang wesentlich besser. Obwohl der Schmerz wie ein dumpfes Pochen in den Schläfen zurückblieb, gelang es ihr, sich bis ins Badezimmer zu bewegen, wo sie ihrem Kreislauf mit kaltem Wasser auf die Sprünge half. In der Küche suchte sie alles zusammen, was zu einem guten Frühstück gehörte. An diesem Morgen war es Lisa allerdings egal, was auf dem Tisch stand. Ihr ganzes Interesse war, so schnell wie möglich zum Pferd zu kommen.

Anke versorgte sich mit einer großen Portion Kaffee, die ihr dabei half, die Kopfschmerzen zu lindern. Die waren wohl das Resultat ihres Sturzes. Zum Glück war es nichts Schlimmeres, dachte sie bei der Erinnerung an das rasante Tempo, mit dem Rondo über den steinigen Weg galoppiert war.

Nach dem Frühstück gingen sie durch den Hinterausgang über den schmalen Pfad in Kullmanns Garten. Das Ehepaar saß dort auf der Terrasse. Sie frühstückten im Schein der Morgensonne, ein harmonisches Bild. Wie immer stellte Anke fest, welch ein wunderbares Paar die beiden waren. Erst als Anke näher kam, sah sie, dass Norbert Kullmann die Zeitung in der Hand hielt. Sie setzte sich auf den Stuhl neben ihm.

Kullmann las ihr vor:

»Mord in der Biosphäre. Der Plan, den Bliesgau als Biosphärenreservat anzuerkennen, wird auf eine harte Probe gestellt. Wie passt ein Toter in ein umweltfreundliches Konzept? Das Skelett im Koppelwald bei Ormesheim wirft viele Fragen auf. Während die Polizei hinter den menschlichen Überresten einen unaufgeklärten Mordfall vermutet, gehen Archäologen von einem jahrtausendealten Fossil der Keltenzeit aus.«

Kullmann schaute Anke über seine Brillengläser hinweg an, während er sprach: »Die Reporter schreiben hier viel dummes Zeug. Ein Toter, der bis zum Skelett verwest ist, ist schon lange tot. Also fällt der Todeszeitpunkt vermutlich nicht in den Zeitraum, in dem die Biosphäre im Saarland schon in Planung ist. Ich sehe da keine Zusammenhänge.«

»Wie lange plant der Bliesgau schon die Anerkennung als Biosphärenreservat?«

»Ich weiß nur, dass sie sich erst in diesem Sommer aus mehreren Kommunen zusammengeschlossen haben, um einen Zweckverband zu gründen, der die hohen Anforderungen erfüllen soll.«

»Und wie lange liegt der Fall zurück, den du ungeklärt zurückgelassen hast?«, fragte Anke.

»Von wegen ungeklärt zurückgelassen! Der Fall wurde mir entzogen, weil wir ohne Leiche nichts hatten, womit wir arbeiten konnten.«

Anke wartete eine Weile, bis sie ihre Frage wiederholte: »Wie lange liegt der Fall zurück?«

»Fünf Jahre. Und ich kann mich nicht erinnern, dass damals schon die Rede davon war, im Saarland eine Biosphärenregion einzurichten.«

»Wo war ich damals?« Die Frage beschäftigte Anke viel mehr.

Kullmann musste überlegen, bis es ihm einfiel: »Du warst auf der psychologischen Schulung.«

Anke erinnerte sich. Kullmanns letzte Amtshandlung für Anke war, sie auf diese Schulung zu schicken, wofür sie ihm heute noch unausgesprochen dankte. Denn nach seiner Pensionierung hatten sich für Anke sämtliche Möglichkeiten der Weiterbildung erschwert.

»Wir wissen noch gar nicht, ob es ein Fall für unsere Abteilung ist«, lenkte Anke ab. »Warum jetzt schon den Kopf zerbrechen?«

Lisa wurde es zu langweilig. Mit lautem Kreischen ging sie auf ihre Mutter zu. »Ich will reiten!«, stellte sie unmissverständlich klar.

»Wir fahren sofort los«, besänftigte Anke ihre Tochter.

Kullmann erhob sich, was Anke mit einem erstaunten Blick registrierte.

»Martha und ich fahren mit«, erklärte er. »Ich will mir gern die Fundstelle ansehen. In der Zwischenzeit kann Martha bei Lisa bleiben und nach den Pferden sehen.«

»Solange Lisa auf Rondo reitet, bleibe ich aber dabei«, bestimmte Anke.

Kullmann verschwand im Haus. Es dauerte nicht lange, da kehrten er und seine Frau mit wetterfesten Schuhen und Windjacken zurück.

»Wir können.«

»Wir fahren mit meinem Auto«, bestimmte Anke. »Am Stall herrschen Schlamm und Dreck. Mein Subaru Forester ist für unwegsames Gelände bestens geeignet.«

Sie bogen in die Saarbrücker Straße ein, die an der Polizeidienststelle Saarbrücken-Land vorbeiführte, passierten die Halberger Hütte und fuhren unter der Autobahnbrücke durch. Dahinter lagen die Dörfer Fechingen und Eschringen, die sie hinter sich ließen, bis eine Häuseransammlung wie zu einer Zitadelle aufgerichtet vor ihren Augen auftauchte, der Ort Ormesheim.

Kurz davor bogen sie rechts ab. Die Straße war von beiden Seiten mit Feldern und Wiesen gesäumt. Es ging steil bergauf. Oben auf dem Berg boten sich ihren Augen riesige Koppeln voller Pferde. Inmitten der schönen Natur stand ein Reitstall, der aus mehreren Gebäuden in unterschiedlichen Baustilen und einer großen Reithalle bestand. Ein Reitplatz, auf dem sich Reiter mit ihren Pferden abmühten, flankierte die stark befahrene Straße.

Anke bog rechts ab, passierte den großen Platz und rollte langsam auf die Stallgebäude zu. Dicht an die Stallmauer grenzte ein kleiner, viereckiger Sandplatz an. Davor stellte Anke ihren Subaru ab.

Sie steuerten den Stalltrakt an, der sich von den anderen Gebäudeteilen darin unterschied, dass er neu aussah. Durch das offene Tor erblickten sie einen langen, breiten Gang. Alles wirkte wie leer gefegt. Zielstrebig ging Anke auf Rondos Box zu.

Kullmann und Martha erschraken über die Größe des Pferdes. Nur Lisa war begeistert. Ihr Eifer war so groß, dass Anke alle Hände voll damit zu tun hatte, sie von Rondo fernzuhalten, während sie ihn sattelte. Rondo beugte seinen langen Hals hinunter und schaute sich Lisa genauer an. Sein prüfender Blick wirkte dabei so lustig, dass Lisa laut lachte. Anke hielt ihre Tochter an, leise zu sein, aber Lisa war zu aufgeregt, um noch auf die Worte ihrer Mutter zu hören. Rondo schien das muntere Geplapper nicht zu stören. Lisa streichelte ihm über die Nase, er ließ sich das gefallen.

Nach der Reitstunde strich Anke mit dem Striegel über Rondos Beine. Da erst sah sie, dass das linke Vorderbein dick angeschwollen war. Erschrocken hielt sie inne. Das fehlte gerade noch! Nun hatte sie seit wenigen Tagen ein eigenes Pferd, schon war es krank. Sofort rief sie den Tierarzt an. Dieser versprach ihr, gegen Abend zu kommen.

Kapitel 6

Je näher Anke Deister und Norbert Kullmann der Mülldeponie kamen, umso penetranter wurde der Geruch. Schon von weitem sahen sie das Absperrband im Wind flattern. Einige Männer und Frauen arbeiteten mit groben und feinen Sieben.

Dr. Ernst Kehl löste sich aus der Menge und trat auf Anke zu.

»Na, schöne Frau«, begrüßte er sie in einem anzüglichen Tonfall. Anke mahnte sich zur Beherrschung, dass sie ihm nicht etwas Beleidigendes ins Gesicht schleuderte. »Treibt es die Täterin an den Tatort zurück?« Nachdem sein einsames Lachen erstarb, richtete er seinen Blick auf Kullmann.

»Ach! Der Herr Hauptkommissar a.D. kommt höchstpersönlich«, begrüßte er Kullmann. »Dass Sie noch Zeit haben, sich um Ihre ehemalige Arbeit zu kümmern?«

»Was soll die Bemerkung?« Kullmann reagierte gereizt.

»Sie sind Ehemann, Vater und Großvater gleichzeitig geworden.« Dr. Kehl grinste anzüglich. »So etwas entgeht uns nicht.«

»Schön, dass ich noch im Gespräch bin«, konterte Kullmann, »trotzdem möchte ich gern erfahren, ob Sie schon die Identität des Opfers feststellen können.«

»Sie wissen sicherlich, dass ich Ihnen keine Auskunft über einen laufenden Fall geben darf«, erklärte Dr. Kehl gewichtig. »Aber unserer schönen Kollegin kann ich schon mal mitteilen, dass der Archäologe und ich das Skelett in den Abendstunden untersuchen werden. Wir haben bis jetzt den Fundort weiträumig gesiebt. Sämtliche Fundstücke nehmen wir mit ins Labor.«

Anke wich einen Schritt zurück, weil Dr. Kehl immer näher an sie herantrat.

»Kommen Sie mich heute Abend besuchen, wenn ich mit der Arbeit fertig bin.«

Anke traute ihren Ohren nicht.

Einige Mitarbeiter traten in ihren Schutzanzügen auf Dr. Kehl zu.

»Wir haben alles gesichert. Können wir die Absperrung aufheben?«

Dr. Kehl nickte, ohne dabei Anke aus den Augen zu lassen.

»Wann können Sie mehr über das Skelett sagen?«, schaltete sich Kullmann ein, um die Anspannung zu entschärfen. Geschickt schob er Anke zur Seite, damit Dr. Kehl ihn anschauen musste.

»Das kommt darauf an, ob Spuren vorhanden sind«, antwortete Dr. Kehl unfreundlich.

»Was haben Sie denn gefunden?«

»Das Skelett war weit verstreut. Zum Glück haben wir alle Teile gefunden, um es komplett zusammenzusetzen. Außerdem lagen Stofffetzen in der Umgebung. Vermutlich gehören sie zu der Kleidung, die er oder sie getragen hatte. Dazu eine Gürtelschnalle und ein Schlüssel. Die Zugehörigkeit müssen die Kollegen der Spurensicherung feststellen.«

Dr. Kehl machte eine schnelle Drehung. Wieder stand er ganz dicht vor Anke. Während er den Blick über Ankes Körper hinunterwandern ließ, sprach er weiter: »Das Interessanteste kommt aber noch!«

»Und das wäre?«, fragte Kullmann.

»Ich frage mich, mit wem ich hier spreche«, wurde Kehl plötzlich unhöflich. »Mit der diensthabenden Beamtin oder einem Rentner, der hier nichts verloren hat?«

Anke verschlug es fast die Sprache. Bei dem Gedanken, in dem Fall eng mit Dr. Kehl zusammenarbeiten zu müssen, wurde ihr übel.

»Nicht in dem Ton«, entgegnete sie bestimmter, als ihr zumute war, »Kullmann ist weiterhin beratend für die Polizei tätig. Also geben Sie uns die nötigen Informationen oder wollen Sie unsere Arbeit behindern?«

Dr. Kehl war verdutzt. Eine Weile schaute er Anke an, wobei er den Kopf senkte, um besser über den Rand seiner Brille sehen zu können.

»An jedem Gerücht ist ein Fünkchen Wahrheit«, bemerkte er zusammenhanglos.

Anke und Kullmann schauten sich staunend an.

»Weiß Ihre erst kürzlich Angetraute, was Sie ihr damit antun?« Dr. Kehl richtete seine Frage an Kullmann.

Anke wurde es ganz heiß vor Zorn. Was ging hier vor? Welche Absicht hegte Dr. Kehl mit seinen boshaften Unterstellungen.

»Sie dürfen nicht von sich auf andere schließen. Warum Ihre Frau Sie verlassen hat, ist schon lange kein Geheimnis mehr«, sprach Kullmann betont gelassen. »Leider bekomme ich den Eindruck, dass Ihre privaten Entgleisungen sich auf Ihr Urteilsvermögen im Gebiet der forensischen

Anthropologie auswirken. Das ist schade, denn das müssen wir melden, damit ein fähiger Mann auf den Posten kommt.«

Damit hatte Kullmann Dr. Kehl den Wind aus den Segeln genommen. Eisiges Schweigen herrschte auf dem Waldweg. Die goldenen Laubbäume rauschten im Wind, einzelne Blätter fielen herab, was den Eindruck vermittelte, es regnete Gold. Das alles nahm Anke nur am Rande wahr. Die beiden Alten standen sich mit einer Feindseligkeit gegenüber, die ihre ganze Aufmerksamkeit erforderte. Dabei vertraute sie auf Kullmanns Überlegenheit, die ihm schon aus vielen brisanten Situationen herausgeholfen hatte.

Sie lag mit ihrer Vermutung richtig, denn schon bald lenkte Dr. Kehl ein, indem er die Frage beantwortete, die Kullmann schon vor einiger Zeit gestellt hatte: »Wir haben einen Backenzahn in einem erstaunlich guten Zustand gefunden. Es ist möglich, dass sich daran eine DNA feststellen lässt.«

»Das ist doch ein Anfang.« Kullmann nickte zufrieden. »Ist damit die Vermutung, dass es sich um einen Toten aus der Keltenzeit handelt, entkräftet?«

»Es sieht alles danach aus.«

»Was können Sie aus der DNA entnehmen?«, fragte Kullmann weiter.

»Ob es sich um einen Mann oder eine Frau handelt«, antwortete Dr. Kehl. »Aber die Identität des Toten ist nur dann zweifelsfrei festzustellen, wenn wir eine Gegenprobe zum Vergleich haben.«

»Na, das hört sich für mich so an, als würde die Mordkommission nicht um den Fall herumkommen. Um die Gegenprobe werde ich mich kümmern.«

Kapitel 7

Schritte schallten durch die dunkle Stallgasse. Anke erschrak. Sie griff instinktiv an ihre Seite, aber da war keine Waffe. Schließlich war sie privat unterwegs.

Die Schritte näherten sich.

Anke stellte sich in die Ecke von Rondos Box und verharrte. Sie kamen näher und näher und näher, bis sie direkt vor der Boxentür endeten. Da erst erkannte sie ihn: Es war der Tierarzt. Der Mann, auf den sie wartete, seit Kullmann mit Martha und Lisa nach Hause gefahren war.

Insgeheim ärgerte sie sich über sich selbst, dass sie so ängstlich reagierte. Das könnte in ihrem Beruf hinderlich sein. Der Tierarzt bemerkte nichts von Ankes innerer Zerrissenheit. Er untersuchte Rondo.

Millimeter für Millimeter tastete er das verletzte Bein ab, bis er zu einer Diagnose kam. Er erklärte, die Sehne sei geprellt. Das Bein müsse täglich mit Salbe versorgt und frisch verbunden werden.

Anke ahnte, dass sie bei dieser Behandlung gute Fähigkeiten als Krankenpflegerin erwerben, das Reiten jedoch verlernen würde.

Der Tierarzt fuhr davon und ließ eine frustrierte Anke zurück.

Auf dem Paddock versuchte sie, Kullmann anzurufen, weil sie innerhalb der Stallmauern keinen Empfang hatte.

Inzwischen war die Nacht hereingebrochen. Dunkelheit hüllte sie ein. Eine Schleiereule kreischte und zog ihre Bahnen in Richtung Wald. Ankes Blick folgte ihrer Silhouette und landete genau an der Stelle, wo sie das Skelett gefunden hatte – dicht an der Mülldeponie.

Sah sie richtig?

Leuchtete dort etwas auf?

Gebannt starrte sie in die Dunkelheit. Nichts. Sie hatte sich wohl getäuscht. Sie widmete sich wieder ihrem Handy.

Da sah sie es wieder.

Ein winzig kleiner Lichtkegel flackerte auf.

Plötzlich hörte sie ein lautes Scharren.

Erschrocken zuckte sie zusammen.

Es war Rondo, der hinter ihr mit den Hufen über den harten Boden kratzte.

»Rondo«, schimpfte sie leise. »Wie kannst du mich so erschrecken?«

Schnauben ertönte als Antwort. Dabei schlug ihr ein feuchter Luftzug ins Gesicht.

Sie drehte sich um und schaute wieder in die Richtung des Waldes. Deutlich erkannte sie, dass sich aus östlicher Richtung ein Lichtkegel auf den Leichenfundort zu bewegte.

Der Lichtstrahl verschwand.

Konnte Anke ihren Augen noch trauen?

Plötzlich sah sie zwei Lichtquellen. Dann sogar drei!

Was ging dort vor?

Eine Weile verharrte sie, beobachtete die kleinen Lichter, die abwechselnd aufleuchteten und verschwanden, bis sie anhielten. Nun glaubte Anke, sogar vier zu sehen. Dann wiederum drei, dann nur noch eins, bis alles dunkel wurde.

Ihr Handy läutete. Kullmanns Stimme lenkte sie ab. Sofort erzählte sie ihm, was sie sah.

»Soll ich nachsehen, was dort los ist?«

»Um Gottes Willen«, rief Kullmann aufgebracht. »Womöglich handelt es sich bei dem Leichenfund um ein Opfer eines Verbrechens. Es könnte doch sein, dass es tatsächlich den Täter an den Tatort zurückgetrieben hat, nachdem er von dem Leichenfund in der Zeitung gelesen hat. Du darfst nicht hingehen, sonst finden wir dich erst Jahre später wer weiß wo!«

»Schon gut!« Anke erkannte selbst, wie leichtsinnig ihr Vorschlag war. »Mach dir keine Sorgen. Während ich hier auf dich warte, rufe ich die Kollegen meiner Abteilung an. Soll Jürgen entscheiden, was er damit macht.«

Kapitel 8

»Der Archäologe hat seine Untersuchungen am Skelett abgeschlossen. Die Knochen fallen nicht in seinen Arbeitsbereich, sondern in unseren.« Mit dieser Enthüllung begrüßte Erik seine Kollegin am Montagmorgen.

Sein Tonfall ließ Anke aufhorchen.

»Und was gefällt dir daran nicht?«, fragte sie.

»Ich arbeite nicht gerne mit unkooperativen Leuten zusammen«, rückte Erik mit der Sprache heraus. »Ich verbringe hier das ganze Wochenende mit dem Fall, aber Dr. Kehl ist nicht bereit, mir seine Ergebnisse mitzuteilen.«

»Wem will er sie denn ausrichten?«, fragte Anke schon ahnend, wie die Antwort ausfallen würde.

»Dir. Und zwar nur dir!«

»So ein Idiot. Damit blockiert er nur die Ermittlungen.«

»So ist es. Aber sein Gegenargument lautet, dass unser Toter schon länger tot ist, also bestehe kein Grund zur Eile.«

»Er sagt uns also, wo die Prioritäten liegen?«

»Sieht so aus.«

»Na gut! Wenn das so ist, trinke ich zuerst einen Kaffee.«

Das verstand Erik als Aufforderung. Er stand auf, verließ das Zimmer und kehrte mit einer funkelnagelneuen Thermoskanne zurück.

»Na, wie findest du meine neue Anschaffung?«

»Toll! Was bezweckst du damit?«

»Ganz einfach: Damit will ich den Kaffee heiß halten, ohne dass er auf der Maschine einkocht und nachher ungenießbar wird.«

»In dir steckt ein talentierter Hausmann«, schmunzelte Anke anerkennend. »Solche Kleinigkeiten würden mir nicht einfallen.«

Die Tür wurde hastig aufgerissen.

Bernhard Diez trat ein.

»Anklopfen hat dir wohl keiner auf deiner Psychologieschulung beigebracht«, schimpfte Anke.

»Wir haben eine Besprechung. Das ist jetzt wichtiger«, entgegnete er unfreundlich.

»Laut Dr. Kehl ist unser Unbekannter schon länger tot«, hielt Anke dagegen. »Deine Hast ist also überflüssig.«

»Jürgen will aber jetzt mit uns sprechen. Ich habe das Gefühl, dass ihm Forseti im Nacken sitzt. Deshalb ist es egal, wie lange unser Unbekannter schon tot ist. Also halt hier keine Reden, sondern schwing die Hufe!«

»Das überlass ich den Pferden«, konnte sich Anke nicht verkneifen.

»Immer musst du das letzte Wort haben.« Bernhard warf die Tür zu.

»Was ist mit dem los?«, fragte Erik, der dem Gespräch stumm gelauscht hatte.

»Keine Ahnung!« Anke zuckte mit den Schultern. »Als er noch Streife gefahren ist, war er ein netter Kollege. Seit seiner Beförderung zum Kriminalkommissar benimmt er sich arrogant.«

»Und seit seinem Lehrgang in Kriminalpsychologie ist seine Selbstherrlichkeit nicht mehr zu ertragen«, fügte Erik grimmig an.

Sie betraten den Konferenzraum.

Der Platz von Esther Weis war leer. Sie befand sich auf einer Weiterbildung, was in Anke gemischte Gefühle hervorrief. Sie wusste genau, dass nur diejenigen schneller befördert wurden, die diese Schulung gemacht haben. Esther war Schnurs Schützling – so, wie Anke damals Kullmanns Schützling war. Deshalb ahnte Anke, dass die Kollegin, die nach ihr mit dem Polizeidienst begonnen hatte, vor ihr zur Oberkommissarin befördert würde.

Anton Grewe saß neben Horst Hollmann, der auch von Schnurs Beförderung zum Dienststellenleiter profitierte. Er war gerade dabei, die Kriminaldienste zu durchlaufen, eine Vorstufe zur Festanstellung bei der Kriminalpolizei. Anke war jetzt schon gespannt, wie Hollmann seinen Karrieresprung verarbeiten würde. Dabei musste sie an Bernhard Diez denken.

Schnur begann mit der Besprechung: »Nach den Erkenntnissen des Archäologen wird ein Fund aus der Keltenzeit definitiv ausgeschlossen. Nun sind wir auf die Mitarbeit von Dr. Kehl angewiesen. Leider haben wir es seinem Eigensinn zu verdanken, dass wir das Ergebnis seiner Untersuchung noch nicht kennen.« Während er den letzten Satz aussprach, richtete er seinen Blick auf Anke. »Der Anthropologe will nur mit dir darüber sprechen.«

Anke wirkte verdrossen.

»Erik wird dich zur Uniklinik in Homburg begleiten«, fügte er an, ohne auszusprechen, warum er diese Anordnung machte.

Anke nickte.

»Sobald wir das DNA-Ergebnis haben, rede ich mit der Staatsanwältin.«

»Das ist wirklich aufregend! Und was machen wir in der Zwischenzeit?«, unterbrach Bernhard das Geplänkel.

»Du siehst alle Vermisstenanzeigen durch«, wies Schnur den Kollegen an.

Bernhard stöhnte: »Wir wissen noch nicht einmal, zu welcher Zeit unser Opfer verschwand.«

»Eine zeitliche Eingrenzung wird uns Dr. Kehl liefern.«

»Und wonach suche ich: nach einem Mann oder einer Frau?«

»Wie wäre es, nach einem Menschen zu suchen?«, stellte Schnur eine Gegenfrage.

Bernhard schluckte.

»Anton Grewe und Horst Hollmann werden dir dabei helfen. Hier hat sich noch niemand zu Tode arbeiten müssen.«

Bernhard verzog sein Gesicht zu einer Grimasse.

»Ich spreche mit Theo Barthels, dem Leiter der Spurensicherung, welche Spuren am Samstag – nach dem nächtlichen Besuch am Fundort – gesichert werden konnten. Vielleicht hat er Hinweise gefunden.« Mit diesen Worten beendete Schnur die Sitzung.

Anke und Erik verließen den Besprechungsraum.

»Ich finde es nicht richtig, Ernst Kehls Sonderwünschen nachzugeben«, begehrte Anke auf.

Nachdenklich schaute Erik seine Kollegin an.

Ihre dunklen Haare schimmerten rötlich im Schein der Sonne, die durch das Fenster schien. Ihre Haare reichten über ihre Schultern, einige kurze Fransen fielen ihr in die Stirn, wodurch ihr ebenmäßiges Gesicht keck wirkte.

»Da gebe ich dir Recht«, meinte Erik. »Trotzdem kann ich Dr. Kehl gut verstehen.«

Verständnislos schaute Anke Erik an, konnte aber keine Belustigung feststellen.

»Was soll das heißen?«

»Dass Dr. Kehl Geschmack hat.«

»Und ich werde gar nicht gefragt?« Anke kam die Wut hoch.

»Natürlich. Was glaubst du, warum Jürgen darauf besteht, dass ich dich begleite.«

Das Argument stimmte Anke wieder versöhnlich.

Kapitel 9

Dr. Kehl stand im weißen Kittel vor einer Stahlfläche, auf der ein komplettes Skelett lag. Als er Anke eintreten sah, hielt er mit seiner Arbeit inne, zog seine Latexhandschuhe aus und begrüßte sie mit einer Freundlichkeit, die Anke als Warnung auffasste. Erik bekam nur ein kurzes Kopfnicken.

»Da sind Sie ja endlich.« Ohne seinen Blick von Anke abzuwenden, trat er auf das Skelett zu. »Ich habe die Knochen inzwischen untersucht und zugeordnet. Anhand der Knochennähte, die, wie wir hier sehen können, zusammengewachsen sind, handelt es sich um einen ausgewachsenen Menschen, Alter zwischen dreißig und fünfzig Jahren. Zu Lebzeiten erlitt er eine Fraktur am linken Oberarm. Von seinen Zähnen konnten wir nur einen einzigen finden, an dem wir die DNA–Analyse durchgeführt haben. Das Ergebnis hat das Labor noch nicht ermittelt. Aber im Laufe des Tages werden wir es erhalten.«

»Was ist die Todesursache?«, fragte Erik.

»Unser Opfer wurde doppelt ermordet«, erklärte Dr. Kehl. »Einmal wurde es erwürgt, das erkennt man daran, dass das Zungenbein gebrochen ist.« Er wies mit seiner behandschuhten Hand auf einen kleinen, vorstehenden Knochen zwischen den spärlichen Überresten des Unterkiefers und den oberen Halswirbelknochen, der umgeknickt war. »Weiterhin wurde auf Ober – und Unterkiefer mehrmals eingeschlagen, dass kaum etwas von den Knochen erhalten geblieben ist.« Er hielt kurz inne, schaute Anke eindringlich an. »Allerdings habe ich die erstaunliche Entdeckung gemacht, dass die Knochen bei unserem Opfer so brüchig waren wie bei einem alten Mann.«

»Jetzt wird es kompliziert«, stöhnte Anke.

»Ganz und gar nicht. Ich will damit sagen, dass die Knochen nur dadurch restlos zertrümmert werden konnten. Ansonsten bleibt immer noch etwas erhalten, was wir für Untersuchungen verwenden können.«

»Was heißt das für uns?«

»Entweder war das Opfer nach den Anstrengungen des Erwürgens immer noch nicht tot oder der Täter wollte vermeiden, dass die Identität des Opfers festgestellt werden kann.«

»Wäre das Opfer an der Zertrümmerung der Kiefer gestorben?«

»Bei dieser massiven Verletzung wäre es erstickt.«

»Wurden ihm die Verletzungen vor oder nach seinem Tod zugefügt?«

»Das kann ich nicht mehr feststellen.« Dr. Kehl zuckte mit den Schultern. Wieder blieb sein Blick auf Anke haften, als er anfügte: »Warum übt eine so aufregend schöne Frau wie Sie solch einen morbiden Beruf aus?«

»Das lassen Sie mal meine Sorge sein«, entgegnete Anke schroff und fügte ihre nächste Frage an: »Wie lange lag der Tote an dem Ort, an dem ich ihn gefunden habe?«

»Das ist schwer zu beantworten. Zwischen fünf bis zehn Jahren. Mit Sicherheit wurde er der ungewöhnlichen Hitze und Trockenheit im Sommer 2003 ausgesetzt. So etwas beschleunigt den Verwesungsprozess. Hinzu kommt, dass die Leiche nicht tief genug begraben wurde. Das begünstigt Tierfraß. Außerdem ist von seinen Kleidern nicht mehr viel erhalten geblieben, was vermuten lässt, sie waren blutgetränkt, sonst verrottet eine Hose nicht vollständig.«

»Tote bluten nicht«, funkte Anke dazwischen.

»Das beantwortet deine Frage, ob er noch lebte, als ihm die Verletzungen zugefügt wurden«, reagierte Erik darauf.

»Das sind vage Vermutungen«, schaltete sich Dr. Kehl schnell ein. »Wir wissen nicht, ob das Opfer vollständig bekleidet war, als es im Wald vergraben wurde.«

Die Veranschaulichungen wurden immer schauriger. Anke schüttelte sich bei der Vorstellung, was sich dort abgespielt haben musste, wo sie vom Pferd gefallen war.

»Sie sagten doch, dass Kleidungsreste in der Nähe des Fundorts lagen«, erinnerte Anke Dr. Kehl.

»Nur dürftige Stofffetzen, meine Schöne ...«

»Ich bin nicht Ihre Schöne«, unterbrach Anke den Alten.

»... zum vollständigen Bekleiden zu wenig«, sprach der Anthropologe unbeirrt weiter. »Zudem lagen dort eine Gürtelschnalle und ein Schlüssel, gnädiges Fräulein.«

»Für Sie immer noch Kriminalkommissarin Deister. Ihre Verniedlichungen können Sie sich sparen!«

»Ganz schön rebellisch, Ihre Kollegin«, wandte sich Dr. Kehl an Erik, der nur mit einem grimmigen Blick reagierte. »Sämtliche Fundstücke befinden sich bereits im Labor bei Theo Barthels, der die kriminaltechnische Untersuchung daran durchführt.«

Kapitel 10

Erik hörte, dass sich der Arbeitstag seinem Ende näherte. Nach und nach verstummten die Telefone und das leise Klappern der PC-Tastaturen. Dann erstarben die Stimmen der Kollegen, die sich immer etwas zu erzählen hatten, bis die letzten Schritte auf dem Korridor verhallten. Wie so oft blieb er allein in den Räumlichkeiten zurück. Private Termine, die keinen Aufschub duldeten, hatte er nicht. Auch keine Familie, die auf ihn wartete. Sein Freundeskreis hielt sich in Grenzen. Lag das an seinen Arbeitszeiten? Oder schob er unbewusst die Arbeit vor, um sich nicht auf neue Freunde konzentrieren zu müssen? Er wusste es nicht. Gern übernahm er Dienste für Anke. Sie hatte eine kleine Familie, Menschen, die auf sie warteten. Und ein Pferd. Er gönnte ihr das Glück von ganzem Herzen, wollte seinen bescheidenen Beitrag dazu leisten und ihr einige Arbeitsstunden abnehmen. Leider fühlte er sich dabei nicht wie der fürsorgliche Freund, der er gerne wäre, sondern einsam. Die Stunden im Büro konnte er schon nicht mehr zählen.

Das Läuten des Telefons lenkte ihn endlich von seinen tristen Gedanken ab. Am anderen Ende der Leitung meldete sich Dr. Kehl. Der Tonfall seiner Stimme verriet, wie enttäuscht er darüber war, nicht Anke persönlich zu hören.

»Wir haben das Ergebnis der DNA-Untersuchung. Es handelt sich zweifelsfrei um ein männliches Opfer.«

»Und?«

»Ich brauche nur noch eine Gegenprobe zum Vergleich. Ich habe mir das Material genau angeschaut. Das Untersuchungsverfahren der Polymerase-Kettenreaktion hat zu einem ausführlichen Ergebnis geführt, sodass Zweifel ausgeschlossen werden können.«

Erik atmete tief durch. Nun mussten sie also die Vermisstendateien nur noch nach Männern absuchen. Das reduzierte ihre Arbeit wesentlich.

Nach Hause fahren wollte er nicht. Dort würde sich seine Einsamkeit nur fortsetzen. Also beschloss er, Anke im Reitstall aufzusuchen.

Zügig fuhr er in Richtung Mandelbachtal. Kaum hatte er den lang gezogenen Anstieg bei Ormesheim hinter sich gelassen, fühlte er sich überwältigt von dem Anblick, der sich ihm bot. Sein Kopf war bis zu diesem Zeitpunkt voll mit Überlegungen über seine Arbeit. Doch mit einem Mal waren alle Gedanken wie weggewischt. Seine Augen erfassten Wiesen, Felder und Wälder, lebhafte Pferde, die über Koppeln galoppierten und Reiter, die auf einem großen Platz direkt an der Straße über bunte Hindernisse sprangen. Eine Schar von Gänsen watschelte majestätisch mit hoch erhobenen Köpfen über den schmalen Zufahrtsweg, womit sie die Autofahrer zum langsamen Fahren anhielten. Anke ging neben ihrem Pferd Rondo auf einem kleinen Sandplatz her. Lisa saß stolz im Sattel.

Was für ein Anblick! Erik schmunzelte.

Er stellte seinen Wagen ans Ende der langen Reihe von parkenden Autos und steuerte auf den kleinen Reitplatz zu. Die späte Sonne verströmte rotes Licht, von Wärme war nichts zu spüren. Lisa trug einen blauen Anorak und einen Reiterhelm. Ihr Gesicht strahlte vor Glück.

»Hallo Erik«, rief Anke überrascht. »Du hier?«

»Ja! Ich wollte unseren Reiternachwuchs bestaunen.«

Die Kleine fühlte sich mächtig stolz. Demonstrativ hob sie beide Arme hoch, um Erik zu zeigen, wie gut sie das Reiten schon beherrschte. Anke fasste schnell die Zügel ihres Pferdes nach, damit es nicht auf die Idee kam, gerade jetzt loszulaufen.

»Sein Bein ist wirklich dick«, stellte Erik mit Kennermiene fest. »Hoffentlich dauert es nicht allzu lange, bis er wieder gesund ist.«

»Na ja! In der Zeit kann Lisa auf ihm reiten. Ihr Gewicht wird seinem Bein nicht schaden.«

Erik übernahm die Aufgabe, das Pferd zu führen.

Mit Rondo in ihrer Mitte drehten sie ihre Runden, während sie das Treiben um sich herum beobachteten. Vom großen Reitplatz hörten sie die laute Stimme des Reitlehrers. Dazwischen ertönte immer wieder das zornige Schnattern der Gänse. Vom Stall erklang in immer kürzer werdenden Abständen das klägliche Wiehern eines Pferdes. Einige Männer versammelten sich vor der Reithalle und lachten. Hunde bellten, Kinderstimmen schallten heiter.

Plötzlich donnerten Hufe so laut, dass Rondo erschrak. Ruckartig blieb er stehen, hob den Kopf und schaute in die Richtung, aus der der Lärm kam.

Im gleichen Augenblick galoppierte ein schwarzes Pferd mit Sattel und Trense – allerdings ohne Reiter – vom großen Reitplatz in einem Wahnsinnstempo den schmalen, asphaltierten Weg hinunter in Richtung Stall. Ein Mutiger versuchte sich dem Pferd in den Weg zu stellen, um es zum Halten zu zwingen. Aber in letzter Sekunde überlegte er es sich anders. Das Pferd wollte sich nicht aufhalten lassen. Hufgetrappel polterte durch die lange Stallgasse. Laute Schreie begleiteten das Donnern der Hufe auf dem Betonboden.

Hinter der langen Stallgasse tauchte der Rappe wieder auf und lief an den Koppeln entlang in Richtung Wald. Reiter kamen ihm im Schritt entgegen.

Mit angehaltenem Atem beobachteten Anke und Erik, was nun geschah. Erstaunlicherweise bremste das wild gewordene Pferd ab, ließ sich von einem der Reiter am Zügel fassen und zurück zum Stall führen.

»Was war das?«, fragte Erik.

»Keine Ahnung!« Anke atmete erschrocken aus. »Für heute reicht es mir. Lisas Reitstunde ist hiermit beendet.«

Trotz Lisas Protest führte Erik das Pferd in den Stall.

»Dr. Kehl hat das Ergebnis der DNA-Untersuchung«, berichtete er, während Anke und Lisa das Pferd versorgten.

Neugierig horchte Anke auf.

»Das Opfer ist männlich. Er braucht jetzt eine Gegenprobe zum Vergleich.«

»Konnte er den Eintritt des Todes inzwischen genauer bestimmen?«

»Er bleibt bei seiner anfänglichen Feststellung, dass der Tote dort fünf bis zehn Jahre gelegen hat.«

»Kullmann hat eine Theorie, wen wir dort gefunden haben könnten. Ob er sich darüber freuen wird, dass aus seinem Mord ohne Leiche ein ungelöster Mordfall aus seiner Dienstzeit geworden ist, werden wir noch sehen.«

Erik spottete: »Solltest du wieder ausreiten, binde dich gut am Sattel fest. Nicht dass du mit deiner Nase auf den nächsten ungelösten Fall stößt.«

Ärgerlich warf Anke ihm einen Striegel an den Kopf. Sie verließen den Stall. Inzwischen war es stockdunkel. Die Mondsichel leuchtete, Sterne funkelten im schwarzen Abendhimmel.

»Wer zuletzt bei dir zuhause ankommt, bezahlt die Pizza!«, feixte Erik.

»Das ist unfair und das weißt du. Mit Lisa im Auto werde ich mich hüten, ein Wettrennen zu starten.«

»Also bezahlst du die Pizza!«, schlussfolgerte Erik.

Hintereinander verließen sie den Parkplatz.

Lisa plapperte vom Fonds des Wagens aus unentwegt über ihre Reiterlebnisse auf Rondo. Die Freude war ihr ins Gesicht geschrieben. Ihre blauen Augen leuchteten, ihre Wangen waren gerötet, ihre blonden Haare standen zottelig vom Kopf ab. Lisa war glücklich. Der Anblick wirkte wohltuend auf Anke.

Die Straße den Hügel hinunter gab einen ungestörten Blick über die hell erleuchtete Start – und Landebahn des Saarbrücker Flughafens frei. Ein Flugzeug startete. Ein anderes landete. Reger Betrieb herrschte. Sehnsüchtig schaute Anke dem Flieger nach, der in Richtung Süden davonflog. Jetzt ein paar Wochen am Strand, zusammen mit ihrer lebhaften Tochter – ach, wäre das schön! Doch leider war ein Urlaub nicht drin. Das Pferd hatte ihre Ersparnisse gekostet – Rondo würde ab sofort ihr Urlaub sein, ihr Freizeitausgleich, ihr Hobby und alles in einem.

Vor ihrer Wohnung wartete Erik auf sie. Mit der Lichthupe blinkend hatte er sie auf der Autobahn überholt. Sie betraten das Appartementhaus und steuerten ihre Wohnung im dritten Stock an.

Dort kam es wie erwartet. Lisa wollte nicht schlafen. Es dauerte lange, bis es Anke endlich gelang, sie davon zu überzeugen. Anschließend ließen sie sich erschöpft auf der Couch nieder und bestellten Pizza.

»Du bist mir eine große Hilfe«, murrte Anke.

»Was habe ich falsch gemacht?«

»Anstatt Lisa konsequent ins Bett zu stecken, hast du dich von der Kleinen einwickeln lassen.«

Erik schaute Anke eine Weile an, bis er reagierte: »Sie hat es gut drauf, mich um den kleinen Finger zu wickeln.«

Spürte Anke in Eriks Worten eine Sehnsucht? Sah er sein eigenes Kind in Lisa? Eriks Augen sprachen Bände, wenn er Lisa ansah. Hoffentlich war das nicht Eriks wirklicher Grund, sich so liebevoll um Lisa zu kümmern. Seit Anke wusste, dass er durch einen Autounfall Frau und Kind verloren hatte, sah sie ihren Arbeitskollegen anders. Sie bewunderte ihn dafür, wie gut es ihm gelang, mit seinem harten Schicksal zurechtzukommen.

Der Pizzabote klingelte. Eine bessere Ablenkung von schwermütigen Gedanken konnte es nicht geben.

Während sie ihre Pizza aßen, überlegten sie, was sie in dem Zeitraum gemacht hatten, in dem das Opfer im Koppelwald zu Tode gekommen war.

»Ich habe erst im Jahr 1996 meine Laufbahn als Kriminalkommissarin in Kullmanns Abteilung begonnen«, sagte Anke.

»2002 warst du im Mutterschutz«, erinnerte sich Erik. »Zum Jahresende hatten wir den Stalking-Fall.«

»Stimmt! Im gleichen Jahr ist Kullmann in Pension gegangen – ich glaube, es war kurz vor Sommeranfang. Also müsste der Tote schon im Frühjahr dort abgelegt worden sein, während wir mit dem Polizistenmörder beschäftigt waren.«

»Dann wüssten wir beide davon.«

»Ich lag kurze Zeit im Krankenhaus«, gab Anke zu bedenken.

»In der Zeit ist nichts passiert.«

Schweigend aßen sie den Rest der großen Pizza auf, schoben die Verpackung beiseite und lehnten sich auf dem Sofa zurück.

»Wir sollten morgen mit Theo Barthels über die Gürtelschnalle sprechen«, unterbrach Erik die Stille.

»Glaubst du, er kann heute noch feststellen, wem sie gehört hat?«

»Ich hoffe es. Was mich stutzig macht, ist die Vermutung von Dr. Kehl, dass das Opfer keine Kleider mehr trug.«

»Das ist schrecklich.« Anke nickte. »Aber warum macht dich das stutzig?«

»Wenn er keine Kleider mehr trug, dann bestimmt auch keinen Gürtel mit Schnalle.«

Anke verzog ihr Gesicht zu einer ironischen Grimasse: »Du hast mich auf des Rätsels Lösung gebracht.«

Erik schaute Anke erwartungsvoll an.

»Es ist der Mann, der nichts anhat als den Gurt auf dem Schild an der Straße von zu Hause in die Stadt, wo ich so oft lang fahr.«

Erik ergriff ein Kissen und warf es mit Schwung in Ankes Richtung.

»Und ich dachte, es käme ein geistreicher Beitrag von dir.«

»Deine Beiträge sind auch nicht besser«, hielt Anke dagegen.

»Das Lied handelt übrigens von einer Frau – nicht von einem Mann.«

»Dann passt es aber nicht auf unseren Toten. Der ist nämlich eindeutig ein Mann.«

»Jetzt sind wir so weit, wie wir waren: Wir können nur hoffen, dass Theo Barthels diese Gürtelschnalle jemandem zuordnen kann.« »Vielleicht hat der Mörder sie getragen. Er wird nicht ebenfalls nackt im Wald herumgelaufen sein«, sinnierte Anke.

»Stimmt! Es könnte ein Kampf zwischen Täter und Opfer stattgefunden haben. Dabei hat der Täter die Gürtelschnalle verloren, ohne es zu merken.«

Anke hatte sich das Kissen geschnappt und versuchte jetzt, Eriks Kopf zu treffen. »Das wäre zu schön, um wahr zu sein. Dass Mörder ihre Visitenkarte am Tatort zurücklassen, kommt nämlich äußerst selten vor.«

Erik fing das Kissen auf und schleuderte es zurück.

»Außerdem gab es noch einen Schlüssel am Fundort. Vielleicht sollte das eine Einladung des Täters sein, ihn zu verhaften«, trieb er den Spott weiter.

»Stimmt! Jetzt ziehen wir von Haus zu Haus und probieren den Schlüssel aus.«

»Goethe war gut!«, feixte Erik.

»Jetzt fällt mir wieder ein, dass im Jahr 2002 ein großes Unheil aus Köln zu uns gekommen ist«, neckte Anke ihren Kollegen und warf ihm das Kissen zurück. Diesmal traf sie.

Erik nahm es aus seinem Gesicht und legte es hinter seinen Kopf.

»Ich weiß nicht, wovon du redest«, murmelte er, wobei er sein Grinsen unterdrückte.

TEIL IV

Frühling 2001

Stockfinstere Nacht. Von Panik erfasst rannte sie um ihr Leben, sah nicht, wo sie hintrat, lief immer nur weiter in der Hoffnung, ihrem Verfolger zu entkommen. Unter ihren Füßen spürte sie, dass der Boden weicher wurde. Sie hatte den Weg verlassen, ohne es zu bemerken. Wieder nahm sie in den Augenwinkeln den Lichtkegel einer Taschenlampe wahr. Er holte sie ein. Plötzlich glaubte sie, jemand riss ihr den Boden unter den Füßen weg. Mit einem heftigen Aufprall landete sie im Sand, der ihr in den Mund drang. Sie wollte schreien, bekam keinen Ton heraus – wollte sich aufrappeln, wurde jedoch von einem schweren Gewicht heruntergedrückt.

»Du entkommst mir nicht«, hörte sie eine bedrohliche Stimme. »Keine Frau entkommt mir. Ich bin euch allen überlegen!«

Während er sprach, gelang es ihr, sich aus seinem Griff zu befreien. Hastig sprang sie auf und rannte weiter. Aber die Dunkelheit machte es ihr unmöglich auszumachen, wo sie hinlaufen sollte. Da spürte sie wieder das Licht der Taschenlampe. Ohne es zu wollen, zeigte ihr der Verfolger damit den Weg. Sie erkannte die Mauersteine, die die Umrisse der alten römischen Villa aufzeigten, konnte über jeden Vorsprung springen, ohne zu stolpern. Sie gelangte an den überdachten Bau, der die Heizkammern der alten, römischen Fußbodenheizung zeigte. Dort wollte sie sich verstecken, weil das der einzige Ort war, der sich dazu eignete. Sie duckte sich, bevor der Schein der Taschenlampe sie erfasste. Hoffentlich war sie schnell genug!

Die Zuschauer hielten den Atem an.

Ein Besucher spazierte durch den Europäischen Kulturpark in Bliesbrück-Reinheim. Sein Interesse galt ganz besonders der altrömischen Fußbodenheizung, auf die die Archäologen bei ihren Ausgrabungen gestoßen waren.

Zunächst stieß ihn der unangenehme Geruch ab. Er beschloss, ihn zu ignorieren, weil ihn das Heizungssystem aus der Antike faszinierte. Doch der Geruch wurde immer beißender, bis er plötzlich auf eine halb verweste Frauenleiche stieß.

Er traute seinen Augen nicht. Das Summen von Fliegen und die schlängelnden Bewegungen tausender von Maden ließen keinen Zweifel daran: Diese Frau lag nicht seit über tausend Jahren an dieser Stelle, sondern erst seit wenigen Tagen!

Ingo Landrys Stimme schallte geisterhaft durch die Nacht. Wind frischte auf, was noch mehr Grauen in die Gemüter der Zuschauer trieb. Er schaute auf, sah nur kreideweiße, angstverzerrte Gesichter. Niemand bemerkte, wie spät es bereits war. Zum Glück hatte das Wetter mitgespielt, worauf man sich im März nicht immer verlassen konnte. Ein Regenschauer während seiner Lesung auf einer Freilichtbühne hätte seine Veranstaltung verdorben.

Den Ort seiner Buchvorstellung verdankte er seinem Freund Matthias Hobelt – dem er so manches verdankte, was die Entstehung dieses Buches betraf. Die Naturbühne in Gräfinthal als Ambiente für seine persönliche Veranstaltung war überwältigend. Die Wirkung seiner Einladung ebenso, denn die Anzahl der Besucher übertraf seine kühnsten Vorstellungen. Es waren so viele, dass er sie nicht mehr zählen konnte.

Die Stille, die abrupt nach seinem gruseligen Vortrag herrschte, unterstrich den Schauder noch. Die Menschen machten auf ihn den Eindruck, als wollten sie den Augenblick auskosten.

Kaum war der Zauber vorbei, da eroberte eine große, schlanke Frau die Bühne, übernahm das Mikrofon und begann zu sprechen: »Ich bin die Literaturagentin unseres Krimiautors Ingo Landry. Mein Name ist Sonja Fries. Wie ich sehe, hat Ingo Landrys Vortrag Sie gefesselt. Ihr Interesse ist geweckt. Sie können gerne Fragen an den Autor richten. Und wenn Sie erfahren wollen, wie diese spannende Geschichte weitergeht, können Sie das Buch »Emanzipation des Mannes« kaufen. Da steht alles drin.«

Damit brachte sie die Zuschauer zum Rasen. Sie stürmten zum Autor auf die Bühne, bombardierten ihn mit Fragen und kauften sein Buch mit großer Begeisterung alle wollten wissen, wie es in seinem Krimi *Emanzipation des Mannes* weiterging.

»Haben Sie schon ein neues Buch in Planung?«, fragte ein Besucher.

»Nein«, antwortete Ingo, wobei ihn die Sorge beschäftigte, dass er keine Idee für ein weiteres Buch hatte. Er musste alles auf diese eine Karte setzen.

»Wie sind Sie auf so eine spannende Idee gekommen?«, fragte ein anderer.

Nun musste Ingo sich bemühen, einen Schweißausbruch zu unterdrücken. Betont lässig antwortete er: »Bei einem Besuch des Europaparks in Bliesbrück-Reinheim kam mir die Idee.«

»Mussten Sie viel recherchieren, um dieses Buch zu schreiben?«

»Ein wenig.« Ingo grinste dämlich, weil er im Grunde genommen überhaupt nicht nachgeforscht hatte.

»Glauben Sie, dass Sie auf die Bestsellerliste kommen?«

»Ich hoffe es«, antwortete Ingo im Brustton der Überzeugung.

»Haben Sie eine Idee, wie Sie das Ziel erreichen könnten?«, fragte der Besucher weiter.

»Ich weiß genau, was ich dafür tun muss.«

Damit war die Veranstaltung beendet, alle Bücher verkauft.

Nachdem der Besucherstrom abgerissen und Stille auf der großen Bühne eingekehrt war, blieb Ingo Landry noch eine Weile ganz allein dort sitzen und ließ die schönen Erinnerungen an sich vorüberziehen. Es war ein Gefühl der Bewunderung, das er gerade erlebt hatte – ein Gefühl, das süchtig machen konnte. Ein Bick auf seine Literaturagentin Sonja Fries gab ihm die Gewissheit, dass ihm mit dieser Frau noch viel mehr gelingen konnte. Sie war eine aufregende Erscheinung, die ihn an alle Sünden erinnerte, die er noch nicht begangen hatte. Ein Lächeln zog sich über sein Gesicht.

Doch es sah gerade nicht so aus, als hätte er heute eine Chance bei ihr. Mit einem lasziven Kussmund verabschiedete sie sich und fort war sie. Ingo verzog sein Gesicht grimmig. Diese Frau wusste genau, wie sie ihn auf Hochtouren brachte. Sie ließ ihn zappeln. Und zwar aus purer Berechnung, damit er bei ihrem nächsten Stelldichein umso leidenschaftlicher war.

Er schnaufte – bemühte sich, an etwas anderes zu denken. Sein Blick fiel auf Matthias Hobelt, der geduldig auf ihn wartete. Zusammen machten sie sich auf den Weg zum Parkplatz. Erst jetzt bemerkte er den Temperatursturz. Während er vorgelesen hatte, war er so ins Schwitzen geraten, dass ihm das nicht aufgefallen war. Den Zuschauern wohl auch nicht, denn niemand von ihnen hatte es eilig gehabt, niemand wollte vorzeitig die Veranstaltung verlassen.

Am Auto angekommen schauten sich die beiden Männer an und lachten. Matthias Hobelt legte den Arm um seinen Freund, den Krimiautor: »Habe ich dir nicht gesagt, dass mit deiner Schreibkunst Geld zu verdienen ist?«

»Doch!«

»Es war geschickt, meine Beziehungen spielen zu lassen, damit du hier lesen kannst«, sprach Matthias weiter. »Es ist immer gut, wenn man Freunde hat. Seit ich hier ehrenamtlich arbeite, habe ich diesen Traum gehegt – nun ist er wahr geworden.«

»Ich bin froh, einen Freund wie dich zu haben«, gestand Ingo, wobei er sich bemühte, sehr überzeugend zu klingen.

»Ich hoffe, dir ist klar, dass wir den Gewinn teilen«, fügte Matthias an. »Ich kann den Zaster nämlich gut gebrauchen.«

»Klar, Junge! Habe ich dich jemals betrogen?«

»Nein! Ich rate dir auch, es niemals zu tun«, gab Matthias unmissverständlich zu verstehen.

»Du benimmst dich schon wie die Bösewichte in meinem Krimi.« Ingo fühlte sich aus seiner Schwärmerei gerissen.

»Das fällt mir leicht, wie du dir wohl denken kannst. Schließlich habe ich die kriminellen Charaktere entworfen.«

»Hast du sie wirklich nur entworfen?«, fragte Ingo, schlagartig ernüchtert.

Sibylle Kriebig und ihre Freundin Antonia Welsch saßen unter den Zuschauern. Während die Menschenmassen sich in den Bann der Erzählungen ziehen ließen, spürte Sibylle mit jedem vorgelesenen Wort größere Unbehaglichkeit. Es dauerte eine Weile, bis Antonia Sibylles Erregung registrierte. Sie fragte im Flüsterton: »Was ist los mit dir?«

Sibylle murrte: »Das ist ein Plagiat!«

»Pst! Nicht so vorschnell mit deinen Behauptungen«, bremste Antonia Sibylles Erregung.

»Wenn ich es dir sage«, beharrte Sibylle, doch Antonia ließ sie nicht weiter sprechen.

Geduldig lauschten sie dem Rest der Lesung. Als die Literaturagentin Sonja Fries die Bühne betrat, flüsterte Antonia ganz aufgeregt: »Die kenne ich.«

»Woher?«

»Sonja hatte großes Interesse daran, dein Buch zu vermarkten«, antwortete Antonia. »Aber du hast ja mich.«

»Davon weiß ich ja gar nichts.«

»Ich habe meinen Job verteidigt«, fügte Antonia grinsend an.

Als die Zuschauer auf die Bühne zusteuerten, um den Buchautor zu feiern, wurde es Sibylle zu bunt. Sie steuerte die entgegengesetzte Richtung an. Im Eilschritt verließ sie die große Tribüne der Freilichtbühne.

»Kannst du dich noch an die beiden Männer erinnern, die ganz zum Abschluss meiner Lesung in Saarlouis mein Buch gekauft hatten?«, fragte Sibylle, während sie ihr Auto in der Dunkelheit auf dem Schotterparkplatz suchte.

Antonia überlegte eine Weile, konnte aber nur den Kopf schütteln.

»Einer von beiden hieß Ingo Landry.«

»Warum ärgert dich das? Du willst doch, dass die Leute deine Veranstaltung besuchen und dein Buch kaufen.«

»Bist du so begriffsstutzig oder tust du nur so?« Sibylle wurde ungehalten. »Sein Kumpel hat mich ausgefragt, wie ich auf die Idee gekommen bin und solche Sachen. Der kleine Zwerg, der mir damals schon unheimlich vorkam, war heute auch dabei. Also hatten sich die beiden schon damals den Plan zurechtgelegt. Sie haben mein Buch gelesen und siehe da, schon war alles da: Ingo Landry brauchte nur meine Idee zu übernehmen, einige Namen zu ändern und das Ganze als Produkt seiner Fantasie zu verkaufen.«

Antonia wehrte ab: »Was ich hier gehört habe, ist für mich nur der Beweis dafür, dass er einen Krimi schreibt, in dem ein Mord vorkommt und Spannung und so. Alles andere spinnst du dir zusammen.«

Wütend entgegnete Sibylle: »Vielleicht wollte auch Sonja Fries die Idee klauen. Und du willst deiner Kollegin nicht in den Rücken fallen.«

Antonia wurde blass. Sie atmete tief durch, bevor sie darauf reagierte: »Ich glaube, jetzt gehst du zu weit.« Sibylle stieg in ihren Wagen und bemerkte: »Stimmt! Entschuldige bitte! Zuerst werde ich das Buch wohl oder übel lesen müssen, bevor ich Anschuldigungen erhebe.«

»Willst du dir das wirklich antun?«

»Ja!«

»Du ärgerst dich jetzt schon. Also wird es eine Zerreißprobe für deine Nerven werden, dieses Buch zu lesen.«

TEIL V

Kapitel 11

Der Konferenzsaal füllte sich. Angenehmer Kaffeeduft zog herein. Das leise Gemurmel und Tassenklirren verstummte, Ruhe kehrte ein. Genau in diesem Augenblick öffnete sich die Tür und gab den Blick auf die Staatsanwältin Ann-Kathrin Reichert frei. Alle starrten sie an. Fürstlicher konnte ihr Auftritt nicht sein. Ihre giftgrünen Augen wanderten über die Kollegen, bis sie bei Jürgen Schnur aufblitzten. Sie steuerte ihn an.

Der Stuhl neben Schnur wurde sofort frei gemacht. Der Dienststellenleiter wartete, bis sie Platz genommen hatte. Dabei bemühte er sich, nicht auf die Staatsanwältin zu schauen, was ihm schlecht gelang. Sie trug ihre feuerroten Haare offen. Ihr sommersprossiges Gesicht wirkte schelmisch. Die Bluse zeigte ein offenherziges Dekolleté.

Alle warteten. Die Spannung stieg an. Plötzlich ertönte in voller Lautstärke *Je t'aime … moi non plus*, das französische Liebeslied von Jane Birkin und Serge Gainsbourg.

Schnurs Gesicht färbte sich dunkelrot. Hastig zerrte er an der Brusttasche seines Hemdes und zog sein Handy heraus.

»Scheiße«, murmelte er. »Wenn ich meinen Sohn in die Finger kriege, erschlage ich ihn.«

Brüllendes Gelächter brach aus. Schnur meldete sich, aber niemand interessierte sich dafür, wer der Anrufer war. Die Stimmung war zu ausgelassen. Als er auflegte, verstummten alle und schauten ihn erwartungsvoll an.

»Unsere Sekretärin bringt die Unterlagen des forensischen Anthropologen«, erklärte er.

Kaum hatte er ausgesprochen, betrat eine füllige Dame mit grellbunten Kleidern und starkem Make-up den Besprechungsraum. Sie legte jedem Polizeibeamten eine Kopie auf den Tisch und eilte wieder hinaus.

»Hier steht, dass es sich bei dem Skelett um ein männliches Opfer handelt«, begann Schnur. »Es genügt, wenn Sie den Bericht später lesen.«

Alle Augen richteten sich auf ihn. Ihre Belustigung stand immer noch in ihren Gesichtern.

»Theo Barthels hat einige Fundstücke untersucht, die in der Nähe des Skeletts lagen«, sprach Schnur weiter, wobei er sich bemühte, seinen Ärger über die aufgeheiterten Mienen nicht zu zeigen. »Theo, bitte erklär uns, was in deinem Bericht steht!«

Der Angesprochene erhob sich mit einem Bündel Papiere in der Hand. Sein Anzug sah so aus, als sei er schon mehrmals getragen worden, weshalb er eher gemütlich als elegant wirkte. Seine Haare waren mit vielen grauen Strähnen durchzogen, seine buschigen Augenbrauen dagegen behielten ihre dunkle Farbe, was ihm schon bei einigen Kollegen den Spitznamen *Theo Waigel* eingebracht hatte.

Mit fester Stimme begann er zu sprechen: »Die Untersuchungen an der Gürtelschnalle ergaben keine Hinweise auf einen früheren Besitzer. Eine Herstellerfirma ist nicht mehr darauf abzulesen, da die Schnalle zu stark verrostet ist. Der Eigentümer ist leider nur durch Zeugenbefragungen zu ermitteln.« Er atmete kurz durch und setzte seinen Bericht fort: »Auf dem Schlüssel, der neben dem Skelett lag, ist keinerlei Nummer zu erkennen, sodass wir darüber auch nichts herausfinden können. Entweder hat der Rost alle Hinweise aufgefressen oder aber es gibt keine Nummer, weil der Schlüssel nachgemacht wurde. Weiterhin haben wir die Fundstelle untersucht, nachdem Anke Deister dort verdächtige Bewegungen beobachtet hat. Bei der Untersuchung konnten wir keine Spuren herausfiltern. Durch die lange Trockenheit ist der Boden zu hart und hinterlässt keine Abdrücke. Tut mir leid, dass ich keine besseren Ergebnisse vorlegen kann.«

»Können wir von einem Verbrechen ausgehen?«, fragte Ann-Kathrin Reichert.

»Der Anthropologe Dr. Kehl stellte am Skelett fest, dass das Zungenbein gebrochen ist. Außerdem wurden Ober – und Unterkiefer bis zur Unkenntlichkeit zertrümmert«, antwortete Schnur. »Leider ist nicht festzustellen, ob die Zertrümmerung vor oder nach dem Tod stattfand.«

»Nach den von Ihnen zusammengetragenen Fakten handelt es sich also um ein Tötungsdelikt.«

58

»Deshalb kommen wir nicht umhin, den Fall zu bearbeiten.«

Alle nickten.

»Die Medien haben schon fleißig berichtet. Sie stellen diese Tat als Anschlag auf das Biosphärenreservat hin. Können wir dem etwas entgegensetzen?«

»Ja, die Leichenliegezeit. Der Tote ist nach Dr. Kehls Berechnungen seit mindestens fünf Jahren tot.« Dabei wies Schnur auf den Bericht des forensischen Anthropologen.

»Die Öffentlichkeit hat ein großes Interesse an dem Fall. Ich gehe davon aus, dass Sie mit der Situation fertig werden«, merkte die Staatsanwältin an. Damit hatte sie die Sympathien sämtlicher Männer der Abteilung gewonnen. Die Bewunderung, die bereits für sie gehegt wurde, stieg noch weiter an; eine gehörige Portion Respekt mischte sich darunter.

Den letzten Satz hatte Schnur als Aufforderung aufgefasst, nun sein weiteres Vorgehen zu besprechen. Er richtete seine Frage an seine Mitarbeiter: »Habt ihr Übereinstimmungen von vermisst gemeldeten Personen gefunden?«

Bernhard Diez antwortete: »Ein Mann wurde in Ormesheim vermisst gemeldet. Die Übereinstimmungen sind folgende: Der Mann war zum Zeitpunkt des Verschwindens achtunddreißig Jahre alt und lebte in der Nähe des Fundortes. Sein Name ist Ingo Landry.«

»Gute Arbeit. Das ging wirklich schnell!«

»Anke hat mir einen Tipp gegeben«, gab Bernhard zu.

Schnur schaute Anke fragend an, die daraufhin erklärte: »Kullmann hat mich auf einen ungelösten Fall aus seiner aktiven Dienstzeit hingewiesen. Die Tatsache, dass der Tote in Ormesheim gefunden wurde, erinnerte ihn daran, dass damals Ingo Landry als vermisst gemeldet worden war.«

»Das ist interessant«, staunte Schnur. »Warum kann ich mich nicht daran erinnern?«

»Ich war damals auf einer kriminalpsychologischen Schulung«, brachte Anke schnell ihre eigene Entschuldigung vor. »Das war im September 2001.«

»Zu dem Zeitpunkt war ich mit meiner Familie in einem langen Urlaub.« Schnur war es mit der Angabe des Datums wieder eingefallen. »Wir waren sechs Wochen auf einer Safari.«

Amüsiertes Geraune ging durch die Runde.

»Sind Sie Großwildjäger?«, fragte Ann-Kathrin Reichert, wobei sie Mühe hatte, ernst dreinzublicken.

»Ich musste mir damals etwas einfallen lassen, was meine Kinder reizte, zusammen mit ihren Eltern in Urlaub zu fahren.«

»Und? Haben Sie dort das Jagen gelernt?«

»Nein! Mir taten die Elefanten leid – ich hätte niemals einen erschießen können.«

»Das spricht für Sie.« Die Staatsanwältin nickte anerkennend.

»Gibt es etwas, was die Identität Ingo Landrys bestätigt?«, richtete Schnur seine nächste Frage an Bernhard.

»Ja, Ingo Landry passt von seinem Alter her, vom Zeitpunkt des Verschwindens – außerdem hatte er sich vor etwa zwanzig Jahren bei einem Autounfall den linken Oberarm gebrochen. Eine zusammengeheilte Fraktur an der gleichen Stelle fand Dr. Kehl am Skelett.«

»Wo wohnte Ingo Landry bis zu seinem Verschwinden?«

»In Ormesheim, in der Adenauerstraße.«

»Wir werden überprüfen müssen, ob der Schlüssel, der bei der Leiche lag, zu dem Haus passt«, bestimmte Schnur. »Außerdem übergibst du Dr. Kehl das Untersuchungsmaterial zu Ingo Landry, damit er den genetischen Vergleich machen kann!«

Bernhard nickte.

Grewe räusperte sich und verkündete: »Ich habe mich über Ingo Landry bereits informiert.«

»Was kam dabei heraus?«

»Er hat einen Kriminalroman geschrieben, der im Saarland veröffentlicht wurde.«

»Hat er darin schon mal die Rolle des Opfers geübt?« Schnurs Tonfall klang sarkastisch.

»Könnte sein«, gab Anton Grewe zurück.

»Jetzt hast du mich am Haken. Los, erzähl schon! Gibt es darin etwas Wichtiges für uns?«

»In seinem Buch werden mehrere Frauen erwürgt und im Europäischen Kulturpark in Bliesbrück-Reinheim halb vergraben aufgefunden. Darin beschreibt er das Stadium der Verwesung sehr detailliert.«

Kurzes Schweigen trat ein, das Schnur mit seiner nächsten Bemerkung unterbrach: »Ich habe den Krimi *Ich töte* von Giorgio Faletti gelesen. Darin wird den Opfern die Gesichtshaut abgezogen. Soweit ich informiert bin, hat Giorgio Faletti seine noch.«

»Trotzdem klingt Grewes Beobachtung interessant«, meldete sich Anke. »Das erinnert mich daran, in welchem Zustand das Opfer war, das ich gefunden habe.«

Schnur rieb sich über sein rasiertes Kinn, nickte und meinte: »Du glaubst also, dass es Parallelen gibt?«

»Genau das! Unser Toter wurde erwürgt. Ich fand ihn im Zustand völliger Verwesung halb vergraben im Wald. Das könnte doch bedeuten, dass einer seiner Leser seine eigene Mordmethode an ihm praktizierte.«

Allgemeines Staunen ging durch den Raum.

»Also müssen wir nur herausfinden, wer das Buch gelesen hat«, schlussfolgerte Bernhard schnippisch. »Eigentlich ganz einfach.«

»Du bist hier der geschulte Kriminalpsychologe«, erinnerte Schnur den vorlauten Mitarbeiter an seine erst kürzlich absolvierte Schulung. »Also kannst du den Täterkreis eingrenzen.«

Bernhard schluckte.

»Wie sieht es mit einem Motiv aus?« Die Frage richtete Schnur an Grewe. »Hat der Täter in seinem Buch ein Motiv, die Frauen zu töten und wäre es mit seinem eigenen Tod in Verbindung zu bringen?«

»Er schreibt von Frauen, die versuchen, die Männer in der Gesellschaft lächerlich zu machen. Der Mörder entwickelt einen ausgeprägten Frauenhass.«

»Das erinnert mich an etwas«, überlegte die Staatsanwältin.

Alle horchten auf. Eine Weile schaute sie nachdenklich in ihre Kaffeetasse, bis sie den roten Lockenkopf schüttelte und meinte: »Ich komme nicht dahinter. Sprechen Sie nur weiter, ich höre Ihnen zu!«

Schnur übernahm wieder das Wort: »Sollte es sich wirklich um eine Kopie der Handlung aus dem Krimi von Ingo Landry handeln, müssen wir in Erfahrung bringen, wer das Buch verlegt hat und wer mit Ingo Landry daran gearbeitet hat. Vielleicht bringt uns das weiter.«

»Ich kann mich darum kümmern«, meldete sich Bernhard Diez.

Schnur nickte und sprach Anke an: »Du wirst den Krimi unseres verstorbenen Autors ebenfalls lesen. Vielleicht kannst du noch andere Details darin erkennen!«

Anke stimmte verdrossen zu. Erik grinste Anke hämisch an. Weiter kam er nicht, denn da sprach Schnur ihn direkt an: »Du wirst zusammen mit Anton Grewe nach Ormesheim fahren, um den Schlüssel zu überprüfen. Sollte er tatsächlich passen, gibst du mir sofort Bescheid und beginnst unverzüglich mit einer Befragung der Leute im Dorf. Ich will so viel wie möglich über unser Opfer erfahren – was für ein Mensch er war, welche Interessen er hatte, mit wem er Kontakt hatte. Du weißt schon.«

Nun war es an Anke, Erik anzugrinsen.

Nach der Besprechung verließen alle murmelnd den Raum.

Anke wollte gerade die Tür zu ihrem Zimmer schließen, als sich Erik hastig hineinzwängte und fragte: »Hättest du Lust, mich nach Ormesheim zu begleiten? Das Buch kannst du auch während der Fahrt lesen.«

»Da verlangst du ganz schön viel von mir«, gab Anke zu bedenken.

Erik schaute seine Kollegin eindringlich an.

»Ich gehe nur unter einer Bedingung auf deinen Vorschlag ein!«

»Alles, was du willst!«

»Ihr bringt mich an den Stall zu Rondo! Ich muss sein Bein neu verbinden. Und kein Wort zu Jürgen Schnur!«

»Deine Bedingung in allen Ehren. Wir werden uns mit dir gemeinsam auf unerlaubtes Gebiet vorwagen.«

Kapitel 12

Die Sonne tauchte die Welt in strahlendes Licht. Das Laub an den Bäumen hatte alle Farben des Herbstes angenommen. Es wirkte wie die bunt betupfte Farbpalette eines Malers. Schon von weitem erblickten sie den Kirchturm. Majestätisch prangte er über Ormesheim.

Sie steuerten Ingo Landrys Haus an, das direkt am Ortseingang dicht an der Adenauerstraße stand. Das Auto stellten sie davor ab, stiegen aus und traten auf die Haustür zu. Sie war verwittert. In einen großen Rundbogen eingebaut hatte sie die Originalform eines Scheuneneingangs. Anton Grewe zog den Schlüssel aus seiner Tasche und steckte ihn in das Schloss.

Er passte. Problemlos ließ er sich umdrehen.

»Was tun wir jetzt? Gehen wir hinein?«

»Klar! Jürgen will Ergebnisse. Die bekommen wir nicht, wenn wir hier herumstehen«, antwortete Anke und betrat die leere Doppelgarage.

Die Seitentür, die zum Wohnhaus führte, war nicht verschlossen. Doch, was sie dort zu sehen bekamen, zerschmetterte ihre Neugier im Nu. Kreuz und quer standen die Möbel und bildeten ein Chaos, das ein Durchkommen beschwerlich machte.

Mit Mühe und Not kraxelten die Beamten durch jedes Zimmer. Im Obergeschoss sah es genauso aus. Sämtliche Schränke waren geöffnet, die Schubladen herausgerissen. Der Inhalt verteilte sich auf dem Boden und ließ auf den ersten Blick erkennen, dass es sich um übliche Haushaltsgegenstände handelte.

Frustriert rief Anke bei Jürgen Schnur auf der Dienststelle an. Sie berichtete ihm, was sie vorgefunden hatten.

»Das ist das Werk der Hausdurchsuchung vor fünf Jahren«, sagte Schnur. »Also hat sich keiner die Mühe gemacht, in der Zwischenzeit dort aufzuräumen.«

»Sieht so aus. Ob wir in dem Chaos etwas finden, was die Kollegen vor uns noch nicht gefunden haben?« Anke zweifelte.

»Vermutlich nicht. Ich sehe keinen Grund, dass ihr noch mal alles auf den Kopf stellt.«

Erleichtert stiegen sie wieder in den Dienstwagen ein. Erik steuerte zielstrebig den Stall an. Anton Grewe, der auf dem Beifahrersitz saß, warf dem Fahrer einen staunenden Blick zu. Als er Eriks harten Gesichtsausdruck bemerkte, beschloss er, nichts zu sagen.

Auf der Bergkuppe tauchten Pferde auf riesigen Koppeln auf. Dahinter stand ein großer Reitstall. Nun verstand Grewe. Sie parkten dicht an den Stallungen, in denen Rondo untergebracht war und stiegen aus. Grewe folgte Erik und Anke in das große Gemäuer. Doch als er das erste Pferd sah, das durch die Stallgasse auf ihn zugeführt wurde, riss er vor Schreck die Augen weit auf, drehte sich um und flüchtete in den Dienstwagen. Dort wartete er, bis die Kollegen ihren Verbandswechsel an Rondos Bein beendet hatten.

»Soll das so weitergehen?«, fragte Grewe missgestimmt.

»Was?«

»Eure Eigenmächtigkeiten. Es mag ja köstlich sein, sich über meine Angst vor Pferden zu amüsieren. Aber eigentlich sind wir dienstlich unterwegs. Oder habe ich irgendetwas falsch verstanden?«

»Nein! Du siehst das richtig«, antwortete Anke. »Wir fahren jetzt ins Dorf. Dort werden wir die Leute zu Ingo Landry befragen.«

Die Antwort versöhnte Grewe. Erleichtert lehnte er sich auf dem Beifahrersitz zurück.

Erik steuerte den Wagen den Berg hinunter, bog rechts ab in die Kapellenstraße. Eine Weile sahen sie nur Wiesen und Felder, bis sie am Ortseingang die Strudel-Peter-Kapelle passierten.

Der weitere Verlauf der Straße führte steil bergab. Am Ortseingang teilte sie sich. Inmitten dieser Straßengabelung stand ein auffälliges, gelbes Haus, dessen Bauweise den beiden abzweigenden Straßen angepasst worden war. Schmal und hoch ragte es in die Luft. Der rückwärtige Teil war durch einen unförmigen Anbau verbreitert worden.

Im Schritttempo ließ Erik den Wagen an der Kirche vorbei hinunter ins Dorf rollen. Dort gelangten sie auf einen Parkplatz, der von mehreren Geschäften, einer Apotheke und der Kreissparkasse flankiert wurde.

Die drei Beamten stiegen aus und schauten sich um.

»Die Apotheke ist bestimmt der richtige Ort, um etwas über Ingo Landry zu erfahren«, schlug Anke vor.

Zügig überquerten sie die Straße. Die Apothekerin stand hinter der Theke voller Medikamente und schaute die drei Beamten erwartungsvoll an. Grewe zückte seinen Dienstausweis und stellte seine erste Frage: »Kennen Sie Ingo Landry?«

»Natürlich«, antwortete die Frau. »Wer kannte ihn nicht? Er wohnte hier unten in der Adenauerstraße. Lange Zeit war er verschwunden. Ist er denn zurückgekommen?«

»Das kann man so sagen.« Grewe wich aus. Er staunte über die Frage, weil die Zeitung ausführlich über den Leichenfund berichtet hatte.

»Das ist schön«, schwärmte die Apothekerin. »Er war immer nett und half jedem, wo er nur konnte.«

»Können Sie über ihn sagen, dass er Feinde hier im Dorf hatte?«

»Nein! Ingo doch nicht!«

»Dann war es für Sie bestimmt eine Überraschung, als er so plötzlich verschwand?«

»Eigentlich nicht. Als er das Buch geschrieben hatte, wurde ihm Ormesheim wohl zu klein. Wer weiß, wohin ihn der Ruhm brachte?«

»Mit wem lebte er zusammen?«

»Ingo lebte allein. Zumindest hier im Dorf. Freundinnen hatte er zwar immer – Frauen waren ganz verrückt nach ihm.« Sie konnte sich ein Schmunzeln nicht verkneifen. »Aber für eine einzige konnte er sich nie entscheiden.«

»Gibt es jemanden im Dorf, mit dem er fest befreundet war, zu dem er engeren Kontakt hatte?«

»Ja! Ingo hat einen Freund vom Kindesalter an. Die beiden waren unzertrennlich – bis Ingo fortging. Er heißt Matthias Hobelt und wohnt in der Kapellenstraße 49.«

Mit dieser Information steuerten sie ihren Dienstwagen an. Lange mussten sie nicht suchen, denn durch die Kapellenstraße waren sie ins Dorf gekommen. Also fuhren sie den gleichen Weg zurück und stießen auf das Haus, in dem Ingo Landrys Freund wohnte. Es war das gelbe Haus inmitten der Gabelung. Den unförmigen Anbau im rückwärtigen Teil erkannten sie erst bei genauem Hinsehen als Garage. Das Garagentor war nur angelehnt.

Anstatt auf die Haustür zuzugehen, steuerte Erik das Tor an und öffnete es. Dort herrschte ein Chaos an verbogenen Metallteilen, alten Küchengeräten, ausrangierten Badewannen. Ein alter, rostiger Simca mit einem Nummernschild aus Zweibrücken setzte dem Schrott die

Krone auf. Inmitten des Chaos stand ein kleiner, untersetzter Mann in schmutzigen Kleidern und schaute mit großen Augen auf die Eindringlinge.

»Wer sind Sie?«, fragte er unfreundlich.

Erik stellte sich und seine Kollegen vor.

»Polizei?«, staunte der kleine Mann.

Mühsam kroch er zwischen den Metallteilen hervor und ließ sich die Dienstausweise der drei Beamten zeigen.

»Und mit wem haben wir das Vergnügen?«, fragte Erik.

»Ich bin Matthias Hobelt.« Um Erik anschauen zu können, musste er sich anstrengen, dass er keine Genickstarre bekam.

»Sie leben hier in der Kapellenstraße?«

»Ja.«

»Wo arbeiten Sie?«

»Ich bin zurzeit arbeitslos.« Plötzlich änderte er seine Haltung. Er begann nervös zu trippeln. »Ich bin ehrenamtlich im Kulturverein Bliesmengen-Bolchen tätig. Bringt mir zwar nichts ein, gibt mir aber das gute Gefühl, für irgendetwas nützlich zu sein.«

»Was macht man bei einem Kulturverein?«

»Der Verein fördert die Naturbühne in Gräfinthal«, erklärte Hobelt, »das ist ein Nachbarort. Wenn Sie am Stall Hunackerhof vorbeifahren, stoßen Sie gleich darauf. Dort werden Veranstaltungen durchgeführt, Theaterstücke, vor allem Bühnenstücke für Kinder und Jugendliche. Die ehrenamtlichen Helfer sorgen für den reibungslosen Ablauf der Veranstaltungen. Zwischen den Saisonzeiten pflegen wir die Anlage.«

»Schön! Das haben wir also geklärt.« Erik nickte. »Deshalb sind wir aber nicht hier. Sie haben bestimmt schon erfahren, dass wir im Koppelwald einen Toten gefunden haben.« Hobelt wirkte plötzlich eingeschüchtert. Er nickte.

»Wir vermuten, dass es sich dabei um Ingo Landry handelt.«

Matthias Hobelt rieb sich durch seine fettigen Haare und antwortete: »Ich hatte die ganze Zeit gehofft, der Tote hinge mit dem Biosphärenprojekt zusammen. Deswegen kochen schon lange die Gemüter in unserem Dorf hoch.«

»Wenn der Tote mit dem Biosphärenprojekt in Verbindung stünde, würden wir Sie nicht aufsuchen müssen«, stellte Grewe klar. »Was bringt Sie auf diesen Gedanken?«

»Vielleicht wollte ich nicht wahrhaben, dass mein Freund tot ist. Ich habe immer gehofft, dass er lebt und sich irgendwo versteckt. Aber nun zu erfahren, dass er all die Jahre dort im Wald verscharrt war – wie ein Tier – das erschüttert mich«, jammerte Matthias Hobelt, als hätte Grewe nichts zu ihm gesagt.

»Warum sollte sich Ingo Landry einfach aus dem Staub machen?«

»Ganz einfach: Als das Buch auf den Markt kam, wurde es ein echter Renner. Ingo verdiente richtig gutes Geld damit.«

»Das erklärt nicht, warum Sie annahmen, er würde irgendwo unerkannt leben.«

Beunruhigt schaute Hobelt die Beamten an. »Das war einfach nur so ein Gefühl.«

»Wenn Sie uns anlügen wollen, strengen Sie sich bitte etwas mehr an. So einen Unsinn glauben wir Ihnen nämlich nicht«, machte Erik deutlich.

Hobelt begann in der kleinen Garage auf und ab zu gehen. Die Polizeibeamten schauten ihm dabei wortlos zu. Abrupt stoppte er, schüttelte den Kopf und schaute seine Besucher an.

»Also gut«, begann er. »Das Haus, in dem ich lebe, gehört Ingo Landry. Ich habe darauf gewartet, dass ich ausziehen muss, weil irgendein Erbe es verkaufen will. Aber nichts dergleichen ist geschehen. Deshalb nahm ich an, dass er noch lebt.«

»Das werden wir überprüfen.«

»Aber das ist noch nicht alles«, sprach Grewe und warf einen prüfenden Blick auf Hobelt.

Wieder herrschte eine Weile Schweigen, bis er ansetzte: »Ich …« doch weiter sprach er nicht.

»*Ich* und was noch?«, drängte Grewe.

Misstrauisch schaute Hobelt den Beamten an, schüttelte den Kopf und verkroch sich wieder in sein Schweigen.

»Ich glaube, wir müssen den netten Herrn vorladen«, meinte Erik ungeduldig. »Dann werden wir uns auch mit dem ganzen Schrott befassen, der hier liegt. Wer weiß, welche illegalen Geschäfte unser Verdächtiger neben seinem ehrwürdigen Amt macht?«

»Ich weiß es doch nicht«, platzte es aus Hobelt heraus. »Ich kann doch nur vermuten.«

»Und was vermuten Sie?«

Wieder zögerte Hobelt eine Weile.

»Ingo ließ sich dazu hinreißen, auf großem Fuß zu leben. Als der Gewinn stagnierte, saß er auf einem Berg Schulden.«

»Und was hat das mit seinem Verschwinden zu tun?«

»Ich vermutete die ganze Zeit, er hätte sein Verschwinden selbst arrangiert, um den Verkauf seines Buches noch einmal neu zu beleben.«

TEIL VI

Sommer 2001

Krimiautor auf Erfolgskurs

Ingo Landrys Schreibstil ist von einer klassischen Einfachheit – die Taten, die Hintergründe, die Motive und das Regionalkolorit gekonnt für Kulisse, Staffage und Effekt eingesetzt. Dabei gilt die Landschaft nur als Hintergrund, zwar allegorisch vollgepackt, aber dennoch zweitrangig gegenüber der kriminellen Handlung, deren gesamtes Geflecht so in Szene gesetzt wird, dass sie den Leser nicht nur fesselt, sondern sogar in die Versuchung bringen, sich selbst als aufklärendes Mitglied der Gruppe von fiktiven Ermittlern zu empfinden.

Ständig begleitet den Leser bei diesem Buch etwas Bedrohliches. Sind es die Zwischentöne, die den Leser aufhorchen lassen, sind es die Grausamkeiten, die er mit einer Abstraktion beschreibt, dass der Fantasie des Lesers keine Grenzen gesetzt werden oder sind es die Details, die er verbal so geschickt einbaut, die es mehr zu erahnen als zu erkennen gilt, womit er im Leser dunkle und beunruhigende Gefühle hervorruft?

›Emanzipation des Mannes‹ ist nicht nur ein Buch, sondern eine Neuentdeckung des Genres Regionalkrimi. Ingo Landry besticht mit seinem Stil, mit dem er den Leser in die Rolle des beunruhigten Betrachters führt. Er erreicht damit, dass er dem Leser den sicheren Glauben vermittelt, der Autor habe die Leiden und die Ekstasen seines Themas selbst durchlebt, was die Authentizität des Buches verstärkt.

Sollte es eine Fortsetzung dieser neuen Linie des Genres von Ingo Landry geben, werden wir nicht umhin können, ihn in die Namensliste der größten Künstler einzuordnen – angefangen bei Sir Arthur Conan Doyle.

Sibylle raufte sich ihre kurzen, knallrot gefärbten Haare, bis sie in alle Windrichtungen abstanden. Ein dicker Kajalstrich unter den Augen zog sich in langen Streifen quer über ihr Gesicht, das eine purpurrote Farbe angenommen hatte.

»Du bist nicht die Einzige, die Krimis schreibt; das muss dir doch klar sein«, tröstete Antonia.

Wütend schaute Sibylle in ein blasses, rundliches Gesicht, eingerahmt von braunen Locken, die Antonia bis zu den Ohrläppchen reichten, wodurch die großen goldenen Ohrringe betont wurden. Ihre großen, rehbraunen Augen besänftigten Sibylles Zorn.

»Warum bist du immer so schrecklich vernünftig?«, frage Sibylle. Sie fühlte sich unverstanden.

»Weil das nur gut für uns sein kann. Wenn ich genauso schnell wie du an die Decke gehe, stürzt das Dach ein.«

»Aber verstehst du denn nicht, was hier passiert?«, prustete Sibylle los. Dabei zeigte sie auf den Zeitungsartikel. »Siehst du denn nicht, warum ich so entmutigt bin?«

»Doch! Trotzdem verstehe ich deine Reaktion nicht.«

»Dann lese ich dir mal den Zeitungsartikel vor, der über mich und mein Buch geschrieben worden ist.«

Wütend und mit lauter Stimme begann Sibylle vorzulesen, als säße eine Schwerhörige vor ihr:

Das Buch ›Frauen an die Macht‹ erreicht ein Niveau von einer Subjektivität, für die es keinen Platz in einem Roman geben darf – sei es ein Liebesroman oder ein Kriminalroman. Das Einzige, woraus die Autorin einen Vorteil ziehen kann, ist ihr weibliches Geschlecht. Denn wären diese Zeilen von einem Mann geschrieben worden, würde er sich dem Verdacht des Sexismus und der Gewaltbereitschaft gegenüber Frauen aussetzen. Im Fall von Sibylle Kriebig ist dieses Buch nur als Aufschrei unterdrückter Frauen zu verstehen, die mehr aus sich selbst schöpfen als aus ihrer Fantasie, die in diesem Falle wohl in sehr geringem Maße vorhanden zu sein schien.

Anstatt aus der Kunst des Schreibens in diesem Jahrhundert zu lernen, scheint die Autorin fest entschlossen zu sein, ihr den Rücken zuzukehren und zwar mit einem solchen Maß an Erfolg, dass ihr die Weiterentwicklung der deutschen Sprache und der Themen, die für einen Krimi interessant sind, völlig entgangen sind.

Vielleicht erlangt Sibylle Kriebig einen größeren Erfolg bei dem Versuch, Kinderbücher zu schreiben. Da können ihre Talente und ihre Neigungen, allem etwas Negatives abzugewinnen, was mit Männern zu tun hat, besser zur Geltung kommen.«

»Du kannst dir wohl denken, dass ich deinen Zeitungsartikel schon kenne«, bekannte Antonia. »Und an den Ohren habe ich auch nichts.«

»Ja, verstehst du nicht, warum ich wütend bin?«

»Ich hatte dich gewarnt«, erinnerte Antonia. »Dass du dir keinen Gefallen damit tust, wenn du das Buch liest, war mir klar. Und das wollte ich dir auch beibringen, als wir nach der Lesung nach Hause gefahren sind. Aber nein, du willst immer mit dem Kopf durch die Wand.«

»Ich wollte nur verhindern, vorschnell zu urteilen«, konterte Sibylle, »denn genau davor hast du mich auch gewarnt. Jetzt bin ich mir sicher: Der einzige Unterschied zwischen unseren Büchern ist der, dass er Frauen tötet, während ich in meinem Buch Männer töte.«

»Das klingt für mich nicht nach einem Plagiat.«

Sibylle starrte Antonia verständnislos an. Sie ließ eine Weile verstreichen, bis sie endlich ausstieß: »Aber alles andere ist mit meinem Buch identisch. Sogar die Tatorte.«

»Hat er seine Opfer auf die Vauban-Insel in Saarlouis platziert?« Antonia runzelte die Stirn.

»Nein! Er hat einen anderen geschichtsträchtigen Ort gewählt, den archäologischen Park in Bliesbrück.«

»Wo ist das?«

»Im Mandelbachtal.«

»Warum behauptest du, er hätte in seinem Buch den gleichen Tatort gewählt wie du?«

»Ganz einfach: Ingo Landry lebt im Mandelbachtal. Also wählt er einen geschichtsträchtigen Ort in seiner Umgebung. Ich lebe in Saarlouis – was schließen wir daraus? Ich wähle einen solchen Ort in meiner Umgebung.«

»Das ist weit hergeholt.«

»Das ist Ideenklau!«

»Ich verstehe dich ja. Aber, in diesem Fall kannst du hundertmal Recht haben. Du hast nichts davon, wenn du dich ärgerst.«

»Was heißt hier ärgern? Ich sehe nicht tatenlos zu, sondern gehe einen Schritt weiter! Ich werde ihn wegen Ideenklau anklagen. Werden wir doch mal sehen, ob ich es Ingo Landry nicht noch heimzahlen kann.«

»Das wird ein schwieriger Prozess.«, warnte Antonia ihre Freundin, »Ideenklau ist kein Straftatbestand. Höchstens Verstoß gegen das Urheberrechtgesetz. Und das nachzuweisen ist fast unmöglich. Hinzu kommt, wie es vor deutschen Gerichten zugeht. Da kannst du schon gleich zehn Jahre einplanen.«

Sibylle ließ sich nicht beirren. »Ich weiß schon, zu welchem Anwalt ich gehe.« Trotzig schaute sie auf ihre Freundin. »Wir waren zusammen in der Schule. Wenn ich ihm gehörig einheize, wird er das Verfahren beschleunigen, du wirst sehen.«

»Ich bin immer noch der Meinung, du solltest dir das Ganze nochmal überlegen. Schreib lieber dein nächstes Buch, davon hast du mehr!«

»Du siehst doch, dass andere meine Lorbeeren einheimsen. Was habe ich davon, wenn ich Ingo Landry die nächste Vorlage liefere?«

Antonia gab es auf. Sie erkannte, dass sie mit Sibylle nicht reden konnte, wenn sie in dieser Verfassung war. Seufzend stellte sie sich ans Fenster. Es war ein sonniger Tag. Alles grünte und blühte auf ihrem kleinen, ungepflegten Wiesenstück, dass es den Eindruck liebevoller Gartenarbeit vermittelte.

»Ich gehe jetzt zu Rudolf, dem Anwalt. Er kann mich beraten«, hörte sie Sibylles Stimme hinter sich.

»Meinst du Rudolf Dupré?« Erstaunt drehte Antonia sich zu ihrer Freundin um.

»Genau den.«

»Der hat mal Schlagzeilen gemacht – allerdings im negativen Sinn. Er hat einen Prozess nicht nur versiebt, sondern wurde von seinem Mandanten wegen Unterlassung der Mitteilungspflicht angezeigt. Er ging sang – und klanglos unter«, resümierte Antonia. »Diesem Versager willst du vertrauen?«

»Er ist gut, glaub mir! Er hat einfach nur den falschen Mandanten ausgewählt, der ihn wegen seiner Arbeitsmethoden in die Pfanne gehauen hat«, verteidigte Sibylle den Anwalt ihrer Wahl.

»Und du willst ihn wegen seiner Arbeitsmethoden?«

Sibylle nickte.

»Heißt das, dass er mit unlauteren Methoden arbeitet?«

Sibylle blieb die Antwort schuldig. Sie zog sich eine Jacke an und verließ das Haus.

Der Vorgarten war verwildert. Rosenbüsche wucherten darin und wilde Orchideen. Alte Zypressen grenzten den Garten von der III. Gartenreihe ab und eine Trauerweide, die wie ein Baldachin über den Eingangsbereich wuchs, wucherte vor der Haustür. Sibylle gefiel das üppige Unkraut. Es versprühte die Atmosphäre von Wildnis und Abenteuer, ein Gefühl, das ihre Fantasie anregte.

Der Himmel war strahlend blau. Pünktlich zum Sommeranfang stellte sich sonniges Wetter ein. Genau die richtige Stimmung, etwas zu wagen, dachte Sibylle. Tatenlos zusehen, wie Ingo Landry ihr die Chancen stahl, kam für sie nicht in Frage.

Mit weit ausholenden Schritten machte sie sich auf den Weg zur Kanzlei, die sich im Zentrum der Stadt befand. Sie erreichte den Großen Markt, der umrahmt war von Platanen, die sich in Größe und Form wie ein Ei dem anderen glichen. Dieser quadratische Marktplatz bildete das Zentrum der Festungsstadt, deren Bauweise einst symmetrisch in Sternform angelegt worden war. Ludwig der Vierzehnte gab der Stadt nicht nur seinen Namen. Als Sonnenkönig verlieh er ihr ein Wappen, das mit der darin enthaltenen Sonne seine persönliche Bindung ausdrücken sollte.

Sibylle passierte ein imposantes Gebäude, ein Relikt aus den Gründerzeiten, die Kommandantur. Ganz im Stil des französischen Funktionsbarocks aus dem 17. Jahrhundert war sie von Sébastien Le Prestre de Vauban erbaut worden. Heute befand sich in dem geschichtsträchtigen Gebäude neben der Hauptpost die Buchhandlung, in der sie ihren Kriminalroman vorgestellt hatte.

Saarlouis wurde inzwischen nur noch teilweise von Vaubans Spuren geprägt. Nördlich der Innenstadt waren Wälle und Gräben erhalten geblieben. Die Wälle dienten inzwischen der Gastronomie, die Kasematten. Die Gräben wurden zu dekorativen Zwecken mit Wasser gefüllt und in städtische Grünanlagen integriert. Inmitten dieser Grünlagen lag auch die Festungsinsel, die den Namen *Der halbe Mond* bekommen hatte. Ebenfalls ein Relikt des Baumeisters Vauban und eine geeignete Kulisse für Sibylle, dort ihren Krimi zu platzieren. Der Krimi, für den sie heute den Großen Markt überquerte und zielstrebig die Anwaltskanzlei von Rudolf Dupré ansteuerte. Neben dem Rathaus führte die Adlerstraße vorbei, in der sich seine Kanzlei befand. Das Büro lag im ersten Stock und war über eine dunkle, schmale Holztreppe zu errei-

chen. Das Vorzimmer schimmerte ebenfalls nur spärlich beleuchtet, als
wollte Rudolf Dupré Strom sparen. Die Sekretärin, eine ältere Dame,
die ihre Zeit mit Stricken vertrieb, ließ hastig Wolle und Stricknadeln
unter der Theke verschwinden und bemühte sich zu lächeln, als sie Sibylle kommen sah.

»Ich habe einen Termin bei Anwalt Dupré. Mein Name ist Sibylle
Kriebig.«

Geschäftig schaute sie in einen Terminkalender, der so leer war wie
das Wartezimmer.

»Ja, hier steht es«, nickte sie und setzte eine nachdenkliche Miene auf.
»Er erwartet Sie. Das letzte Zimmer rechts.«

Sibylle ging durch den schmalen Flur. Anklopfen musste sie nicht, die
Tür stand offen.

Rudolf schaute ihr entgegen. Sein Haar wirkte ungepflegt, sein Gesicht unrasiert. Eine Zigarette glimmte zwischen seinen Lippen, eine
dünne Rauchfahne stieg auf.

»Du bringst mir Unannehmlichkeiten«, begrüßte er Sibylle, ohne die
Zigarette aus dem Mund zu nehmen.

»Nimm dir noch eine Flasche Whisky dazu, dann siehst du richtig
verkommen aus.« Sibylle ließ sich nicht provozieren, sondern breitete
vor dem Anwalt ihr Anliegen aus.

»Was du vorhast ist juristischer Selbstmord«, lautete die Antwort darauf.

»Darin kennst du dich ja aus.«

Dupré hielt inne. Damit hatte Sibylle ins Schwarze getroffen. Es dauerte eine Weile, bis er anfügte: »Ich habe keine Lust, all diese Demütigungen noch mal durchzumachen. Seit ich meine Zulassung wieder
habe, schlage ich mich ganz gut durchs Leben.«

»Das sehe ich!« Sibylle grinste. »Du sitzt hier herum, hast keinen einzigen Mandanten, die halbe Etage ist leer, weil niemand bereit ist, mit
dir zusammenzuarbeiten. Du sparst am Licht, vermutlich weil du die
Stromrechnung nicht bezahlen kannst. Deine Frau ist dir weggelaufen.
Du bist der klassische Verlierer.«

»Gut erkannt. Deshalb frage ich mich, warum du mit deinem aus-
sichtslosen Unterfangen ausgerechnet zu mir kommst. Willst du mir
das bisschen Würde, das ich mir mühsam hergestellt habe, wieder nehmen? Nein danke!«

»Ich will dir zu Ruhm und Ehre verhelfen.«

»Ha, ha, ha«, konnte Dupré dazu nur bemerken.

»Du wirst einen Präzedenzfall schaffen und das große Geld machen. Wenn ich mit meinem Buch endlich den Erfolg habe, den ich verdiene, kann ich dich so gut bezahlen, dass du es nicht bereuen wirst, das Mandat angenommen zu haben.«

»Wenn ... Das klingt mir alles viel zu hypothetisch. Wenn das alles nicht klappt, suche ich meinen Bruder auf und gründe mit ihm den Club der Obdachlosen.«

»Wie geht es deinem Bruder?« Sibylles Gedanken wanderten zu den Brüdern Alfons und Rudolf Dupré. Sie waren beide nicht gerade die großen Gewinner. Im Gegensatz zu Alfons, der völlig im sozialen Abseits gelandet war, hatte Rudolf sich immer noch mit seiner juristischen Ausbildung als Anwalt über Wasser halten können. Sibylle erinnerte sich an die Zeit, als Rudolf seine Zulassung von der Anwaltskammer entzogen bekommen hatte. Zu dieser Zeit hatte er noch für seinen Bruder gekämpft, hatte alle seine Kräfte eingesetzt, damit Alfons sich nicht aufgab und auf der Straße landete. Aber seine Bemühungen waren umsonst. Alfons lebte inzwischen unter den Pennern im Ludwigspark.

»Immer dasselbe«, antwortete Dupré.

Er rieb sich die Schläfen, drückte die Zigarette aus und nahm sich sofort die nächste aus der zerknüllten Schachtel. »Ich dachte, solange ich ihn regelmäßig im Ludwigspark aufsuchen kann, gelingt es mir, ihn wieder nach Haus zu holen. Aber nein.«

»Habt ihr Streit?«

»Ja!« Dupré zündete sich die Zigarette an, atmete den Rauch tief ein und blies die Wolke zur Decke. »Ich mache mir Vorwürfe, vielleicht bin ich einfach zu streng mit ihm.«

»Weit geht er nicht«, überlegte Sibylle laut.

»Du verstehst hier was nicht. Ich will nicht, dass er unter den Pennern bleibt. Ich will ihn nach Hause holen.«

»Wenn das einem gelingt, dann dir«, änderte Sibylle ihren Kurs. »Bisher hat Alfons immer viel von dir gehalten. Deshalb gebe ich dir den Rat, nicht aufzugeben.«

»Du kennst dich aber gut mit den Versagern unserer Gesellschaft aus«, bemerkte Dupré bissig.

»Ich wollte dir nur Mut machen.«

»Toll!«, grummelte Dupré abfällig.

Sibylle hustete. Die rauchige Luft kratzte in ihrem Hals. Sie überlegte eine Weile, bis sie vorschlug: »Soll ich mal mit ihm reden? Was hältst du davon?«

»Danke! Aber ich kann mir denken, was dich zu dieser herzerwärmenden Hilfsbereitschaft motiviert: Du willst mit allen Mitteln erreichen, dass ich dein Mandat annehme.«

Sibylle grinste.

Dupré schaute in Richtung Fenster, das die Sicht auf einen grauen Innenhof freigab.

Als er sich Sibylle wieder zuwandte, sah sie, dass sie gewonnen hatte.

TEIL VII

Kapitel 13

»Unser alter Fuchs ist schon da!« Jürgen Schnur stand in Ankes Bürotür und schaute schmunzelnd auf Kullmann. »Dann kann unsere Besprechung gleich beginnen.«

Hastig trank Anke ihren Kaffee aus und suchte ihre Unterlagen zusammen. Im Eilschritt folgte sie Kullmann und Schnur in den Besprechungsraum.

Die Staatsanwältin Ann-Kathrin Reichert saß schon dort und diskutierte mit Dieter Forseti. Die Anwesenheit des Kriminalrates ließ Anke Schlimmes ahnen.

»Norbert Kullmann, wie schön, Sie zu sehen«, begrüßte die rothaarige Frau den Hauptkommissar a.D.

»Ganz meinerseits!« Kullmann fühlte sich geschmeichelt. Seine Gesichtsfarbe nahm eine leichte Röte an.

»Da wir alle Formalitäten hinter uns haben, können wir mit dem dienstlichen Teil fortfahren«, schaltete sich Forseti ein.

Anke musste ein Grinsen verbergen. Sie überkam das Gefühl, dass Forseti eifersüchtig reagierte. Seine Bemühungen waren gezielt darauf gerichtet, die uneingeschränkte Aufmerksamkeit der Staatsanwältin zu genießen, was Kullmann ihm gerade gründlich verdorben hatte.

»Welche Formalitäten haben wir denn hinter uns?«, fragte Schnur.

Die Luft brannte. Die Stille war erdrückend. Schnur hielt die Spannung noch eine Weile im Raum, bis er endlich sagte: »Ich habe die Staatsanwältin zu unserer Besprechung eingeladen, damit sie zeitgleich mit uns auf dem aktuellen Stand der Ermittlungen ist.«

Ann-Kathrin Reichert lächelte Schnur auf eine Weise an, die alle Kollegen in Staunen versetzte.

»Und unseren Altmeister Norbert Kullmann habe ich dazugebeten, weil er Informationen über einen alten Fall hat«, sprach Schnur nach seiner kurzen Unterbrechung weiter. »Bitte Norbert! Du hast das Wort.«

»Ich bekam vor fünf Jahren einen Vermisstenfall auf den Tisch«, begann der Angesprochene. »Zunächst dachte ich, der Fall gehört nicht in mein Aufgabengebiet.«

»Was hat Ihre Meinung geändert?«, fragte die Staatsanwältin mit ihrer angenehm vibrierenden Stimme. Alle Augen waren auf sie gerichtet, als habe sie etwas ganz besonderes gesagt. Auch Kullmanns Blick haftete länger an ihr, als ihm selbst bewusst war. Rasch besann er sich und antwortete: »Die Tatsache, dass mit dem Vermissten die auf ihn eingetragene Handfeuerwaffe ebenfalls verschwunden war. Aber von einem Kapitalverbrechen waren wir erst dann restlos überzeugt, als interessante Hinweise eintrafen.«

»Welche Hinweise?« Die Ruhe in Ann-Kathrin Reicherts Stimme löste gemischte Gefühle unter den Kollegen aus. Sie konnte Neugierde, Beharrlichkeit, Zweifel und Zuversicht auf eine Art und Weise vorbringen, mit der sie ihre Mitmenschen in Verwirrung versetzte. Dabei drückte ihr Gesicht durch die vielen Sommersprossen Fröhlichkeit aus, während aus ihren Augen eine große Traurigkeit sprach. Mit dieser ambivalenten Ausdruckskraft, gelang es ihr, ihre Umgebung in ihren Bann zu ziehen. Und so geschah es auch in diesem Augenblick. Alle starrten sie an. Sie schien es gewöhnt zu sein, solche Blicke einzufangen, denn ihre Mimik verriet nicht den leisesten Hauch von Unsicherheit.

»Da wäre zum Beispiel der Kriminalroman *Emanzipation des Mannes*«, antwortete Kullmann. »Ingo Landrys Tod hatte einen Anstieg der Verkaufszahlen zur Folge. Das ließ uns vermuten, dass entweder derjenige, dem die Rechte an dem Buch nach dem Tod des Autors übertragen wurden, für den Tod verantwortlich gemacht werden konnte – Motiv Profitgier. Oder aber, dass der Autor seinen eigenen Tod fingierte, um selbst den Profit einzuheimsen.«

Gespannt waren alle Augen auf Kullmann gerichtet.

»Genau den Verdacht hat gestern ein Freund von Ingo Landry ausgesprochen«, meldete sich Erik zu Wort.

»Wer ist dieser Freund?«, fragte Schnur.

»Matthias Hobelt.«

»Den gleichen Verdacht hatte er schon damals gehegt«, berichtete

Kullmann. »Wobei ich mir nicht sicher war, ob er dabei Hintergedanken hatte.«

»Welche Hintergedanken?«

»Als ich damals mit dem jungen Mann sprach, fielen von Matthias Hobelt verdächtige Bemerkungen, wie zum Beispiel, dass der Kriminalroman ein gemeinsames Projekt gewesen sei.«

»Auf den Namen bin ich auch gestoßen«, meldete sich Bernhard Diez zu Wort. »Ich sollte in Erfahrung bringen, wer das Buch verlegt und wer mit Ingo Landry daran gearbeitet hat. Der Verlag hat kein Motiv, der verdient gut an dem Buch. Aber Matthias Hobelt schon eher. Den Unterlagen ist deutlich zu entnehmen, dass er das Verkaufsmanagement übernommen hat. Aber im Verlagsvertrag wurde er mit keinem Wort erwähnt.«

»Was wissen wir über Matthias Hobelt?«, funkte die angenehme Stimme der Staatsanwältin dazwischen.

»Nach dem Tod seiner Mutter wurde er von Ingo Landrys Eltern finanziell unterstützt. Auf deren Rat zog er aus dem alten Elternhaus aus, weil es in einem schlechten Zustand war. Ingo Landrys Eltern stellten ihm eine kleine Bleibe in der Nähe der Kirche zur Verfügung.« Inzwischen hatte Kullmann seine Lesebrille aufgesetzt und las von den Unterlagen ab, die vor ihm ausgebreitet lagen.

»Gibt es Matthias Hobelts Elternhaus noch?«

»Ja! Es steht auf dem Sulgerhof. Jahrelang wurde nichts mehr daran gemacht. Es zerfällt so nach und nach. Die Gemeinde Mandelbachtal hat es aufgekauft, um es zu restaurieren, weil es unter Denkmalschutz steht. Ob die Arbeiten inzwischen begonnen haben, weiß ich nicht.«

»Was geschah mit Matthias Hobelt, als Ingo Landrys Eltern starben?«

»Ingo erbte ein Vermögen. Er ließ Matthias Hobelt weiterhin in dem Haus wohnen.«

»Sehr großzügig.«

»Das fiel Ingo nicht schwer, weil er selbst in dem großen Haus seiner Eltern lebte. Er entbehrte nichts.«

»Ich gehe davon aus, dass du das Haus nach Ingo Landrys Verschwinden durchsucht hast«, merkte Schnur an.

Kullmann nickte und blätterte in der alten Akte. »Ich kann mich nicht erinnern, dort auf etwas gestoßen zu sein, was uns weitergeholfen hätte.«

»Wer erbt nun, nachdem Ingo Landry tot ist?«, fragte Ann-Kathrin Reichert weiter.

»Das ist mir nicht bekannt«, gestand Kullmann.

Schnurs Augen leuchteten auf. Die Kollegen beobachteten ihn, bis er endlich sagte: »Ich weiß es wieder. Ingo Landry hatte eine Literaturagentin namens Sonja Fries.«

»Eine Literaturagentin? Für einen Autor hier im Saarland?« Das Staunen der Staatsanwältin war groß. »Und seinen Bodyguard hatte er vermutlich unterbezahlt, sonst hätten wir ihn nicht in dieser Form wiedergefunden.«

Schnur lachte und sprach weiter: »Sonja Fries war mehr für Ingo Landry. Sie waren ein Liebespaar, das hat jeder erkannt, auch wenn sie versucht haben, es zu verheimlichen. Sie bekam nach Ingo Landrys Verschwinden vor fünf Jahren alle Rechte an dem Buch. Davon lebte sie nicht schlecht. Trotz all unserer Bemühungen konnten wir der aufregenden Dame damals nichts nachweisen.«

»Heißt das, der gesamte Erlös aus dem Verkauf des Buches von Ingo Landry wurde auf das Konto von Sonja Fries überwiesen?« Anke staunte.

»Ja, so war es«, bestätigte Schnur. »Es steht mir jetzt wieder ganz klar vor Augen. Als ich aus meinem Urlaub zurückkam, arbeiteten einige von uns immer noch an dem verwirrenden Fall, obwohl er längst an die dafür zuständige Abteilung weitergegeben worden war. Da passte einfach nichts zusammen.«

Kullmann blätterte in den Papieren und fügte an: »Hier habe ich alte Kontoauszüge der Dame. Die Summen, die damals auf ihr Konto flossen, waren beachtlich.«

»Damit rückt Sonja Fries in den Mittelpunkt unserer Ermittlungen«, stellte Schnur klar. »Anton Grewe, du überprüfst die Kontobewegungen von Sonja Fries. Sie ist eine Verdächtige.«

Er stöhnte: »Warum muss ich immer die langweiligen Aufgaben übernehmen?«

»Das sind keine langweiligen Aufgaben, sondern wichtige«, konterte Schnur. »Ich musste auch oft die Hintergrundrecherchen durchführen.«

»Toll! Das spendet mir Trost.«

»Schau, was aus mir geworden ist!«

»Ich weiß, Barbarossa«, feixte Anton Grewe. »Du hast schlafend auf dem Stuhl gesessen und auf deine Beförderung gewartet. Also mache ich über den langweiligen Zahlen auch mal ein Schläfchen. Mal sehen, was bei mir herauskommt.«

»Wenn du das machst, kommt deine gewaltsame Beförderung auf die Straße dabei raus«, warnte Schnur. »Und zwar ganz schnell, *Anton aus Tirol.*«

»Ich bin nicht *Anton aus Tirol.*«

»Und ich bin nicht Barbarossa!«

»Für den Fall, dass sich noch jemand für unsere Arbeit interessiert, überlege ich gerade, ob wir davon ausgehen können, dass Sonja Fries die Leiche damals im Wald vergraben hat«, erinnerte Bernhard an den eigentlichen Grund ihrer Zusammenkunft.

»Du bist hier unser Kriminalpsychologe,«, reagierte Schnur darauf, »nun bitte ich dich, diesen Sachverhalt genau zu prüfen.«

»Wie soll ich das prüfen?«

»Verhaltensanalyse erstellen oder wie ihr das nennt.«

»Das ist aber noch nicht alles«, schob Kullmann ein.

»Was? Gibt es noch mehr?«, staunte Schnur. »Der Hinweis hätte mir genügt. Mit einer Verdächtigen werden wir noch fertig.«

Gelächter ging durch den Raum.

»Ich muss dich enttäuschen, Jürgen. Ich muss dir nämlich noch einen Namen liefern«, widersprach Kullmann. »Sibylle Kriebig.«

Als keine Reaktion von den Mitarbeitern kam, sprach er weiter: »Sie ist die Autorin des Krimis *Frauen an die Macht.*«

Die Staatsanwältin horchte auf. »Ich wusste es!«

Überrascht schauten alle auf die rothaarige Frau.

»Den Krimi habe ich gelesen«, erklärte sie. »Als ich in unserer ersten Besprechung erfuhr, welches Thema der Krimi *Emanzipation des Mannes* behandelt, kam mir das Thema deshalb so bekannt vor, weil Sibylle Kriebigs Buch das gleiche beinhaltet – nur geschlechtsspezifisch umgekehrt.«

Da die Gesichter der Kollegen immer noch Verständnislosigkeit ausdrückten, sprach sie weiter: »Im Buch von Ingo Landry bringt ein Mann Frauen um, weil diese Frauen die Männer unterdrücken wollten. Richtig?«

Bernhard Diez und Anke Deister nickten. Sie waren die einzigen, die das Buch gelesen hatten.

»In Sibylle Kriebigs Buch bringt eine Frau Männer um, weil diese Männer Frauen unterdrückt haben.«

»Sehr geistreich!« Die Bemerkung konnte sich Horst Hollmann nicht verkneifen.

»Genau da liegt der Hund begraben«, meldete sich Kullmann wieder zu Wort. »Das Buch von Sibylle Kriebig kam im Winter des Jahres 2000 auf den Markt. Das Buch von Ingo Landry ein halbes Jahr später. Sibylle Kriebig wollte Ingo Landry wegen Ideenklau verklagen?«

»Kam es zu einem Prozess?«, fragte Dieter Forseti.

Kullmann rümpfte die Nase und gab zu: »Es gab einen Wirbel um die Krimis, aber ich weiß nicht mehr, wie die Rechtssache ausgegangen ist.«

Staunendes Gemurmel ging durch den Raum.

»Dann müssen wir das herausfinden«, bestimmte der Kriminalrat sofort und fügte an: »Können Sie uns sagen, was Sibylle Kriebig zu dieser Klage veranlasst hatte?«

Kullmann kratzte sich am Kopf, setzte seine Lesebrille wieder auf seine Nase und zog zwei Kopien aus einer Akte heraus, bevor er antwortete: »Hier habe ich zu jedem Buch einen Zeitungsartikel. Die Rezensionen sind sehr unterschiedlich, dabei sind sich die Bücher sehr ähnlich. Sibylle Kriebig wird viel härter kritisiert als Ingo Landry.«

»Deshalb greift Sibylle Kriebig zu solch drastischen Mitteln?« Forseti zeigte seine Zweifel deutlich. »Wegen Zeitungsartikeln?«

»Ist Ihnen mal der Gedanke gekommen, dass die Kunst von den Kritiken der Zeitungen lebt?«, fragte Kullmann zurück.

»Wenn sich Künstler aus dem Grund gegenseitig töten, hat sich mir der wahre Sinn hinter der Kunst verschlossen.« Forseti rümpfte die Nase.

»Im Saarland stehen die Dinge anders«, hielt Kullmann dagegen. »Hier ist es so, dass gute Beziehungen nur denen schaden, die keine haben.«

Verständnislos schaute Forseti den Alt-Kommissar an.

»Das heißt«, fügte Kullmann erklärend an, »dass auch Künstler sich im Saarland nur dann etablieren können, wenn sie entweder richtig gut sind, oder bereits berühmt sind, oder die richtigen Leute kennen. Ist dem nicht so, muss man strampeln. Und wie es hier aussieht, musste Sibylle Kriebig strampeln, während Ingo Landry gute Beziehungen hatte.«

»Welche guten Beziehungen hatte Ingo Landry?«

»Sein Vater war lange Jahre Kultusminister«, antwortete Kullmann.

»Dann hat Ingo Landry nichts Unrechtes getan«, bemerkte Forseti frostig. »Wo ist das Motiv für den Mord?«

»Sibylle Kriebig wollte von ihrem Buch leben. Die negativen Buchkritiken brachten tiefe Einschnitte in ihre wirtschaftliche Situation. Da ist das Motiv.«

»Für mich sieht das nach einem Motiv aus, den Kritiker zu töten«, bekannte Forseti.

»Nicht ganz«, widersprach Kullmann. »Den Kritiker zu töten, würde bedeuten, sich die Medien zum Feind zu machen. Damit würde sich der Künstler den Ast absägen, auf dem er sitzt. Den gegnerischen Autor zu töten, bedeutet, die Medien auf sich aufmerksam zu machen. Hatte das der Autorin nicht erst den richtigen Erfolg gebracht?«

»Ich stelle fest, dass im Saarland die Prioritäten anders liegen. Bei uns in Hessen heißt es, Konkurrenz belebt das Geschäft. Im Saarland wird die Konkurrenz ausgeschaltet, um genug Geld zum Leben zu verdienen.« Forsetis Tonfall troff vor Ironie.

Kullmann spürte, wie sein Ärger wuchs. »Sie vergessen hier etwas: Das Saarland ist klein. Die größte Stadt im Saarland umfasst ein Viertel der Gesamtbevölkerung. Die restlichen siebenhundertfünfzigtausend Einwohner verteilen sich über das gesamte Bundesland. Unsere angrenzenden Länder sind Luxemburg und Frankreich – ohne Möglichkeiten, um dort ein deutsches Buch zu verkaufen. Also haben es Autoren in dieser Region schwerer, sich auf dem Markt ökonomisch zu behaupten als in Metropolen wie Köln, Berlin, Hamburg oder im Rhein/Main-Gebiet.«

Forseti schaute Kullmann einen kurzen Moment nachdenklich an. Mit einem schwach angedeuteten Nicken zeigte er an, dass damit das Thema für ihn erledigt war. »Das leuchtet mir ein. Nun stehe ich vor der nächsten Frage: War die Klage von Sibylle Kriebig gegen Ingo Landry begründet?«

Kullmann antwortete: »Da muss ich etwas ausholen. Es gab etwas, was mir an der Hausdurchsuchung im Elternhaus von Ingo Landry merkwürdig vorkam: Es war nicht das, was wir fanden, sondern was wir nicht fanden.«

Alle schauten Kullmann verständnislos an.

»Wir fanden weder einen Computer noch einen Laptop, worauf man heutzutage einen Text dieses Umfangs schreibt. Außerdem hatte er keine Bücher, weder Belletristik noch Fachbücher, was eventuell zum Recherchieren für einen Roman nützlich sein könnte. Das einzige Buch, das wir bei ihm fanden, war *Frauen an die Macht* von Sibylle Kriebig.«

»Nun wird es wirklich interessant«, gab Forseti endlich zu.

»Um auf die Frage zurückzukommen, welche Mittel Sibylle Kriebig einsetzte, um ihr Buch zu einem Verkaufserfolg zu machen, gibt es noch Folgendes zu erwähnen«, verkündete Kullmann. »Nachdem die Klage eingereicht worden war, wurde die Nachricht darüber in den Medien verbreitet, was einen gewaltigen Anstieg der Verkaufszahlen zur Folge hatte.«

»Von wem wurden die Medien informiert?«

»Von Sibylle Kriebig selbst. Die Reporter schlachteten diese Neuigkeit gründlich aus. Wir vermuteten damals schon, dass diese Frau genau wusste, welche Auswirkungen ihre Klage haben würde.«

Forseti schaute Kullmann nachdenklich an. »Damit wollen Sie sagen, dass Sibylle Kriebig sich anhand der hochschnellenden Verkaufszahlen allein durch die Klage ausrechnen konnte, um wie viel besser sich ihr Buch erst verkauft, wenn ihr Gegner tot ist.«

TEIL VIII

Herbst 2001

Ingo Landry liebte seinen Mercedes, er liebte das Auto genauso, wie er sein Leben liebte, vielleicht sogar noch ein bisschen mehr. Während er über die Landstraßen fuhr, überkam ihn das Gefühl, mit der Kraft, dem leise brummenden Rhythmus der Maschine, dem Glanz des Chroms und der unverwechselbaren Schönheit eins zu sein. Er spürte, wie sein Leben sich von seiner Einfachheit in etwas besonderes verwandelte. Die Motorhaube in den strahlenden Horizont gerichtet, strebte er einer Zukunft entgegen, wie sie ihm nicht vielversprechender sein konnte. Er trat auf das Gaspedal, die Beschleunigung drückte ihn samtweich in das Leder seines Sitzes, ein Gefühl, das ihm wie eine Vorsehung anmutete: der Weg zum Ruhm. Ihm gefiel der Luxus an seinem Wagen. Mit dem kleinen Finger konnte er die Fensterscheiben dazu bewegen, nach unten zu fahren und die frische Luft hereinzulassen. Ein weiterer Knopfdruck und die CD in der Musikanlage begann das Lied zu spielen, das er im CD-Wechsler ausgewählt hatte. Dabei lehnte er seinen Kopf zurück in die lederne Kopfstütze, trommelte mit seinen Fingern auf dem Lenkrad den Takt zu Kylie Minogue und ihrem Song *Can't get you out of my head*.

Während er die Bäume am Rand der Straße vorbeihuschen sah, kam ihm wie so oft in letzter Zeit der Gedanke, einfach davonzufahren. Matthias Hobelt, seinem Freund, oder was er für ihn auch immer war, seiner Literaturagentin Sonja Fries. Alle einfach zurückzulassen. Sein Leben komplett neu zu beginnen, mit seinem Auto und mit seinem Buch, das durch die Plagiatsvorwürfe zum größten Renner geworden war. Er liebte das Geld, das ohne einen Finger zu rühren auf seinem Konto landete, er liebte seine plötzlich erworbene Berühmtheit. Egal, wo er auftrat, die Leute erkannten ihn und lobten ihn für sein unvergleichliches Werk. Dabei war es nicht einmal sein Werk; er kicherte in sich hinein. Aber es war sein Verdienst, die Lorbeeren dafür einzuheimsen. Diese Schläue verdankte er Matthias Hobelt. Das war der einzige Stachel im Fleisch. Der kleine Mistkerl wurde gierig. Plötzlich überholte ihn ein Porsche.

Sofort erwachte er aus seinen Tagträumen. Dieses Auto erregte Aufmerksamkeit, das konnte Ingo ganz und gar nicht gebrauchen. Lässig trat er das Gaspedal weiter durch, sein Mercedes beschleunigte und kam dem Porsche immer näher. Er empfand es als ärgerlich, sich dazu herabzulassen, sich mit einem Fahrzeug unter seinem Niveau messen zu müssen. Aber der Angeber legte es darauf an. Also kam er nicht umhin. Ingo legte Wert darauf, sein Auto in vollem Glanze erscheinen zu lassen. Und dann dieser Porsche ...

In Sekundenschnelle hatte er ihn überholt, sah ihn im Rückspiegel immer kleiner werden. Fassungslos schüttelte er seinen Kopf. Eine Sorge weniger. Er konnte sich wieder seinen Gedanken hingeben. Er musste zusehen, dass sein Buch auf allen Bestsellerlisten landete. Das war sein nächstes Ziel. Nun war er erst einmal berühmt, nun wollte er es auch bleiben.

Er erreichte sein Ziel schneller, als er vorhatte. Die Überholmanöver hatten ihm viel Zeit erspart. Langsam rollte er auf den Großen Markt, das Zentrum von Saarlouis. Jetzt kam es darauf an, wo er parkte. Das tat er bewusst an Stellen, wo alte Rostlauben oder billige Kleinwagen standen, damit den Passanten der Unterschied sofort ins Auge stach. Dabei war es ihm schon mehr als einmal passiert, dass er beim Zurückkehren zu seinem Wagen einen Porsche 911 oder einen Ferrari in unmittelbarer Nähe erblickte. Oh, welch ein Ärger! Natürlich veranlasste ihn so etwas immer sofort dazu, seinen Mercedes an einen anderen Platz zu stellen.

Gezielt suchte er nach einem geeigneten Umfeld für sein Auto. Vorhersehen, welche Fahrzeuge noch nach ihm kamen, konnte er leider nicht. Zurzeit sah es gut für ihn aus. Sein Wagen protzte inmitten von unscheinbaren Kleinwagen auf dem überfüllten Parkplatz. Die Gaffer waren ihm sicher. Sein Auto war der unumstößliche Beweis für seinen großen Erfolg.

Sonja Fries kam auf seinen Wagen zu. Wie immer sah sie umwerfend aus. Sie war eine Schönheit, die als Schmuckstück bestens auf den Beifahrersitz passte. Und zu seinem großen Glück machte es ihr Spaß mitzufahren. Ihre Interessen waren seinen sehr ähnlich. Die Erkenntnis ließ ihn schmunzeln, während er sie mit Stöckelschuhen, elegantem Kleid, das viel Bein zeigte, und einer tief ausgeschnittenen Bluse auf ihn zukommen sah. Hübsch anzusehen und schlau wie ein Fuchs – was für eine Kombination. Ihre schwarzen Haare wehten im Wind, ihre dunklen Augen fixierten ihn, ein Blick, der seine Fantasie anregte. Sie konnte durch seine Kleider hindurchsehen, dessen war er sich sicher. Im frühen Mittelalter wäre eine Frau wie Sonja als Hexe verbrannt worden – das war genau das, was ihn so an ihr erregte.

Doch jetzt galt es, seine Aufmerksamkeit auf etwas anderes zu richten. Er musste seine Leidenschaft noch ein wenig zügeln. Dabei ahnte er bereits, dass sie beide nicht lange warten konnten – viel zu groß war ihre Begierde.

»Du wirst jetzt Sibylle Kriebig kennen lernen«, begrüßte sie ihn.

Der Tonfall klang gleichmütig, was ihren lüsternen Blick Lügen strafte. Ingo stieg aus seinem Auto aus, ein Akt, den er gerne ein wenig in die Länge zog, damit alle auch sehen konnten, zu wem das wunderbare Gefährt gehörte. Mit ruhigen, fast zeitlupenhaften Bewegungen drückte er auf den automatischen Türschließer.

Anschließend folgte er seiner Agentin mit einem kleinen Sicherheitsabstand, damit er nicht auf offener Straße über sie herfiel. Der Rock, den sie trug, betonte ihren aufregenden Hintern, ein Anblick, der seine Beherrschung auf eine harte Probe stellte. Hart war ohnehin das Wort, an das er jetzt besser nicht dachte. Ihre wohlgeformten Beine, passgenau in schwarze Nylonstrümpfe gepackt, gaben der Sache den richtigen Abschluss. Er musste schnell an etwas anderes denken. Immerhin trat er nun seiner Gegnerin in einer wichtigen Prozessangelegenheit gegenüber. Eine verräterische Ausbuchtung seiner Hose würde ihm nicht gerade zum Vorteil gereichen.

Er dachte deshalb lieber darüber nach, warum es zu diesem Treffen gekommen war. Sibylle Kriebig hatte den Prozess angestrengt. Sie war es, die ihn verklagte und nun war sie es auch, die ihn sprechen wollte. Es war die Rede davon, einen Vergleich vorzuschlagen, weil die Gegenseite keine Chance sah zu gewinnen. Das hatte Ingo von Anfang an gewusst. Außerdem hatte er den besseren Anwalt. Er konnte ihn sich leisten – die Gegenseite nicht, wie es aussah. Aber ein Vergleich? Damit war Ingo nicht einverstanden. Denn nur durch den Prozess war sein Buch zum echten Verkaufsschlager geworden. Wenn alles im Sande verlief, würden auch die Verkaufszahlen den Bach runtergehen. Der Gedanke gefiel ihm nicht. Viel zu große Pläne hatte er mit dem Geld geschmiedet, das durch das Buch hereinkam. Also wollte er sich uneinsichtig zeigen. Das war etwas, in dem er richtig gut war.

Sie gingen auf ein Gebäude in der Adlerstraße zu. Es war ein grauer, unscheinbarer Bau. Daran erkannte Ingo sofort, dass dieser Anwalt nicht viel kostete. Wie er schon herausbekommen hatte, war Rudolf Dupré bereits einmal die Anwaltslizenz entzogen worden. Warum entschied sich seine Gegenseite für einen Verlierer?

Sie stiegen die Stufen der schmalen Holztreppe in dem dunklen Treppenhaus hinauf in den ersten Stock und betraten einen kleinen Bürotrakt, der die Kanzlei darstellen sollte.

In einem Zimmer brannte Licht. Darauf steuerte Sonja Fries zu. Ingo folgte ihr.

»Das ist Sibylle Kriebig, die Klägerin«, stellte Sonja ihm die Gegenseite vor.

Ingo trat auf die junge Frau zu. Er schaute ihr in die Augen, wollte etwas Unhöfliches zu ihr sagen, doch der Anblick ihres Gesichtes ließ ihn innehalten.

Was er da sah, verwirrte ihn.

Wie war das möglich?

Warum reagierte er bei ihrem Anblick so heftig?

Er hatte sie doch auf ihrer Lesung bei Pieper schon einmal gesehen.

An dem Abend war ihm nichts aufgefallen. Sein Kumpel Matthias Hobelt hatte das Gespräch mit ihr geführt.

Dafür überkam ihn jetzt das Gefühl, in ein Gesicht zu schauen, das er wie sein eigenes kannte.

Sein Mund stand offen, aber es kam nichts heraus.

Während er Sibylle verblüfft anstarrte, nahm er wahr, dass ihre Reaktion ähnlich war.

Mit weit aufgerissenen, dunklen Augen erwiderte sie seinen Blick.

Keiner sprach ein Wort.

TEIL IX

Kapitel 14

»Ich habe heute Morgen den Artikel auf der ersten Seite unserer Zeitung gesehen und gleich ein Exemplar gekauft«, lautete Eriks Begrüßung am frühen Morgen. Er griff in seine Jacke, zog die Tageszeitung heraus und legte sie so auf den Schreibtisch, dass Ankes Blick direkt darauf fiel.

Sie rieb sich ihre Augen, hatte Mühe, sie offen zu halten. Die letzte Nacht war anstrengend gewesen. Lisa hatte eine Erkältung und die besondere Gabe, Anke das in jeder Sekunde spüren zu lassen.

»Was ist los mit dir?«, fragte Erik, als er in Ankes übermüdetes Gesicht sah.

»Lisa ist krank und hat mich die ganze Nacht auf Trab gehalten«, antwortete Anke und gähnte herzhaft.

»Das tut mir leid ... «

Anke schloss den Mund und Erik fügte an: » ... für Lisa!«

»Danke!«

»Aber das ändert nichts daran, dass wir einen Fall aufzuklären haben.« Mit dieser bedeutungsschweren Aussage wies er wieder auf den Zeitungsartikel.

In fett gedruckten Buchstaben stand als Überschrift *Saarlandkrimis auf dem Weg zu Bestsellern.* Darunter ein Bericht über den Leichenfund und die damit verbundenen Auswirkungen auf den Verkauf der beiden Bücher. Es dämmerte Anke immer noch nicht, warum Erik sie mit dieser Nachricht überfiel. »Warum nervst du mich damit?«

»Das ist doch die Bestätigung für unsere Theorie, dass diese Frauen hinter dem Mord an Ingo Landry stecken.«

»Ich habe trotzdem meine Not, daran zu glauben.«

»Es wurde schon für weniger Geld gemordet.«

»Stimmt!«

Anton Grewe trat ins Zimmer. »Barbarossa lässt bitten. Er wird uns die Aufgaben zuteilen. Ich bin ja so gespannt, was er für mich vorgesehen hat.«

»Gewöhn dir lieber den Spitznamen Barbarossa ab«, riet Anke, während sie durch den Flur zum Besprechungsraum gingen. »Er mag es nicht, so genannt zu werden.«

»Ich werde meine Zunge im Zaum halten.«

»Guter Vorsatz.«

»Na, ihr fleißigen Bienen«, rief der Dienststellenleiter zum Gruß, »wo sind die Croissants?«

Wie von Zauberhand erhob sich Anton Grewe und stellte ein Tablett mit duftenden Schokohörnchen auf den Tisch.

»Die Boulangerie in Großbliederstroff gibt mir schon Rabatt.«

»Das müssen ja tüchtige Geschäftsleute sein«, erkannte Schnur und griff zu. »Das Ergebnis des DNA-Vergleichs ist da«, sprach er weiter. »Bei unserem Skelett handelt es sich um Ingo Landry.«

»Wir hatten keinen Zweifel daran«, bemerkte Bernhard, womit er Schnurs Zorn auf sich zog: »Wer die Kriminalpsychologie studiert, dem ist nichts zu kompliziert.«

Bernhard schluckte.

»Wir werden unsere Ermittlungen auf Sonja Fries konzentrieren. Nach ihren Kontobewegungen ist sie durch den Tod von Ingo Landry begünstigt und das in zweierlei Hinsicht. Erstens: Sie bekommt den gesamten Gewinn! Zweitens: Durch den Tod des Autors wird das Buch zum Kassenschlager.« Schnur legte eine kleine Pause ein, aß sein Croissant fertig und trank einen Schluck Kaffee. »Außerdem steht die Krimiautorin Sibylle Kriebig zusammen mit ihrer Literaturagentin Antonia Welsch auf unserer Liste der Verdächtigen. Sibylle Kriebigs Buch wird ebenfalls in allen Zeitungen erwähnt, auch ihre Verkaufszahlen sind deutlich angestiegen. Was sagt uns das?«

»Sie ist Nutznießerin seines Todes«, antwortete Anke.

»Und was haben wir damit?«, fragte Schnur weiter.

»Ein Motiv«, stellte Grewe fest.

»Lauter Sherlock Holmes' habe ich hier.«

»Danke, Chef«, flötete Grewe. »Du bist so gut zu uns.«

»Das werde ich ab sofort ändern.« Schnur grinste. »Jetzt verteile ich die Aufgaben. Wir wissen von Sibylle Kriebigs Anzeige wegen Plagiatsvorwürfen gegen Ingo Landry. Deshalb beauftrage ich nun euch beide,

Anke und Erik, mit dem Anwalt Rudolf Dupré über den Verlauf dieser Klage zu sprechen!«

An Bernhard Diez und Horst Hollmann gerichtet sprach er weiter: »Ihr beide werdet euch mit den drei Damen unterhalten!« Horst Hollmann nickte. Bernhard Diez tat so, als habe er nichts gehört.

»Anton Grewe, du wirst alles über Sibylle Kriebigs Eltern herausfinden.

»Bekomme ich keinen Partner zugeteilt?«

Schnur schaute sich um und zuckte mit den Schultern. »Ihr könnt euch untereinander absprechen, wer wen begleitet.«

Die Besprechung war beendet.

Erik folgte Anke in ihr Zimmer. Als er die Tür hinter sich schloss, drehte Anke sich mit gereizter Miene um und fragte: »Hast du kein eigenes Büro?«

»Nicht so hastig mit den jungen Pferden«, wehrte Erik ab. »Ich wollte dir nur einen fantastischen Vorschlag machen, den du gar nicht ablehnen kannst.«

»Das muss wirklich ein verdammt guter Vorschlag sein. Ich bin heute nämlich nicht gut drauf.«

»Ich schlage vor, wir fahren sofort los, besuchen zuerst deine Tochter, um nach ihr zu sehen. Anschließend machen wir uns auf den Weg nach Saarlouis zu Anwalt Dupré.«

Damit gelang es ihm tatsächlich, Anke zum Lachen zu bringen.

Eilig machten sie sich auf den Weg.

Im Flur begegnete ihnen Bernhard, der mit hastigen Schritten hinaus rannte – allein!

Fragend schauten Anke und Erik sich an, setzten ihren Weg zum Parkplatz fort. Dort sahen sie Bernhard im Dienstwagen mit hoher Geschwindigkeit davonbrausen.

Im Auto saß nur einer.

»Sah so die Absprache aus, wer wen begleitet?« Erik stutzte.

»Vielleicht gibt es Spannungen zwischen Bernhard Diez und Horst Hollmann.«

»Kannst du mir einen Kollegen nennen, der keine Spannungen mit Bernhard hat?«, stellte Erik eine Gegenfrage.

»Stimmt! Sein Lehrgang in Psychologie hat keine erkennbaren Früchte getragen.«

Sie fuhren zu Kullmanns Haus.

Anke sprang aus dem Auto und lief an der Seite des Hauses vorbei auf die Terrasse. Trotz sonnigem Herbstwetter musste Lisa das Haus hüten. Anke ahnte, was das für Martha bedeutete. Martha öffnete die Terrassentür.

»Lisa ist viel zu munter«, erklärte sie sofort. »Ich habe alle Hände voll zu tun, sie im Haus zu halten. Da sich die Kleine nicht krank fühlt, versteht sie das nicht.« Marthas Gesicht war hochrot und schweißbedeckt.

»Ach Martha!« Von plötzlicher Herzlichkeit überwältigt schloss Anke die rundliche Frau in ihre Arme und drückte sie fest an sich. Als die beiden voneinander ließen, stand Lisa mit weit ausgestreckten Armen vor ihrer Mutter. Mit der gleichen Herzlichkeit nahm Anke ihre kleine Tochter in die Arme, hob sie hoch und wirbelte mit ihr durch den Raum, umkreiste den Tisch, ging durch die Tür in die Küche, wo angenehme Essensdüfte sie einhüllten.

Als sie ins Esszimmer zurückkehrte, schauten ihnen Erik und Martha zu.

»Das hört sich nicht nach einem kranken Mädchen an«, begrüßte Erik die kleine Lisa, die sofort schniefend den Kopf schüttelte und meinte: »Ich bin nicht krank! Ich bin nicht krank! Ich will in den Kindergarten!«

»Jetzt haben Sie aber etwas angestellt«, schimpfte Martha.

Erschrocken schaute Erik die energische Frau an.

»Es kostet mich Mühe genug, die Kleine im Haus zu behalten. Jetzt setzen Sie ihr noch den Floh ins Ohr, sie sei gesund.«

Erik erkannte sofort den Fehler, den er gemacht hatte. Er bückte sich zu Lisa und versuchte ihr zu erklären, dass sie auf sich aufpassen solle. Mit großen Augen schaute sie Erik an, kratzte sich nachdenklich an der Schläfe, atmete ganz tief durch. Doch kaum war er mit seinem Vortrag fertig, watschelte sie los, wild entschlossen, hinauszugehen. Zu dritt folgten sie ihr, um sie daran zu hindern. Als Martha, Erik und Anke vor der Tür standen und einen heftigen Protest von Lisa erwarteten, geschah genau das Gegenteil. Lisas Gesicht verzog sich zu einem Grinsen, das so verschmitzt aussah, dass sich die drei Erwachsenen sofort ertappt fühlten. Amüsiert nahm Anke ihre Tochter wieder auf den Arm. »Du bist ein kleines Schlitzohr.«

Lisa lachte.

»Schlitzohr!«

Lisa lachte lauter.

Anke wiederholte ihr lustiges Wort. Lisa schüttelte sich vor Lachen, bis sie einen Niesanfall bekam und Ankes Schulter mit ihrem Nasenschleim besudelte.

»Das hast du gut gemacht«, lobte Martha. Sofort nahm sie ein Handtuch und wischte Ankes Schulter sauber.

Anke putzte ihrer Tochter die Nase. Wieder ging sie in die Küche, gelockt von dem angenehmen Duft und fragte: »Was wird das, wenn es fertig ist?«

»Rotkraut mit Kartoffelpüree und dazu Rinderrouladen«, antwortete Martha.

»Das hört sich lecker an«, stellte Anke fest. An Lisa gewandt fügte sie an: »Martha kocht für dich das beste Essen der ganzen Welt.«

Lisa machte ein Gesicht, als müsste sie darüber nachdenken.

»So ein gutes Essen bekommt deine Mama nicht.«

Das gefiel Lisa. Doch leider begann die Nase wieder zu laufen. Schnell nahm Martha Anke das Kind ab, putze ihr die Nase, bevor das nächste Unglück geschah.

93

Kapitel 15

»Was für ein wunderbares Kind du hast«, schwärmte Erik, während sie über die Autobahn in Richtung Saarlouis fuhren.

»Weckt Lisa Erinnerungen in dir?« Es war das erste Mal, dass Anke sich wagte, Erik diese persönliche – und sicherlich auch schmerzliche – Frage zu stellen. Bisher hatte er immer selbst den Anfang gemacht, von der Tragödie seiner Familie zu sprechen. Einerseits erstaunte es Anke, wie gern er ihr Kind besuchte, andererseits ließ sie das Gefühl nicht los, dass er sich mit dem Anblick des kleines Energiebündels selbst einem heftigen Erinnerungsschmerz aussetzte. Wollte er damit vermeiden, dass die Erinnerung an seine eigene Tochter verblasste? Erik antwortete nicht auf ihre Frage, sondern konzentrierte sich auf den dichten Verkehr.

Die Fahrt über die Autobahn dauerte lang, bis sie endlich abbogen und der Metzer Straße folgten, die auf die Innenstadt von Saarlouis zuführte. Zum Glück fanden sie auf dem Großen Markt einen Parkplatz, direkt neben einem Brunnen, den Wasserfontänen zierten. Als sie aus dem Auto ausstiegen, ihre Glieder genüsslich ausstreckten, war es kurz vor zwölf. Schnell legten sie die wenigen Meter bis zur Anwaltskanzlei von Rudolf Dupré zurück, damit er ihnen nicht in die Mittagspause entkommen konnte.

Das Gebäude wirkte von außen wenig einladend. Die Fassade war alt, verwittert und zeigte Spuren von Vernachlässigung. Das Treppenhaus setzte dem ersten Eindruck nichts entgegen. Die Holzstufen waren eng und knarrten unter dem Gewicht der beiden. Im ersten Stock angekommen, trafen sie auf eine Sekretärin, die gerade im Begriff war, ihre persönlichen Sachen zu packen.

»Ich gehe jetzt in die Mittagspause«, erklärte sie, ohne gefragt worden zu sein. »Kommen Sie später noch einmal!«

Das veranlasste Erik dazu, seinen Polizeiausweis vorzuzeigen, um der unfreundlichen Dame zu verstehen zu geben, dass er nicht gewillt war zu warten.

»Oh«, stutzte sie.

Sie ließ sich wieder auf den alten Schreibtischstuhl zurücksinken, der unter ihrem Gewicht bedrohlich quietschte. »Mein Chef ist im letzten Zimmer auf der rechten Seite.«

»Das hört sich schon viel besser an.«

»Brauchen Sie mich oder kann ich jetzt in die Pause gehen?«

»Sie können ruhig gehen.«

Anke und Erik durchquerten den dunklen, schmalen Flur und steuerten das angegebene Zimmer an. Die Tür stand offen. Hinter dem Schreibtisch saß ein Mann, dessen Erscheinung nicht gleich auf einen Anwalt schließen ließ. Sein dunkles Haar klebte an seinem Kopf, eine Zigarette hing qualmend zwischen seinen Lippen. Die Luft stand vor Rauch. Kein Fenster war offen. Das Chaos auf seinem Schreibtisch setzte der traurigen Atmosphäre die Krone auf.

»Sie sind Rechtsanwalt Rudolf Dupré?«, fragte Erik ungläubig.

»Was glauben Sie, wo Sie hingegangen sind?«, kam es unfreundlich zurück, »Zur Audienz beim Papst?«

»Genug der Freundlichkeiten«, entgegnete Erik. »Zuviel davon und ich werde sentimental.«

»Wer sind Sie und was wollen Sie?«

Wieder zückte Erik seinen Ausweis.

Der Anblick ließ den Anwalt schlagartig verstummen. Verschwunden war seine Überheblichkeit. Stattdessen wirkte er blass und kleinlaut.

»Was ist passiert?«

»Sie haben doch bestimmt von dem Leichenfund in Ormesheim gehört?«

»Was habe ich damit zu tun?«

»Das wollen wir von Ihnen wissen.« Eriks Geduld bekam Risse.

»Von mir? Ich denke, da geht es um die Biosphäre«, wehrte Dupré ab. »In der Angelegenheit hat mich keiner um ein Mandat gebeten.«

»Es reicht jetzt«, wurde Erik genauer. »Sie wissen so gut wie ich, dass es sich bei dem Toten um Ingo Landry handelt. Also lassen Sie Ihre Ausflüchte von wegen Biosphäre.«

Rudolf Dupré gab sich geschlagen. »Und was wollen Sie von mir wissen?«

»Schon besser! Wie ist Sibylle Kriebigs Klage gegen Ingo Landry wegen Plagiatsvorwürfen ausgegangen?«

Rudolf Dupré stutzte. »Deshalb kommen Sie zu mir?«

»Zu wem sollte ich sonst gehen? Zu Günter Jauch?«

95

»Dass ich Ihnen darüber keine Auskunft geben darf, müssten Sie eigentlich wissen. Ich habe keine Lust, mir wieder etwas zu erlauben, was mich meine Anwaltslizenz kostet.«

»Wir wollen auch nichts riskieren«, giftete Erik den Mann an. »Es ist nämlich Gefahr im Verzug.«

»Welche Gefahr?«, hakte der Anwalt ein. »Die Gefahr, dass Sie den Fall niemals aufklären werden?«

»Die Gefahr, dass auch Sibylle Kriebig etwas zustoßen könnte. Immerhin war Ingo Landry ein Krimiautor. Das Motiv für den Mord wissen wir noch nicht. Es ist nicht auszuschließen, dass es in seiner Tätigkeit zu finden ist.«

»Deshalb fragen Sie mich? Ich schreibe keine Krimis.«

»Meine erste Frage lautet: Kam es zu einem Prozess?«, ließ Erik sich nicht beirren.

»Nein!«

»Einigten sich beide Seiten vorher?«

»Ja!«

»Und wie?«

»Das werde ich nicht sagen«, beharrte Dupré. »Ich genieße das Vertrauen meiner Mandantin.«

»Habe ich mich nicht klar ausgedrückt: Es ist Gefahr im Verzug.«

»Ich sehe das anders«, widersprach der Anwalt. »Wenn Sie wirklich glauben, das Recht zu haben, von mir solche vertraulichen Informationen zu bekommen, dann legen Sie mir einen richterlichen Beschluss vor. Ich sehe nämlich keine Gefahr im Verzug. Ingo Landry wurde vor fünf Jahren getötet, was bedeutet, dass diese Gefahr zu genau dieser Zeit bestanden hat und nicht jetzt.«

Erik erkannte, dass er den Argumenten des Anwalts nichts entgegensetzen konnte. Ohne einen richterlichen Beschluss kamen sie nicht weiter.

»Diese Runde geht an Sie«, gab er sich geschlagen. »Aber wir kommen wieder – mit dem von Ihnen geforderten Beschluss. Suchen Sie schon mal alle Unterlagen heraus, die wir benötigen. Das erleichtert uns die Arbeit, nachdem wir einen Weg zweimal machen mussten.«

»Das haben Sie sich selbst zuzuschreiben.«

Als sie wieder auf der Straße standen, fragte Anke ironisch: »Was hast du dir bei dem Frontalangriff gedacht?«

Erik ballte seine Hände zu Fäusten und schlug damit in die Luft.

»Dem Nöttelhans könnt ich e Balch Wachs ins Jeseesch haue.«

»Wie bitte?«

»Als ehemaliger Boxer könnt ich dem Kerl eine verpassen«, übersetzte Erik.

»Du warst Boxer?« Anke schmunzelte.

»Ja! Ich war sogar richtig gut. Das kannst du mir glauben.«

»Dann ist Rudolf Dupré kein Gegner für dich.«

»Stimmt, nach jahrelangem Training bei den Faustkämpfern in Köln-Kalk bin ich unschlagbar.«

»Du hast tatsächlich geboxt?«

»Ja! Als Polizist in Köln-Kalk war das überlebenswichtig.«

»Das wäre kein Sport für mich. Zu brutal.«

»Von wegen brutal! Bei uns gab es höchstens mal eine gebrochene Nase. Tote gab es nur, wenn sich einer von der Hohenzollernbrücke gestürzt hat und genau vor unserem Boxladen gelandet ist.«

»Meine Güte! Kam das öfter vor?«

»Nur ein Mal!« Erik grinste.

»Genug der Selbstherrlichkeiten«, beendete Anke das Geplänkel. »Ich habe eine Idee, wie wir das Problem lösen, das du mit deinem grenzenlosen Charme geschaffen hast.«

»Sprich dich aus!«

»Ich setze mich in eines der Cafés in der Französischen Straße, trinke dort gemütlich Kaffee, lese Zeitung und warte, bis du mit dem richterlichen Beschluss zurückkommst.«

»Das würde dir so gefallen. Schon mal was von Handys gehört?« Mit dieser Frage schwenkte Erik das kleine Mobiltelefon vor Ankes Nase. »Damit kann ich den Richter anrufen.«

Anke rümpfte ihre Nase.

»Wie du siehst, wirst du deinen Kaffee mit mir zusammen trinken müssen.«

TEIL X

Frühling 2002

Es war das erste Mal seit langer Zeit, dass sich Sibylle Kriebig wieder in den Ludwigspark wagte. Inmitten der blühenden Pracht stand Sonja Fries' Haus – prachtvoll, schön und unschuldig wie der junge Morgen. Aber Sibylle konnte sich nicht an der Schönheit erfreuen. Sonjas Haus strahlte Reichtum, Glanz und Gloria aus. Alles daran wirkte perfekt, die überbauten Turmgiebel, die halbrunden, in braun eingefassten, Fenster, die kleinen runden Dächer aus roten Ziegeln – alles im Baustil aus der Zeit Ludwig des Vierzehnten. Der Barockbau war so naturgetreu nachgebaut worden, dass der Betrachter keinen Zweifel an seiner Echtheit hegte. Ludwig der Vierzehnte war nicht nur mächtig, sondern hatte auch durch Reichtum geglänzt, den er liebend gern zur Schau stellte. Mit Wonne schwelgte er in Luxus und Vergnügungen, ein Lebensstil, der zu seinem Markenzeichen geworden war.

Sonja Fries' Haus vermittelte in Sibylle das Gefühl, als wolle sie diesem Lebensstil dreihundert Jahre später nacheifern. Die Zurschaustellung war ihr gelungen, der Ort für ihren ausschweifenden Lebenswandel hätte nicht perfekter gewählt sein können. Leider erregte Sonja damit eine Aufmerksamkeit, die sie nicht gebrauchen konnten. Seit Ingo Landry offiziell als spurlos verschwunden galt, wollten die Verdächtigungen unter der Saarlouiser Bevölkerung nicht mehr enden. Solche Unannehmlichkeiten verdeutlichten, wie klein Saarlouis war. Fast schien es so, als kannte jeder jeden – wie in einem Dorf. Und genauso verbreiteten sich auch Gerüchte. Jeder glaubte, etwas zu wissen. Dabei rieten alle nur blindlings darauf los. Der Literaturagentin Sonja Fries sei es nur durch Ingo Landrys rätselhaftes Verschwinden gelungen, aus dem unbekannten Autor eine Berühmtheit zu machen. Eine Aussage, die darauf zielte, Sonja eine Beteiligung an Ingo Landrys Verschwinden zu unterstellen.

98

War das den Erfolg wert?

Sibylle schüttelte verständnislos den Kopf. Inzwischen waren sie Freundinnen. Dabei war ihre erste Begegnung mit Sonja Fries alles andere als freundschaftlich verlaufen. Sibylles Absicht, Ingo Landry wegen Ideenklau zu verklagen, war natürlich nicht auf Gegenliebe gestoßen. Und doch hatten sie am Ende alle davon profitiert – auch wenn der Preis dafür viel zu hoch war. Sibylle schüttelte es bei der Erinnerung daran.

Der letzte Zeitungsartikel hatte mehr zutage gebracht, als nötig gewesen wäre. Vor allem die Menschen, die Sibylle liebend gern vergessen hätte.

Durch das rätselhafte Verschwinden des Autors Ingo Landry erfahren die beiden Saarlandkrimis »Frauen an die Macht« und »Emanzipation des Mannes« ein großes Interesse. Die Verlage haben Mühe, den unzähligen Bestellungen nachzukommen.

Plötzlich hatte sich jeder daran erinnert, dass er noch Geld von Sibylle zu bekommen hatte. Am beharrlichsten benahm sich der Anwalt Rudolf Dupré. Nun war Sibylle auf dem Weg zur Bank, damit sie ihn so schnell wie möglich ausbezahlen konnte. Seine Hartnäckigkeit trieb sie an. Je schneller er sein Geld bekam, umso schneller wurde sie ihn wieder los. Hoffentlich!

Sie setzte ihren Weg fort, steuerte den Ausgang des Parks an.

Plötzlich hörte sie Schritte hinter sich. Sie kamen in raschem Tempo näher. Sibylle ahnte nichts Gutes. Hastig drehte sie sich um.

Ihr Blick traf direkt in das Gesicht von Rudolf Dupré.

»Wie ich sehe, hast du einen erlesenen Geschmack«, meinte der ungepflegte Mann bissig und wechselte seinen Blick zwischen Sibylle Kriebig und Sonja Fries' Wohnsitz hin und her.

»Was tust du hier?«, fragte Sibylle erschrocken.

Rudolf Dupré grinste nur böse.

»Du verfolgst mich bestimmt nicht, um mit mir Small Talk zu halten, oder? Wie ich dich kenne, willst du Geld.«

»Ich will es nicht nur, es steht mir zu«, stellte Dupré klar. »Du hast mich nur benutzt. Deine Klage sollte einfach nur ein Mittel zum Zweck sein. Und dann noch das rätselhafte Verschwinden der gegnerischen Seite. Glaub bloß nicht, dass ich den Schwindel glaube. Es wäre also besser für dich, wenn du deine Schulden bei mir bezahlst.«

»Du bekommst deinen Anteil wie abgemacht«, wehrte Sibylle ab.

»Das will ich hoffen.«

»Ich bin enttäuscht von dir«, stieß Sibylle wütend heraus. »Ich hätte nie gedacht, dass du so gierig bist.«

»Und ich habe deine miserable Zahlungsmoral unterschätzt.«

Sibylle fühlte sich verletzt. Wütend beschloss sie, Rudolf an seiner empfindlichen Stelle zu treffen: »Wie geht es deinem versoffenen Bruder?«

Rudolf reagierte genauso, wie sie erwartet hatte. Er wurde blass. Feindselig starrten sie sich an, bis Rudolf mürrisch ausstieß: »Ich war gerade auf der Suche nach ihm.«

»Und? Erfolg gehabt?«

»Sehe ich so aus?«

»Er hat sich wahrscheinlich das Gehirn weggesoffen und irrt desorientiert herum. Was willst du mit ihm anfangen, wenn du ihn gefunden hast?«

»Lass das mal meine Sorge sein! Zuerst einmal bekomme ich von dir mein Honorar. Ich brauche das Geld.«

»Würdest du mich nicht aufhalten, hättest du dein Geld schon. Ich bin nämlich auf dem Weg zur Bank.« Sibylles Tonfall wurde schärfer. »Ich halte mich an Abmachungen. Also belästige mich nicht jedes Mal!«

»Ich belästige dich, bis ich mein Geld habe. Ich befürchte nämlich, du könntest mich einfach vergessen – jetzt, wo dein Leben so einfach geworden ist.«

TEIL XI

Kapitel 16

Bernhard Diez' Plan, den Fall so schnell wie möglich auf eigene Faust abzuschließen, wurde bereits dadurch erschwert, dass er sich in Saarlouis nicht auskannte. Endloses Suchen war die Folge. Sein erster Besuch sollte Sonja Fries gelten, die im Ludwigspark wohnte, wo einst das Forstamt residiert hatte. Den Standort wusste er, nur war die Straßenführung so irreführend, dass er jedes Mal vorbeifuhr. Bald gab er den Versuch auf, bis vor die Tür zu fahren, stellte seinen Wagen am Kleinen Markt ab und schlug einen Fußmarsch über den Busbahnhof ein. Als er direkt vor dem Haus stand, verschlug es ihm fast den Atem. Das war kein Haus, sondern ein kleines Schloss.

Sofort schlussfolgerte er, dass eine Literaturagentin eines mittelmäßigen Autors auf normalem Weg niemals solchen Reichtum erlangt haben könnte. Er spürte, dass er auf der richtigen Spur war. Entschlossen klingelte er. Es dauerte lange, bis ihm eine ältere Frau öffnete.

»Ja bitte!«

Er zeigte seinen Ausweis. »Ich möchte mit Sonja Fries sprechen.«

»Frau Fries ist nicht zu Hause.«

»Und wer sind Sie?«

»Ich bin die Haushälterin.«

Haushälterin, dachte Bernhard grimmig. Das wurde ja immer schöner. Welcher Ottonormalverbraucher konnte sich heutzutage schon eine Haushälterin leisten?

»Wo finde ich Sonja Fries?«

»Sie sagt mir nicht immer, wo sie hingeht.«

»Aber manchmal schon?«, hakte Bernhard nach.

»Ich glaube, dass sie zu Frau Kriebig gegangen ist. Sicher bin ich mir aber nicht.«

Bernhard ließ sich den Weg zu Sibylle Kriebig beschreiben. Er suchte seinen Wagen auf und fuhr in die III. Gartenreihe. Das Haus entdeckte er sofort, weil es durch seinen ungepflegten Vorgarten von den anderen deutlich abstach.

Als er klingelte, tat sich nichts. Er ging an der schmucklosen, weißen Fassade entlang zur Kurzseite des Hauses. Alle Fenster befanden sich in Augenhöhe. Er spähte hinein, konnte aber niemanden im Innern sehen. Ein kleiner Anbau ragte in den Hinterhof. Dort hatte er gute Sicht in eine große, geräumige Küche, die ordentlich aufgeräumt war. Aber von der Hausbesitzerin keine Spur. Enttäuscht kehrte er um, steuerte seinen Wagen an.

Plötzlich versperrte ihm eine ältere Dame den Weg. Sie trug die Haare zu einem Knoten gebunden und war gekleidet mit einer bunten Kittelschürze, an der sie sich die Hände abrieb.

»Wer sind Sie und was wollen Sie hier?«, fragte sie unfreundlich.

Bernhard amüsierte sich darüber, weil er in ihren Augen lesen konnte, was sie dachte. Sie hielt ihn für einen Voyeur, der heimlich in fremde Häuser schaute. Als er seinen Dienstausweis zückte, änderte sich ihr Gesichtsausdruck sofort.

»Ich suche Sibylle Kriebig«, erklärte Bernhard. »Wissen Sie, wo ich Sie finden kann?«

»Ja! Sie ist zusammen mit Antonia Welsch zu ihrer Freundin Sonja Fries gegangen«, antwortete die Frau.

Bernhard grinste. Er hatte also von Anfang an recht gehabt mit seiner Vermutung. Diese drei Frauen steckten unter einer Decke. Sie hatten Ingo Landry auf dem Gewissen. Und er würde es sein, der den Fall aufklärte. Er bedankte sich und kehrte zurück zu Sonja Fries' Haus.

Wieder parkte er seinen Wagen am Kleinen Markt. Die Meter bis zu dem prächtigen Haus legte er erneut zu Fuß zurück. Als er in der kurzen Zeit zum zweiten Mal vor der Haushälterin stand und ihren misstrauischen Blick registrierte, spürte er, wie seine Entschlossenheit, den Fall am gleichen Tag noch zu Ende zu bringen, ins Wanken geriet. Lief er hier einem Komplott von Frauen auf? Das Gefühl, dass er Opfer einer Hinterlist wurde, bemächtigte sich seiner. Soweit durfte er es nicht kommen lassen. Er wollte gerade ansetzen zu sprechen, als die Dame ihm zuvorkam: »Frau Fries ist soeben in Gesellschaft von mehreren Damen in die Stadt gegangen.«

»Sehr reizend«, murrte Bernhard. »Ich kann jetzt schlecht durch die Stadt laufen und hoffen, dass ich auf die Damen treffe.«

»Tut mir leid«, erwiderte die Haushälterin unerschrocken. »Ich bin nicht befugt, meine Arbeitgeberin an ihrem Tun zu hindern.«

»Gibt es ein Lokal, wo sie sich gern aufhält?«, fragte Bernhard, obwohl er die Hoffnung schon fast aufgegeben hatte.

»Oh ja! Das *Marschall-Ney-Haus.*«

Mit dieser Auskunft musste Bernhard sich zufrieden geben. Er folgte der Wegbeschreibung der Haushälterin. Der Asphalt wurde bald zu Kopfsteinpflaster, der sich verwinkelt durch enge Gassen schlängelte. Einige der Häuser zeigten mit ihren charakteristischen schmalen Häuserfronten, den Holzklappläden und ihren Mansardendächern den Baustil der Handwerkerhäuser aus der Festungszeit. Andere wirkten neuer, aber dennoch historisch und liebevoll restauriert. Es waren Bürgerhäuser aus der Zeit der Jahrhundertwende. Aus dem Nebeneinander dieser verschiedenen Gebäudeformen hatte sich eine nostalgisch verbrämte Altstadt gebildet. In die Häuser waren Lokale eingezogen, die einen gastfreundlichen Charme versprühten. Bernhard fühlte sich, als betrete er eine andere Welt. Menschen saßen auf den Terrassen. Sie genossen die letzten warmen Sonnenstrahlen des Jahres. Die Atmosphäre, die durch das lebhafte Getümmel entstand, vermittelte das Gefühl von Sommer, Freude, Abschalten und Erholung. Bernhard fühlte sich gleich selbst wie im Urlaub. Der Zorn, mit dem er losgezogen war, löste sich auf. Amüsiert beobachtete er die angeregt plaudernden Menschen. Manche spürten schon den Alkohol und wurden lauter, manche unterhielten sich mit ihren Handys, weil sie offenbar sonst niemanden hatten, andere prahlten mit ihren Notebooks. Er spürte, dass er unter Beobachtung stand. Junge Frauen, die sich trotz der späten Jahreszeit in durchsichtigen Blusen räkelten, ließen ihre Blicke ungeniert an ihm herunter wandern, was in ihm einen angenehmen Schauer auslöste. Ich weiß, wie ich auf Frauen wirke, dachte er und ließ hier und da ein charmantes Lächeln von seinen Lippen, was mit munterem Gekicher erwidert wurde.

Sollte er die drei Damen nicht finden, würde er seinen Spaziergang durch die interessanten Gassen ein wenig ausdehnen, bis sich eine gute

Gelegenheit bot. So viele hübsche junge Frauen – die Chance konnte er nicht einfach vorüberziehen lassen.

Er näherte sich dem Marschall-Ney-Haus. Vor dem Lokal standen nur wenige Tische. Der Betrieb lief hauptsächlich im Innern um die Theke herum, wie ihm ein Blick durch die kleinen, braun getönten Fensterscheiben verriet. Eine Zeittafel an dem Fenster neben dem Eingang zeigte an, welche Funktionen Marschall Ney in seinem Leben innehatte. Als Marschall von Frankreich hatte er unter Napoleon gedient und sich durch Heldentaten den Titel *Tapferster der Tapferen* verdient, hieß es. Bernhard sah darin den Stolz der Stadt, im Besitz des Geburtshauses einer großen Persönlichkeit zu sein. Er öffnete die Tür.

Zuerst musste er seine Augen an die Dunkelheit gewöhnen, nachdem er aus dem hellen Sonnenschein in das schummrige Licht trat. Dann zeichneten sich vor seinen Augen einige Silhouetten ab, die die Gesuchten sein konnten. Drei Frauen saßen im hinteren Bereich an der Theke, tranken Crémant und amüsierten sich prächtig.

Als er sich ihnen näherte, erkannte er, dass sie nicht nur hübsch aussahen; nein, alles an ihnen wirkte aufreizend und sexy. Sollte er sich irren und diese drei Prachtexemplare waren nicht die Gesuchten, würde ihm dieses Missverständnis keineswegs die Laune verderben. Er konnte sich gut vorstellen, mit ihnen den Rest des Abends zu verbringen.

Kapitel 17

Es war bereits stockdunkel, als Anke und Erik das Gebäude der Landespolizeidirektion Saarbrücken betraten. Anke wollte noch den Bericht über die Befragung des Anwalts Dupré schreiben und dann das Büro so schnell wie möglich verlassen. Sie hatte den Abend schon verplant.

Der Erste, den sie antrafen, war Jürgen Schnur. Das sah nicht gut für ihre Feierabendpläne aus.

»Kann es sein, dass Bernhard einen Alleingang startet?«, fragte Schnur.

»Ich kann dir dazu nichts sagen«, gestand Anke. »Bernhard sagt uns nicht immer alles.«

Schnur nickte nachdenklich, rieb sich über sein Kinn, an dem sich die ersten roten Bartstoppeln zeigten. »Er wäre aber besser beraten, das zu tun. Wie soll man sonst zusammenarbeiten?«

Anke zuckte mit den Schultern.

»Wenn er so weitermacht, passiert genau das Gegenteil von dem, was er mit seinem Ehrgeiz erreichen will.«

»Das musst du ihm sagen – nicht mir!«

»Ich weiß, ich weiß«, wehrte Schnur ab, »es ist nur so, dass mich sein Alleingang nervös macht.«

Anke wurde bei diesen Worten mulmig zumute. Inzwischen war es fünf Jahre her, dass der ehemalige Kollege Andreas Hübner sich mit der gleichen Unbesonnenheit auf einen Alleingang gemacht hatte, um den zur damaligen Zeit brisantesten Fall allein zu lösen. Die Ähnlichkeit zur heutigen Situation war so frappierend, dass Anke fröstelte.

Schnur beobachtete sie einen kurzen Augenblick, bevor er sagte: »Entschuldige! Ich wollte dich nicht an Andreas Hübner erinnern!«

Anke erschrak. »Kannst du Gedanken lesen?«

Schnell beschwichtigte Schnur: »Bernhard wird auch auf die Nase fallen, davon gehe ich aus. Aber wenn wir immer gleich das Schlimmste annehmen, werden wir nervös und machen Fehler. Und das wollen wir doch nicht, oder?«

»Nein, du hast Recht. Bestimmt kommt er gleich hereinspaziert und tischt uns eine haarsträubende Geschichte auf.«

»Womit er uns wieder auf die Nerven geht«, fügte Schnur grinsend an. »Und dann sind wir wieder glücklich und zufrieden.«

»So ist es! Fehlt er, stört er. Ist er anwesend, stört er auch.«

»Habt ihr etwas über den Anwalt Dupré in Erfahrung bringen können, was uns mehr über die Verdächtigen sagt?« Damit kehrte Schnur zum dienstlichen Teil zurück.

»Nach den Schilderungen des Anwalts galt Sibylle Kriebigs Ziel ausschließlich dem Erfolg ihres Buches. Sein Eindruck war, dass ihr jedes Mittel recht war, um dieses Ziel zu erreichen.«

»Das heißt im Klartext?«, hakte Schnur nach.

»Der angestrebte Prozess hatte einen großen Medienwirbel um die Bücher zur Folge. Dupré riet Sibylle, es dabei zu belassen, weil sie niemals Aussicht auf Erfolg haben würde. Er hatte beide Bücher geprüft und fand keine rechtliche Grundlage.«

»Das beantwortet immer noch nicht meine Frage.«

»Ingo Landry drohte mit einer Gegenklage, sollte Sibylle Kriebig nicht von ihren Plagiatsvorwürfen ablassen. Er beschloss, sie wegen Rufschädigung zu Schadensersatz zu verklagen.«

Schnur rieb sich übers Kinn.

»Sibylle hätte dadurch das Nachsehen gehabt. Das Risiko, diesen Prozess zu verlieren, wollte sie nicht eingehen.«

»Was geschah? Reichte Ingo Landry die Klage ein?«

»Nein! Bevor es dazu kam, verschwand Ingo Landry spurlos! Und prompt folgte ein erneuter Medienrummel. Die Bücher wurden zu Verkaufserfolgen über die Landesgrenzen hinaus.«

»Der Anwalt vermutet also, dass Sibylle zwei Fliegen mit einer Klappe schlug?«, schlussfolgerte Schnur. »Ohne ihren Gegner wurde ein Prozess hinfällig, der ihr selbst eine Rufschädigung hätte einbringen können.« Er schaute Anke an. Die nickte. »Eine Rufschädigung würde dem Verkauf ihrer Bücher im Weg stehen. Damit würde sie nichts erreichen.«

»Richtig«, stimmte Anke zu.

»Also rechnete sie sich aus, dass ein rätselhaftes Verschwinden Ingo Landrys als Mysterium in der Presse landet, was ihr neuen Ruhm einbringt.«

»Genau«, nickte Anke.

»Eine komplizierte Taktik.« Schnur rümpfte die Nase. »Ist das Schreiben neuer Bücher nicht einfacher?«

Darauf konnte Anke nur mit den Schultern zucken.

»Wie viel Zeit verging zwischen Ingo Landrys Androhung einer Gegenklage und seinem Verschwinden?«, fragte Schnur.

»Das muss ich nachsehen.«

»Okay! Schau nach«, wies Schnur an, »und wie passt der Leichenfund in das Bild?«

»Die Leiche wurde nicht sehr tief vergraben«, meldete sich Erik zu Wort. »Es wäre doch möglich, dass Sibylle Kriebig den Leichenfund mit einplante, was wiederum für Schlagzeilen sorgt – wie wir ja sehen können.«

»Ich glaube eher, dass sie nicht von Anfang an geplant hatten, dass die Leiche gefunden wird«, sagte Anke. »Das ist doch ekelhaft. Stell dir mal vor, er wäre vor zwei oder drei Jahren aufgetaucht: nur halb verwest, wie ein von Maden zerfressener Fleischklumpen mit Knochen dran.«

»Stimmt auch wieder. So viel Pietät werden sie vor Ingo Landry noch besessen haben«, lenkte Erik ein.

»Ihr haltet diese Frauen also für Mörderinnen?«, schlussfolgerte Schnur.

»Um das sicher beantworten zu können, müssten wir die Frauen erst einmal kennen«, gab Erik zu. »Aber das ist bis jetzt das alleinige Privileg von Bernhard – wenn ich sein Fernbleiben richtig deute.«

»Welche Rolle spielt Sonja Fries dabei?«

Anke und Erik schauten sich kurz an. Daraufhin antwortete Erik: »Wir haben das Haus von Sonja Fries gesehen. Ein Palast.«

»Ja und?«

»Sie ist laut Verlagsvertrag als Erbin eingetragen. Also ist sie die Nutznießerin des Gewinns, der durch das Buch *Emanzipation des Mannes* erzielt wird«, antwortete Erik. »Und nach dem Haus zu urteilen, ist der Gewinn gewaltig.«

»Das heißt, dass sie das makabere Spiel mitspielt, ihren Buchautor tötet, vergräbt und das Geld einheimst? Also doch! Ihr haltet diese drei Frauen für eiskalt berechnende Mörderinnen!«

»Den genauen Ablauf wissen wir nicht. Wir wissen nur, dass Sonja Fries das Erbe ungeniert antrat.«

»Wenn sie etwas mit Ingo Landrys Tod zu tun hat, wird sie das nicht mehr lange genießen«, stellte Schnur klar. »Opfer vererben nicht gern an ihre Mörder.«

»Und wie geht es jetzt weiter?«, fragte Erik.

»Jetzt machen wir erst mal Feierabend.«

Anke atmete erleichtert auf.

»Wenn wir morgen noch nichts von Bernhard gehört haben, wird unsere erste Aufgabe darin bestehen, Hausdurchsuchungsbefehle bei den drei Verdächtigen zu besorgen«, sprach Schnur weiter. »Mal sehen, was wir dabei alles aufdecken.«

Kapitel 18

Die Büchse der Pandora öffnete sich. Bernhard spürte eine rasant ansteigende Gefahr für seine rein ermittlerischen Absichten. Und doch gelang es ihm nicht, zu widerstehen. Die drei Frauen reagierten schnell – schneller, als er voraussehen konnte. Schneller, als er analytisch abwägen konnte, welche dieser Schönheiten nun die wahre Pandora ist. In Sekundenschnelle befand er sich im inneren Kreis.

Die Rothaarige schnurrte ihm ins Ohr und fragte: »Sind Sie der Bulle, der uns sprechen will?«

»Ein Bulle bin ich nicht; ich bin Polizeibeamter«, widersprach Bernhard. Aber als er in das Gesicht der Frau blickte, erkannte er eine Belustigung, die ansteckend wirkte. Ihre kurzen Haare standen ab wie Stachel eines Igels, ihre Augen waren stark geschminkt, was ihrem Gesicht einen frivolen Ausdruck verlieh. Ihre Bluse zeigte ein großzügiges Dekolleté, anstelle einer Hose trug sie Leggins.

»Ist er nicht süß?«, rief sie zu ihren Freundinnen, die sich darüber köstlich amüsierten.

»Und mit wem habe ich das Vergnügen?«, fragte Bernhard in heiterem Tonfall, weil es ihm Spaß machte, mit den Damen zu flirten. Dass sie Verdächtige waren, wollte er dabei auf keinen Fall vergessen.

»Ich bin Sibylle Kriebig«, stellte sich die Rothaarige vor.

Er verbeugte sich ehrfürchtig.

Sein Blick ging weiter zu den beiden anderen. Die hübscheste von ihnen war Sonja Fries. Sie trug ihre schwarzen, glänzenden Haare bis in den Nacken. Dunkle Augen schauten so eindringlich, dass Bernhard Mühe hatte, sich auch noch auf die Dritte zu konzentrieren, für die nur noch Antonia Welsch in Frage kam. Auch sie wirkte neckisch herausgeputzt mit ihrem engen, bauchfreien Top, ihrem kurzen Rock, der perfekte Beine freilegte.

Sonja Fries trug einen Hosenanzug, der so vollendet saß, dass ihre Figur Bernhards Fantasie am lebhaftesten anregte. Er empfand ihre Garderobe, die geradezu alles verhüllte, als Provokation. So musste er sich selbst ausmalen, was sich unter dem Stoff verbarg. Die Vorstellung nahm Besitz von ihm, beherrschte ihn. Hier hatte er all das gefunden, wovor er sich in Acht nehmen musste. Ohne zu überlegen setzte er sich neben sie an die Bar und bestellte Crémant d'Alsace.

»Sie sind also der Polizeibeamte, der uns auf den Zahn fühlen will«, hauchte Sonja Fries in sein rechtes Ohr.

Bernhard versank in ihren dunklen Augen. Anstatt zu antworten, nickte er nur.

»Was wollen Sie uns fragen?«, hörte er Antonias Stimme ganz dicht hinter sich.

»Wir stehen Ihnen selbstverständlich zur Verfügung, wenn es der Verbrechensbekämpfung dient«, ertönte es von der linken Seite. Das war Sibylle Kriebig.

Bernhard befand sich inmitten dieser aufregenden Frauen. Keine der drei wirkte abgeneigt. Und er war es auch nicht.

»So einen schönen Auftrag habe ich in meiner beruflichen Laufbahn bisher noch nicht bekommen«, gurrte er. »Ich freue mich, dass Sie so kooperativ sind.«

»Ach, was soll diese förmlich Anrede«, wehrte Sonja Fries ab. »Wir können uns doch duzen und beim Vornamen ansprechen. Das macht die Unterhaltung viel leichter.«

»Gern! Ich heiße Bernhard.«

»Wie süß! Bernhard! Erinnert mich an einen kuscheligen Bernhardiner.«

Die Frauen lachten – Bernhard stimmte ein.

Sie besiegelten ihre Vertrautheit, indem sie ihre Gläser anstießen. Bernhard blühte in dieser erquicklichen Gesellschaft auf. Sofort bestellte er die nächste Runde Crémant.

»Wie gut habt ihr Ingo Landry gekannt?«

»Das war ein gemeiner Schuft«, winkte Sibylle ab. »Er hat einfach meine Idee geklaut.«

»Die Idee, dass Frauen Männer unterdrücken sollen?«, vergewisserte sich Bernhard. Was er wirklich von dem Einfall hielt, behielt er für sich, denn damit hätte er die gute Stimmung verderben können.

»Er hat einfach nur den Spieß umgedreht und zum Thema gemacht, dass Männer Frauen unterdrücken sollen«, bekannte Sibylle. Ihre Aussprache wirkte schon etwas undeutlich.

»Also hat er ja nicht deine Idee geklaut, sondern seine eigene Einstellung dazu gebracht.«

»Unser kuscheliger Bernhardiner wird aufmüpfig«, mischte sich Antonia ein. »Natürlich hat er Sibylles Idee geklaut. Er hätte doch einen Krimi über einen Serienmörder schreiben können oder über einen Sexualverbrecher. Aber nein, er greift genau das gleiche Thema auf wie Sibylle. So etwas nenne ich geklaut.«

»Also warst du mächtig böse auf Ingo Landry«, stellte Bernhard fest. Inzwischen war er schon beim dritten Glas Crémant angekommen.

»Jetzt nicht mehr«, lachte Sibylle.

Gemeinsam stießen die drei Frauen auf das Ableben ihres Widersachers an, wobei sie herzhaft lachten. Dieser Runde wollte Bernhard sich nicht anschließen, weil das seiner Berufsethik widersprach. Genau das gefiel den Damen nicht. Mit vereinten Kräften bemühten sie sich, Bernhard davon zu überzeugen, dass er ebenfalls mit ihnen auf das Ableben von Ingo Landry trinken sollte.

Beflügelt von ihrem Vorhaben bestellten sie eine neue Runde, die sie auch viel zu schnell tranken. Dann die nächste und wieder eine weitere Runde. Bernhard spürte den Alkohol, aber seine Stimmung befand sich auf einem Höhenflug. Allein unter Frauen, dachte er sich. Ein Traum wurde wahr.

Sie lachten immer lauter, die Witze wurden trivialer.

»Ihr seid die lustigen Weiber von Saarlouis«, bemerkte Bernhard, literarisch angehaucht unter den Autorinnen und Literaturagentinnen.

»Wir sind keine Weiber«, beschwerte sich Sibylle sofort.

»Ich dachte, ihr versteht den Witz.«

»Welchen Witz?«

»Ich wollte einen literarischen Vergleich bringen. Schließlich seid ihr doch aus dem Geschäft der Literatur! Oder?«

»Natürlich!«, gab Sibylle im Brustton der Überzeugung von sich. Trotzdem stand ihr die Verständnislosigkeit im Gesicht.

»Ich dachte an die *Lustigen Weiber von Windsor*, eine Komödie von William Shakespeare«, erklärte Bernhard nun etwas genauer.

»Ach so!« »Stimmt ja!« »Natürlich!« Die Reaktionen verrieten Bernhard, dass keine von ihnen wusste, wovon er sprach.

Aber darüber wollte er nicht nachdenken. Im Gegenteil: Zu viel Intelligenz hätte die ausgelassene Stimmung des Abends nur verhindert. Ihm gefiel es besser, dass seine Begleiterinnen unbedarft, dafür extrem sexy schienen.

111

Nach etlichen Gläsern des edlen Tropfens stiegen sie auf Bailey's um, ein irischer Crèmelikör, der angenehm süß schmeckte. Es bedurfte keiner großen Anstrengung, Bernhard zu dem Getränk zu überreden.

Immer wieder, wenn ihm einfiel, dass er eigentlich dienstlich unterwegs war, warf er eine Frage in die Runde, die so harmlos wirkte, dass die Befragten auch immer ahnungslos preisgaben, was sie wussten.

»Hat Ingo Landry dir dein Geschäft kaputt gemacht, als er deine Idee als seine verkauft hat?«

»Oh ja! Der Dreckskerl! Die Leser wollten sich nicht auf ein neues Thema einlassen, nämlich dass die Frauen die Stärkeren sind. Sie fanden das Abgedroschene besser, nämlich dass Männer Frauen töten, weshalb sein Buch mehr Aufmerksamkeit bekam. Aber den Zahn habe ich ihm gezogen.«

Bernhard verschluckte sich fast vor Schreck. »Zahnmedizinerin bist du auch noch?« Dabei bemühte er sich, lustig zu klingen.

»Nein! Ich habe Zahnarzthelferin gelernt. Aber ich kann Zähne ziehen.«

Das Thema behagte ihm nicht. Zahngeschichten waren für ihn die idealen Stimmungstöter, was er jetzt nicht gebrauchen konnte. Also lenkte er das Gespräch auf angenehmere Dinge. Provokant fragte er: »Was kannst du noch?«

Da passierte es.

Mit einem Satz saß sie auf seinem Schoß, nahm seinen Kopf in beide Hände und küsste ihn leidenschaftlich. Bernhards Verwunderung wich der plötzlich aufkeimenden Erregung. Leidenschaftlich erwiderte er ihren Kuss, aber als er sie fest an sich drücken wollte, ließ sie gegen seinen Willen von ihm ab, schaute ihm tief in die Augen und sprach mit wohlklingender Stimme: »Das kann ich zum Beispiel. Willst du noch mehr wissen?«

Bernhards Fantasie ging mit ihm durch. Er war an dem Punkt angekommen. Er wollte alles wissen. Aber in seinem Hinterkopf spukte noch ein Fünkchen Geistesgegenwart, nämlich, dass diese drei Frauen die Hauptverdächtigen in einem Mordfall waren. Solange dieser kleine Gegenspieler in seinem Kopf herum spukte, gelang es ihm nicht, sich ganz gehen zu lassen.

»Was habt ihr mit Ingo Landry gemacht?«, sprudelte es plötzlich aus ihm heraus.

»Oh, wir haben ihn ausgebeint, filetiert, paniert und dann frittiert. Hat wirklich gut geschmeckt«, antwortete Antonia Welsch.

»Welche Gewürze habt ihr denn genommen?«, spielte Bernhard das Spiel mit, obwohl er wusste, dass es falsch war.

»Oregano«, begann Antonia aufzuzählen.

»Das stimmt doch gar nicht«, widersprach Sonja. »Es war Paprika.«

»Wie Recht du hast«, stimmte Antonia zu.

»Dazu ein bisschen Peperoni«, fügte Sibylle an. »Wir wollten den Jungen richtig scharf machen.«

Bernhard grinste dämlich.

»So wie dich auch.«

»Ihr wollt mich ausbeinen?«, hakte Bernhard erschrocken nach.

»Nein! Scharf machen.«

»Ich glaube, das ist euch bereits gelungen.«

Sie tranken nun schon die vierte Runde Bailey's. Bernhard beschloss, nun mit dem Alkohol kürzer zu treten, damit er auch seinen Mann stehen konnte, wenn es so weit war. Im besoffenen Zustand konnte es ihm passieren, dass ihn seine Manneskraft im Stich ließ. So eine Blamage wollte er sich auf keinen Fall einhandeln.

Aber seine Begleiterinnen ließen ihm keine Zeit, darüber nachzudenken. Kaum hatte er ausgetrunken, stand das nächste Glas vor ihm. Und die feuchtfröhliche, mit Erotik angehauchte Stimmung ließ ihn unvorsichtig werden.

Es war schon spät in der Nacht, als sie das Lokal verließen. Als nächster Akt stand ihm *Der Widerspenstigen Zähmung* bevor. Er konnte es kaum erwarten.

Kapitel 19

Majestätisch prangte das große, alte Haus hoch über der Straße. Jürgen stellte seinen Wagen verkehrswidrig auf dem schmalen Bürgersteig direkt davor ab, nahm dafür das Hupen der Vorbeifahrenden in Kauf. Zu klingeln brauchte er nicht. Kullmann hatte seine Ankunft schon wahrgenommen.

»Was verschafft mir die Ehre, von dir zu einem Abendessen im Mandelbachtal eingeladen zu werden?«, fragte er zur Begrüßung und stieg in den Wagen ein.

»Ich will mit dir noch mal in das Haus von Ingo Landry. Nur du kannst feststellen, ob es in dem Chaos etwas gibt, was damals vielleicht übersehen wurde oder etwas, das damals noch dort war, inzwischen aber verschwunden ist.«

»Was versprichst du dir davon?«

»Ich hoffe, dass der Täter Fehler gemacht hat, nachdem wir Ingo Landrys Leiche gefunden haben.«

»Du rechnest damit, dass er nervös wurde. Ich helfe dir immer gern, das weißt du. Aber ich bezweifle, dass ich wirklich sehe, wenn etwas aus dem Haus verschwunden ist, was damals noch dort war.«

»Ich bezweifle das nicht«, widersprach Schnur. »Du hast ein Gedächtnis wie ein Elefant, das wissen alle im Büro. Also stell nicht selbst dein Licht unter den Scheffel!«

»Ich sehe schon, dass sich die Seiten verkehrt haben«, bemerkte Kullmann spitz. »Früher habe ich noch die Befehle gegeben. Heute nehme ich sie entgegen.«

Schnur spürte, dass er sich im Ton vergriffen hatte. Bevor er sich seinen nächsten Lapsus leistete, hielt er lieber den Mund und steuerte den Wagen in gemächlichem Tempo durch die Bundesstraßen und Landstraßen. Es zog sich lange hin, bis sie an dem Haus in der Konrad-Adenauer-Straße ankamen.

Das erste, was Kullmann anmerkte, war: »Von außen sieht alles noch aus wie damals.«

Sie betraten die Wohnräume. Das Durcheinander, das sie dort vorfanden, wirkte unüberwindlich. Kullmann seufzte. Es dauerte eine Weile, bis er sich entscheiden konnte, wo er anfing zu suchen. Er wählte die aufgerissenen Schubladen und ihre Inhalte, die verstreut auf dem Boden lagen. Danach sämtliche Schachteln und Bilderrahmen. Danach die Schränke und Regale. Nach einer Weile setzte er sich auf den einzigen bequemen Sessel, den er vorher mühsam freigeräumt hatte und gestand: »Ich kann deine Erwartungen nicht erfüllen. Für mich sieht es genauso wie damals aus: Hoffnungslos!«

»Nicht aufgeben, Kumpel!«, ermunterte Schnur, der beharrlich im Durcheinander wühlte.

Kullmanns Blick schweifte an den Wänden entlang, bis er an einer Stelle hängen blieb. »An dieser Stelle war ein Schlüsselkasten für die Autoschlüssel, habe ich Recht?«

Schnur schaute auf. Deutlich war an der Wand ein Viereck zu erkennen, dass sich heller abzeichnete. Sofort suchte er den Boden nach einem solchen Kasten ab. Und fand ihn. Die Glastür war geöffnet. Der Innenraum leer.

Kullmann runzelte die Stirn bei dem Anblick. Nach einer Weile sagte er: »Der Kasten war damals verschlossen. Ich erinnere mich daran, weil ich es merkwürdig fand, im eigenen Haus den Autoschlüssel vor sich selbst wegzusperren.«

»Das ist wirklich merkwürdig«, gab Schnur zu. »Und wie wir hier sehen, wurde der Kasten nicht aufgebrochen. Jemand hat ihn mit dem passenden Schlüssel geöffnet.«

»Warum wirft er hinterher den Kasten auf den Boden?«, rätselte Kullmann.

»Weil er verhindern wollte, dass das Verschwinden des Autoschlüssels auffällt«, antwortete Schnur. »In dem Chaos verdanken wir es doch nur dem Zufall – und deinem guten Gedächtnis, dass wir es bemerkt haben.«

»Wissen wir, welche Autos in Ingo Landrys Besitz waren, als er starb?«

Schnur zog eine Akte aus seiner Jackentasche und blätterte darin.

»Ein Mercedes-Benz CLK 55 AMG Avantgarde schwarz metallic, 347 PS, Hubraum 5,5 Liter, Automatic …«

»Ich erinnere mich«, fiel Kullmann Schnur ins Wort. »Ingo Landry hatte einen ausgeprägten Sinn für teure und schnelle Autos.«

»Wie kommt es, dass du damals – als du den Fall Ingo Landry bearbeitet hast, diesen Schlüssel nicht sofort zur Spurensicherung gegeben hast?«, fragte Schnur.

Kullmann lächelte schwach und meinte: »Das ist eine gute Frage. Wir bekamen den Fall wieder entzogen, bevor wir uns an solche Details machen konnten. Ingo Landry galt als vermisst. Nichts deutete darauf hin, dass er tot war.«

»Aber, ein vorhandener Autoschlüssel könnte doch Hinweise geben.«

»Ingo Landry hatte noch einen Wagen. Einen Jaguar, der damals schon zu den Oldtimern zählte und noch wertvoller war als der Mercedes. Und der war kurze Zeit nach ihm ebenfalls verschwunden.«

Schnur rieb sich über sein rasiertes Kinn und stellte fest: »Dann heißt es jetzt herauszufinden, wo die Autos sind.«

»Hattest du mich nicht ursprünglich zum Essen eingeladen?«, erinnerte Kullmann.

Jürgen Schnur hielt inne, schaute seinen ehemaligen Vorgesetzten an und meinte lachend: »Da siehst du es mal wieder: Du hast ein Gedächtnis wie ein Elefant. Ich hätte das glatt vergessen.«

Der »Gräfinthaler Hof« erwies sich als gute Wahl. Die farbenfrohe Einrichtung vermittelte Lebendigkeit und die Geräuschkulisse unter den Gästen Behaglichkeit. Die Speisekarte hob Kullmanns Laune an. Zwischen gebeiztem Lachs auf Reibekuchen als Vorspeise und mit Steinpilzen gefüllten Maispoulardenbrüstchen in Portweinsoße als Hauptgericht resümierte er: »Der Verbleib der Autos muss in unseren Akten festgehalten worden sein. Autos wie dieser Mercedes und der Jaguar seines Vaters verschwinden nicht einfach.«

Schnur aß von seinem Hirschrückensteak in Haselnusskruste und murmelte: »Die Sache mit dem Autoschlüssel macht mich verdrießlich. Fünf Jahre sind seit dem Mord vergangen. Das erleichtert unsere Arbeit nicht gerade.«

»Matthias Hobelt macht sich mit seinem unkooperativen Verhalten verdächtig. Ihn sollten wir nicht aus den Augen lassen.«

Schnur kaute vor sich hin, reagierte nicht darauf.

»Wie soll ich dein Schweigen verstehen?«, hakte Kullmann nach.

»Unsere Ermittlungen konzentrieren sich zurzeit auf Sonja Fries, Sibylle Kriebig und Antonia Welsch.«

Kullmann sah sein Dessert auf den Tisch zuschweben. Er hatte sich für ein schlichtes Eis mit Sahne entschieden. Die Portion lachte ihn schon von weitem an.

»Was macht die drei Frauen verdächtig?«, fragte er mit einem zufriedenen Grinsen, als das Eis serviert wurde.

»Bernhard Diez hat die drei Frauen zur Befragung aufgesucht. Seitdem fehlt von ihm jede Spur.«

Kapitel 20

Lisas Schnupfen blieb hartnäckig, was sich deutlich auf ihre Laune auswirkte. Anke wollte sie aufwecken, doch Lisa drehte sich in die andere Richtung, um ihre Mutter nicht sehen zu müssen. Das Verhalten kannte Anke nicht an ihrer Tochter.

»Du stehst jetzt auf und gehst mit mir rüber zu Norbert und Martha!«, erklärte sie in bestimmtem Tonfall. Lisa rührte sich nicht.

Anke wurde ungeduldig. Ständig war sie davor gewarnt worden, dass es schwer würde, als allein erziehende Mutter täglich pünktlich am Arbeitsplatz zu erscheinen. Aber sie wollte die Anspielungen nie ernst nehmen. Sie hatte bisher auch keinen Grund dazu gehabt. Lisa war immer willig mit ihr zum Nachbarhaus gegangen, weil sie sich bei ihren Ersatzgroßeltern wohl fühlte. Bis heute.

»Du willst doch zu Norbert und Martha«, bemühte sie sich, Lisa zu überreden.

Aber Lisa zeigte keinerlei Reaktion. Anke musste zu anderen Mitteln greifen. Sie zog Lisa die Decke weg, was einen sofortigen Aufschrei zur Folge hatte. Doch Anke reagierte schneller als ihre Tochter. Im Nu hatte sie Lisa aus dem Bett und trug sie ins Bad. Es wurde ein mühsames Unterfangen, das widerspenstige Kind in seine Kleider zu packen und zum Nachbarhaus zu bringen.

Als Martha die beiden kommen sah, ahnte sie, was auf sie zukommen würde. Aber sie ließ kein Wort darüber verlauten.

Kullmann saß am Küchentisch und trank seinen Kaffee.

Martha sprach liebevoll zu der kleinen Quertreiberin: »Na? Wollen wir uns einen schönen Tag machen?«

Lisa schaute nur mürrisch drein.

»Willst du nicht zu mir kommen?«

Der Gesichtsausdruck veränderte sich nicht. Regungslos verharrte sie in Ankes Arm.

»Welche Laus ist dir denn über die Leber gelaufen?«

Immer noch nichts.

»Das kann ja lustig werden«, stöhnte Martha ganz leise vor sich hin.

Nun wandte sich Kullmann zu dem kleinen Mädchen und sagte in ruhigem, aber tadelndem Tonfall: »So bist du aber kein liebes Kind!«

Mit großen Augen schaute sie auf ihren Ersatzopa.

»Willst du, dass Martha traurig ist?«

Lisa lutschte vor Verlegenheit am Daumen.

»Oder, dass ich traurig bin?«

Als Kullmann sie erwartungsvoll anschaute, schüttelte sie hastig den Kopf.

»Da bin ich aber froh.«

Eine Weile geschah nichts, bis Lisa ihre Ärmchen nach Martha ausstreckte, damit sie die Kleine in die Arme nehmen konnte. Das Problem wäre gelöst. Anke fuhr zur Arbeit.

Ständig musste sie darüber nachdenken, wie eindrucksvoll Kullmann ihre Tochter auf den richtigen Weg gebracht hatte. Eigentlich sollte sie sich darüber freuen, wie unkompliziert er Lisas Dickköpfigkeit beenden konnte. Aber das wollte Anke nicht gelingen. Im Gegenteil. Es schürte nur noch mehr ihre schlechte Laune.

Sie dachte sich, dass der Tag nur noch besser werden konnte, als sie den Parkplatz der Landespolizeidirektion ansteuerte. Doch diese Erwartung wurde sofort im Keim erstickt, kaum dass sie das Büro betreten hatte.

»Forseti bittet uns unverzüglich in sein Büro«, sagte Erik zur Begrüßung.

»Forseti?«

»Genau der! Bernhard ist immer noch verschwunden.«

Gemeinsam betraten sie das Besprechungszimmer. Horst Hollmann und Theo Barthels folgten ihnen. Alle anderen Kollegen waren schon da.

Gespannt warteten sie darauf, wer die Besprechung einleiten würde. Jürgen Schnur sah wütend aus, Forseti überheblich. Die Stimmung war angespannt. Kein Kaffeeduft, keine Croissants, nichts. Nur Stille, die sich in die Länge zog. Endlich ging es los.

Schnur übernahm das Wort: »Von unserem Mitarbeiter Bernhard Diez fehlt jede Spur.«

Die Einleitung löste keine Spannung – im Gegenteil, sie steigerte sie noch. Keiner wagte sich etwas zu sagen. Nach einer kurzen Pause setzte Jürgen seinen Bericht fort: »Den Dienstwagen haben wir inzwischen gefunden. Er stand auf dem Parkplatz am Kleinen Mark in Saarlouis. Ganz in der Nähe befindet sich das Haus von Sonja Fries. Die Haushälterin teilte uns mit, dass am Vortag ein Polizist bei ihr geklingelt, sich aber wieder entfernt habe. Ich habe vor, die Dame vor Ort weiter zu befragen. Ich glaube nämlich, dass sie mir am Telefon nicht alles gesagt hat.«

Schnur schaute in die Runde.

Betretenes Schweigen schlug ihm entgegen.

Er berichtete weiter: »Ich habe mit unserer Staatsanwältin telefoniert. Sie beantragt die Hausdurchsuchungsbefehle für die Häuser von Sibylle Kriebig und Sonja Fries. Sobald wir sie in unseren Händen haben, fahren wir nach Saarlouis. Sollte Bernhard Diez dort sein – oder gewesen sein – finden wir das heraus.«

Immer noch begegnete ihm Grabesstille.

»Das Schweigen der Lämmer«, stellte er gereizt fest. »Hier sehe ich zurzeit allerdings nur ausgewachsene Schafe.«

»Wie es aussieht, hat Bernhard Diez es sich nicht nehmen lassen, das schwarze Schaf zu spielen«, witzelte Forseti zu dieser Anmerkung.

Unangenehm von diesem Vergleich berührt wandte sich Jürgen Schnur an Theo Barthels mit der Frage: »Hast du bei deinen Untersuchungen etwas gefunden, was die drei verdächtigen Frauen mit dem Mord an Ingo Landry in Verbindung bringt?«

»Nicht direkt!« Theo schüttelte bedauernd den Kopf.

»Und indirekt?« Schnurs Blick richtete sich auf die Unterlagen in Theos Hand.

»Hier habe ich das Ergebnis der Untersuchung der Kleidungsreste, die in der Nähe des Skeletts gefunden wurden«, antwortete Theo. »Sie gehören nicht zu der Leiche.«

»Wie das?«

»Mit an Sicherheit grenzender Wahrscheinlichkeit war der Tote nackt vergraben worden. Deshalb wirft die Gürtelschnalle, die in seiner Nähe lag, Fragen auf.«

»Könnte diese Schnalle nicht schon längere Zeit dort gelegen haben, bevor der Tote an der Stelle abgelegt wurde?«, fragte Forseti.

»Nein! Denn sie lag auf den Knochen und nicht darunter«, antwortete Theo Barthels.

»Warum nimmt man einem Toten die Kleider ab, lässt ihm aber seine Gürtelschnalle?«, stellte Erik die Frage, die ihn schon länger beschäftigte.

»Vielleicht gehörte sie ihm nicht«, spekulierte Hollmann. »Oder wurde zweifelsfrei bewiesen, dass diese Gürtelschnalle mit dem Opfer vergraben worden ist?«

»Das ja«, antwortete Barthels. »Die Gürtelschnalle war mit Erdschichten behaftet, die beweisen, dass sie so lange dort gelegen hat wie das Opfer. Aber das beweist nicht, dass sie dem Opfer gehört hat.«

»Vielleicht hat der Mörder sie dorthin platziert, um uns auf eine ganz bestimmte Fährte zu bringen«, sprach Hollmann seinen Verdacht aus.

»Warum? Er hat den Toten doch nicht vergraben, damit man ihn findet«, murrte Anke, die sich über ihre unrühmliche Rolle in dieser Angelegenheit immer noch ärgerte.

»Wissen wir das? Wenn es wirklich unsere Verdächtigen waren, und wenn das Motiv tatsächlich das Antreiben der Verkaufszahlen der Bücher war, dann passt der Leichenfund genau in ihren Plan.«

»Sollten die drei verdächtigen Damen damit die Identifizierung der Leiche beabsichtigt haben, war die Gürtelschnalle unnötig«, hielt Theo Barthels dagegen. »Die Schnalle konnte uns nicht weiterhelfen. Dafür die DNA, die wir im Zahn gefunden haben.«

»Also haben wir nichts, was die drei Damen mit dem Toten in Verbindung bringt«, schnaubte Schnur enttäuscht.

Theo Barthels schüttelte bedauernd den Kopf. Die angespannte Stimmung hielt an.

»Ich habe heute Morgen mit Matthias Hobelt telefoniert«, sprach Schnur nach einer kurzen Bedenkzeit ein anderes Thema an. »Seine Vermutung, Ingo Landry hätte sein Verschwinden vorgetäuscht, um den Verkauf der Bücher anzutreiben, ist zweifelhaft.«

Alle Kollegen murmelten überrascht. Keiner wusste, worauf er hinauswollte.

»Ich habe Matthias Hobelt nach seinem letzten Zusammentreffen mit Ingo Landry befragt. Matthias Hobelt hat mir erzählt, Ingo Landry habe sich mit seiner Literaturagentin Sonja Fries, Sibylle Kriebig und Antonia Welsch beim Anwalt getroffen, um über einen Vergleich zu sprechen.«

»Wie wir von Anwalt Dupré erfahren haben, wollte Ingo Landry keinen Vergleich. Ganz im Gegenteil: Er wollte Sibylle wegen Rufschädigung verklagen«, gab Erik preis, was er vom Anwalt erfahren hatte.

»Und warum kam es nicht dazu?«, fragte Schnur.

Niemand konnte darauf antworten. Also gab er die Antwort selbst: »Weil Ingo Landry am gleichen Tag verschwand.«

»Wissen wir den Tag seines Verschwindens so exakt?« Anke stutzte.

»Würden Sie Ihre Arbeit tun, müssten Sie nicht solche Fragen stellen«, kam es messerscharf von Forseti. »Ich habe alles überprüft. Der Termin ist bei Anwalt Dupré eingetragen. Die Vermisstenanzeige, die Matthias Hobelt erstattet hatte, gab genau das gleiche Datum als Tag des Verschwindens an.«

Anke ärgerte sich. Warum war Forseti anwesend? Um ihnen ihre Fehlleistungen aufzuzählen?

»Ingo Landry wurde erst fünf Jahre später als Skelett wieder gesehen«, fügte Forseti in frostigem Tonfall an.

»Das wissen wir«, gab Schnur ungeduldig zum Besten. »Nur leider wissen wir damit immer noch nicht, ob die drei Frauen die Täterinnen sind und ob sich Bernhard bei den Verdächtigen aufhält.«

Wieder trat betretenes Schweigen ein.

»Um das herauszufinden warten wir hier auf die Durchsuchungsbeschlüsse. Sobald sie da sind, können wir in den Häusern der Verdächtigen nach ihm suchen.«

Schnur schaute sich um. Er sah nur bedrückte Gesichter. Das Fehlen des Kollegen beschäftigte alle. Schnell fuhr er mit der Besprechung fort, um zu vermeiden, dass Trübsal in die Mannschaft einzog: »Ich war mit meiner Wunschliste noch nicht fertig.«

Er spürte nun die Aufmerksamkeit, genau das, was er damit erreichen wollte.

»Wir müssen die Frage klären, was mit Ingo Landrys Autos passiert ist. Er hatte einen Jaguar 6 Zylinder, einen Oldtimer, und einen Mercedes-Benz CLK 55 AMG Avantgarde schwarz metallic.«

»Warum interessieren Sie sich gerade jetzt für die Autos?«, fragte Forseti.

Schnur berichtete von seiner Durchsuchung in Ingo Landrys Haus zusammen mit Norbert Kullmann.

Gemurmel entstand.

Anton Grewe meldete sich zu Wort: »Sonja Fries hat den Mercedes auf ihren Namen umgemeldet.«

»Wann?«

»Das muss ich nachsehen.«

»Und der Jaguar?«

»Der war schon vor Jahren in einen Unfall verwickelt. Totalschaden.«

Alle schauten auf Anton Grewe, der mit Informationen herausrückte, mit denen niemand gerechnet hatte.

»Woher wissen Sie das so genau?«

»Mit der damaligen Vermisstenanzeige ging auch eine Anfrage nach dem Jaguar einher«, erklärte Grewe. »Der Wagen tauchte kurze Zeit später als Schrott wieder auf.«

»Wer hatte den Unfall verursacht?«

»Das kam nie heraus. Angemeldet war das Auto zu dem Zeitpunkt noch auf Ingo Landry. Man fand auch nur Spuren von ihm im Wagen. Aber der konnte nicht mehr am Steuer gesessen haben.«

»Dann hatte jemand das Auto mit Handschuhen gefahren«, erkannte Forseti und wirkte dabei nicht gerade glücklich.

»Kümmern wir uns um den Mercedes!«, entschied Schnur. »Überprüfe die genauen Angaben, wann Sonja Fries den Mercedes auf sich umgemeldet hat!«

Grewe verließ den Raum, übergab dabei die Türklinke der Staatsanwältin, die mit eleganten Schritten den Raum betrat.

»Guten Morgen allerseits«, grüßte sie mit ihrer rauchigen Stimme, die die unterschiedlichsten Reaktionen unter den Kollegen auslöste. Anke wunderte sich über die Aura, die diese Frau umgab.

Forseti erhob sich von seinem Platz, den er – ganz Gentlemen – der Staatsanwältin anbot. Dankend nahm sie das Angebot an.

Sie kam sofort zu Sache und erklärte: »Eigentlich bedurfte Ihre Aktion keiner Genehmigung meinerseits, da Gefahr im Verzug besteht. Deshalb habe ich Ihre beantragten Beschlüsse so schnell wie möglich besorgt.«

Dabei fixierte sie Schnur mit ihren grünen Augen.

»Wir wollten Sie auf keinen Fall übergehen«, gab Schnur galant zu verstehen.

»Das zeichnet Sie aus«, lobte Ann-Kathrin Reichert mit einem Lächeln, das betörte.

Die beiden benahmen sich, als seien sie allein im Raum.

»Dabei wollen wir doch nicht außer Acht lassen, Kollege Schnur, dass die Staatsanwaltschaft die *Mutter des Verfahrens* ist. Also war die Information an Staatsanwältin Reichert obligatorisch«, brach Forseti in das

Geplänkel ein, womit er schlagartig die knisternde Spannung zwischen den beiden auflöste.

Schnur räusperte sich und wandte sich hastig an seine Mitarbeiter: »Ich werde euch einteilen, wer welches Haus durchsucht.«

Forsetis Augen funkelten böse. Schnur ignorierte die Geste und sprach weiter: »Außerdem werde ich die Kollegen der Polizeidienststelle in Saarlouis anweisen, die beiden Häuser auf verdächtiges Verhalten zu observieren. Theo, du musst dein Team der Spurensicherung in zwei Gruppen aufteilen, damit alle Arbeiten gleichzeitig abgeschlossen werden können!«

»Gutes Taktieren!« Ann-Kathrin Reichert schmunzelte.

»Also!« Schnur klopfte in die Hände. »Die Hausdurchsuchungen stehen an. Worauf waren wir noch?«

Alle sprangen von ihren Stühlen auf und verließen im Eiltempo den Besprechungsraum. Es sah nach Arbeitseifer aus, aber Anke erkannte darin eine Flucht. Die Spannungen zwischen Jürgen Schnur und Dieter Forseti waren für alle unerträglich.

Sie folgte Erik in den Hof, wo die Dienstwagen auf ihren Einsatz warteten. Erik übernahm das Steuer eines Audi A6. Mit leise schnurrendem Motor fuhr er los, bog in die Mainzer Straße ein, auf der wie immer reger Verkehr herrschte und steuerte die Autobahnauffahrt an. Der angenehme Fahrkomfort lullte die beiden Insassen ein. Lange dauerte es, bis Anke sich aufraffte zu sprechen: »Hätten wir nicht schon Spannungen genug? Jetzt kommt noch ein Hahnenkampf zwischen Schnur und Forseti auf – und das alles nur wegen der Staatsanwältin.«

»Für mich sieht es aus, als sei Ann-Kathrin Reichert auf Schnur scharf, was unserem Chef aber nur noch mehr Ärger mit Forseti einhandelt«, bemerkte Erik dazu. »Sehr unangenehm.«

»Stimmt! Er hat Forseti schon im Nacken sitzen. Hoffentlich wird es dadurch nicht noch schlimmer.«

»Jürgen ist verheiratet«, überlegte Erik laut. »Es liegt wohl an ihm, für klare Verhältnisse zu sorgen.«

Anke schaute Erik an, als habe er einen schlechten Witz gemacht. »Wenn die Dinge so liegen, steuern wir alle unweigerlich auf eine Katastrophe zu.«

Kapitel 21

Bernhard fühlte sich wie in seinen gewagtesten Träumen.

Nackte Frauenkörper, wohin er blickte. Er der einzige Mann unter ihnen. Ebenfalls nackt. Keine Tabus. Keine moralischen Grenzen. Keine Scham. Er fühlte ihre Hände überall an seinem Körper. Sie berührten ihn, berührten vor seinen Augen sich selbst. Er ertastete ihre zarte Haut, drang in Regionen vor, die immer wärmer und feuchter wurden. Seine Erregung wuchs, sein Glied wurde groß und steif. Unter ihren zarten Fingern schwoll es immer weiter an. Er genoss es, nackt vor ihnen zu liegen, genoss die begierigen Blicke, die seinen Körper taxierten, ließ seinen Blick begierig über ihre Brüste und zwischen ihre Beine wandern, Stellen und Winkel, die sich ihm näherten, dann wieder entfernten, dann wieder entgegen kamen. Es war ein tückisches Spiel, das sie mit ihm trieben, ein aufreizendes und ein zügelloses. Sie boten sich an, entzogen sich, steigerten sein Begehren danach, sie zu berühren, berührt zu werden, nach völliger Hingabe, nach Unterwerfung, nach Überwältigung. Sein Verlangen wurde immer heftiger; seine Augen suchten die aufregenden Frauenkörper ab. Welche sollte er zuerst nehmen? Wo sollte er beginnen? Am liebsten alle gleichzeitig. Sein Blick blieb an zwei Beinen haften, die sich spreizten und wieder schlossen. Wie hypnotisiert kroch er darauf zu, als er spürte, wie er niedergedrückt wurde. Frech drehten sie den Spieß um, sie nahmen ihn – alle gleichzeitig, sie kamen von allen Seiten, er spürte sie überall. Seine Sinne verschwammen, seine Libido steigerte sich ins Unendliche, seine Lust überstieg alles bisher Erlebte. Die vielen Finger an und in seinem Körper, seine Finger an und in den Frauenkörpern, die Verdorbenheit in allem, was jede und jeder an jeder und jedem vornahm. Es übertraf nicht nur seine wildesten Fantasien, es raubte ihm den Verstand.

Er spürte etwas Kaltes an seinem Handgelenk, so kalt, dass er unbarmherzig Herr seiner Sinne wurde. Erstaunt öffnete er die Augen. Er sah in Gesichter, die alles ausdrückten, nur nicht die Verruchtheit, die ihn gerade berauscht hatte. Was er sah, war Berechnung.

Er schaute zu seinen Handgelenken, die sich nicht mehr bewegen ließen. Sie waren beide am schmiedeeisernen Kopfende des Bettgestells befestigt – mit seinen eigenen Handschellen. Sein Blick wanderte weiter an ihm herunter. Hatte er nur geträumt? Nein. Was er sah und was er spürte, sprach dagegen. Zwischen seinen Beinen fühlte er eine klebrige Masse, sein Körper war übersät mit Körperflüssigkeiten, seine Schamhaare schimmerten nass. Rote Flecken zeichneten sich um sein Geschlechtsteil ab.

Enttäuscht über sich selbst musste er sich eingestehen, dass er nicht mehr konnte. Ein Blick auf seinen schlaffen Penis ließ jede Hoffnung auf Fortsetzung als verschwindend gering erscheinen. Als er peinlich berührt aus dem Fenster sah, erkannte er mit Staunen, dass heller Tag war. Ein azurblauer Himmel zeichnete sich hinter der Glasscheibe ab.

Wie lange hatten sie es getrieben? Seine Orientierung war futsch. Außerdem erkannte er erst jetzt, dass das Zimmer eine achteckige Form hatte. Die Wände waren mit Holz vertäfelt, die Decke mit Stuck verziert. Wo war er? Wer schmückte heutzutage sein Haus mit Stuck?

»Na! Du stürmischer Bulle«, flötete Sonja in Bernhards Ohr, womit sie ihn von seinen Betrachtungen ablenkte. »Du hast uns alle überrascht.«

Stolz erfüllte ihn, obwohl seine Lage nicht misslicher hätte sein können. Wie er erst beim zweiten Hinsehen feststellte, war er der Einzige, der noch nackt war. Seine drei Gespielinnen waren komplett angezogen.

»Dürfte ich erfahren, warum ich gefesselt bin?«, fragte er bemüht, selbstsicher zu klingen.

»Oh ja. Fragen darfst du«, sagte Antonia, »aber ob wir auch antworten?«

Gemeinschaftliches Gelächter unter den drei Frauen.

»Die Fesseln dürfen wir dir nicht abnehmen, sonst wäre doch alles umsonst gewesen.«

»Was … umsonst?« Bernhard verstand nichts mehr.

»Deine Arbeit als Undercover-Agent.« Sibylle grinste ihm höhnisch ins Gesicht.

»Undercover-Agent?«

»Ja! Du wolltest uns doch des Mordes an Ingo Landry überführen. Oder etwa nicht?«

Bernhard schwieg.

»Du zeigst wirklich Körpereinsatz«, sprach nun Sonja. Dabei ließ sie ihren Blick über Bernhard wandern, bis er auf seinem Glied verweilte.

»Aber einen interessanten Körpereinsatz«, sprach Sibylle weiter, »bei Ingo war es nicht halb so aufregend.«

»Stimmt«, sprach Antonia, »Ingo konnte nicht deine Kondition beweisen. Er ließ schnell nach.«

»Bei ihm kamen wir gar nicht auf unsere Kosten«, erklärte Sonja, »und das war schade, weil wir nur einmal mit ihm das Vergnügen hatten.«

»Warum nur einmal?«, fragte Bernhard. Er spürte, wie Scham in ihm hoch kroch. Seine Nacktheit empfand er plötzlich als peinlich.

»Deshalb bist du doch hier. Du wolltest genau wissen, wie wir es angestellt haben.«

Bernhard war sich nicht sicher, ob er das immer noch wollte.

»Wir haben dich bereits in unser frevlerisches Spiel integriert – wie wir das mit Ingo auch gemacht hatten«, verdeutlichte Antonia, »aber das Vergnügen war die längste Zeit auf deiner Seite. Nun kommt der richtige Spaß für uns.«

»Von welchem Spaß redet ihr denn?«

»Wir haben dich da, wo wir dich haben wollten – wehrlos ans Bett gefesselt. Genau da, wo wir auch Ingo hatten. Es ist ja so einfach, euch Kerle mit eurem übermännlichen Ego zu überlisten.«

Bernhard brach der Schweiß aus.

»Du wolltest doch alles genau wissen. Nun sollst du alle Antworten bekommen – hautnah!«

»Du bist praktisch der Hauptdarsteller in unserer Rekonstruktion des Falles«, ergänzte Sibylle.

»Welche Rekonstruktion?«

»Wie wir Ingo an den Ort gebracht haben, wo ihr ihn gefunden habt. Dumm, dass er wieder aufgetaucht ist. Wir hätten auf den Ärger verzichten können.«

»Aber wir haben das Beste daraus gemacht: ein hocherotisches Vergnügen mit dir – schlau, was? Und das Vergnügen lag ganz auf unserer Seite«, gurrte Antonia mit einem süffisanten Blick auf ihr Opfer.

Bernhard zitterte. Auf was hatte er sich da eingelassen?

Sibylle und Sonja stellten sich neben Antonia, schauten ebenfalls auf ihn hinab. Dabei resümierte Sibylle: »Stimmt! Und leicht gemacht hat er es uns auch.«

»Oh ja! Seine Absichten standen ihm ins Gesicht geschrieben«, bestätigte Sonja, »nun bekommt er, was er will.«

127

»Aber wer sagt denn, dass ich Undercover ermittle?« Bernhard begann verzweifelt um sein Leben zu pokern.

»Wir sind nicht dumm! Du hast uns im Marschall-Ney-Haus ausgefragt, falls du dich noch erinnerst. Dort haben wir schon einiges ausgeplaudert. Und nun erfährst du den Rest.«

»Ich will nichts wissen.« Verzweifelt schloss Bernhard die Augen.

»Zu spät! Du weißt schon zu viel.«

»Nein, ich weiß nichts«, wimmerte Bernhard, wobei er sich unterwürfig und beschämt vorkam. Aber er sah keinen anderen Ausweg.

»Oh doch! Du weißt genau, dass Ingo Landry mein größter Feind war«, giftete Sibylle, »er hat auf meine Kosten den Ruhm geerntet. Ich ging leer aus. Da konnte ich doch nicht einfach nur zuschauen. Oder?«

Bernhard schüttelte verzweifelt den Kopf, in der Absicht, die Worte nicht zu hören, aber Sibylle verstand die Geste als Zustimmung. »Du verstehst mich. Sollte ich also den Mund halten, meinen nächsten Krimi schreiben, damit Ingo Landry eine neue Vorlage liefern – mit der er sich wieder in die Bestsellerliste hinein mogelt?«

»Aber warum schafft Ingo Landry den Erfolg und du nicht?«, wollte Bernhard wissen.

»Keine Ahnung! Vielleicht kannst du mir das ja sagen?«, flötete Sibylle.

»Ich weiß es nicht. Wenn es nach mir gegangen wäre, hätte dein Buch die besseren Verkaufszahlen«, schmeichelte Bernhard.

»Du bist wirklich süß!«

»Bitte lasst mich jetzt gehen! Wenn ich jetzt gehe, fällt niemandem auf, dass ich weg war. Keiner wird mir Fragen stellen.«

»Was glaubst du eigentlich, wo du hier bist? Du befindest dich an einem Tatort.«

»Ich weiß doch gar nicht, wo ich bin.«

Erst jetzt fiel ihm auf, dass er einen Blackout hatte, und zwar genau für die Zeit, in der sie sich von der Kneipe zu dem Raum bewegt hatten, in dem er sich befand. Er wusste wirklich nicht, wo sie sich aufhielten.

»Und das sollen wir dir glauben?«

»Ja! Es stimmt! Ich weiß nicht mehr, wie wir hierhergekommen sind. Das müsst ihr mir glauben!«

»Was wir müssen und was wir machen, sind zwei Paar Schuhe«, säuselte Sonja. Sie trug wieder ihren perfekt sitzenden Hosenanzug. Ihr langes Haar, das noch vor einiger Zeit wild herabhing, war zu einem strengen Knoten zurück gebunden, was sie wie eine Lehrerin aussehen ließ. Diese Erscheinung verstärkte in Bernhard das Gefühl der Unterlegenheit.

»Was ist mit euch los?« Er versuchte es anders. »Gestern Abend war es echt geil. Ihr kamt doch auf eure Kosten.«

»Ich glaube, du verwechselst hier etwas.« Sonja ging am Bett auf und ab. »Nicht du hast uns verführt, sondern wir dich. Wir wollten den Spaß haben. Nicht, dass du auf die Idee kommst, dich hier als Helden zu betrachten. Wir haben dich benutzt – nicht umgekehrt.«

Bernhard schluckte. Was war nun schlimmer: die Demütigungen zu ertragen oder die Aussicht auf ein Ende, irgendwo verscharrt in der Erde?

»Und wir bestimmen auch, wann es vorbei ist.«

»Ich werde euch nicht verraten«, wimmerte Bernhard. »Das schwöre ich! Sagt mir, was ich tun soll, ich mache es!«

Er war zu der Erkenntnis gekommen, dass die Aussicht auf das Ende, verscharrt in der Erde, das Schlimmste von allem war. Da zog er es vor, zu Kreuze zu kriechen.

»Gut erkannt« Sibylle reagierte anders, als er erwartet hatte, »du wirst jetzt die Hauptrolle in unserem Stück *Die letzten Minuten des Ingo Landry* spielen.«

Kapitel 22

Anke und Erik traten auf das strahlend weiße Haus mit überbauten Turmgiebeln zu. Bewundernd schaute Anke über die halbrunden Fenster und die kleinen runden Dächer. Der Anblick ließ sie an längst vergangene Zeiten denken.

»Weißt du, welcher Baustil das ist?«, fragte Erik im Flüsterton, weil er sich für seine Unkenntnis in Sachen Architektur genierte.

»Ja«, antwortete Anke. »Das Haus wurde im Stil der Zeit Ludwigs des Vierzehnten nachgebaut, einer Zeit, die vom Barock geprägt wurde.«

»Du bist gut informiert!«

»Ich bin in Saarlouis aufgewachsen. Da wäre es peinlich, wenn ich solche Sachen nicht wüsste.«

Erik verneigte sich ehrfürchtig, bevor er an der Tür des feudalen Hauses klingelte. Während sie warteten, ließ Anke ihren Blick durch den Park wandern. Dort saßen einige Penner in dicke Jacken eingemummt. Ein Mann stand am Rand der kleinen Gruppe von Außenseitern. Bei genauem Hinsehen erkannte Anke, dass er mit den Pennern redete. Er passte nicht dazu, seine Kleidung war gepflegter – sein ganzes Äußeres entsprach nicht dem eines Menschen, der im Freien lebt.

»Wo schaust du hin?«, fragte Erik.

»Ist das nicht Anwalt Dupré? Was macht ein Anwalt im Park unter Pennern?«

»Am besten fragst du ihn selbst.«

»Das werde ich auch tun, wenn wir hier fertig sind«, sagte Anke. Im gleichen Augenblick wurde die Tür von der Haushälterin geöffnet. Nachdem sie die Dame mit viel Überredungskunst davon überzeugen konnten, dass der Beschluss des Richters sie dazu ermächtigte, das Haus zu betreten, bot sich vor Ankes Augen ein überraschender Anblick. Das Foyer war in den Farben creme und hellblau gehalten. Ein hohes Fenster zeigte zum Ludwigspark. Die Decke zierte Stuck. Zu allen Seiten sahen sie Türrahmen, die in Goldbraun eingefasst waren. Die Türen dazu beeindruckten mit kunstvoll verschnörkelten Intarsien.

Sie stiegen eine geschwungene Marmortreppe hinauf in den ersten Stock, wo die Räume kleiner und enger wurden. Tiefstehendes Sonnenlicht fiel durch die Fensterscheiben, ein Licht, das jedes Stäubchen sichtbar machen konnte. Aber da war kein Staub, alles blitzte und blinkte sauber. Die Haushälterin hatte ganze Arbeit geleistet – eine Feststellung, die wenig ermutigend auf die Beamten wirkte, weil damit jede Hoffnung auf das Finden einer verräterischen Spur begraben wurde.

Die oberen Zimmer zierten Spiegel, Perserteppiche, barocke Kommoden, goldgerahmte Stiche, chintzbezogene Sessel und Sofas. Von den Decken prangten Kristalllüster. Große, stark duftende Blumensträuße in chinesischen Vasen bildeten bunte Farbtupfer inmitten der wertvollen Einrichtung. Nichts wirkte fehl am Platz, nicht ein Kunstgegenstand, der am Geschmack seiner Besitzerin zweifeln ließ. Die Wände waren mit Holz vertäfelt. Verspielte Atmosphäre entstand durch Glasvitrinen, in denen antike Porzellanpuppen hinter den Scheiben hervorschauten.

Nur wenige Schritte weiter lag das Schlafzimmer. Nichts deutete in diesen Räumen auf einen Kampf hin. Alles war sauber und ordentlich, das Bett frisch bezogen, der Kleiderschrank gut sortiert, die Fensterscheiben glasklar, der Boden frisch gewischt.

»Die Haushälterin kam uns zuvor. Wir haben mit der Durchsuchung viel zu lange gewartet.« Erik lehnte sich enttäuscht an die Wand. Er wollte die Suche aufgeben.

Plötzlich gab das Holz nach. Ein Knarren ertönte.

Anke lachte: »Du bist für diese Einrichtung zu schwer.«

Ihre Belustigung verwandelte sich schnell in Verwunderung. Durch das Nachgeben des Holzes stellte sich heraus, dass die kunstvoll geschwungenen Leisten, die sich durch eine zarte Goldfarbe von der Wandfarbe abhoben, keine Verzierung, sondern Tarnung für einen Durchgang darstellten.

Staunend traten sie hindurch. Alles lag in Dunkelheit. Nach langem Abtasten der Wände um den Eingangsbereich herum fand Erik einen Lichtschalter. Im grellen Licht verflog der Zauber schlagartig. Sie sahen wahlloses Durcheinander, als würde der Raum als Speicher dienen. Putz bröckelte von Wänden und Decke, ein Tisch mit nur drei Beinen balancierte in einer Ecke, zusammengerollte Teppiche lagerten davor. Ölgemälde mit gesprungenen Rahmen staubten vor sich hin. Daneben kauerten ausgestopfte Tiere und starrten Anke und Erik mit ihren toten Knopfaugen an.

»Hier besteht die Hoffnung, Spuren zu finden«, überlegte Erik, »denn

131

wer macht sich schon die Mühe, in einer Rumpelkammer alles zu säubern?«

Anke war enttäuscht. Aber was hatte sie erwartet? Eine geheimnisvolle Schatzkammer?

»Besser gefragt: Wer macht sich die Mühe, eine Rumpelkammer als Tatort zu benutzen?«, murrte sie.

Erik trat auf eine schmale, schmutzige Tür am anderen Ende des Raums zu und öffnete sie. Dahinter fand er genau das, was er erhofft hatte: eine Treppe, die weiter nach oben führte.

»Der, der etwas zu verbergen hat«, antwortete Erik grinsend auf Ankes Frage. »Es gibt noch eine geheimnisvolle Etage über uns.«

»Ich fühle mich wie in der Villa Kunterbunt.« Anke überkam ein neuer Hoffnungsschimmer.

»Und du wärst gern Pippi Langstrumpf.«

»Klar! Dann wäre ich so stark wie hundert Männer und könnte dich mit dem kleinen Finger aufs Kreuz legen.«

»Das kannst du auch so.«

Damit brachte Erik Anke aus dem Konzept. Sie wollte ihn veralbern, nun fühlte sie sich selbst auf den Arm genommen.

Erik konzentrierte sich auf die Treppe. Er musterte die Stufen eingehend, bevor er beschloss, hinaufzusteigen. Verdächtig knarrte das Holz unter seinem Gewicht.

Heil oben angekommen öffnete er eine weitere Tür und stieß einen Ausruf des Erstaunens aus. Anke konnte ihre Neugier nicht mehr zügeln. Geschwind folgte sie ihm.

Dort erwartete sie ein kleiner, achteckiger Raum, mit einem großen Bett. Die Wände waren mit Holz vertäfelt, die Decke mit Stuck verziert. Kleine Fenster boten einen Blick über die Kreisverkehrsbetriebe Saarlouis, über den Ludwigspark, über die Gartenreihen und über das graue Parkhaus des Arbeitsamts. Im Sonnenlicht leuchtete das Haus mit den Herbstfarben um die Wette. Gelbe Turmgiebel liefen spitz zusammen, die äußeren Seiten des Hauses wurden von roten Ziegeldächern gedeckt, während die Innenseiten durch einen Risalit miteinander verbunden waren. »Wir müssen arbeiten.« Mit dieser bedeutungsschweren Aussage riss Anke Erik aus seinen Betrachtungen.

»Du hast recht«, gab Erik zu. Wir sollten wieder nach unten gehen. Jürgen müsste jeden Moment hier eintreffen.«

»Im Haus von Sibylle Kriebig konnten wir nichts Verdächtiges finden«, erklärte Schnur zur Begrüßung. »Wie sieht es hier aus?«

»Dieses Haus birgt viele Geheimnisse«, antwortete Anke. »Hinter jeder Wand lauert eine Überraschung. Aber ob Bernhard hier war, kann nur die Spurensicherung feststellen.«

»Die Kollegen sind schon dabei, die untere Etage abzusuchen. Während die ihre Arbeit tun, werden wir unsere tun, nämlich die Haushälterin befragen«, sagte Schnur.

Gleichzeitig richteten sich die Blicke der drei Polizeibeamten auf die ältere Dame. Nur widerwillig hatte sie ihre Arbeit niedergelegt, weil sie den Mitarbeitern der Spurensicherung nicht in die Quere kommen durfte. Ihre Hände kamen dabei nicht zur Ruhe, ständig zwirbelte sie den Saum ihrer Schürze auf und ab. Als sie die Blicke spürte, hielt sie ängstlich inne.

»Wir haben einige Fragen an Sie«, erklärte Schnur.

Ihre Miene änderte sich nicht.

»Sonja Fries ist Ihre Arbeitgeberin, verstehe ich das richtig?«

Die Frau nickte.

»Hatte Ihre Arbeitgeberin gestern Besuch?«

Die Haushälterin schüttelte den Kopf.

»Und der Polizist, der zweimal bei Ihnen geklingelt hat?«, hakte Schnur nach.

Wie ertappt sah die Frau nun aus.

»Kam der nicht zufällig in Begleitung von Sonja Fries später wieder zurück?«

»Ich arbeite nur bis neunzehn Uhr. Was danach passiert ist, weiß ich nicht.«

»Oha«, horchte Schnur auf. »Wenn danach etwas passiert, sehen Sie das am nächsten Morgen. Oder?«

»Normalerweise schon. Frau Fries macht sich nicht die Mühe, hinter ihren Gästen herzuräumen.«

»Waren heute Morgen Spuren von Gästen in diesem Haus?«

Wieder ein Kopfschütteln.

»Besitzt Frau Fries andere Häuser, vielleicht ein Wochenendhaus?«

133

»Das weiß ich nicht.«

»Hatten Sie bisher noch nicht die Aufgabe bekommen, woanders zu putzen?«

»Nein!«

»Informiert sie Sie darüber, wo sie hingeht?«

»Sie sagt mir nicht alles.«

»Über irgendetwas müssen Sie doch sprechen.« Schnur staunte über die Einsilbigkeit der Frau.

»Ich kenne ihre Freundinnen Sibylle Kriebig und Antonia Welsch in der III. Gartenreihe. Sie besuchen sich gegenseitig.«

»Das ist schon mal ein Anfang.« Schnur nickte zufrieden. »Wissen Sie auch, woher Sonja Fries das Geld hat, um sich so ein luxuriöses Leben leisten zu können?«

»Ich sagte Ihnen doch schon, dass meine Arbeitgeberin mir nicht alles sagt.« Die Stimme der Haushälterin klang schroff.

Schnur rieb sich über das Kinn. Er wirkte, als resignierte er. »Gut. Dann bitte ich Sie, sich für uns zur Verfügung zu halten.«

»Ich laufe Ihnen nicht weg.«

»Dann wäre das schon mal geklärt.«

Zusammen mit Anke und Erik steuerte er den Ausgang an. Als der Abstand zu der Haushälterin groß genug war, berichtete er: »Die Häuser unserer verdächtigen Damen stehen ab sofort unter Beobachtung. Sobald eine von ihnen auftaucht, wird sie zur Kriminalpolizeiinspektion gebracht.«

Theo Barthels kam ihnen entgegen. Seine Miene verhieß nichts Gutes.

»Wir haben die Computer von Sibylle Kriebig und Sonja Fries gesichert. Unser Spezialist geht alle Daten durch, vielleicht finden wir dort Hinweise«, erklärte er. »Mit meiner ganzen Mannschaft sind wir jetzt durch dieses verschachtelte Haus marschiert. Uns ist keine Ecke, kein Winkel und kein Raum entgangen. Aber von Bernhard haben wir nichts gefunden.«

»Gar nichts, was auf ihn hindeutet?«

»Nein, nichts! Die einzige Hoffnung besteht noch darin, dass wir an dem, was wir zum Auswerten mitnehmen, Hinweise finden.«

Zielstrebig steuerte Anke den Ludwigspark an. »So ein Mist«, fluchte sie. »Dupré ist nicht mehr im Park.«

»Was hast du erwartet?«, fragte Erik. »Dass er unter Pennern seine Mittagspause verbringt?«

Anke antwortete nicht, sondern suchte die gesamte Grünanlage mit ihren Augen ab. Ahornbäume und Buchen standen dicht an dicht, das Laub leuchtete in herbstlichen Farben. Sträucher säumten das Zentrum der Anlage, das aus einem Pavillon mit mehreren Bänken bestand. Dort saßen dick eingekleidete Männer, tranken Bier aus Kunststoffflaschen und schauten ihren Hunden zu, die miteinander spielten. Der Anblick vermittelte Anke das Gefühl, dass diese Männer in Einklang mit sich selbst lebten. Sie strahlten eine beneidenswerte Ruhe aus. Nur gelegentlich wurde einer der Hunde zurechtgewiesen, wenn sein Spiel mit seinen Artgenossen zu grob wurde.

»Wir sollten mit ihnen sprechen«, schlug Anke vor. »Sie können uns sagen, was Dupré von ihnen wollte.«

»Du bist ein bisschen blauäugig, liebe Anke«, belehrte Erik so gönnerhaft, dass Anke sich sofort über ihn ärgerte. Sie wollte etwas entgegnen, doch Erik kam ihr zuvor: »Wir sind Bullen. Und diese Leute merken das auf hundert Meter gegen den Wind. Wer weiß, ob sie überhaupt mit uns reden.«

»Das finden wir nur heraus, indem wir es versuchen«, lautete Ankes Kommentar. Ohne auf Erik zu warten, marschierte sie los.

Erik blieb nichts anderes übrig, als ihr zu folgen.

Als die zerlumpten Männer die Polizeibeamten näher kommen sahen, versteifte sich ihre Haltung.

»Oh, oh«, Erik flüsterte, »was habe ich gesagt? Sie freuen sich nicht auf uns.«

»Wir tun ihnen nichts und werden ihnen das auch sagen.«

»Ich rede mit ihnen«, bestimmte Erik.

»Kennst du dich in diesen Kreisen so gut aus?«, fragte Anke bissig.

»Bei meiner Vergangenheit als Alkoholiker würde ich sagen: ja«, gab Erik zu.

Mit dieser Offenheit versetzte er Anke derart in Staunen, dass sie nichts mehr zu entgegnen wusste.

Als sie vor den Männern mit ihren rotwangigen, zerfurchten Gesichtern und ihren zotteligen, ungepflegten Haaren standen, wollte Erik sich und seine Kollegin vorstellen, doch das wurde schnell überflüssig.

»Bullen brauchen hier nicht aufzukreuzen. Wir haben nichts verbrochen.«

»Das behauptet auch niemand«, gab Erik zurück. »Wir wollen nur eine Auskunft.«

»Umsonst gibt es gar nichts.«

Erik zückte seinen Geldbeutel und zog einen Fünfzig-Euro-Schein heraus. Bei diesem Anblick leuchteten die Augen der Obdachlosen. Als der Wortführer danach greifen wollte, zog Erik die Hand zurück, erhob den Zeigefinger der anderen Hand und tadelte ihn wie ein kleines Kind. »Erst, wenn Sie uns gesagt haben, was wir wissen wollen.«

»Was wollen Sie denn wissen?«

»Wir wollen wissen, warum Anwalt Dupré hier war.«

»Der Spinner geht uns schon lange auf die Nerven.«

»Das ist keine Antwort.«

»Er sucht seinen Bruder Alfons.«

»Hier?«

»Ja hier! Er glaubt, Alfons würde sich bei uns herumtreiben.«

»Tut er das?«

»Manchmal.«

»Und manchmal nicht?«

»Die meiste Zeit wissen wir nicht, wo er steckt«, brummelte der Mann, »Alfons war noch nie so richtig bei uns.«

»Warum kommt er überhaupt hierher?« Diese Frage beschäftigte Erik am meisten.

»Keine Ahnung! Vielleicht war ihm sein Luxusleben zu unbequem.« Die Männer lachten.

»Also, Alfons Dupré ist keiner von euch?«

»Nee! Er hat es eine Zeitlang versucht, aber der tickt irgendwie anders. Hielt sich für was Besseres. Anfangs war uns seine Angeberei egal. Aber als er anfing, uns die Schnapspullen zu klauen, wurden wir sauer.«

»Seine eigenen Kumpel wollte er beklauen?«

»Hab ich das nicht gerade gesagt?«

»Und warum fing er an zu klauen?«

»Weil er günstiger an keinen Stoff rankommt.« Wieder lachten Männer herzhaft.

»Wann habt ihr Alfons Dupré das letzte Mal gesehen?«

»Weiß nicht! Aber, wenn ich ihn wiedersehe, mache ich euch 'ne Meldung. Was haltet ihr davon?«, schlug der Obdachlose vor. »Ich zeige ihn wegen Diebstahls einer Schnapsflasche an. Dann bekommen Sie Ihren Alfons und wir unseren Schnaps zurück.«

Anke und Erik hörten noch lange das Gelächter der Männer hinter sich. Der Geldschein hatte ihre Laune noch mehr angehoben.

»War das jetzt wirklich 50 Euro wert?«, fragte Anke.

»Keine Ahnung!« Erik zuckte mit den Schultern. »Das wird sich noch herausstellen.«

· Kapitel 23

Schon am frühen Morgen machte sich Matthias Hobelt auf den Weg zu Ingo Landrys Elternhaus. Er hatte sich vorgenommen, es leer zu räumen. Der Leichenfund im Koppelwald hatte ihm endgültig klargemacht, dass Ingo Landry nicht mehr zurückkehren würde. Da stand er nun vor dem alten, restaurierten Bauernhaus. Das unverputzte Mauerwerk verlieh der Fassade ein rustikales Aussehen. Auf der linken Seite befand dich die frühere Scheune, die zur Garage umgebaut worden war. Dort konnten bequem zwei Autos nebeneinander abgestellt werden. Die Größe war Ingo immer sehr gelegen, da er sich niemals mit nur einem Auto abgegeben hatte.

Schweren Herzens öffnete Matthias das Tor. Die Garage gähnte leer. Wo waren Ingos Autos? Ingo Landry hatte zwei teure Autos, das wusste er ganz genau. Matthias erinnerte sich an einen Mercedes Sportcoupé, einen echten Luxusschlitten, und an einen Jaguar mit sechs Zylindern, den Wagen seines Vaters. Er ging durch den leeren Raum und überlegte. Der Jaguar war kurze Zeit nach Ingo verschwunden, fiel ihm wieder ein. Also müsste der Mercedes noch hier sein. Er spürte, wie sich Ärger in ihm breit machte. Da war jemand schneller gewesen als er. Aber wer?

Er steuerte die Tür auf der rechten Seite an und betrat den Wohnraum. Was er dort vorfand, übertraf seine Vorstellungen. Das Haus leer zu räumen, war wohl keine gute Idee. Das Gerümpel in den Zimmern stapelte sich bis unter die Decke. Hier hatte sich bestimmt niemand an Ingos Sachen bedient. So ein Chaos schreckte jeden gerissenen Dieb ab.

Einige Tische und Stühle waren in gutem Zustand. Diese Stücke lud er in einen Lieferwagen, den er sich für den Tag geliehen hatte, um sie mit nach Hause zu nehmen. Andere waren beschädigt, also nur noch als Feuerholz zu gebrauchen. In den Küchenschränken stapelte sich Geschirr. In den Kleiderschränken fand Matthias Ingos gesamte Garderobe.

Der Fernseher sah noch funktionstüchtig aus, ein großes Gerät mit Dolby-Surround-Anlage. Den würde er behalten. Systematisch arbeitete er sich durch jedes Zimmer.

Im oberen Stockwerk stieß er auf Ingos früheres Jugendzimmer. Wie oft hatten sie sich dort bei schlechtem Wetter aufgehalten. Er hörte heute noch den Regen laut auf das schräge Fenster prasseln. Seine Kindheit hatte er hauptsächlich mit Ingo verbracht. Und erst jetzt wusste er mit Sicherheit, dass sein Freund Ingo schon seit fünf Jahren tot war. Vergraben wie ein Hund im Koppelwald. Er schüttelte seine Traurigkeit ab. Die Sonne schien durch die Fenster und erwärmte den Raum. Es war eine angenehme Wärme, da in dem leer stehenden Haus schon lange nicht mehr geheizt wurde. Außerdem spendete die Sonne genügend Licht. Zum Glück, denn Strom gab es keinen. Er packte weitere Kartons.

Als alles verstaut war, erkannte er, dass etwas fehlte. Erschrocken ging er durch sämtliche Zimmer, fand aber nicht, was er suchte. Er erinnerte sich ganz genau, dass Ingo Landry einen PC hatte, auf dem das Buch abgespeichert war. Und nicht nur das Buch!!! Auf dem Rechner war auch seine gesamte private Korrespondenz!

Dazu hatte es einen passenden Tisch gegeben. Auch den fand er nirgends. Matthias brach der Schweiß aus.

Sollten die Polizisten die persönlichen Gegenstände mitgenommen haben, als er Ingo Landry als vermisst gemeldet hatte? Plötzlich kam ihm ein Einfall: Neben Ingo Landrys Schlafzimmer lag ein kleiner Speicher. War es möglich, dass Ingo sein Arbeitsgerät dort versteckt hatte, weil er auf jeden Fall verhindern wollte, dass die Wahrheit über sein Buch herauskam? Schnell ging Matthias auf eine Stelle zu, die nur zu erkennen war, wenn man genau wusste, wo man hinschauen musste. Er suchte an seinem Schlüsselbund den passenden Schlüssel zur Tapetentür. Ingo hatte seinem Freund einmal als Zeichen seines Vertrauens das Zweitexemplar anvertraut.

Matthias sperrte auf und trat ein. Es dauerte eine Weile, bis sich seine Augen an das schummrige Licht gewöhnt hatten. Nach und nach konnte er erkennen, wie sich aus den unscharfen Umrissen ein Schreibtisch abzeichnete, auf dem ein Bildschirm stand. Neben dem Tisch sah er den dazugehörigen Rechner.

Offenbar hatte die Polizei hier nicht nachgesehen, weil es nicht den geringsten Hinweis darauf gab, dass dieser Raum existierte. Zur Hälfte gehörte der Speicher zum Nachbarhaus und wurde seit Jahren nicht mehr genutzt. Zu Zeiten, als Ingo Landrys Eltern noch lebten, hatten sie Pferde gehalten. Die Speicherräume hatten als Futterlager gedient,

139

im stillen Einverständnis mit den Nachbarn. Die Pferde waren schon lange weg und mit ihnen die Futtervorräte. Doch die Nutzung der Räume war nie geändert worden, weil niemand mehr daran dachte.

Matthias grinste in sich hinein. Solche Feinheiten konnten die Polizisten natürlich nicht wissen. Erleichtert setzte er sich an den Schreibtisch. Der Rechner war nicht angeschlossen. Nutzlos staubte er vor sich hin. Sein Blick wanderte an den Seiten des Tisches herunter. Er zog eine Schublade auf. Er erwartete nicht, viel dort vorzufinden. Doch was war das?

Die Schublade war randvoll mit bedrucktem Papier. Er nahm die obersten Blätter heraus und hielt sie an die Dachluke, die Licht hereinließ. So konnte er erkennen, was er in seinen Händen hielt. Langsam schälten sich Buchstaben auf dem weißen Hintergrund hervor, bis er ganze Sätze lesen konnte. Sofort begriff er, wie brisant sein Fund war. Es handelte sich um E-Mails, die er selbst seinem Freund Ingo Landry damals zugeschickt hatte. Hastig blätterte Matthias weiter und fand immer mehr dieser persönlichen Nachrichten. Der ganze Stapel bestand aus der elektronischen Post, die Matthias Hobelt an Ingo Landry geschickt hatte. Und das war eine ganze Menge.

Warum hatte Ingo diese Nachrichten ausgedruckt? Das waren Inhalte, die niemanden etwas angingen. Wenn jemand diese Ausdrucke in die Hände bekäme, könnte das schwere Folgen haben. Und zwar für ihn! Nur für ihn! Ihm wurde schwindelig.

Matthias ahnte, was Ingo damit bezwecken wollte. Er hatte seinem Freund und Berater nicht getraut. Denn warum sonst sollte er sich mit Informationen absichern, mit denen er Matthias Hobelt hätte erpressen können?

Matthias musste gegen seine Enttäuschung ankämpfen. Doch dafür war es ohnehin zu spät. Hastig nahm er die Papiere heraus, suchte Briefkuverts, in die er sie hineinsteckte. Es waren so viele Mitteilungen, dass er mehrere große Kuverts dafür nehmen musste, wenn er verhindern wollte, dass einzelne Blätter verloren gingen. Seine Aufregung wuchs mit jeder Schublade, die er öffnete. Er war sich gar nicht bewusst gewesen, dass er soviel an Ingo geschrieben hatte.

Als er eine der Nachrichten in der Hast überflog, überkam ihn schlagartig ein schlechtes Gewissen. Er erinnerte sich. Sie hatten große Meinungsverschiedenheiten, als das Buch auf dem Markt erschienen war.

Geld war der Grund ihres Streits. Ingo verdiente mit dem Krimi viel mehr, als sie beide jemals hätten ahnen können. In Ingo war eine Wandlung vorgegangen, die Matthias nicht hätte einkalkulieren können. Ingo hatte einfach vergessen, wem er den Erfolg verdankte, genauso, wie er vergessen hatte, sich an ihre gemeinsamen Vereinbarungen zu halten. Dabei war das Buch ihr gemeinsames Projekt. Den E-Mails war deutlich Ingos betrügerische Absicht zu entnehmen, was Matthias auf keinen Fall hinnehmen wollte.

Matthias überlegte, ob er die Kiste mit den verhängnisvollen Nachrichten in seinem leer stehenden Elternhaus im Sulgerhof deponieren sollte. Vor zwei Jahren hatte die Gemeinde Ormesheim das Mühlengehöft gekauft und angekündigt, das antike Bauwerk in seinen Urzustand zurückzubringen, weil es unter Denkmalschutz stand. Aber getan hatten sie bisher nichts. Also konnte er sich darauf verlassen, dass in seinem ehemaligen Elternhaus niemand danach suchen würde. Dort wäre der brisante Inhalt zunächst sicher. Hinter der Ruine lag ein verwahrloster Garten, in dem er in aller Ruhe sämtliche Mitteilungen vernichten konnte. Da störte sich niemand daran, wenn mal ein Feuerchen brannte.

Er räumte den Schreibtisch leer. Der Karton, den er dafür vorgesehen hatte, quoll fast über. Oben auf legte er mehrere Poster von nackten Frauen, die Ingos schmutzige Fantasie angeregt hatten.

Auch die würde Matthias nicht benötigen. Die würde er zusammen mit den E-Mails hinter dem alten Haus seiner Mutter verbrennen.

Doch was sah er da in der Schublade? Unter den vielen E-Mails lag eine Waffe versteckt. Matthias Hobelt spürte sein Herz heftiger schlagen. Er griff zu. Sie wog schwer in seiner Hand. Ein tolles Gefühl. Sie war gut gepflegt. Er drehte und wendete sie in seinen Händen. Er vergaß plötzlich alles um sich herum. Ein wenig kannte er sich mit Waffen aus. Er hatte einen *Revolver .357 Magnum* vor sich. Und wie die Aufschrift auf dem Lauf bestätigte, war der Typ eine *Target Trophy Combat*. Eine Jagdwaffe. Wie war Ingo an eine Jagdwaffe gekommen?

Lange musste Matthias nicht überlegen. Ingos Vater war leidenschaftlicher Jäger. Er wog sie in der rechten Hand, dann in der linken. Ein Gefühl von Macht breitete sich in ihm aus. Er fühlte sich plötzlich groß und stark. Doch dann fiel ihm die Munition ein. Ohne sie wäre die Waffe sinnlos. Wieder kramte er in den Schubladen und fand, was er suchte.

Die einbrechende Dunkelheit machte ihm klar, dass nicht mehr viel Zeit blieb. Er musste den geliehenen Lieferwagen schleunigst zurückbringen. Ein Blick auf die Uhr. Es war höchste Zeit, sonst würde der Autoverleiher schließen. Er steckte die Waffe in seine rechte Jackentasche, die Munition in seine linke und sprintete los.

Kapitel 24

Vogelgezwitscher erfüllte die angenehme, kühle Luft. Ein leises Rauschen zog durch die Baumkronen, die golden im morgendlichen Sonnenlicht leuchteten. Nebelschleier senkten sich herab, verzogen sich immer mehr, ließen die Sicht klarer und deutlicher werden. Ein Buntspecht klopfte an einen Baumstamm, begann mit seinem Tagewerk. Ein Rotkehlchen landete auf einem Ast und pfiff laut und frech, als wollte er unbedingt auf sich aufmerksam machen. Unter die Baumkronen mischten sich Tannen, deren dunkles, saftiges Grün vom goldenen Schimmer des Laubs abstach. Zwischen den weißen Nebelschleiern kam das Azurblau des Himmels hervor. Das musste das Paradies sein. Alles passte genau zusammen, die Farbnuancen, die Atmosphäre, die Geräusche, die Temperaturen, die Harmonie. Nichts, was diese Friedlichkeit störte. Doch was war das? Ein hässlicher Laternenmast, mitten in der Kulisse von Natur und Schönheit. Ein Verkehrsschild ebenso. Schilder im Paradies? Kinderstimmen mischten sich unter das Vogelgezwitscher, Lachen und Kreischen, schrilles Schreien, das in den Ohren schmerzte. Vorbei der Augenblick verträumter Illusionen. Die Wirklichkeit hatte ihn wieder. Er richtete sich auf.

Wo war er? Er saß auf einer Bank. Was war mit ihm geschehen? Warum wusste er nichts? Erschrocken sah Bernhard Diez an sich herunter. Er war vollständig angezogen. Meine Güte, zumindest etwas! Er schaute sich um. Sein Blick wurde von Passanten erwidert. Junge Mädchen mit Schulranzen gingen ganz dicht an ihm vorbei, lachten, kicherten, gackerten, taten alles, um seine Aufmerksamkeit zu bekommen.

Normalerweise hätte ihn das erregt, weil er es genoss, von Frauen jeden Alters bewundert zu werden. Nur heute nicht. Sein Selbstwertgefühl hatte einen Schaden bekommen. Einerseits hatte er die Bestätigung für seinen Verdacht erhalten, was seinem Ego schmeichelte – die drei Frauen hatten Ingo Landry getötet. Andererseits gaben sie ihm ihr Geständnis so geschickt, dass er unmöglich damit arbeiten konnte. Er hatte sich mit den Hauptverdächtigen, und wie er nun genau wusste, mit drei Täterinnen eingelassen, was ein Dienstvergehen war. Damit ging es wohl kaum nach oben auf der Erfolgsleiter. Er bekäme höchstens eine Beförderung hinaus auf die Straße.

Das war aber nicht der einzige Grund, warum er über die letzten Stunden den Mund halten musste. Das hatten Sonja Fries, Antonia Welsch und Sibylle Kriebig geschickt einkalkuliert. Er schämte sich in Grund und Boden. Er hatte diese Weiber unterschätzt. Nun musste er zusehen, wie er sich aus der Affäre herauswinden konnte. Aber zuerst galt es herauszufinden, wo sie ihn abgesetzt hatten.

Er stand auf und ging einige Meter. Die Antwort kam schnell. Er stand im Saarlouiser Stadtgarten. Vor ihm lag die Brücke, die auf die Vaubaninsel – auch *Der halbe Mond* genannt – führte.

Das war doch der Tatort im Krimi von Sibylle Kriebig! Bernhard erschrak. Die Opfer in dem Buch waren immer Männer. Ihm fröstelte. Er litt an einem Blackout. Sie hatten ihm etwas eingeflößt, womit er wehrlos geworden war. Das Spiel, das sie mit ihm getrieben hatten, zeigte immer schauerlichere Züge. Warum hatten sie ihn genau an diese Stelle gebracht? Wollten sie ihm damit etwas sagen?

Auf unsicheren Beinen überquerte er die Brücke und schaute sich auf der Insel um. Sie war größer als er angenommen hatte. Kopfsteinpflasterwege führten von Bäumen und Sträuchern gesäumt durch eine gepflegte Grünanlage. Einem dieser Wege folgte er, bis er auf das Herz der Insel traf, die Überreste der alten Festung Contregarde.

Inmitten der farbenprächtigen Laubbäume stach ihm die Betonstatue eines alten Bekannten ins Auge. Der französische Marschall Michel Ney. Der Name löste einen bitteren Nachgeschmack in Bernhard aus. Im Marschall-Ney-Haus war er blindlings in die Falle gelaufen. Überlebensgroß stand das Monument auf der halbmondförmigen Festungsanlage. Der Marschall in einem hellen Feldherrnmantel mit einem Säbel in der rechten Hand. Er ging weiter, bis er auf eine Gedenktafel stieß. Bernhard las die Inschrift. Die Leistungen dieses Mannes waren beachtlich. Doch als er den letzten Satz las, erschrak er: Erschießung wegen Hochverrats. War er seelenverwandt mit Marschall Ney? Die Frage veranlasste ihn dazu, sich schnell fortzubewegen.

Er steuerte die gegenüberliegende Seite an, wo er auf eine weitere Statue traf. Sie stellte den *vergessenen Soldaten* Lacroix dar, der der Sage nach von seiner abrückenden Armee vergessen und zurückgelassen worden war. Lange ließ Bernhard seinen Blick auf der Skulptur ruhen.

Instinktiv wünschte er sich, seine Abteilung würde ihn auch vergessen. Dann müsste er keine Erklärungen für sein Fehlverhalten abgeben. Leider war das nur Wunschdenken. Er musste sich seinem Chef stellen. Dabei ahnte er, dass Schnur nicht sein Hauptproblem sein würde, sondern Forseti, der immer fleißig mitmischte. Bei dem Gedanken an die Peinlichkeiten, die auf ihn zukommen würden, spürte er Hitze in sein Gesicht aufsteigen. Meine Güte, wie komme ich da am besten heraus? Er verließ die Insel über eine kleine Brücke, die auf der linken Seite von Bauarbeiten flankiert wurde. Bernhard staunte über die Größe der Baustelle. Erst beim zweiten Hinsehen erkannte er, dass dort archäologische Ausgrabungen stattfanden.

Lautes Martinshorn und Blaulicht rissen ihn aus seinen Betrachtungen. Auf der gegenüberliegenden Straßenseite stand ein Krankenhaus. Ein Krankenwagen fuhr gerade in zügigem Tempo vor den Eingang. Der Anblick gab Bernhard die Gewissheit, dass es Schlimmeres im Leben gab, als seine verpfuschte Situation.

Allerdings stand er genau in diesem Augenblick vor seinem nächsten Problem: Wie wollte er seinen Dienstwagen finden? Es blieb ihm nichts anderes übrig, als die Passanten nach dem Weg zum Kleinen Markt zu fragen. Als er um die letzte Ecke bog, die zum Parkplatz führte, sah er anstelle seines Dienstwagens die Kollegen der Bereitschaftspolizei. Erschrocken wich er zurück.

Sie waren schon auf der Suche nach ihm.

Kapitel 25

Der Vormittag schlich zäh dahin. Von Bernhard Diez gab es keine Spur. Anke versuchte sich auf ihre Arbeit zu konzentrieren, was ihr nicht gelang. Auch wenn sie sich in letzter Zeit über den Kollegen geärgert hatte, so spürte sie doch eine große Angst um ihn. Der Gedanke, das gleiche in ihrer Abteilung zu erleben wie damals, als Andreas Hübner tot aufgefunden worden war, ließ sie innerlich erschauern.

Jürgen Schnur hing ständig am Telefon. Er hatte Suchmannschaften losgeschickt, um nach Bernhard suchen zu lassen. Aber Ergebnisse brachten sie keine. Gelegentlich schaute Forseti in die Büros, als wolle er sich absichern, dass niemand den Kollegen heimlich unter dem Schreibtisch verbarg.

Plötzlich sah Anke, wie Erik mit großen Schritten das Büro verließ. Sie ärgerte sich darüber, weil sie sich ausgeschlossen fühlte. Normalerweise waren sie ein Team und machten alles zusammen. Wollte Erik Bernhard nacheifern, und sich ebenfalls durch Alleingänge beweisen?

Anke kochte innerlich. Doch die Wut verrauchte, als Erik eine Stunde später mit Bernhard im Schlepptau das Büro betrat. Bernhard wirkte zerknirscht, Erik gut gelaunt. Neugierige Kollegen bedrängten die beiden Männer. Jürgen Schnur trat zwischen den Beamten hervor und winkte Bernhard zu sich in sein Büro. Lange Zeit herrschte Stille. Alle standen ratlos im Flur und warteten darauf, dass jemand aus Schnurs Büro heraustrat und preisgab, was passiert war. Aber nichts dergleichen geschah. Nach und nach leerte sich der Flur wieder. Durch Zufall sah Anke den Heimkehrer lautlos an ihrer offenstehenden Tür vorbeihuschen und in seinem Büro verschwinden. Dabei schloss er die Tür so leise zu, dass niemand es hören konnte.

»Damit kommt er nicht durch. Seinetwegen laufen wir hier Amok und er benimmt sich, als seien wir ihm lästig.«

»Irgendetwas ist schief gelaufen«, bemerkte Erik, der neben ihr stand und das gleiche beobachtet hatte.

»Und was?«

»Er schweigt sich aus.«

»Wo hast du unseren vielgesuchten Kollegen aufgetrieben?«

»Zuhause.« Erik grinste.

»Dort, wo die Kollegen schon mehrmals geklingelt haben?«, hakte Anke ungläubig nach.

»Genau dort!«

»Seltsam!« Anke wollte nicht weiter fragen. Sie ahnte, dass die Geschichte noch lange nicht zu Ende war.

Erik zuckte mit den Schultern: »Ich wollte Bernhard Schlimmeres ersparen. Wenn er sich vor uns versteckt, hilft ihm das überhaupt nicht.«

Geräuschvoll begann das Faxgerät Papier auszuspucken. Anke griff zu, weil sie die Ergebnisse der Spurensicherung erwartete. Doch, was sie zu lesen bekam, besserte ihre Laune nicht auf. Weder im Haus von Sibylle Kriebig, noch im Haus von Sonja Fries konnte der geringste Hinweis darauf gefunden werden, dass Bernhard sich dort aufgehalten hätte. Die beiden Häuser waren komplett sauber. Spuren von Ingo Landry in Sonja Fries' Haus wiesen lediglich darauf hin, dass er sich vor seinem Tod dort aufgehalten haben musste. Das ergab sich aus den Befragungen, die Kullmann seinerzeit durchgeführt hatte.

Was Anke ein wenig enttäuschte war die Feststellung, dass die anderen Türme, die Sonja Fries' Haus schmückten, nur aus der Fassade bestanden. Von innen waren sie nicht ausgebaut. Aber das war nebensächlich. Für ihre Fantasievorstellungen war hier kein Platz. Interessanter dagegen war die Tatsache, dass auch die beiden Computer von Sibylle Kriebig und Sonja Fries keinerlei kompromittierende Daten enthielten. Anke vermutete, dass eine Krimiautorin genau wusste, wie man Spuren vermied. In Bernhards Dienstwagen war ebenfalls nichts gefunden worden, was einen Hinweis auf andere Insassen gegeben hätten. Mehr war dem Bericht nicht zu entnehmen. Nun blieb noch zu erfahren, wo Bernhard die letzte Nacht verbracht hatte.

Erik streifte ruhelos durch den Korridor. Sein Hauptinteresse galt Bernhard, dessen Zurückgezogenheit ihn erst recht in Fahrt brachte. Selten kam es vor, dass sich Kollegen hinter geschlossenen Türen verschanzten. Nun hatte er ihn aufgetrieben, was niemandem in der Abteilung gelungen war. Dann wollte er es auch sein, der ihn knacken konnte.

Es dauerte nicht lange, bis Eriks Geduld am Ende war. Wild entschlossen öffnete er die Tür zu Bernhards Zimmer und fragte: »Arbeitest du noch an dem Fall oder nicht?«

»Mach die Tür zu und verschwinde!«

»Nein, ich mache die Tür nicht zu. Wir haben die Ergebnisse unserer arbeitsaufwändigen Aktion von heute Morgen, die du ausgelöst hast. Wie wäre es, ein wenig Interesse zu zeigen?«

»Leck mich am Arsch!«

»Kannst gar nicht genug davon bekommen?«

Anke wurde neugierig. Wovon sprach Erik da?

»Wir haben Sibylle Kriebigs Haus durchsucht. Die Autorin lebt dort zusammen mit Antonia Welsch. Die beiden teilen ein Schlafzimmer und ein Bett.« Eriks Tonfall klang hämisch. »Was sagt uns das? Die Mädels lieben sich selbst mehr als dich.«

Abrupt stand Bernhard auf und rannte zur Toilette. Deutlich war den Geräuschen zu entnehmen, dass er sich übergab.

»Hast du Bernhard einen Schwedentrunk verpasst?« Mit der Frage stand plötzlich Schnur vor Erik.

Der schaute den Vorgesetzten verdutzt an, konnte nur mit den Schultern zucken.

»Schwedentrunk wendete man während des Dreißigjährigen Krieges als Folter an, um aus den Opfern eine Antwort herauszupressen«, erklärte Schnur. »Man nahm Jauche, die man den Befragten in den Mund trichterte. Dadurch blähte sich der Bauch schmerzhaft auf, den man so lange mit Hieben traktierte, bis das Opfer alles ausplauderte, was man wissen wollte.«

»Die Vorstellung klingt verlockend«, meinte Erik lachend. »Aber leider kommt aus Bernhard zurzeit nur Mageninhalt heraus. Keine Aussage.«

Schnur setzte seinen Weg zu Ankes Büro fort. Dort ließ er sich den Bericht der Spurensicherung geben. Er warf einen Blick darauf und schimpfte: »Wenn Bernhard nicht bald den Mund aufmacht, gibt es Ärger.«

»Ich glaube, ich weiß, wie ich Bernhard zum Reden bringen kann«, meinte Erik zuversichtlich. Auf Schnurs erstaunten Blick fügte er erklärend an: »Ich werde mit ihm in die Mittagspause gehen und dort in Ruhe reden. Er wird mir anvertrauen, was los war. Dazu brauche ich nur etwas Zeit.«

»Okay!« Schnur nickte. »Die sollst du haben. Hauptsache, du erfährst, was letzte Nacht passiert ist.«

»Was macht dich so zuversichtlich?«, fragte Anke staunend.

»*Fehler, die man bei andern sieht, wirken meist erhebend aufs Gemüt.*«, zitierte Erik grinsend.

»Wilhelm Busch lässt grüßen.« Anke lachte. »Deinen Übermut verdankst du Bernhards Niederlage. Aber damit hast du meine Frage nicht beantwortet.«

»Mich beschleicht das Gefühl, dass Bernhard mit den drei Frauen zusammen war und irgendetwas Wichtiges erfahren hat, was er sich durch seine missliche Lage jedoch nicht mehr wagt auszusprechen.«

»Wenn Bernhard etwas erfahren hat, was für unsere Ermittlungen relevant ist, wird er wohl kaum hinterm Berg halten damit«, konterte Anke. »Zumindest hat er bis jetzt den Eindruck auf mich gemacht, als könnte er seine Prahlerei nur schwerlich im Zaum halten.«

»Es gibt Ereignisse, die bringen Menschen aus dem Gleichgewicht«, deutete Erik vielsagend an.

»Du solltest Psychologe werden – bei deinen Fähigkeiten! Dort plaudern die Menschen ihre Geheimnisse aus und deine Neugier wäre befriedigt.«

Kapitel 26

»Unsere Kollegen in Saarlouis haben die drei Verdächtigen aufgegriffen. Sie befinden sich auf dem Weg hierher.« Schnurs Stimme schallte laut durch den langen Flur. »Wenigstens ein Erfolg, den wir heute verzeichnen können.«

Anke spürte, wie ihr Adrenalinpegel anstieg. Sollte endlich der Durchbruch kommen?

»Du wirst eine der Damen befragen, Anton Grewe und Horst Hollmann habe ich ebenfalls damit beauftragt. Ich werde von außen alles beobachten.« Mit dieser Anweisung betrat der Vorgesetzte ihr Büro.

Anton Grewe folgte ihm. In seiner Hand hielt er eine Aktenmappe.

»Was hast du da?«, fragte Schnur neugierig.

»Unterlagen über den Verkauf des Mercedes-Benz CLK.«

»Wann wurde der Mercedes verkauft?«

»2004«

»Von wem?«

»Sonja Fries war als Besitzerin eingetragen.«

»Seit wann war sie die Eigentümerin des Mercedes?«

Anton Grewe las das Datum aus den Papieren vor.

»Dann hat sie gerade mal einen Monat gewartet, bis sie das Auto an sich gerissen hat.« Schnur rieb sich nachdenklich über sein Kinn. »Nach dem Verschollenheitsgesetz dauert es zehn Jahre, bis jemand für tot erklärt wird. Also hat sie mehr gewusst als wir.«

Grewe nickte, als wüsste er darüber genauso gut Bescheid wie sein Vorgesetzter.

»Und der Jaguar? Gab es Spuren daran, dass der Wagen gestohlen worden ist?«

»Nein! Der Schlüssel hatte im Zündschloss gesteckt.«

»Ist denn jemals untersucht worden, ob das Auto im Zusammenhang mit Ingo Landrys Verschwinden stand?« Schnur wirkte immer ratloser.

Grewe schaute in die Unterlagen und erklärte: »Zwischen dem Verschwinden von Ingo Landry und dem Verschwinden des Jaguar lagen mehrere Wochen. Die Kollegen hatten damals vermutet, dass das Auto

150

irgendwo abgestellt worden war, mit Schlüssel, und so an Autodiebe geriet, die es dann zu Schrott fuhren.«

»Dass sein Mörder das Auto irgendwo abgestellt hat in der Hoffnung, dass Autodiebe sich daran bedienen?«, hakte Schnur nach.

»Damals gingen die Kollegen noch nicht von Mord aus. Sie dachten, Ingo Landry hätte selbst die falsche Spur gelegt.«

»Stimmt! Damals sind die Kollegen von anderen Fakten ausgegangen. Deshalb gehen unsere Ergebnisse nicht mehr konform«, erkannte Schnur und fügte an: »Da hast du gute Arbeit geleistet.«

Grewe fühlte sich geehrt.

»Dafür darfst du jetzt die Befragung von Sonja Fries durchführen.«

Grewes Gesicht wurde lang.

»Es ist wichtig, dass du den Verkauf des Mercedes ansprichst. Außerdem wäre es interessant zu erfahren, was sie über den Jaguar zu erzählen hat. Diese Literaturagentin könnte die falsche Spur gelegt haben. Und nicht vergessen, nach Bernhard Diez zu fragen.«

Hastig schrieb Grewe alles auf.

Schwungvoll wurde die Glastür zum Treppenhaus aufgerissen. Sonja Fries, Sibylle Kriebig und Antonia Welsch traten ein. Ihr Auftritt war perfekt. Alle starrten sie an. Sibylle Kriebig trug eine Frisur, die Ankes Aufmerksamkeit erregte. Die roten Haare waren kurz geschnitten. Wie Stachel standen sie von ihrem Kopf ab, unbeweglich und steif durch Unmengen von Styling-Gel. Der Ansatz war blond, zur Haarspitze hin wurde das Rot immer kräftiger. Eine ausgefallene Farbkombination. Anke bat sie, ihr zu folgen.

»Warum bin ich hier?«, fragte Sibylle unfreundlich, kaum, dass sie im Vernehmungszimmer angekommen waren.

»Die Fragen stelle ich.«

»Dann fangen Sie an!«

»Immer langsam«, bremste Anke, wütend über die Unverschämtheit. »Zuerst einmal die Personalien.«

»Scheiße! Ich habe nicht ewig Zeit.«

»Wenn Sie sich kooperativ zeigen, sind wir schneller fertig.«

Damit brachte Anke die störrische Frau zur Vernunft. Nachdem die Formalitäten geklärt waren, begann Anke mit ihren Fragen: »Wo waren Sie gestern Abend?«

151

»Ich bin mit meinen Freundinnen durch die Kneipen der Saarlouiser Altstadt gezogen.«

»Zusammen mit unserem Kollegen Bernhard Diez«, fügte Anke an, als wäre es eine Feststellung.

»Er leistete uns eine Weile Gesellschaft. Als er betrunken war, verschwand er plötzlich.«

»Was haben Sie hinterher gemacht?«

»Weiter getrunken?« Sibylle grinste frech.

»Wo haben Sie die Nacht verbracht?«

»Sie sind aber neugierig«, tadelte Sibylle. »Ich habe die Nacht in meinem Bett verbracht – artig, wie sich das gehört.«

Anke spürte, dass Sibylle sie mit ihrem Tonfall aus der Reserve locken wollte. Das durfte sie nicht zulassen.

»Wie stehen Sie zu Männern?«, fragte Anke unvermittelt weiter.

Verwirrt schaute Sibylle Anke an, bevor sie antwortete: »Sie interessieren sich aber für sehr intime Details.«

»Sie sagten es schon: Ich bin neugierig.«

»Wollen Sie alles wissen? Meine Lebensgeschichte, meine Erfahrungen mit Männern, meine therapeutischen Maßnahmen?«

»Nein – obwohl Sie mich immer neugieriger machen. Der Grund für meine Frage ist folgender: Ich habe Ihren Krimi gelesen. Die von Ihnen gewählte Handlung, nämlich dass Männer von Frauen getötet werden, weil sie sich anmaßen, Frauen zu unterdrücken, könnte doch eine Entsprechung in ihrem biographischen Hintergrund haben.«

»Sehen Sie hinter allem mehr, als es eigentlich ist?«

»Ist das wirklich der Fall? Marcel Reich-Ranicki, der Literaturkritiker, sagte einmal, dass jedes Buch autobiografisch sei. Hinzu kommt, dass der Artikel in der Lokalzeitung auf Ihre Person anspielt. Deshalb muss ich davon ausgehen, dass in Ihrem Buch viel von Ihnen selbst steht.«

»Sie sind echt gut. Ich gebe zu, ich halte nichts von Kerlen.«

»Woher kommt Ihr Hass?«

»Ich weiß es nicht. Vielleicht liegt es daran, dass ich mehr für Frauen empfinde.«

»Wie war Ihr Verhältnis zu Ihrem Vater?«

»Da ist keins. Er war nie da.«

»Sie hassen ihn?«

»Ja«, Sibylle wurde ungeduldig. »Sind Sie Psychologin, die in Kindheitserinnerungen kramt oder Polizistin, die mich zu Ingo Landry befragen will?«

»Das zweite. Wie gut kannten Sie Ingo Landry?«

Sibylle warf einen entnervten Blick in Richtung Decke, bevor sie antwortete: »Er war ein Dieb, ein Gauner, ein Schmarotzer! Was wollen Sie noch hören?«

»Die Wahrheit.«

»Das ist die Wahrheit.«

»Dann sage ich Ihnen eine andere Wahrheit: Ingo Landry war mit seinem Buch erfolgreicher als Sie.«

»Pah! Nicht mit seinem Buch – mit seiner Raffinesse, mir die Idee zu klauen, war er erfolgreicher«, schimpfte Sibylle.

»Aus Ihrer Reaktion entnehme ich eine große Portion Neid auf seinen Erfolg.«

»Ja und? Hat dem Scheißkerl aber nichts eingebracht.« Sibylle lachte verächtlich.

»Aber Ihnen?«

»Was wollen Sie damit sagen?«

»Sie profitierten in jeder Hinsicht von Ingo Landrys langjährigem Verschwinden, und von seinem jetzigen Auftauchen in Form eines Skeletts. Das nennt man ein Motiv.«

Sibylle schaute Anke ganz überrascht an.

»Ich habe den Scheißkerl niemals persönlich getroffen.« Sibylles Augen begannen zu funkeln, ihre stacheligen Haare wirkten wie ein Schutzschild gegen Ankes Fragen. »Ich hatte niemals mit ihm zu tun.«

»Wie soll ich Ihnen das glauben? Er war doch ein Arbeitskollege von Ihnen.«

»Ich bin Zahnarzthelferin«, gab Sibylle schnippisch zurück. »Ich kann mich nicht erinnern, jemals einen Zahnarzthelfer kennengelernt zu haben.«

»Sie wissen, dass ich von Ihrer Tätigkeit als Krimiautorin rede. So viele Krimiautoren gibt es im Saarland nicht.«

»Trotzdem habe ich ihn nie gesehen.« Sibylle verschränkte die Arme vor ihrer Brust.

»Genau genommen hat Ingo Landry genau das gemacht, was Sie von Männern erwarten: Er hat sie enttäuscht«, sprach Anke weiter. »Daraus entsteht doch bestimmt so viel Hass, dass man auf die Idee kommt, aus einem fiktiven Mord einen realen zu machen. Oder?«

»Wie oft muss ich es Ihnen noch sagen? Ich bin Ingo Landry nie begegnet.«

»Ganz sicher?«

»Haben Sie ein Problem damit?«

»Das habe ich. Ich habe nämlich etwas anderes gehört.«

»Was haben Sie gehört?«

»Ich frage, Sie antworten! Haben Sie unsere Spielregeln schon wieder vergessen?« Ankes Tonfall wurde bissig. Aber ihre Taktik ging nicht auf. Sibylle beschloss, von nun an nichts mehr zu sagen. Stoisch verfiel sie in Schweigen.

Als Anke, von sich selbst enttäuscht, auf den Flur hinaustrat, sah sie in zwei genauso düstere Gesichter. Anton Grewe rieb sich durch seine dichte, schwarze Mähne, während Horst Hollmann den Blicken auswich.

Schnur schaute sie erwartungsvoll an. Als niemand von alleine zu sprechen begann, machte er den Anfang: »Muss ich euch die Ergebnisse aus der Nase ziehen?«

»Sonja Fries hat von Ingo Landry geradezu geschwärmt, was für ein Talent er war, welche Verschwendung es wäre, so ein Genie zu töten. Sein Buch wäre sicherlich der Auftakt einer viel versprechenden Krimiserie gewesen«, wiederholte Grewe einige Bruchstücke seines Verhörs.

Hollmann schaute ihn ungläubig an, bevor er entgegnete: »Kein Wunder! Sie war ja seine Agentin! Antonia Welsch behauptet nämlich das Gegenteil: Ingo Landry sei untalentiert. Außer dem einen Buch hätte er nichts zustande gebracht. Deshalb sei seine Ermordung der diplomatischste Abgang, den er bringen konnte.«

»Sibylle habe ich bei einer Lüge ertappt«, trug Anke bei. »Sie streitet ab, Ingo Landry jemals begegnet zu sein.«

»Und was habt ihr über den gestrigen Abend mit unserem Kollegen Bernhard erfahren?«, fragte Schnur ungeduldig.

»Ich habe nichts darüber aus Antonia Welsch herausbekommen. Immer, wenn ich auf das Thema kommen wollte, hat sie abgeblockt«, gab Hollmann zu.

»Dito«, kam es von Anke. »Sie hatten genügend Zeit, sich abzusprechen.«

Schnur rieb sich nervös über das Kinn, ließ den Blick über seine Mitarbeiter wandern, bis er bei Grewe hängen blieb. »Was kann uns Sonja Fries über den Jaguar erzählen?«

»Nichts!« Grewe zuckte mit den Schultern.

»Und das Mercedes Coupé?«, drängte Schnur weiter. »Meine Güte! Ich muss euch ja wirklich alles aus der Nase ziehen.«

»Da war sie wesentlich pfiffiger: Sie behauptet nämlich, Ingo Landry hätte ihr das Auto geschenkt.«

»Scheiße«, fluchte Schnur. »Damit hat sie uns auch diese Spur vermasselt. Diese Frauen sind verdammt raffiniert.«

Kapitel 27

Es war schon später Nachmittag, als Erik und Bernhard aus der Mittagspause zurückkehrten. Anke platzte vor Neugier, wie das Gespräch zwischen den beiden verlaufen war. Aber Erik machte keinerlei Anstalten, sie aufzusuchen und ihr zu berichten. Das ärgerte sie, weil er sonst für jede Kleinigkeit ihr Zimmer belagerte. Das ungeduldige Warten erinnerte sie daran, auf dem Grundbuchamt nachzufragen, ob eine der drei Verdächtigen eine weitere Immobilie auf ihren Namen eingetragen hatte. Der Vorschlag war am Vorabend von Kullmann gekommen – wie immer. Warum kamen ihm immer die besten Einfälle, während sie sich hier den Kopf zerbrach und nichts zustande brachte? Sie suchte die Telefonnummer des Saarländischen Grundbuchamtes heraus und rief an. Aber auch diese neue Eingebung stellte sich schnell als Sackgasse heraus. Es gab keinen Eintrag.

Der Feierabend rückte in sichtbare Nähe. Anke wollte sich auf den Nachhauseweg machen, da stand Erik vor ihr.

»Jetzt ist es zu spät«, motzte Anke. »Jetzt gilt meine Aufmerksamkeit nur noch meinem Feierabend. Ich habe Lisa eine Reitstunde auf Rondo versprochen.«

Erik grinste, ging im Gleichschritt neben ihr her, als habe sie nichts gesagt.

»Bist du taub?«

»Nein! Nur ausdauernd.«

Anke stutzte.

»Ich fahre einfach mit!« Prüfend schaute er Anke an.

Anke wollte eigentlich protestieren, doch seine Methode, ihr seinen Vorschlag schmackhaft zu machen, war wirkungsvoll. Außerdem war sie froh darüber, den Abend in seiner Gesellschaft verbringen zu können.

Eine Stunde später saßen sie zu dritt in Ankes Geländewagen und fuhren zum Stall im Ormesheim. Es war erstaunlich, wie schnell der Herbst in diesem Jahr seine Schönheit eingebüßt hatte, dachte Anke, während sie vom Beifahrersitz aus ihren Blick über die Landschaft wandern ließ. Am Tag zuvor hatte noch das schönste Farbenspiel die

Bäume und Sträucher leuchten lassen. Nun hatten Regen und Wind auf einen Schlag alles ausradiert. Vor ihnen lag eine Zeit voller grauer Tage und Dunkelheit, eine Aussicht, die nicht gerade erhebend auf Anke wirkte.

Auch die Stunden am Stall mit der unruhigen Lisa zwischen den nervösen Pferden und dem ständig auf die Hallenwände donnernden Wind trugen nicht dazu bei, Ankes Feierabendstimmung zu verbessern. Sie war heilfroh, als Rondo wieder in seiner Box stand und Lisa gesund und munter im Auto saß.

Auf dem Heimweg blieb Lisa zu Ankes Überraschung still. Sie warf einen Blick in den Rückspiegel und stellte fest, dass sie schlief. Diese Gelegenheit nutzte sie, um Erik zu fragen: »Willst du mir endlich sagen, was du bei Bernhard erreicht hast?«

»Ich konnte ihn zum Reden bringen«, antwortete Erik vom Steuer aus.

»Na immerhin!«

»Es hat allerdings lange gedauert, bis er endlich den Mund aufgemacht hat.«

»Stimmt! Ihr habt die Mittagspause deutlich überzogen.«

»Aber es hat sich gelohnt«, rechtfertigte sich Erik. Dabei konzentrierte er sich auf die Fahrt, die immer abenteuerlicher wurde. Laut prasselte der Regen auf das Autoblech. Der Wind rüttelte an der Karosserie, sodass das Auto bedrohlich ins Schwanken geriet. Das Autoradio gab Meldungen von umgestürzten Bäumen durch. Die Scheibenwischer packten es nicht mehr, die Regenmassen von der Windschutzscheibe zu wischen. Erik verlangsamte sein Tempo. Scheinwerfer kamen ihnen entgegen, kamen ihrem Auto bedrohlich nahe und wichen erst in letzter Sekunde aus. Anke fühlte sich in dem schwankenden Auto in der Dunkelheit wie in einen Kokon eingeschlossen. Alles, was sich außerhalb dieses geschützten Bereichs befand, sah wie die Apokalypse aus. Sie fröstelte. Immer wieder schaute sie in den Rückspiegel. Lisa bekam von alledem nichts mit, so fest schlief sie.

Erst als sie die Stadt erreichten, wurde die Fahrt ruhiger.

Erik trug die schlafende Lisa in Ankes Appartement. Die Kleine war so müde, dass sie auch nicht aufwachte, während Anke ihre Kleider wechselte. Das kam Anke entgegen, denn sie brannte darauf, die ganze Geschichte über Bernhards Fehlschlag zu erfahren.

»Nun erzähl schon«, drängte sie, kaum dass sie zwei Gläser Mineralwasser auf den Couchtisch gestellt hatte.

»Hättest du gern die Details?«

»Alles! Fang schon an!«

Erik räusperte sich, trank zuerst sein Glas in einem Zug leer, dann begann er zu berichten: »Es war so, wie ich vermutet hatte.«

»Und wie hattest du vermutet?«

»Bernhard hat Sonja Fries, Antonia Welsch und Sibylle Kriebig getroffen. Und zwar im Marschall-Ney-Haus in der Saarlouiser Altstadt. Sie haben große Mengen Alkohol getrunken. Anschließend haben die drei Frauen *Kölsch Mädche* gespielt.«

»Was heißt das?«

»Kölsche Mädche legen sich auf den Rücken und machen die Beine breit.« Erik grinste.

»Du bist schamlos!«

»Warum schamhaft, wenn die Wahrheit schamlos ist?«

»Ich habe verstanden. Hauptverdächtige üben wohl einen besonderen Reiz auf Polizeibeamte aus. Du müsstest es ja wissen.«

Erik überging die Bemerkung, weil er genau wusste, dass sie auf seine eigene unrühmliche Vergangenheit anspielte. Aber jetzt befand sich ein anderer in der Schusslinie, was von seinen eigenen Sünden ablenkte.

»Da sie sich ohnehin in einer hemmungslosen Situation befanden, plauderten die drei Frauen auch unbekümmert aus, was sie mit Ingo Landry angestellt hatten.«

»Das heißt, wir haben ein Geständnis?«

»Ja und nein! Denn es ist nicht gerichtsverwertbar.« Erik schüttelte den Kopf. »Bernhard befand sich nicht in der Rolle des ermittelnden Beamten.«

»Er hat Undercover ermittelt.« Anke feixte.

»Bernhard ist nicht bereit, seinen Eklat zuzugeben. Deshalb ist unsere Situation jetzt besonders verwirrend. Wir wissen, dass sie es getan haben, können sie aber nicht festnehmen.« Erik atmete tief durch. »Die Frauen sind ganz schön raffiniert.«

»Das ist wirklich blöd«, seufzte Anke. »Wie konnte Bernhard sich nur zu solch einer Dummheit hinreißen lassen? Kaum hat er den Arbeitsplatz, den er so verbissen angestrebt hat, schon setzt er ihn aufs Spiel.«

»Ich glaube, sein Ehrgeiz kam ihm in die Quere. Er hat seine Feindinnen unterschätzt.«

»Wo fand dieses Stelldichein statt?«, fragte Anke weiter. »Dort, wo wir gesucht haben, jedenfalls nicht.«

»Er hat das Zimmer, in dem er sich mit den drei Frauen amüsierte, genauso beschrieben, wie das Turmzimmer aussah, das wir bei Sonja Fries' Hausdurchsuchung inspizierten«, erklärte Erik. »Nur, wo sich das Zimmer befindet, das weiß er nicht.«

»Das darf doch nicht wahr sein«, stöhnte Anke. »Wahrscheinlich handelt es sich um den Tatort eines Mordes, wo er seine verbotene Leidenschaft ausgelebt hat.«

»Ein Tatort für zwei Taten«, sinnierte Erik.

»Das Turmzimmer im Ludwigspark in Saarlouis war es auf keinen Fall. Dann wären wir uns begegnet«, stellte Anke entschieden fest.

»Das wäre eine interessante Begegnung geworden.« Erik amüsierte sich bei der Vorstellung.

159

Kapitel 28

»Musste dieser Kerl die Beerdigung unbedingt nach Ormesheim verlegen?«, murrte Sibylle, während sie ihr Spiegelbild betrachtete. Die wild abstehenden roten Haare eigneten sich nicht für den traurigen Anlass. Aber sie hatte keine Lust, etwas daran zu ändern.

»Ingo Landrys Wohnsitz war nun mal in Ormesheim«, belehrte Antonia. »Deshalb werden die Knochen auch dort beerdigt.«

Sie stand neben ihrer Freundin in einem schwarzen Hosenanzug, der ihr zu weit war. Sie wirkte darin wie ein Kleiderständer.

»Hast du nichts Besseres zum Anziehen?«

»Nein! Seit ich abgenommen habe, passen mir die Klamotten nicht mehr. Ich müsste mal wieder einkaufen gehen.«

»Das werden wir nachholen.«

Sibylle legte Lidschatten und Kajal auf. Erst als sie mit ihrem Gesicht zufrieden war, folgte sie ihrer Freundin zur Haustür, wo Sonja auf sie wartete.

»Gutes Timing.« Sibylle schmunzelte. Als sie hinausschaute, verschwand jedoch ihre Zufriedenheit. Es regnete und heftiger Wind wehte.

»So ein Mist«, fluchte sie. »Wie kann man bei dem Sauwetter einen beerdigen?«

»Es war wohl Schicksal, dass die Knochen im Herbst gefunden wurden«, antwortete Sonja darauf.

»Einen blöden Zufall würde ich das nennen«, scherzte Sibylle. »Außerdem ein guter Stoff für einen neuen Krimi.«

»Schreibst du wieder?«, fragten Sonja und Antonia wie aus einem Mund.

»Klar! Das Skelett im Bliesgau ist doch ein Hammer.«

»Aber du beabsichtigst doch nicht, zu viel Autobiografisches in den Krimi zu packen?« Sonja überkam plötzlich Unsicherheit.

»Wo denkst du hin? So viel Fantasie habe ich, dass ich mir etwas ausdenken kann, was nicht im Mindesten mit der Realität zu tun hat.«

Sonjas neuer Mercedes stand direkt vor der Einfahrt. Sie legten die wenigen Meter zum Auto hastig zurück, sprangen schnell hinein, bevor der Regen sie durchnässte. Schweigend fuhren sie in südöstliche Richtung. Die Wolken hingen tief am Himmel und hinterließen schon am Mittag den Eindruck, die Dämmerung sei hereingebrochen. Der Regen blieb unvermindert heftig. Die Aussicht auf einen Aufenthalt im Freien frustrierte sie mit jedem Kilometer, den sie sich ihrem Ziel näherten, mehr.

Schon bald offenbarte sich Ormesheim wie eine Pyramide vor ihren Augen. Trotz schlechter Sicht schälten sich die Konturen der Häuser, die auf den Hügel gebaut worden waren, deutlich heraus. Der Kirchturm bildete den höchsten Punkt. Wie eine Festungsanlage thronte das massige Bauwerk im neuromanischen Stil über dem Dorf.

Schon in der Mitte des Ortes hörten sie die Glocken läuten. Bis zur Kirche konnte es nicht mehr weit sein. Sonja stellte den Wagen in einer Seitenstraße ab.

»Läuten die Glocken den Anfang oder das Ende der Messe ein?«, fragte sie.

»Keine Ahnung«, gestand Sybille.

»Ich schlage vor, wir warten hier, bis die Trauergesellschaft herauskommt. Oder wollt ihr hineingehen?«

Kopfschütteln.

Es dauerte nicht lange, da sahen sie viele schwarz gekleidete Menschen über die Dorfstraße gehen. Die Trauergesellschaft war größer, als sie angenommen hatten. Während der Besucherstrom mit Schirmen gegen Wind und Regen ankämpfend die Hauptstraße entlang zum Friedhof ging, folgten Sonja Fries, Sibylle Kriebig und Antonia Welch der Menge im Schritttempo in ihrem Auto.

Der Friedhof war eingerahmt von grünen Hecken. Gegenüber stand eine kleine Einsegnungshalle, weiß getüncht mit großen Glasscheiben und einer Glastür. Dort wurde eine weitere Messe von einem festlich gewandeten Pfarrer zelebriert, an der sie teilnahmen. Der Sarg prangte auf einer kleinen Bühne, umgeben von bunten Blumenkränzen, Gestecken und Sträußen. Die Ansprache klang salbungsvoll. Nach dem Inhalt zu schließen, hatte der Pfarrer den Verstorbenen gut gekannt, denn er konnte interessante Details aus Ingo Landrys Leben berichten. Anschließend führte die Prozession über die Straße zum Friedhof. Sargträger trugen das blumengeschmückte Holzgebilde. Ihnen folgten im langsamen Trott die Menschen, allen voran ein kleiner Mann mit Hornbrille.

Die Grabstelle lag in der ersten Reihe hinter dem Friedhofseingang. Das kam Sibylle und ihren Freundinnen sehr entgegen, denn so mussten sie keine langen Wege zurücklegen. An einem mit Efeu zugewachsenen Kreuz blieben sie stehen. Der Pfarrer bemühte sich, seine Stimme gegen den Wind durchzusetzen, aber es gelang ihm nicht. Die aufgespannten Regenschirme versperrten die Sicht. Der böige Wind ließ große Spannung unter den Trauernden aufkommen, wessen Schirm wen erschlagen würde.

Sibylles Blick fiel auf den Mann mit der Hornbrille. Sie hatte dieses Gesicht schon einmal gesehen. Aber wo? Es wollte ihr nicht einfallen. Also stieß sie Antonia an und zeigte auf ihn. Antonia schaute auf den Mann, der im gleichen Moment ihren Blick erwiderte.

»Diese Augen jagen mir Angst ein.«

»Mir auch.«

»Kennst du den Mann?«, fragte Sibylle.

Er stand abseits der Menge. Anstatt sich auf den Sarg zu konzentrieren, schaute er auf die drei Frauen. Seine Augen wirkten durch die starken Brillengläser vergrößert; der Ausdruck in seinem Blick war trotz der schlechten Sicht deutlich zu erkennen. Missbilligung drückte er aus – fast sogar schon Hass.

»Ich weiß, dass wir ihm schon einmal begegnet sind. Aber leider weiß ich nicht, wer das ist«, gestand Antonia. »Was ich aber ganz sicher weiß, ist, dass er uns nicht leiden kann.«

Der Regen platschte auf die Regenschirme. Der Wind rüttelte an Jacken und Mänteln. Die Sträucher bogen sich im Wind. Das Laub auf dem Boden glänzte wie ein brauner, nasser Teppich.

Der Pfarrer sprach so huldvoll, wie es bei dem Wetter möglich war, während sein Gewand regennass an ihm klebte. Seine Vorlage war durchweicht, er musste improvisieren. Er ließ beide Hände sinken und leitete in eine Litanei über, wobei er immer schneller sprach, um zu einem Ende zu kommen.

»Asche zu Asche! Staub zu Staub!« Das war das Stichwort zum übereilten Aufbruch.

Wieder trotteten die drei Frauen hinter der Trauergesellschaft her. Sie kehrten in das Gasthaus »Niederländer« ein. Im Nu füllte sich der große

Saal. Nichts an den Menschen verriet, dass sie sich wegen einer Beerdigung dort einfanden. Die Stimmung war ausgelassen. Bier und Schnaps wurden bestellt. Sibylle beobachtete das Treiben, wobei ihr Blick immer wieder zu dem Mann mit der Hornbrille wanderte. Nach längerer Überlegung kam sie zu dem Schluss, dass sein Interesse ihr galt. Also ging sie auf ihn zu.

»Sibylle, lass das!«, hörte sie Antonias warnende Stimme.

Aber Sibylle reagierte nicht auf sie, sondern setzte ihren Weg fort. Plötzlich war der Mann verschwunden. Sibylle suchte sämtliche Ecken und Nischen ab. Nichts. Sie trat hinaus in den Regen, um dort nach ihm zu suchen. Auch nichts. Er war vor ihr geflüchtet. Diese Tatsache beunruhigte sie.

Anke Deister und Erik Tenes standen mit mürrischen Gesichtern unter einer Buche, in der Hoffnung, dort weniger Regen abzubekommen. Der Wind wehte ihnen das kalte Nass in die Jackenkragen und in jedes Knopfloch.

»Also hier möchte ich nicht beerdigt werden«, stellte Anke fröstelnd fest. Ihre Haare lösten sich langsam aus der Spange und hingen in ihren Augen. So oft sie die Strähnen entfernte, so schnell flogen sie zurück ins Gesicht.

»Warum? Ist doch schön hier.« Erik schaute sich um. Hinter der Hecke, die den gesamten Friedhof einrahmte, war nur eine Nebelwand zu sehen. »Bestimmt ist hier eine schöne Aussicht, wenn das Wetter normal ist.«

»Hier ist es mir zu ungeschützt. Für die letzte Ruhe einfach nicht ruhig genug.«

»Wir sind aber nicht hier, um uns eine letzte Ruhestätte auszusuchen.« Damit erinnerte Erik an den Grund ihrer Teilnahme an der Beerdigung.

»Sag nur! Warum hat Jürgen uns überhaupt hierher geschickt?«

»Weil er nicht weiß, was wir wissen«, bemerkte Erik spitz, »unser Besuch hier ist auf keinen Fall umsonst.«

Erstaunt horchte Anke auf. »Hast du etwas Verdächtiges gesehen?«

»Ja! Schau dir Matthias Hobelt an! Er beobachtet die drei Frauen, als hätte er ebenfalls einen Verdacht.«

»Klar hat er einen Verdacht. Er hält Sibylle mit Sicherheit für die Mörderin, weil sie Ingo Landry den Erfolg mit seinem Buch nicht gönnte.«

»Dann sollten wir ihn im Auge behalten. Vielleicht presst er aus den Frauen ein Geständnis heraus, das wir verwenden können.«

»Jetzt und hier. Dafür sind Beerdigungen für gewöhnlich auch gedacht.«

»Ich habe uns nicht hierher geschickt«, verteidigte sich Erik schnell, »schimpf mit Jürgen – nicht mit mir!«

Als die Gesellschaft endlich zum gemütlichen Teil überging, nämlich in eine Gaststube einzukehren, folgten sie ihnen. Anke schüttelte sich widerwillig den Regen von ihrem Mantel und fragte: »Warum willst du dich dort hineinsetzen und den Leuten beim Trinken zuschauen?«

»Besoffene sagen oft die Wahrheit.«

»Na toll! Das klingt nach Verzweiflung, nicht nach Strategie.«

Erik gab keine Antwort.

Der Saal war nicht groß. Wenige Fenster spendeten Licht, das an dem trüben Tag spärlich ausfiel. Die Tische bildeten die Form eines Hufeisens. Kellnerinnen bedienten die Gäste. Anke bestellte sich einen Kaffee, um sich von innen aufwärmen zu können. Der kalte Wind hatte ihr zugesetzt.

Erik ließ sich neben ihr nieder. Er beobachtete die Menschenschar, deren Laune schlagartig von Traurigkeit zu Fröhlichkeit umschlug. Die wenigsten bestellten Kaffee, fast alle hatten reichlich Bierdurst. Trotz der Redseligkeit, die von Bier zu Bier anstieg, schnappten Anke und Erik nur allgemeine Gespräche auf. Anke hatte schon nach kurzer Zeit die Hoffnung aufgegeben. Sie suchte sich einen Platz abseits der Menge und hielt ihre Augen auf die drei verdächtigen Frauen gerichtet. Aber auch dort geschah nichts Interessantes. Sie wirkten ausgelassen und fröhlich.

Matthias Hobelt saß am anderen Ende. Niemand sprach mit ihm, er verhielt sich still. Das Einzige, was Anke auffiel, war, dass er unentwegt die drei Frauen beobachtete. Wenn er die Kaffeetasse an seinen Mund hob, hielt er den Blick auf die drei gerichtet, wenn er sie wieder abstellte, ebenfalls, sodass er mehrere Anläufe machen musste, um genau in die Untertasse zu treffen. Das alles schien er nicht zu bemerken. Worauf wartete Matthias Hobelt?

Plötzlich sah sie, wie Sibylle ihren Platz verließ und auf ihn zuging. Das könnte spannend werden, dachte Anke und folgte Sibylle in gebührendem Abstand. Aber mit einem Mal war Matthias Hobelt nicht mehr zu sehen. Anke hatte nicht bemerkt, wir er seinen Platz und das Lokal verlassen hatte. Sie beobachtete Sibylle und erkannte, dass es ihr ebenso erging. Nun wurde es wirklich interessant. Warum versteckte sich Matthias Hobelt vor den Frauen, die er so genau beobachtet hatte? Sie kehrte an ihren Platz zurück. Erik hatte ihr nachgesehen und fragte: »Was war los?«

Anke berichtete ihm von ihren mysteriösen Beobachtungen, woraufhin Erik meinte: »Matthias Hobelt ist zur Herrentoilette gegangen. Ob das eine Flucht ist oder eine Notdurft, kann ich beim besten Willen nicht sagen.«

Kapitel 29

Sibylle legte den Telefonhörer auf. Ihr Verlag drängte, ein wunderbares Gefühl. Hinzu kam, dass sich ihr neuer Krimi prächtig entwickelte. Zwar war ihr die Stimme des Anrufers fremd, aber er hatte sich als Mitarbeiter des Verlages ausgegeben. Vermutlich war er neu dort angestellt. Jetzt, da sich ihr Buch so gut verkaufte, konnte der Verlag sich mehr Mitarbeiter leisten. Sie war schon neugierig. Seine Stimme klang geheimnisvoll.

Summend vor Freude zog sie sich einen warmen Mantel an und packte das angefangene Manuskript mit dem sicheren Gefühl in die Tasche, dass der Verlag mit ihrer Arbeit zufrieden sein würde. Die Ideen sprudelten nur so hervor. Sie konnte es kaum noch erwarten, ihn zu veröffentlichen. Hoffentlich kamen ihr bei dem zweiten Buch die Sensationsmeldungen über Ingo Landry ebenfalls zugute, dachte sie. Denn welches Mittel könnte sie jetzt noch ergreifen, um den Verkauf in die Höhe zu treiben?

Sie verließ das Haus. Während sie durch die kühle Luft spazierte, überkam sie das unbehagliche Gefühl, verfolgt zu werden. Hastig drehte sie sich um, konnte aber niemanden sehen. Sie wollte weitergehen, als ihr Blick auf ein altes, rostiges Auto fiel, dessen Marke sie schon lange nicht mehr auf den Straßen gesehen hatte. Es hatte ein Zweibrücker Kennzeichen. Was hatte diese Rostlaube hier zu suchen? Kopfschüttelnd setzte sie ihren Weg fort. Vermutlich hatte sie zu viel kriminelle Fantasie. Deshalb sah sie in allem etwas Gefährliches.

Bevor sie die Straße überquerte, wagte sie einen Blick nach hinten. Nichts. Als sie den Ludwigspark durchquerte, spürte sie es wieder. Sie schaute auf die Penner, die in ihren dicken Wintermänteln auf der Bank saßen und Bier tranken. Von ihnen würde sie niemand verfolgen, dessen war sich Sibylle sicher. Sie ging weiter, das Unbehagen blieb. Beharrlich. Nervös schaute sie sich um.

Eine dunkle Gestalt zeichnete sich zwischen den kahlen Bäumen ab; eine Gestalt, die nichts mit den Pennern gemeinsam hatte. Sie hatte sich nicht getäuscht. Ihr Herz schlug ihr bis zum Hals. Plötzlich war die dunkle Gestalt aus ihrem Blickfeld verschwunden. Verzweifelt suchte sie mit ihren Augen die ganze Gegend ab. Sie konnte ihn nicht mehr sehen. Die Sonne verschwand hinter Wolken, düsteres Licht verbreitete sich. Ein kalter Windstoß ließ sie frösteln.

Den restlichen Weg zum Verlagsgebäude legte sie im Laufschritt zurück. Doch als sie endlich an ihrem Ziel angekommen war, stand sie vor verschlossenen Türen. Was hatte das zu bedeuten? Sie hämmerte gegen die Tür, erreichte damit aber nur, dass ihr die Hand schmerzte. Dann gab sie auf und überquerte den großen Parkplatz.

Schon von weitem sah sie einen Straßenmaler, der gerade dabei war, seine Kreidefarben einzupacken. Sein Tagwerk war vollendet. An seinem Gesichtsausdruck glaubte Sibylle zu erkennen, dass er sich der Vergänglichkeit seines Werkes bewusst war, denn sein Blick wirkte wehmütig. Sie stellte sich vor das Bild, um es in seiner vollen Pracht bestaunen zu können. Das Talent seines Malers war deutlich darin zu erkennen. Sibylles Blick wurde ebenfalls melancholisch, weil es schon an Verschwendung grenzte, solch eine meisterhafte Arbeit auf dem Asphalt zu vollbringen, wo die Witterung ihr grausames Spiel damit treiben würde. Ihre Bücher hielten bei guter Lagerung ewig – sollten sie gedruckt werden. Ihre Niedergeschlagenheit kehrte zurück. Die Aura des Straßenmalers und seines Werkes machten alles nur noch schlimmer. Sie entdeckte eine Schale, in der er Geld sammelte. Sibylle zückte ihren Geldbeutel, warf ihm etwas hinein und beeilte sich wegzukommen.

Kalter Wind pfiff ihr um die Nase. Grauer Dunst lag in der Luft, wurde immer dichter. Sie zog den Kragen ihrer Jacke hoch und passierte das Gebäude der Kommandantur. Da spürte sie es wieder: das unbehagliche Gefühl, verfolgt zu werden. Sie schaute zurück – nichts!

Sie ging weiter, schaute wieder zurück. Immer noch nichts. Und doch spürte sie, dass sie beobachtet wurde. Angst breitete sich in ihr aus. Sie lief einige Schritte weiter und bog blitzschnell in das kleine Postgässchen ab. Dort wartete sie. Niemand ging daran vorbei. Nichts passierte.

Er hatte sie genau im Auge, schoss es ihr durch den Kopf. Ihren Verfolger zu überlisten, würde nicht einfach werden. Sie überlegte, ob sie weiter durch die schmale Seitengasse gehen sollte. Aber der Gedanke behagte ihr nicht. Dort war es menschenleer, dunkel und eng dazu. Sollte er böse Absichten haben, könnte er sie an dieser Stelle in die Tat umsetzen. Also ging sie das kurze Stück zum Marktplatz zurück und schaute sich um.

167

Da entdeckte sie ihn. Hastig versuchte er sich hinter der Eingangs-treppe zum Postgebäude zu verstecken. Ihr Verfolger war der Mann mit der Hornbrille. Sibylle erschrak. Sein merkwürdiges Verhalten war ihr schon auf Ingo Landrys Beerdigung aufgefallen. Und jetzt sah sie ihn nur wenige Meter von dem Haus entfernt wieder, in dem ihre bisher einzige Begegnung stattgefunden hatte: in der Buchhandlung. Er war auf ihrer Lesung gewesen – allerdings nicht allein, sondern in Beglei-tung von Ingo Landry. Er war es, der ihr Buch gekauft hatte, ohne seinen eigenen Namen zu nennen. Er war es auch, der ihr alle diese unangenehmen Fragen gestellt hatte.

Von Sonja hatte Sibylle inzwischen erfahren, wer er war: Matthias Hobelt, Ingo Landrys Freund. Ein seltsamer Freund. Wie es schien, klebte Matthias Hobelt wie ein Schatten an ihr. Das war nicht gut. Sie brauchte ihre Freundinnen zur Unterstützung. In guter Absicht ver-folgte er sie bestimmt nicht.

So schnell sie konnte, eilte sie durch die Silberherzstraße, weiter über den Kaiser-Wilhelm-Ring, zielstrebig auf Sonja Fries' Domizil zu. Da-bei beeilte sie sich so sehr, dass ihr niemand folgen konnte.

Als sie bei Sonja klingelte, war sie völlig außer Atem. Die Haushälte-rin öffnete die Tür. Sibylle hielt sich nicht lange mit Erklärungen auf, sondern drängte sich an ihr vorbei und schloss die Tür hinter sich. Auf das fragende Gesicht der Hausangestellten achtete sie nicht, weil Sonja genau in diesem Augenblick die breite Marmortreppe hinunter kam.

»Gut, dass ich dich antreffe!«

»Was ist passiert?«, fragte Sonja erschrocken.

»Wir müssen vorsichtig sein, weil Matthias Hobelt mich beschattet.«

Sonja wurde kalkweiß im Gesicht.

Die Heftigkeit ihrer Reaktion überraschte Sibylle.

»Sonja, was ist mit dir?«

»Deine Warnung kommt zu spät!«

Kapitel 30

»Ich bin der Meinung, dass wir auf Bernhards zarte Empfindungen keine Rücksicht nehmen können«, lautete Ankes Gruß, als Erik ihr Büro betrat. »Er muss Jürgen von dem Geständnis berichten, egal unter welchen Umständen er es bekommen hat. Außerdem muss er uns zeigen, wo seine Orgie stattgefunden hat, weil das Haus der Tatort ist – wie die drei Damen behauptet haben. Nur so kommen wir weiter. Wir sind hier nicht die Seelsorge.«

»Amen«, bemerkte Erik bissig.

»Toll! Ich erkenne deutlich deine Solidarität zu Bernhard. Dein Verständnis beruht wohl darauf, dass du dich selbst nicht von solchen heiklen Fehltritten freisprechen kannst«, reagierte Anke gereizt. »Deshalb lassen wir die Mörderinnen einfach laufen. Für den Knast sind sie zu schade, weil sie hier draußen die Männer glücklich machen können.«

»Jetzt wirst du unfair«, entgegnete Erik schroff. »Ich habe dir meine Fehltritte nicht anvertraut, damit du sie irgendwann als Waffe gegen mich einsetzt.«

Anke schluckte. Sie starrte ihn an und stellte an seiner Miene fest, dass sie über das Ziel hinausgeschossen hatte. Sofort entschuldigte sie sich dafür. Eine Weile verging in betretenem Schweigen, bis Anke den Faden wieder aufnahm: »Dann überzeuge Bernhard bitte davon, dass sein Verhalten falsch ist. Er verschweigt uns wichtige Fakten, während wir uns abmühen und keinen Schritt weiterkommen.«

»Die Moralpredigt hätte von meiner Mutter stammen können.«

Anke schaute Erik erstaunt an. Was geschah hier? Wurde sie ausgeschlossen? »Was hat Bernhard dir erzählt?«

»Das habe ich dir doch gesagt«, antwortete Erik.

»Ich bekomme das Gefühl, dass du mir nicht alles erzählt hast.«

»Willst du Details wissen? Danach musst du Bernhard selbst fragen, denn nur er war dabei.«

»Werd' nicht unverschämt! Du weißt genau, was ich wissen will. Bisher dachte ich, euch beiden sei die Arbeit wichtig. Darum verstehe ich nicht, was hier gespielt wird.«

»Gerade weil Bernhard die Arbeit wichtig ist, will er schweigen. Seine

Situation kann eine Strafversetzung zur Folge haben. Ich will ihm einfach nur helfen, weil ich weiß, wie man sich in dieser Situation fühlt.«

Anke ahnte, dass sie so nicht weiterkam.

»Wo hat das Stelldichein stattgefunden?«, fragte sie stattdessen.

»Endlich mal eine Frage, mit der wir Bernhard auf den Leib rücken können«, stellte Erik mit einem Augenzwinkern fest.

Sie suchten Bernhards Büro auf.

Der Kollege wirkte verunsichert, als er die beiden auf seinen Schreibtisch zukommen sah. Sein Fehltritt machte aus ihm wieder einen netten Kerl, dachte Anke, die sich über seine Arroganz in den letzten Jahren ständig geärgert hatte.

Er erhob sich aus seinem Stuhl, ging hinter dem Schreibtisch einige Schritte auf und ab, bevor er auf die Frage antwortete: »Ich kann mich leider nur an Kleinigkeiten erinnern. Wie wir in das Haus gekommen sind, und wie ich anschließend im Saarlouiser Stadtpark gelandet bin, weiß ich nicht mehr. Es ist so, als ob sie mir etwas ins Getränk gegeben hätten.«

»*Jetzt aber naht sich das Malheur, denn dies Getränke ist Likör*«, zitierte Erik mit einem zufriedenen Grinsen.

»So ein Mist«, murrte Anke. »Jetzt müssen wir uns darauf konzentrieren, wo das Malheur passiert ist.«

Bernhard tat alles, um die Kollegin nicht anschauen zu müssen. Ständig schaute er in eine andere Richtung.

»An was erinnerst du dich?«, fragte Anke und schaute dabei auf seinen breiten Rücken.

»Ich weiß, dass es an einem See war. Ich habe nämlich Wassergeräusche gehört. Ansonsten war alles still.«

»Der Bostalsee oder der Losheimer Stausee werden es wohl nicht gewesen sein«, überlegte Anke laut.

»Nein!« Bernhard schüttelte den Kopf. »Dort sind immer viele Menschen, die Lärm machen. Davon habe ich nichts gehört.«

»Könnte es ein Baggersee gewesen sein?«

»Niemals. An einem Baggersee steht wohl kaum so eine Art Wochenendhaus. Oder?« Da war er wieder. Bernhards überheblicher Tonfall, der Anke so nervte.

»Toll! Wenn dir meine Vorschläge nicht gefallen, dann mach doch bessere!«

»In Saarlouis wird es doch mehr geben als nur einen Baggersee?«, funkte Erik schnell dazwischen, um es nicht zu einem Streit zwischen Bernhard und Anke kommen zu lassen.

»Nein. Zumindest weiß ich nur von einem. Und der liegt in der Nähe von Lisdorf.«

»Dort kann es nicht gewesen sein. Baggerseen sind doch nur mit Sand und Bauschutt umgeben«, verneinte Bernhard vehement, »gibt es keinen Hinweis über ein Wochenendhaus in den Akten der drei Verdächtigen?«

»Nein«, antwortete Anke. »Ich habe alle Akten durchgesehen. Außerdem habe ich beim Saarländischen Grundbuchamt nachgefragt. Da ist nichts eingetragen.«

»Es muss aber so ein Haus geben. Ich war drin.«

Anke eilte hinaus und kehrte mit den Unterlagen zurück. Sie blätterten eine Weile: »Sonja Fries können wir ausschließen. Sie kommt aus Hamburg. Einen zweiten Eintrag im Grundbuchamt auf ihren Namen gibt es nicht, wie schon gesagt.«

»Hat sie Verwandte hier, auf deren Namen so eine Immobilie laufen könnte?«

Anke schüttelte den Kopf. »Antonia Welsch scheint mir auch nicht der Typ zu sein, der über Wochenendhäuser verfügt. Ob mit oder ohne Eintrag.«

»Warum nicht?«

»Sie ist *An der Molkerei* in Saarlouis aufgewachsen – das war mal ein Viertel für sozial Schwache. Der Vater hat sich umgebracht, die Mutter verdiente ihr Geld als Putzfrau.«

»Bleibt nur Sibylle Kriebig«, stellte Erik entmutigt fest, »hier steht, dass sie in Dillingen geboren wurde und bis zu ihrem zweiten Lebensjahr dort gelebt hat. Als sie zwei Jahre alt war, zog die Mutter Hilde Kriebig mit Kind nach Saarlouis, wo sie zuerst in einem Mietshaus am Bahnhof lebten, das von der Sozialhilfe bezahlt wurde. Erst später konnten sie sich das Haus in der Gartenreihe leisten.«

»Klingt auch nicht nach Wohlstand«, murrte Bernhard.

»Was wissen wir über Sibylle Kriebigs Vater?«, fragte Erik. »Vielleicht ist er der glückliche Besitzer eines Wochenendhauses und Sibylle kommt über ihn dort hin.«

In Bernhards Gesicht schimmerte Hoffnung auf. »Wie heißt der Vater?«

Aufgeregt suchte Anke nach seinem Namen. »Das steht hier nicht.« Ihre anfängliche Euphorie sank wieder in sich zusammen.

»Scheiße! Und jetzt?« Auch Bernhards kurzer Anflug von Optimismus löste sich in nichts auf.

»Der einzige, der nirgends erfasst ist und von dem wir überhaupt nichts wissen, ist Sibylle Kriebigs Vater«, resümierte Anke. »Können wir nur hoffen, dass er wohlhabend ist und ein Wochenendhaus besitzt. Sonst sind wir mit unserem Latein am Ende.«

»Und wie willst du seinen Namen erfahren?«

»Indem wir die Mutter danach fragen«, antwortete Anke.

»Wo lebt Hilde Kriebig?«

»Im Altenheim der Kreisstadt Saarlouis, Prälat-Subtil-Ring«, las Anke aus der Akte vor.

»Worauf warten wir noch?«

In Saarlouis hatte der Herbststurm ebenfalls Spuren hinterlassen. Nasses Laub lag in den Straßenrinnen und auf den Gehwegen. Die Sonne verschwand immer häufiger hinter dunklen Wolken, heftige Windstöße rüttelten am Auto.

Sie parkten ihren Wagen am Prälat-Subtil-Ring direkt vor dem Altenheimgebäude. Ein lang gezogener, überdachter Eingang führte zu einer gläsernen Tür, die sich automatisch öffnete. Dahinter sahen sie in jeder Ecke Pflanzenarrangements und Sitzgruppen, jedoch niemanden, der ihnen Auskunft geben konnte. Sie durchquerten die große Halle und gelangten in einen Hinterhof, den kleine Gartenlauben und ein Springbrunnen zierten. Hier bekamen sie auch nicht die gewünschte Information. Alles war menschenleer.

Anke schaute sich neugierig um. Sie sah Balkone mit Balustraden aus Waschbeton. Viele wurden mit bunten Pflanzen geschmückt, die von der Brüstung herab rankten. Den Innenhof begrenzte eine kleine Kapelle, die Canisius-Kirche.

»Anke, willst du hier einziehen?«, ertönte plötzlich Eriks Stimme.

Rasch folgte sie den beiden Kollegen in den Empfangsbereich zurück.

Endlich begegnete ihnen eine Angestellte des Hauses, die ihnen den Weg zu Hilde Kriebigs Zimmer beschrieb. Als die Polizeibeamten den

Aufzug ansteuerten, rief sie ihnen nach: »Sie werden geduldig sein müssen, denn Hilde Kriebig leidet an Altersdemenz. Ihre Orientierung ist eingeschränkt.«

Ankes Hoffnung auf ein Weiterkommen sank mit diesem Satz. Im dritten Stock suchten sie das Zimmer der Bewohnerin auf. Eine Altenpflegerin näherte sich ihnen und fragte sie in einem Tonfall, der die drei sofort innehalten ließ: »Wer sind Sie?«

»Wir sind von der Polizei und haben einige Fragen an Frau Kriebig.«

»Polizei? Wie kann eine verwirrte Frau Ihnen helfen?«

»Das werden wir dann sehen.«

»Lassen Sie mich dem Gespräch beiwohnen, denn ohne die Anwesenheit des Pflegepersonals ist Frau Kriebig desorientiert!«

Widerwillig stimmten sie der Pflegerin zu.

Sie betraten ein kleines Zimmer, dessen hintere Seite voll verglast war. Trübes Tageslicht verirrte sich dort hinein. Die Bewohnerin saß auf ihrem Bett, eingewickelt in eine dicke Wolldecke, als fröre sie. Die Pflegerin erklärte ihr, wer die Besucher waren, woraufhin die Alte mit neugierigen Augen auf die Beamten blickte.

»Ich bekomme nie Besuch«, sprach sie mit zitternder Stimme. »Mir ist jede Abwechslung willkommen.«

Anke setzte sich der alten Frau gegenüber und erklärte den Grund ihres Besuches. Frau Kriebig wirkte auf sie nicht desorientiert. Sie machte den Eindruck, als würde sie alles genau verstehen.

Also begann Anke mit ihren Fragen: »Sie sind doch die Mutter von Sibylle Kriebig?«

Die Alte nickte.

»Nun möchten wir gerne wissen, wer Sibylles Vater ist.«

»Der Vater von wem?«

Von einer Sekunde zur anderen war ihre klare Geistesverfassung der Verwirrtheit gewichen. Ihre Augen schauten gehetzt, als wollte sie jeden Moment aufspringen. Ihre Hände wurden unruhig, ihre Lippen bewegten sich ständig, bis sie die nächsten Worte hervorstieß: »Von welchem Kind sprechen Sie?«

»Wie viele Kinder haben Sie denn?«, fragte Anke verblüfft zurück.

Die Pflegerin griff ein, nahm die alte Frau behutsam in die Arme und redete auf sie ein. Damit gelang es ihr, Hilde Kriebig zu beruhigen. Nach einer Weile antwortete die Pflegerin auf die zuletzt gestellte Frage:

»Den abrupten Stimmungswechsel müssen Sie verstehen. Ihre Tochter wohnt nur fünf Minuten von hier entfernt und besucht ihre Mutter niemals. Da kann es vorkommen, dass alte Menschen die Nerven verlieren.«

Anke nickte verständnisvoll. Hilde Kriebig setzte sich wieder aufrecht hin, richtete ihren Blick auf Anke, was diese als Aufforderung verstand, ihre nächste Frage zu stellen. Also versuchte sie es erneut: »Wer ist der Vater von Sibylle Kriebig?«

Nun lachte die Alte, was wieder gemischte Gefühle in Anke auslöste. Mit jeder Reaktion sah Anke deutlicher, dass diese Frau ein trauriges Leben hinter sich hatte. Ihre ganze Erscheinung hinterließ in ihr ein Gefühl von Elend und Hoffnungslosigkeit. Wie war so etwas nur möglich? Die Tochter verdiente durch ihr Buch viel Geld, lebte gut davon, ließ aber die eigene Mutter nicht daran teilhaben. Anke wollte nicht darüber nachdenken, sonst würde sie zusammen mit der alten Frau in Tränen ausbrechen.

»Warum wollen Sie das nach so vielen Jahren wissen?«, fragte Frau Kriebig nach einer Weile.

Anke überlegte, bevor sie antwortete: »Wir wollen wissen, ob Sibylle weiß, wer ihr Vater ist.«

»Nein! Sie weiß es nicht.«

»Wer ist der Vater?«

»Ein Professor von der Uni in Saarbrücken«, antwortete Hilde Kriebig. »Den Namen weiß ich nicht mehr. Ist schon zu lange her.«

»Warum sind Sie nicht zusammengeblieben?«

»Weil er verheiratet war und sich kein uneheliches Kind anhängen lassen wollte«, schimpfte die Alte verächtlich, »der feine Herr hatte viel zu verlieren.«

»Bekamen Sie Alimente?«

»Nein!«

»Aber das stand Ihnen doch zu.«

»Er drohte, alles abzustreiten, wenn ich mit Forderungen käme. Wir einigten uns, dass er mir einen Batzen Geld gab, damit ich den Mund halte«, erklärte Hilde Kriebig, wobei ihr Gesichtsausdruck traurig wirkte. »Das habe ich auch gemacht.«

»Sie lebten damals in Dillingen?«, hakte Anke nach.

»Aber nicht zusammen. Nachdem wir uns einig waren, dass ich aus seinem Leben verschwinden sollte, damit er nicht zu Schaden kam, bin ich nach Saarlouis gezogen.«

»Wir brauchen seinen Namen.«

»Aber warum denn? Was haben Sie davon?«

»Wir wollen wissen, ob er im Besitz eines Hauses ist, in dem auch Sibylle ein – und ausgeht«, erklärte Anke.

Hilde Kriebig rümpfte die Nase. Sie meinte: »So reich wie der war …«. Eine Weile überlegte sie, bis sie antwortete: »Mir fällt der Name einfach nicht mehr ein.«

»Wir können uns auf der Uni in Saarbrücken erkundigen, wie er heißt«, wandte sich Erik an Anke.

»Klar! Wir fragen einfach jeden Professor, ob er vor vierzig Jahren ein uneheliches Kind gemacht hat. Nachdem er es so lange geheim gehalten hat, wird er heute stolz die Hand erheben und sagen: Ich bin der Erzeuger«, mischte Bernhard sich ein.

»Gibt es denn so viele Professoren in Saarbrücken?«, fragte Erik.

»Klar! Hunderte!«

»Dann müssen wir seinen Namen aus Frau Kriebig herausbekommen«, Erik schaute die alte Frau an.

Hilde Kriebig hatte die drei genau beobachtet. Als sie verstummten und ihre Blicke auf sie richteten, klimperte sie kokett mit ihren Wimpern. Eine Weile grinste sie vor sich hin, bis sie in ein Kichern fiel und fast unverständlich redete: »Wir amüsierten uns immer in der kleinen Hütte. Es war unser Liebesnest, hi hi hi!«

»Wo war diese Hütte?« Anke schöpfte Hoffnung.

»Am Weiher. Direkt am Weiher. Hinterher sind wir immer baden gegangen. Es war so schön, doch leider viel zu kurz. Da hatte er kein Interesse mehr.«

»Können Sie uns sagen, wo es so schön war?«

»An diesem Weiher. Umgeben von Bäumen. Das perfekte Versteck. Keiner konnte uns sehen. So wollte er es haben – immer alles streng geheim«, schwadronierte die Alte weiter.

»Steht die Hütte in Dillingen?«

»Was glauben Sie denn? In Kanada?«

Anke gab sich geschlagen. Mit dieser spärlichen Auskunft mussten sie wohl zurechtkommen. Doch zu ihrem Erstaunen war die Alte noch nicht fertig. »Wenn ich euch Kerle so betrachte, fällt mir alles wieder ein. Mein Liebster war auch ein hübscher Mann, mit markantem Gesicht und stattlich gebaut.«

Listig schaute sie zuerst an Bernhard, dann an Erik herunter, bevor sie anfügte: »Und wie stattlich. Der hatte was in der Hose.«

Anke wurde es peinlich.

Aber die Überraschungen sollten noch nicht enden, denn plötzlich fügte sie an: »Jetzt fällt mir auch sein Name wieder ein: Er hieß Johannes.« Sie kreischte vor Lachen: »An der Nase eines Mannes, erkennt man seinen Johannes. Das war so wahr.«

Bernhard und Erik stimmten unwillkürlich in das Lachen ein. Anke empfand die Reaktionen der beiden als unangebracht. Der Versuch, sie zurechtzuweisen, schlug fehl.

Hilde Kriebig beruhigte sich nach einer Weile wieder. Erik und Bernhard ebenfalls.

»Dann habe ich einen Fehler gemacht. Ich habe einen geheiratet, der hatte weder was im Hirn, noch was in der Hose. Trotzdem hatte er einen Volltreffer in seinem Leben gelandet. Konnte aber nichts damit anfangen«, sprach Hilde Kriebig weiter.

»Volltreffer? Was meinen Sie damit?«

Verwirrt schaute die Alte Erik an und wiederholte: »Volltrottel? Richtig. Ich glaube, so hieß er.«

»Das ist kein Name.«

»Nein?« stutzte die Alte. »Dann hieß er Volker! Das ist doch ein Name, oder?«

»Was für einen Volltreffer hat Volker gelandet?«, wiederholte Erik seine Frage.

Jedoch die Aussichten auf eine vernünftige Antwort wurden immer geringer. Hilde Kriebigs Augen bekamen wieder diesen abwesenden Ausdruck. Für einen kurzen Augenblick geschah nichts, bis die Alte von alleine zu sprechen begann: »Er hat sich mit Aktien verspekuliert und über Nacht war alles weg. Wir hatten nichts mehr, kein Geld, kein Haus, keine Zukunft. Ich musste arbeiten gehen, damit wir nicht verhungerten.«

»Das nennen Sie Volltreffer?«

»Ich hatte mit Männern kein Glück.« Sie schaute Erik mit bösem Blick an, als wollte sie ihn dafür verantwortlich machen. »Entweder sie haben mich sitzen lassen oder mein Geld verjubelt.« Ihr Blick verwandelte sich in einer Sekunde von traurig in listig, als sie anfügte: »Aber meinen Spaß hatte ich! Wenn ich euch so ansehe, bekomme ich wieder große Lust.«

Jetzt hatte sie den Bogen überspannt. Erik und Bernhard hatten es eilig, das Zimmer zu verlassen. Hastig stürzten sie auf die Tür zu, die zu schmal war, um beide nebeneinander durchzulassen. Bei dem Anblick brach die Alte in ein hysterisches Gelächter aus »Nicht weglaufen, ihr wisst nicht, was euch entgeht!«, rief sie hinterher.

Erik und Bernhard hatten es trotz ihrer unkoordinierten Hast mittlerweile geschafft, durch den Türrahmen in den Flur zu gelangen. Anke folgte ihnen und warf noch einen letzten Blick in das Zimmer der alten Frau. Sie sah, dass Hilde Kriebig von einem regelrechten Lachkrampf gepackt war. Die Pflegerin hatte alle Mühe, sie zu beruhigen.

Kapitel 31

Sibylle pendelte in ihrem Haus von Fenster zu Fenster. Ihre Nervosität wuchs mit jedem Schritt. Matthias Hobelt war die Ursache ihrer desolaten Verfassung. Er war der Einzige, der ihnen zu nahe kommen konnte. Deshalb brauchte sie einen Einfall, wie sie ihn ungefährlich machen konnte. In ihrem Kopf begann sich ein Plan zu bilden. Während sie weiterhin ihre Bahnen quer durch das Haus zog, brütete sie weiter an ihrer Idee, verwarf sie, entwickelte eine neue, die sie ebenfalls wieder verwarf.

Die Haustür ging auf. Sibylle erschrak zu Tode. Doch als sie Antonia im Türrahmen erblickte, brach sie in ein hysterisches Gelächter aus. Es dauerte eine Weile, bis sie sich beruhigte. Antonia wartete darauf, dass Sibylle ihr endlich erklärte, was sie beschäftigte.

»Matthias Hobelt ist eine Gefahr für uns«, begann Sibylle ohne Einleitung.

Antonia staunte über diese Aussage. »Warum?«

»Weil er uns beschattet. Dieses Verhalten macht mich nervös.«

»Ich glaube, deine Fantasie geht mit dir durch. Schreib lieber an deinem Krimi weiter«, schimpfte Antonia.

Sibylle fixierte ihre Freundin mit einem bösen Blick, der Antonia innehalten ließ. »Von Sonja habe ich erfahren, welche Rolle Matthias Hobelt bei der Entstehung des Buches *Emanzipation des Mannes* gespielt hat.«

»Ich verstehe nur Bahnhof.«

»Matthias Hobelt hatte Ingo dazu geraten, meine Idee zu übernehmen und umzuschreiben. Genau das hat Ingo dann auch getan.«

»Ja und? Ich dachte, das Kapitel hätten wir hinter uns.«

»Wir ja! Aber Matthias Hobelt nicht. Er weiß zu viel!«

»Was soll er schon wissen?«

»Spiel bitte nicht die Ahnungslose! «

»Was willst du tun?«, fragte Antonia verunsichert.

»Ich will herausfinden, wie viel er weiß. Mich beschleicht das Gefühl, dass er sich rächen will.«

»Weil er leer ausgegangen ist?«

»Richtig! Ich weiß auch schon, was ich tun werde«, erklärte Sibylle mit einem Blick, der Kampfgeist ausdrückte.

»Ich glaube nicht, dass ich wissen will, was du zu tun gedenkst«, gestand Antonia.

»Ich habe mir Sonjas Schlüssel zu Ingo Landrys Elternhaus in Ormesheim geborgt«, erklärte Sibylle trotzdem ihren Plan. »Ich werde mich dort umsehen. Wenn Ingo Landry und Matthias Hobelt das Buch gemeinsam geplant haben, gibt es dort Unterlagen darüber. Und wenn ich die gefunden habe, wird mir schon einfallen, was ich damit mache.«

»Die Polizei hat das Haus durchsucht – und das nicht nur einmal. Glaubst du, die sehen weniger als du?«

»Nein! Aber ich weiß etwas, was die Polizei nicht weiß.«

Ingo Landrys Haus lag dicht an der Hauptstraße. Sibylle Kriebig fuhr mit ihrem Auto zum Hinterhof, um es dort vor unliebsamen Blicken zu schützen. Mit Sonjas Schlüssel sperrte sie die hintere Tür auf.

Sie gelangte in einen uralten Keller. Dort war es muffig und stockfinster. In kluger Voraussicht hatte sie ihre Taschenlampe mitgenommen. Eine alte, baufällige Treppe führte nach oben in die Garage, die sie durchquerte, um ins Wohnhaus zu gelangen. Dort war alles leer.

Sibylle stutzte. Hatte Matthias Hobelt doch tatsächlich die Frechheit besessen, ein Haus zu plündern, das ihm nicht gehörte? Sie stieg weiter nach oben. Schräge Wände veranlassten sie, sich vorsichtig zu bewegen. Auch hier war alles leer. Sie warf ihren Blick auf die Geheimtür. Mit jedem Schritt, den sich Sibylle näherte wurde sie nervöser. Hoffentlich wusste Matthias Hobelt nichts von diesem Zimmer. Denn sonst würde ihr Plan nicht aufgehen.

Die Holzmaserung in der Wand war so geschickt getarnt, dass sie Mühe hatte, das richtige Astloch zu finden, in dem sich das Schlüsselloch befand. Außerdem zitterte ihre Hand, was es nicht gerade einfacher machte, das Schlüsselloch zu treffen.

Ein Klick, leise schwang die Tür auf. Durch das kleine, verschmutzte Dachfenster fiel ein schwacher Lichtschein. Der Strahl traf auf Pappkartons, die wahllos herumstanden. Inmitten dieses Chaos konnte sie nur schemenhaft einen Schreibtisch erkennen, dessen Schubladen alle herausgerissen waren. Das sah nicht gut aus. Ihre letzte Hoffnung galt dem Inhalt der Kartons. Sie öffnete den ersten, der ihr im Weg stand.

Er war randvoll mit alten Zeitschriften, Pornoheftchen, Stromabrechnungen, Versicherungen – alles, was Sibylle nicht interessierte. Sie schob ihn beiseite und nahm sich den nächsten vor. Dasselbe. Ihr Mut sank. Wieder ein Karton, wieder nur Müll!

Im letzten lagen oben auf Poster mit nackten Frauen. Angewidert legte sie sie zur Seite. Ohne große Hoffnungen zog sie einen der vielen Briefkuverts heraus, öffnete ihn und schaute sich den Inhalt an.

Sie traute ihren Augen nicht. In ihren Händen hielt sie E-Mails, die zwischen Matthias Hobelt und Ingo Landry hin – und hergesendet worden waren. Ingo Landry hatte alle ausgedruckt, die von seinem Freund stammten. Je mehr Sibylle darin las, umso deutlicher erkannte sie, warum Ingo Landry das getan hatte. Diese Nachrichten enthielten eindeutig Drohungen von Matthias Hobelt. Damit wollte er seinen Freund in Schach halten.

Volltreffer! Sibylle grinste zufrieden. Das war ja besser, als sie erwartet hatte. Damit konnte sie zwei Fliegen mit einer Klappe schlagen. Mit diesen E-Mails würde es ihr gelingen, den Verdacht der Polizei auf Matthias Hobelt zu lenken. Damit wären sie und ihre Freundinnen bei der Polizei aus der Schusslinie und Matthias Hobelt hätte keine Zeit mehr, ihnen nachzuspionieren.

Den Karton mit dem brisanten Inhalt schleppte sie hinunter, lud ihn in ihr Auto und setzte sich ans Steuer. Nun hieß es, die E-Mails der Polizei zukommen zu lassen. Aber wie sollte sie das anstellen, ohne dass die Polizei ihre Absicht in dem Ablenkungsmanöver durchschauen konnte?

Ein genialer Geistesblitz traf sie. Sie nahm mehrere Umschläge aus dem Karton, überprüfte den Inhalt der E-Mails und machte sich damit auf den Weg. Dabei fühlte sie sich wieder in ihre Kinderzeit zurückversetzt. Streiche spielen war schon immer ihre große Leidenschaft. Kichernd zog sie von Haus zu Haus, wo sie wahllos die Kuverts in die Briefkastenschlitze einwarf.

Kapitel 32

Den ganzen Rückweg zur Kriminalpolizeiinspektion musste Bernhard grinsen. Eriks Gesichtsausdruck wirkte ebenfalls belustigt. Keiner der beiden sprach ein Wort, bis es Anke zu bunt wurde. »Was geht in euren Köpfen vor?«

»Die Alte war einfach köstlich. Hat mir sofort angesehen, dass ich ein stattlicher Kerl bin. Das kommt vom Leben auf dem Land. Dort entwickelt man sich prächtig«, sagte Bernhard.

»Nun mal halblang«, konterte Erik. »Mir hat sie auch ihre Bewunderung ausgesprochen. Und ich bin in der Stadt groß geworden. Hat mir auch nicht geschadet.«

»Die Alte scheint euch tatsächlich in eurer Männlichkeit bestätigt zu haben.«

»Was ist daran so schlimm?«, fragte Bernhard belustigt.

»Du solltest besser nicht fragen«, kam es von Anke giftig zurück, »viel Männlichkeit und wenig Hirn ist in deiner Situation, wo du deine Laufbahn gerade erst angefangen hast, nicht von Vorteil.«

Damit brachte sie Bernhard zum Schweigen – und gleichzeitig das Grinsen aus den Gesichtern beider Kollegen. Den Rest der Fahrt legten sie mit mürrischen Mienen zurück.

Anstelle von Jürgen Schnur trafen sie Kriminalrat Forseti auf der Dienststelle an.

»Im Mandelbachtal hat es eine Schießerei gegeben«, erklärte er auf ihre erstaunten Gesichter.

»Wer ist der Schütze?«

»Ein Familienvater, der Amok läuft, weil er sich um seine Arbeitsstelle betrogen sieht«, antwortete Forseti. »Er war bei der Tiefdruck-Firma *Global-Druck* in Ormesheim beschäftigt. Nach der Anschaffung einer großen Rotationsmaschine wurde die größte Anzahl der Drucker überflüssig. Deshalb gab es Entlassungen. Er war einer davon. Er hat auf seine Frau geschossen, die daraufhin die Polizei verständigt hat. Jetzt ist er flüchtig – mit der Waffe.«

»Wie kommt er an eine Waffe?«

»Er hat eine Waffenbesitzkarte. Bisher war er nicht aktenkundig, nichts Auffälliges in seinem Leben.« Forsetis Tonfall wurde schärfer. Anke ahnte, dass sie mit ihren Fragen vorsichtiger werden musste. »Die Staatsanwältin ist gerade dabei, aus der Ehefrau Auskünfte herauszubekommen, wo er sich verstecken könnte.«

Eine Frage hätte Anke doch zu gern gestellt. Sie fragte sich, wo ihr Vorgesetzter steckte. Jürgen Schnur wollte sie nämlich die Ergebnisse ihrer Befragung mitteilen. Nicht Forseti.

»Außerdem sind die Kollegen der Bereitschaftspolizei vor Ort. Ebenso das Sondereinsatzkommando. Ich warte hier das Ergebnis der Verfolgung ab«, hörte sie Forseti weitersprechen.

»In welche Richtung ist er denn geflohen?«

»Die einzige Information, die ich bisher habe, ist, dass er in Richtung Grenze unterwegs ist. Die Kollegen in Frankreich sind informiert. Deshalb ist Jürgen Schnur ebenfalls dort. Er muss übersetzen, damit uns der Kerl nicht wegen sprachlicher Barrieren durch die Lappen geht.«

Na also, geht doch. Anke grinste. Jetzt wusste sie genug.

Aber Forseti war noch nicht fertig: »Nach Angaben des Sondereinsatzkommandoleiters gibt es dort viele Verstecke. Der archäologische Park in Reinheim sei das reinste Labyrinth, meinte er. Wenn er sich dort versteckt, wird die Verfolgung schwierig.«

»Was sollen wir tun?«

»Wir können im Augenblick nichts tun außer Abwarten.«

Anke hörte vom Flur aus, dass das Telefon in ihrem Büro klingelte. Im Laufschritt erreichte sie den Apparat. Es war der Pförtner. Er teilte ihr mit, dass gerade ein Brief für sie abgegeben worden sei.

Neugierig machte sich Anke auf den Weg zum Pförtnerhaus. Das Kuvert, das sie dort erhielt, sah so unverdächtig aus, dass sie sofort Enttäuschung spürte.

»Wer hat den Brief abgegeben?«, fragte sie.

»Ein Junge«, antwortete der Pförtner mit einem süffisanten Grinsen. »Fühlen Sie sich bedroht? Glauben Sie, eine Briefbombe steckt in dem kleinen Kuvert?« Er lachte und fügte an: »Der Junge war höchstens zwölf Jahre alt.«

Anke fühlte sich nicht ernst genommen. Wütend kehrte sie in ihr Büro zurück. Sie ahnte, dass das kein gewöhnlicher Brief war. Niemand schrieb ihr an diese Adresse. Dienstliche Briefe kamen offiziell mit der Post.

182

»Wo kommst du her?«, fragte Erik, als er Anke den Flur im dritten Stock betreten sah. Sie zeigte ihm das Kuvert. Neugierig folgte er ihr ins Büro.

»Mach schon!«, drängte Erik. Auch er ahnte, dass sich darin etwas Interessantes befinden könnte. Wie auf ein Weltwunder starrten sie auf das Blatt, das sie entnahm. Es war mit Zeitungsbuchstaben beklebt. Es sah wie ein Erpresserbrief aus dem Fernsehkrimi aus.

Sonja Fries hat ihr Haus im Ludwigspark verkauft.

Diese Neuigkeit war nicht nur interessant, sondern brandheiß. Wollte sich Sonja Fries absetzen?

»Das ist ja ein Ding!« Erik stieß die angehaltene Luft aus. »Der Brief gehört in die Spurensicherung.«

»Ich bin kein Lehrling.«

Sofort wich Erik zurück und entschuldigte sich.

»Was machen wir mit dieser Neuigkeit?«, fragte Anke, »Jürgen befindet sich in einem anderen Einsatz. Dafür genießen wir Forsetis Präsenz.«

»Wir warten, bis Jürgen wieder im Büro ist«, schlug Erik vor. »So schnell kann Sonja Fries nicht untertauchen.«

»Wir wissen auch gar nicht, ob diese Nachricht stimmt. Das werde ich zuerst mal im Grundbuchamt prüfen lassen. Und die haben schon Feierabend, was ich jetzt auch gern machen möchte.«, beschloss Anke. »Ich gehe Rondo reiten. Das Wetter ist ganz schön, das will ich ausnutzen.«

»Stimmt! Morgen ist auch noch ein Tag.«

In Windeseile machte sich Anke auf den Weg. Im Flur wurde sie von Bernhard aufgehalten.

»Jeder, der mich von meinem Feierabend abhalten will, lebt gefährlich«, drohte Anke.

Bernhard hob beide Hände zum Zeichen der Ergebenheit und sagte: »Es war mir einfach nur ein Bedürfnis, dir mitzuteilen, dass ich den Professor gefunden habe.«

»Das ging aber schnell.«

»So bin ich nun mal!« Bernhard grinste. »Leider ist er inzwischen verstorben. Dafür habe ich mit seinem Sohn gesprochen.« Bernhard schüttelte den Kopf und sprach weiter: »Das Saarland ist wirklich klein. Ein Professor mit einer Dillinger Adresse vor vierzig Jahren, das ist rauszubekommen. Und ich kenne sogar den Sohn. Wir waren einmal zusammen in einer Motorradclique.«

»Na dann steht einem Gespräch mit deinem Freund nichts mehr im Weg.«

»Na ja! Freund wäre zu viel gesagt. Ich hatte ihm damals die Freundin ausgespannt. Er war stinksauer, weil er die Frau heiraten wollte. Ich habe die Clique verlassen und ihn seitdem nie wieder gesehen. Heute am Telefon war die Überraschung natürlich groß.«

»Will er mit dir sprechen oder ist er immer noch sauer?«

»Ich hoffe nicht, dass er immer noch wütend auf mich ist. Das ist schon so lange her – inzwischen sind wir beide hoffentlich erwachsen geworden.« Bernhard grinste selbstzufrieden.

»Hoffentlich«, meinte Anke zweifelnd.

»Er ist Archäologe und arbeitet an Ausgrabungen in – du wirst nicht glauben, wo …«

»Sag schon!«

»… im archäologischen Park in Reinheim. Ist das nicht der Ort, den Ingo Landry in seinem Krimi als Leichenfundort gewählt hat?«

Anke nickte.

»Ich werde mich dort mit ihm treffen.«

»Heute wollen alle in den archäologischen Park in Reinheim«, bemerkte Anke, worauf sie in ein verdutztes Gesicht erntete.

»Was meinst du damit?«

»Der Amokläufer wird ebenfalls in diesem Park vermutet.«

»Dort befindet sich der Nabel der Welt – genau der richtige Ort für mich«, jubelte Bernhard hochmütig.

»Das Glück der Erde liegt auf dem Rücken der Pferde! Und nicht in Reinheim. Deshalb fahre ich jetzt zu meinem Pferd, weil ich endlich mal wieder ausreiten will.«

»Ich kenne den Spruch anders: Das Glück der Pferde ist der Reiter auf der Erde. Hoffentlich landest du nicht wieder auf einer Leiche«, rief Bernhard ihr nach.

»Hoffentlich weißt du morgen noch, wo du heute Abend gelandet bist«, gab Anke zurück.

Kapitel 33

Die Sonne zeigte sich immer seltener. Dunkle Wolken überzogen den Himmel. Der Wind frischte kalt und heftig auf.

Er zog seine Jacke enger um sich, damit er nicht vor Kälte erstarrte. Langsam ging er um den Grundriss der römischen Villa herum, die bei den Ausgrabungen in Reinheim entdeckt worden waren.

Die Besucher steuerten alle auf den Ausgang zu, weil sie bei dem Wetter keine kulturellen Interessen hegten.

Nur er blieb zurück.

Ganz allein.

Das Tageslicht tauchte ab, Dämmerlicht trat ein und mit ihm ein weiterer Temperaturabfall. Er fror. Hauchte in seine Hände, um wenigstens etwas zu tun. Aber es half nicht. Sprang von einem Fuß auf den anderen. Wärmer wurde ihm dabei auch nicht.

Es dauerte eine Weile, bis er jemanden an den historischen Heizkammern stehen sah. Das musste seine Verabredung sein, denn niemand besuchte bei Anbruch der Dunkelheit und Eiseskälte einen archäologischen Park. Schnurstracks ging er auf die Gestalt zu.

Die antiken Heizkammern stellten sich als Hohlräume dar. Von oben wurden sie mit einem gewöhnlichen Wellblechdach geschützt, um den Fund zu erhalten. Durchgänge verbanden alle Räume miteinander, was das System umso interessanter machte. Diese Konstruktion hatte einst vor über zweitausend Jahren als Fußbodenheizung unterhalb der Wohnräume gedient.

Aber deshalb war er nicht hier. Mit den letzten Schritten begann er zu schnaufen. Die kalte Luft sammelte sich in seinen Lungen, machte ihm das Atmen schwer. Kaum hatte er das archäologische Wunderwerk erreicht, konnte er niemanden mehr sehen.

Was hatte das zu bedeuten? Täuschten ihn seine Augen? Er schaute sich um. Alles war menschenverlassen. Es wurde immer dunkler. Er erkannte immer weniger. Zögernd drehte er sich im Kreis, bis sein Blick auf einen Erdhügel fiel. Sträucher wucherten darauf, weshalb er sich nicht sicher war, ob das wirklich eine menschliche Gestalt war, die sich dahinter abzeichnete.

Was sollte dieses Versteckspiel? Wütend stampfte er los. Je näher er den Hecken kam, umso unsicherer war er, ob er dort wirklich jemanden gesehen hatte. Die hereinbrechende Nacht machte es unmöglich, klare Konturen zu erkennen.

Eine Windböe zischte durch den dichten Busch direkt neben ihm. Erschrocken zuckte er zusammen. Angst überkam ihn. Sollte es ein Fehler gewesen sein, sich auf ein Treffen an diesem Ort einzulassen? Das Gelände war durch die vielen Ausgrabungen zum Versteckspielen bestens geeignet. Außerdem war die Zeit günstig, weil die Finsternis bald alles schluckte. An der Hecke traf er niemanden an. Seine Beklemmung wuchs. Was ging hier vor? Er schaute sich um und beschloss, den Park zu verlassen. Zu seinem Verdruss fing es auch noch an zu regnen. Plötzlich hörte er Schritte hinter sich. Hastig drehte er sich um. Auge in Auge standen sie sich gegenüber. Was er sah, verstörte ihn so sehr, dass ihm die Worte im Hals stecken blieben. Auch sein Gegenüber schwieg, griff langsam mit seiner rechten Hand in das Innere des Mantels. Diese Bewegung hatte etwas Bedrohliches. Der Blick des Gegenübers unterstrich die Vermutung noch. Er tastete seine Jackentasche ab. Natürlich hatte er keine Waffe dabei. Warum auch? Er dachte, er trifft sich mit einem alten Freund.

»Sag etwas! Oder hast du mich hierher bestellt, um mit mir üble Spielchen zu treiben?«

»Ich will, dass du siehst, wie so etwas ist«, kam als Antwort zurück.

»Was soll das? Wir sind zwei erwachsene Männer und können das Problem wie Erwachsene behandeln.«

»Du machst es dir wieder einmal sehr einfach. Wie lange habe ich in die Röhre geguckt?«

»Mein Gott, das ist Jahre her! Ich weiß schon, wie wir die Sache aus der Welt schaffen.«

»Ich auch.«

Er wollte nicht abwarten. Sein Instinkt warnte ihn. Voller Panik rannte er los. Aber die Richtung, die er ansteuerte, war eine schlechte Wahl. Dort gab es weit und breit keine Gelegenheit, sich zu schützen.

»Weit kommst du nicht!« Er hörte ein höhnisches Lachen hinter sich.

In seiner Verzweiflung sprang er in den Graben, der die Ausgrabungen der römischen Villa umgab. In geduckter Haltung gelangte er bis an das

Museum des Fürstinnengrabes. Das war die einzige Gelegenheit, sich zu verstecken.

Er verschnaufte, wartete, bis sein Atem ruhiger wurde, um hören zu können, ob er ihn noch verfolgte. Er vernahm nichts. Gar nichts. Verzweifelt schaute er sich um. Direkt neben dem Museum fiel sein Blick auf die drei hohen Grabhügel. Das war seine Chance, ungesehen zu verschwinden. Soweit er sich erinnern konnte, lag direkt hinter den Hügeln der Ausgang. Schnell war sein Plan gefasst. Er richtete sich auf, um den Fluchtweg einzuschlagen.

Da fiel ein Schuss.

Wie ein Stein fiel er auf den Boden. Mit der Nase lag er im Dreck, roch nasse Erde, Gras, verfaultes Laub und herabgefallene Äste. Es waren die Gerüche des Herbstes, ein angenehmer Duft, der unwillkürlich sein ganzes Leben Revue passieren ließ. Immerzu hatte er sich im Freien aufgehalten, zu jeder Jahreszeit, bei jedem Wetter. Auf dem Land aufgewachsen, sein Leben in der Natur verbracht, war er ein lebensfrohes Kind gewesen – und heute ein Mann, der das Leben liebte. Er wollte noch nicht sterben. Vorsichtig bewegte er alle Glieder, um zu testen, wo er getroffen worden war. Er konnte nichts feststellen. An sich herunterzublicken brachte ihm nichts. In der Dunkelheit konnte er nichts erkennen. Auch spürte er keine Schmerzen, keine Übelkeit; er fühlte sich unverletzt. Diese Erkenntnis spornte ihn an, den Kampf noch nicht aufzugeben. Schnell sprang er auf, rannte auf den ersten Grabhügel los. Als er einen Blick zurückwagte, sah er, dass sein Verfolger dicht hinter ihm war. Sein Plan, unbemerkt zu verschwinden, ging nicht auf. Kaum hatte er es geschafft, die Grabhügel hinter sich zu lassen, erreichte er den See, der am Eingang zum Park lag. Der letzte Ausweg, den er noch sah, war, in das trübe, kalte Wasser zu springen. Eine kleine Insel in der Mitte konnte ihm Schutz bieten.

Gedacht, getan. Mit einem Satz war er im kühlen Nass! Aber lange schaffte er es nicht, unter Wasser zu bleiben. Er musste auftauchen. Verzweifelt rang er nach Luft. Er brauchte eine Weile, bis er erkannte, wo er aufgetaucht war. Als er endlich klar sehen konnte, blickte er genau in den Lauf einer Waffe.

Kapitel 34

»Was habt ihr getan, nachdem ihr erfahren habt, dass Sonja Fries ihr Haus verkauft hat?«, lautete Schnurs erste Frage zur Begrüßung.

»Nichts«, murmelte Anke.

»Ach, so ist das.« Schnur nickte. »Kennst du die Geschichte der schlafenden Ariadne?«

»Nein!«

»Theseus gab Ariadne das Versprechen, sie zu heiraten. Doch dann ließ er die schlafende Ariadne auf einer einsamen Insel zurück, um sich selbst neben großer Herrschaft ein Leben an der Seite anderer Frauen zu ermöglichen. Was sagt uns das?« Schnur schaute Anke an und antwortete selbst: »Wenn Sonja sich in der heißen Sonne des Südens verbrennt, dann hast du ihre Flucht verpennt.«.

»Was hat deine Beförderung aus dir gemacht?«, frage Anke. »Du bist ein Zyniker geworden. Früher warst du viel kollegialer.«

»Ich bin kein Zyniker, ich bin einfach nur daran interessiert, meiner Aufgabe als Dienststellenleiter gerecht zu werden. Und das gelingt mir nicht, wenn wir nicht zielstrebig an einem Strang ziehen.«

Schnur rieb sich über sein rasiertes Kinn und sprach weiter: »Glaubst du, es hat mir Spaß gemacht, immer zuzusehen, wie andere befördert wurden, während ich mich um meine Familie kümmern musste? Aber es hat sich gelohnt. Ich bin heute noch glücklich verheiratet und trotzdem weitergekommen. Wenn ich mir eure familiären Situationen anschaue, komme ich nicht schlecht weg.« Mit den Fingern begann er aufzuzählen: »Erik hat durch seine krankhafte Sauferei Frau und Kind auf dem Gewissen. Esther lebt gegen ihren Willen allein, weil sie immer auf den Falschen trifft. Du bist alleinerziehend, weil du den Vater deines Kindes fälschlicherweise des Mordes verdächtigt hast. Forseti wurde von seiner Frau verlassen – wegen einer anderen Frau – einen herberen Rückschlag ...«

»Ich habe auf dem Grundbuchamt erfahren, wer der neue Eigentümer des Hauses im Ludwigspark ist«, unterbrach Anke Schnurs Aufzählung. Er hatte Recht, und das war es, was sie am schmerzlichsten traf. Aber zugeben wollte sie das auf keinen Fall.

»Wenigstens etwas!«

»Wie ging die Suche nach dem Amokläufer aus?«, lenkte Anke ab.

»Er ist immer noch flüchtig! Wir mussten die französischen Kollegen einschalten, weil er in Reinheim über die Grenze nach Frankreich geflohen ist.«

»Und was sollen wir jetzt tun?«

»Du fährst mit Erik zu Sonja Fries! Horst Hollmann und Anton Grewe schicke ich zu dem neuen Eigentümer des Hauses. Gib mir bitte den Namen und die Adresse!«

»Und Bernhard?«.

»Der Kollege muss erst einmal zur Arbeit antreten, bevor ich ihm seine Aufgaben zuteilen kann«, antwortete Schnur.

»Bernhard ist noch nicht hier?« Anke spürte schon wieder ihren Adrenalinpegel ansteigen. Wollte Bernhard am Vortag nicht ausgerechnet in den archäologischen Park in Reinheim-Bliesbrück?

Sie traf Erik auf dem Parkplatz, wo er an einem silbergrauen Audi A5 auf sie wartete.

»Das nenn ich heldenhaft«, schimpfte Anke stinksauer. »Hast wohl gedacht, bis auf den Parkplatz hörst du Jürgens Schimpftirade nicht?«

Erik grinste nur frech, sagte aber nichts dazu.

Erst als sie über die Autobahn nach Saarlouis rasten, beruhigte sie sich wieder. »Ich mache mir wieder Sorgen um Bernhard. Er ist an die Grenze zu Frankreich gefahren, um dort den Archäologen zu treffen. Der Amokläufer war ebenfalls dort! Hoffentlich ist Bernhard ihm nicht in die Schusslinie geraten!«

Erik rümpfte die Nase, als er sagte: »Das Saarland ist wirklich ein Dorf.«

Leise surrte der Audi A5 über die Autobahn.

»Wie war dein Ausritt gestern Abend?« Leider gelang es ihm nicht, mit dieser Ablenkung Ankes Laune aufzubessern.

»Toll! Ich bin in einen dicken Regenschauer geraten, habe mich total verritten und Rondo konnte mir auch nicht helfen, weil er noch nicht lange genug in diesem Stall steht, um sich besser auszukennen.«

»Zumindest bist du nicht vom Pferd gefallen.«

»Nein! Aber die Ausritte im schönen Mandelbachtal sind mir inzwischen vergällt. Nicht nur, dass ich tropfnass in der Gegend herumgeirrt bin. Ein Passant hat mich mit Unfreundlichkeiten überhäuft, weil ich mit meinem Pferd angeblich über Reitverbotswege geritten bin. Am liebsten hätte ich einen Mord begangen.«

»Warte damit, bis wir unseren jetzigen Fall aufgeklärt haben«, empfahl Erik grinsend.

»Stimmt! Ein Fall nach dem anderen.«

»Ist Rondos Bein wieder gut verheilt?«

Anke schüttelte den Kopf und meinte: »Leider noch nicht. Ich darf ihn nur im Schritt auf hartem Boden reiten. Davon haben wir in Ormesheim genug. Und viel schneller möchte ich im Augenblick auch gar nicht reiten.«

Die beiden lachten.

Sie passierten den Ludwigspark und bogen in die Oberförstereistraße ein, wo Sonja Fries residierte. Das schöne Haus wirkte an dem düsteren, verregneten Tag genau so trist und grau wie das Wetter.

Die Hausherrin öffnete höchstpersönlich, was die beiden Beamten überraschte. Auch ihre Verfassung ließ Anke und Erik staunen. Ihre sonst stets adrett frisierten Haare hingen zottelig herunter, ihre Augen waren rot gerändert und ihre Kleidung salopp. Als sich ihre Blicke trafen, löste sich der letzte Hoffnungsschimmer in Sonjas Gesicht in Nichts auf. Sie hatte eindeutig jemand anderen erwartet.

»Was wollen Sie schon wieder?«, fragte sie in einem Tonfall, der Anke missfiel. Die Unfreundlichkeit, die ihr an em Tag entgegenschlug, ging ihr auf die Nerven. Ihre Toleranzgrenze war erreicht.

»Wir machen nur unsere Arbeit! Dank Ihrer unangenehmen Überraschungen haben wir mehr als genug davon.«

Sonja musterte Anke eine Weile, bevor sie ihren Tonfall änderte: »Wovon sprechen Sie?«

»Wir haben festgestellt, dass Sie Ihr schönes Haus verkauft haben«, erklärte Erik.

Sonja erblasste. Sie schaute von Anke auf Erik und wieder zurück: »Wie können Sie das so schnell wissen?«

»Wir haben so unsere Quellen«, antwortete Anke ausweichend, »da Sie immer noch im Mittelpunkt unserer Ermittlungen stehen, weisen wir Sie darauf hin, dass Sie das Land nicht verlassen dürfen.«

»Was soll das? Wollen Sie damit sagen, dass ich Ingo Landry umgebracht habe?«

»Haben Sie?«

Sonja stieß ein verächtliches Lachen aus. »Ich schlachte doch nicht mein goldenes Kalb.«

»Schlechte Antwort«, schoss Erik zurück.

Erschrocken wich Sonja einige Schritte nach hinten aus. Erik folgte ihr ins Haus und sprach weiter: »Ihr Kalb wurde erst zu Gold, nachdem es spurlos verschwunden war. Alles Taktik oder Zufall?«

»Zufall«, platzte Sonja heraus.

»Da muss ich Sie enttäuschen. Wir von der Polizei glauben nicht an Zufälle. Also lassen Sie sich bessere Gegenargumente einfallen!«

Sonja schluckte. Die Unterhaltung missfiel ihr offenbar. Sie schaute auffallend oft auf die Haustür.

»Wen erwarten Sie?«, fragte Anke.

»Niemanden.«

»Warum schauen Sie so erwartungsvoll auf die Haustür?«

»Ich hoffe, dass Sie hindurch gehen und aus meinem Leben verschwinden.«

»Sie sollten sich darüber im Klaren sein, auf welch dünnem Eis Sie sich bewegen«, gab Anke genauso hart zurück, »von Kriminalkommissar Diez wissen wir schon die Details. Wir müssen sie nur noch überprüfen.«

Das war ein Bluff, dessen war sich Anke bewusst. Aber irgendetwas musste sie tun, um diese Frau aus der Reserve zu locken. Sonja war nervös, aber sie gab keine Antwort.

»Sie haben eine Flucht geplant. Da kann man Geld gut gebrauchen«, sprach Anke weiter, als sie erkannte, dass Sonja sich in Schweigen hüllte.

»Ich habe keine Flucht geplant. Dieses Haus ist einfach zu groß für mich allein.«

Die Antwort gefiel Anke nicht, denn so konnte Sonja sich geschickt aus der Affäre ziehen. »Wo ziehen Sie jetzt hin?« Der letzte Hoffnungsschimmer, dass sie mit dem Verhör doch noch etwas erreichen würden. »Gibt es in Ihrem Besitz noch ein Haus, kleiner, besser geeignet für eine Person?«

Vielleicht an einem Teich? Diese Frage dachte Anke sich nur, aussprechen durfte sie sie nicht, denn damit würde sie ihr Blatt verraten.

»Ich werde vom neuen Hauseigentümer nicht vor die Tür gesetzt. Ich kann mir also in aller Ruhe etwas Geeignetes suchen.«

Damit war das Gespräch beendet. Anke und Erik traten hinaus in den Regen.

»Was sollte die Andeutung von Details, die wir angeblich von Bernhard wissen?«, fragte Erik, sobald sie an ihrem Dienstwagen angekommen waren.

»Ich wollte die gnädige Frau aus der Reserve locken.«

»Ist dir aber nicht gelungen.«

»Ist es wohl!«

»Ach? Was hat sie denn daraufhin gesagt? Ich kann mich nicht erinnern, etwas gehört zu haben«, spottete Erik. Anke stieg mit trotziger Miene ein. Erik ließ sich auf dem Fahrersitz nieder. Wortlos steckte er den Schlüssel ins Zündschloss und wollte starten. Der erste Versuch scheiterte. Der nächste auch. Und der nächste.

»Was ist jetzt los?«, murrte er. »Seit wann streiken Dienstfahrzeuge?«

Kapitel 35

Richard Giggenbach zog mit akribischer Sorgfalt den Rechen über den laubübersäten Boden seines Vorgartens, während er sich zum hundertsten Mal fragte, warum er sich keinen Gärtner leistete. Dabei wusste er die Antwort: Er wollte nicht einrosten. Sein Alter war geradezu dafür prädestiniert, deshalb hatte er sich gelobt, körperliche Tätigkeiten selbst zu verrichten, seit er im Ruhestand war. Leider zwickte sein Rheuma trotzdem, egal wie sehr er sich bemühte, die Symptome zu ignorieren.

Jede Abwechslung war ihm in diesem unglückseligen Augenblick recht. Als er die beiden hübschen Männer kommen sah, hieß er sie so willkommen, als seien sie geladene Gäste.

Horst Hollmann und Anton Grewe wunderten sich über die Begrüßung. Selten kam es vor, dass Polizeibeamte so freundlich empfangen wurden. Der alte Herr öffnete das schmiedeeiserne Gartentor.

»Was verschafft mir die Ehre des Besuches der Polizei?«

Hollmann und Grewe folgten dem untersetzten Mann, der mit flinken Schritten vorauseilte, einige Lichter einschaltete und sie durch eine geräumige Diele in den hinteren Teil des Hauses führte. Sie betraten ein Zimmer, dessen Rückseite aus Glas bestand und einen Blick auf einen Garten gewährte, der in den schönsten Farben des Herbstes schillerte, grün, gold, gelb, rot und braun.

Nur die Wiese erwies sich als Schandfleck. Sie war übersät mit Laub.

»Wir wollen Sie bestimmt nicht von Ihrer Gartenarbeit abhalten«, entschuldigte sich Grewe überschwänglich, ohne seinen Blick von der Fensterscheibe abzuwenden.

Der Alte wehrte mit den Worten ab: »Mir ist jedes Ablenkungsmanöver von dieser ermüdenden Arbeit recht. Ich weiß selbst nicht, warum ich mir das antue.«

»Vielleicht wollen Sie sich fit halten«, rätselte Grewe, wobei er seinen Blick auf den Angesprochenen richtete. Hollmann bekam sofort den Eindruck, bei der Unterhaltung überflüssig zu sein.

»Sie haben das Talent zu kombinieren«, stellte der Gastgeber anerkennend fest, »wir können uns durch die Polizei, unseren Freund und

Helfer, wirklich geschützt fühlen – bei dem Gedanken, dass dort so fähige Leute wie Sie arbeiten.«

»Nicht zu viel des Lobes« Grewe winkte mit einer graziösen Handbewegung ab, »sonst ruhe ich mich noch auf meinen Lorbeeren aus.«

»Wie wäre es, wenn wir auf den Grund unseres Besuches zu sprechen kämen?«, erinnerte Hollmann.

Zwei erstaunte Gesichter schauten ihn an.

»Wir müssen Ihnen einige Fragen stellen«, fügte er daraufhin erklärend an.

»Ich habe mir schon gedacht, dass Sie nicht gekommen sind, um mir die mühsame Gartenarbeit abzunehmen.« Giggenbach grinste schelmisch.

»Sie haben das Haus im Ludwigspark gekauft«, begann Hollmann.

Richard Giggenbach schaute ihn musternd an, bevor er nickte.

»Bei dem, was ich hier sehe, muss ich Sie fragen, wozu? Sie haben hier ein schönes Anwesen. Zu Sonja Fries' Haus gehört kein Gelände. Es steht in einem Park, der mit Obdachlosen bevölkert ist.«

»Ich möchte näher am Zentrum des aufregenden Saarlouis wohnen«, antwortete Richard Giggenbach mit träumerischem Blick, »in Saarlouis gibt es die schönsten Männer. Das kann und darf ich mir nicht entgehen lassen. Ich muss mich ins pulsierende Leben stürzen.«

»Hier wohnen Sie doch nicht in der Abgeschiedenheit, sondern immer noch nah genug am Stadtzentrum.«

»Oh nein! Nicht nah genug. Ich werde nicht mehr jünger, meine Kondition lässt nach – trotz aller Bemühungen, mich fit zu halten.« Er warf Grewe einen bedauernden Blick zu. »Ich will mich in der Metropole Saarlouis austoben. Das gelingt mir nur, wenn ich direkt dabei wohne.«

»Was hat die Nähe Ihres Hauses damit zu tun?«

Lachend antwortete Giggenbach: »Den Weg von der Lasterhöhle Altstadt bis zum Ludwigspark schaffe ich gut zu Fuß. Aber um mein Haus in der VI. Gartenreihe zu erreichen, muss ich mir jedes Mal ein Taxi bestellen. Das ist lästig, tötet die Stimmung und dauert so lang, dass manch einer Gelegenheit bekommt, seine Meinung zu ändern.«

»Woher wussten Sie, dass Sonja Fries das Haus verkauft? Gab es ein Inserat?« Diese Frage kam von Grewe, der dafür ein anerkennendes Lächeln erhielt.

»Wissen Sie, in Saarlouis gilt das Motto *Sehen und gesehen werden*. Dort kennt jeder jeden.«

»Klingt wirklich aufregend«, schloss sich Grewe den Schwärmereien an, »ich sollte über einen Umzug nachdenken.«

»Überlegen Sie nicht zu lange. Sie werden es nicht bereuen.«

»Aber damit wissen wir immer noch nicht, woher Sie vom Verkauf des Hauses im Ludwigspark erfahren haben«, erinnerte Hollmann.

»Ganz einfach: Es hat sich herumgesprochen.«

»Herumgesprochen?«

»Ja! Sie werden es nicht glauben, aber Sonja Fries befindet sich immer in aufregender Gesellschaft, was keinem in Saarlouis entgeht. Schöne junge Männer! Da läuft mir das Wasser im Munde zusammen!«

»Geht Ihre Antwort auch präziser? Wir können uns nicht auf die Suche nach schönen jungen Männern machen.«

»Das wäre eine Aufgabe, der ich mit Wonne nachkäme.«

»Hatte Sonja Fries einen Lebensgefährten?«, stellte Hollmann seine Frage genauer.

»Also bei der Auswahl, die diese Frau hatte, wäre sie ja dumm, sich für einen zu entscheiden.« Giggenbach richtete einen verträumten Blick auf Grewe. »Aber einer war darunter, den würde ich jederzeit wieder erkennen: Groß, stattlich gebaut, verfügte über eine Männlichkeit, die in den Händen einer Frau nicht die gerechte Anerkennung findet.«

»Oh, oh! Sie machen mich neugierig«, gestand Grewe.

»Er zeigte sich leider viel zu selten.« Bedauern schwang in Giggenbachs Stimme mit.

»Hat dieser aufregende Mann Ihnen die Information gegeben, dass Sonja Fries ihr Haus verkauft?«

»Nein! Ich hatte nie das Vergnügen, mal persönlich mit ihm zu sprechen.«

»Wer dann?«

»Ich habe es in meiner Stammkneipe erfahren.« Giggenbach zwinkerte nervös. »Aber fragen Sie mich bitte nicht nach Namen. Da waren so viele.«

»Wann soll die Übergabe des Hauses stattfinden?«, funkte Hollmann wieder mit einer Frage dazwischen, damit sie mit endlich hier verschwinden konnten. .

»Sonja Fries will das Land verlassen. Sobald sie soweit ist, wird die Übergabe stattfinden.«

195

Kapitel 36

Anke Deister wollte sich gerade auf den Weg zum Saarlouiser Busbahnhof machen, als ihr ein Auto entgegenkam. Ebenfalls ein Audi A5 ihrer Dienststelle. Der Wagen hielt an, die Tür auf der Fahrerseite ging auf und Bernhard Diez stieg aus.

»Bernhard? Wie schön, dass es dich nicht erwischt hat.«

»Es ist nichts passiert! Ich stand im Stau heute Morgen. Außerdem habe ich keine Lust, mir blöde Bemerkungen anzuhören. Der Weg zur Arbeit war ätzend genug. Drei Stunden für eine Strecke, die ich normalerweise in einer zurücklege.«

Damit hatte er alles gesagt.

»Du kommst genau richtig«, warf Erik ein. »Unser Wagen streikt, wir sitzen hier fest.«

»Sehr schön! Und ich habe endlich einen Hinweis bekommen, wo sich das Häuschen befindet, das womöglich unser Tatort ist.«

»Einen Hinweis? Weiß der Sohn nicht, was der Vater macht?«, spottete Anke.

»Leider konnte der Sohn des Professors nichts Genaues sagen, weil er selbst niemals in dem Haus am See war. Er kennt es nur aus Erzählungen seines Vaters.«

»Und wo ungefähr? Besteht die Möglichkeit, dass das Haus im Saarland steht?«

»Durchaus«, antwortete Bernhard bissig. »Irgendwo zwischen Dillingen, Diefflen und Düppenweiler. Die Gegend ist wohl kaum so groß, dass wir eine Hundertschaft brauchen, um dort ein Wochenendhaus an einem See zu finden.«

»Wissen wir, wie viele Seen wir dort abklappern müssen?«

»Ich habe die Landkarte bereits studiert. Darauf ist nicht einmal ein einziger vermerkt.«

»Dann werden wir uns durchfragen müssen«, erkannte Erik. »In Dörfern wissen die Leute über andere meistens Bescheid. Irgendwie werden wir das Haus am See schon finden.«

»Amen! Das war das Wort von unserem Stadtmenschen – deine Menschenkenntnis über Landeier verblüfft mich«, murrte Bernhard.

Sie stiegen in Bernhards Wagen ein.

Den Dillinger Ortsteil Diefflen hatten sie bereits durch einen brisanten Fall kennengelernt, den Sie dort aufklären mussten. Mitten im Dorf, direkt an der Hauptstraße, lag der Marktplatz. Ein Hähnchenbrater, umringt von vielen Menschen, zog die Aufmerksamkeit auf sich. Sie stiegen aus und steuerten die Dorfbewohner an, die ihre Wartezeit auf frische Hähnchen mit Gesprächen überbrückten. Als sie die drei Polizeibeamten kommen sahen, verstummten alle gleichzeitig.

»Guten Tag«, grüßte Erik, der die Spannung bemerkte, »gibt es hier in der Nähe einen See mit Wochenendhäusern?«

»Wollen Sie Urlaub machen?«, fragte eine rundliche, kleine Frau. Alle lachten. Aus Freundlichkeit lachten die Polizeibeamten mit.

»Leider nicht! Aber über die Idee könnte ich nachdenken.«

»Wochenendhäuser gibt es auf dem Campingplatz auf dem Litermont«, antwortete eine Frau, die ihre Handtasche so fest hielt, als befürchtete sie, die Beamten könnten sie ihr stehlen. Den Campingplatz hatten Anke, Erik und Bernhard noch in guter Erinnerung. Dort war kein See.

»Einen See gibt es hinter dem Segelfluggelände. Ob dort Häuser stehen, weiß ich nicht«, sprach ein hagerer, alter Mann, dessen Kopf unablässig wackelte.

»Danke! Damit haben Sie uns sehr geholfen«, nickte Erik freundlich.

Sie fuhren zu dem kleinen Segelflugplatz. Um diese Zeit war dort alles menschenverlassen. Sie umkreisten das große Gelände, ohne auch nur eine Pfütze zu entdecken. Am Waldrand parkte Bernhard den Wagen. Sie stiegen aus und erlebten eine Stille, die sie beeindruckte. In der Ferne sah Anke eine einsame Reiterin. Sie schaute ihr so lange nach, bis sie aus ihrem Blickfeld verschwand. Ein Bussard kreiste in der Luft und stieß seine schrillen Schreie aus. Der Himmel zeigte immer mehr von seinem Blau. Wind rauschte in den Bäumen, die die große Wiese säumten. Vereinzelte Raben krächzten auf, verteidigten ihr Revier.

»Schön ist es hier«, meinte Erik.

»So still war es auch an dem Haus, daran erinnere ich mich. Es gab nicht das geringste Geräusch, das etwas über die Umgebung verraten hätte«, erklärte Bernhard.

Plötzlich hörten sie Hundebellen, begleitet von einem Plätschern, ein

Geräusch, das nur Wasser verursachen konnte. Verblüfft schauten die drei sich an.

»Es kam von da!«, riefen sie, wobei jeder in eine andere Richtung zeigte.

»Nein, ich habe Recht«, bestimmte Erik, dabei wies er auf ein Waldstück, das außer Bäumen nichts erkennen ließ. Unverdrossen schlug er einen schmalen Trampelpfad ein, der erst zu sehen war, wenn man bereits draufstand. Anke und Bernhard folgten ihm. Der Weg wurde immer abenteuerlicher. Baumstämme lagen quer über dem Boden, der immer steiler abwärts führte. Die Bäume sammelten sich dichter und dichter. Das Tageslicht kam nur noch spärlich durch.

Wieder hörten sie Hundebellen und Wasserplatschen. Nun glaubten auch Bernhard und Anke, dass Erik sie in die richtige Richtung führte. Mit neuem Mut stolperten sie weiter, bis sie zu ihrer großen Überraschung vor einem kleinen See standen, eingerahmt von dichten Laubbäumen und hohen Kiefern. Von außerhalb war es schier unmöglich, das Gewässer zu erblicken.

Die Sonne schien auf ein kleines verstecktes Plätzchen mit schräg abfallender Erde, das Ähnlichkeit mit einem Strand aufwies. Dort stand ein Mann mit seinem Schäferhund. Ihnen hatten sie es zu verdanken, dass sie den See überhaupt gefunden hatten. Erik ging um das Wasser herum, ein mühsames Unterfangen. Nach einigen Anstrengungen gelangte er auf die Seite, wo sich gerade noch der Mann mit seinem Hund befunden hatte. Nun war er verschwunden.

»Mist«, fluchte Erik, »ich wollte ihn fragen, ob es hier irgendwo Wochenendhäuser gibt.«

»Es sieht nicht danach aus«, antwortete Bernhard, der aus der anderen Richtung auf Anke und Erik zutrat. »Hier ist nur Wald und Vegetation. Weit und breit kein Haus.«

Anke hatte endlich ihre Stimme wieder gefunden. »So etwas habe ich noch nicht gesehen: Ein See inmitten von Bäumen, von außen nicht zu erkennen.«

»Stimmt! Wir verdanken es nur einem Zufall, dass wir ihn gefunden haben.« Erik nickte.

»Aber leider ist es nicht der See, den wir suchen«, riss Bernhard die Kollegen mit einer ernüchternden Bemerkung aus ihren Träumereien.

»Das bedeutet, dass wir weitersuchen müssen.«

Kapitel 37

Sibylle traute ihren Ohren nicht. Der Verlag bestellte sie nun zum zweiten Mal ins Verlagsgebäude, um dort ihr angefangenes Manuskript abzugeben. Was hatte das zu bedeuten? Beim ersten Mal war sie auf verschlossene Türen gestoßen. Sie wollte danach fragen, aber da war die Telefonleitung schon tot. Auch die Stimme kam ihr wieder fremd vor. Sie zuckte mit den Schultern. Was machte das schon, überlegte sie. Hauptsache, sie wollten ihr Manuskript.

Ein Blick aus dem Fenster verriet schönes Wetter. Also zog sie sich eine leichte Jacke über, steckte ihren angefangenen Krimi in ein großes Kuvert und machte sich auf den Weg. Die Luft war kalt und frisch. Der Spaziergang durch die Gartenreihe, durch den Ludwigspark und über den kleinen Markt der Stadt Saarlouis tat ihr gut. Aber von ihren trüben Gedanken losreißen konnte sie sich damit nicht. Ständig sah sie Matthias Hobelt vor sich. Er verfolgte sie schon bis in ihre Träume. Wie hatte Ingo Landry so naiv sein können, einen Komplott mit diesem undurchsichtigen Kerl abzuschließen?

Ihr Blick wanderte über den Kleinen Markt. Die Durchgangsstraßen mit ihren Parkplätzen waren entfernt worden. Stattdessen säumte die Galerie ein großer, freier Platz, auf dem die Menschen in der späten Herbstsonne umherflanierten.

Sibylle ging geradeaus über die Französische Straße in Richtung Großer Markt. Hier stand ein Café neben dem anderen, als wolle die Straße mit der Saarlouiser Altstadt konkurrieren. Aber die Temperaturen hielten die Cafébetreiber davon ab, ihre Stühle hinauszustellen. Deshalb wirkte die Straße so breit, wie sie früher einmal war, als hier noch Autoverkehr geherrscht hatte.

Am Großen Mark angekommen, schlug ihr heftiger Wind entgegen. Sie duckte sich, bog rechts ab und steuerte das Verlagsgebäude an. Im schnellen Tempo ging sie auf die gläserne Tür zu und warf sich dagegen. Zu! Sie glaubte es nicht. Drückte nochmal dagegen. Sie betätigte die Klingel. Nichts. Was hatte das zu bedeuten? Frustriert nahm sie das große Kuvert und warf es in den Briefschlitz, der zum Verlag gehörte.

So hatte sie zumindest eine Last weniger, dachte sie, drehte sich um und überquerte den Marktplatz.

Sie rief sich wieder das Telefonat mit dem Verlag ins Gedächtnis. Ihr erster Eindruck hatte sie doch nicht getäuscht. Da hatte jemand mit ihr gesprochen, den sie nicht kannte. Aber ihre Freude über das Interesse des Verlags an ihrem Manuskript war so groß, dass sie darüber hinweggesehen hatte. Nur deshalb stand sie jetzt schon zum zweiten Mal vor verschlossenen Türen.

Hoffentlich war es kein Fehler gewesen, das unvollendete Manuskript dort einzuwerfen. Denn nun musste sie davon ausgehen, dass der Verleger gar nichts davon wusste, dass sie an dem neuen Krimi arbeitete. Ihre Erfahrung vom Vortag hätte ihr eigentlich eine Warnung sein sollen. Sie schüttelte über sich selbst den Kopf. Aber die Naivität, das eigene Werk begehrt zu wissen, hatte sie alle Vorsichtsmaßnahmen vergessen lassen.

Sie gelangte an die Stelle, wo vor wenigen Tagen der Straßenmaler sein Gemälde vollbracht hatte. Es war nicht mehr viel davon zu sehen. Sofort spürte Sibylle eine ungeahnte Schwermut. Ein Kunstwerk, das keine Beachtung gefunden hatte. Etwas Schrecklicheres konnte sie sich als Künstlerin nicht vorstellen. Traurig ging sie weiter. Dieses Mal bemerkte sie nicht, dass ihr jemand folgte.

Kapitel 38

Düppenweiler lautete ihr nächstes Ziel. Wie in Diefflen standen dort viele Dorfbewohner an einem Lebensmittelauto in angeregter Unterhaltung. Nachdem die drei Polizeibeamten ausgestiegen waren und auf die Leute zugingen, verstummten auch hier die Gespräche abrupt. Neugierige Gesichter schauten sie an. Auf ihre Frage bekamen sie gleich mehrere Wegbeschreibungen zu verschiedenen Seen. Anke stöhnte innerlich, weil sie befürchtete, dass ihre Aussichten, das richtige Haus zu finden, miserabel waren. Nachdem sie wieder im Wagen saßen und losfuhren, meinte Bernhard in die Stille, die sich im Wageninneren breit machte: »Mir ist wieder etwas eingefallen.«

»Schieß los!«, forderte Anke ungeduldig auf. »Ich habe nämlich keine Lust, ergebnislos zurückzufahren.«

»Kuhscheiße«, sagte Bernhard.

»In deinem Kopf oder wo?«

»An dem Abend war ich so besoffen, dass ich alles toll fand – bis auf den Gestank.«

»Das ist doch was! Warum sagst du das nicht gleich?«, murrte Erik.

»Weil es mir jetzt erst wieder eingefallen ist.«

Sie bogen in eine schmale geteerte Straße ein, die gesäumt wurde von Wiesen und Feldern. Nachdem sie eine kleine Kapelle passiert hatten, sahen sie eine Weide, auf der eine große Herde Kühe graste. Bernhard hielt den Wagen an. Sie schauten sich um, bis Erik mit dem Zeigefinger auf eine Abzweigung wies.

»Dort geht es rechts ab. Genauso, wie die alte Dame es beschrieben hat.«

Die linke Seite des Weges war durch dichte Bäume und Sträucher gesäumt. Auf der gegenüberliegenden Seite lag freies Feld. Bernhard fuhr im Schritttempo. Ankes Augen suchten die bewaldete Seite ab, bis sie einen schmalen Trampelpfad entdeckte.

»Dort!«, rief sie.

»Den hätte ich fast übersehen«, gestand Bernhard.

Sie fuhren noch langsamer, weil der Weg aus Schottersteinen und

Pfützen bestand. Schon nach wenigen Metern stießen sie auf einen kleinen See.

»Schaut euch das mal an!«, staunte Bernhard, »Das ist es!«

»Bist du sicher, dass wir hier richtig sind?«

»Ja! Siehst du das Haus am anderen Ende des Sees. Es hat einen achteckigen Turm. Ich erinnere mich an ein achteckiges Zimmer.«

Sie stiegen aus. Vor ihnen stand ein kleines Haus, dessen hinterer Teil in die Böschung hineingebaut war. Die Scheiben waren verhängt. Von allen Seiten versuchte Anke, einen Blick ins Innere des Turms zu erhaschen, bis sie ein Fenster entdeckte, das offen stand. Sie schaute sich nach einer Leiter um, musste aber schnell feststellen, dass keine praktischen Einbruchsmittel herumlagen. Dann fiel ihr Blick auf Erik.

»Du machst mir mit den Händen eine Spitzbubenleiter, damit ich hineinsehen kann«, sagte sie in einem Tonfall, der Erik dazu veranlasste, die Hände ineinander zu verschränken, ohne weiter nachzufragen.

Anke stellte sich mit ihrem Gewicht darauf. Was sie im Inneren des Turms sah, ließ sie laut aufstöhnen. Als sie wieder sicher auf dem Boden stand, schaute sie ganz verwirrt auf Erik und meinte: »Das ist das Zimmer, dass wir in Sonja Fries' Haus gesehen haben.«

»Wohl kaum«, sagte Erik. »Es ist vielleicht nachgebaut – mehr nicht.«

Die drei Beamten standen ratlos vor dem Wochenendhaus und schauten sich an.

»Wir müssen das Team der Spurensicherung rufen.«

»Zuerst einmal brauchen wir einen Durchsuchungsbefehl. Einfach so kommen die Kollegen der Spurensicherung nicht hierher«, bremste Anke sofort Eriks Eifer.

Ihr Handy klingelte.

Sie nahm es aus der Tasche und meldete sich. Was sie zu hören bekam, ließ ihre Euphorie über die neue Entdeckung im Keim ersticken.

Kapitel 39

Forseti stand im Türrahmen zum Besprechungszimmer. Dazu machte er ein Gesicht, das eher vertrieb, als zu der eilig anberaumten Sitzung einlud. Staatsanwältin Ann-Kathrin Reichert saß schon auf Forsetis Platz. Anke schaute sich nach Jürgen Schnur um. Sie fand ihn neben der Staatsanwältin in einer lebhaften Diskussion.

»Im Europäischen Kulturpark Bliesbrück-Reinheim wurde ein Toter gefunden«, begann Schnur, kaum dass alle eingetroffen waren. Alle wunderten sich, dass schon vor der Tatortarbeit eine Sitzung abgehalten wurde.

»Es war noch Fleisch auf den Knochen. Was sagt uns das?«

Alle starrten ihn mit großen Augen an.

»Die Archäologen fanden schnell heraus, dass es kein keltischer Fund ist, sondern ein Fund aus der heutigen Zeit. Der Tod trat vor ungefähr sechzehn Stunden ein.«

Das Erstaunen wuchs.

»Das Team der Spurensicherung ist schon vor Ort«, sprach Schnur weiter, schaute sich um und sah nur fragende Gesichter.

»Ihr fragt euch wohl, warum ich deshalb eine Sondersitzung einberufe?«

Allgemeines Nicken.

»Die Leiche ist inzwischen einwandfrei identifiziert.«

Jetzt wurde es richtig spannend. Alle starrten Schnur an. Er verstand es, auf die Folter zu spannen. Nachdem er sich seiner Aufmerksamkeit ganz sicher war, ließ er die Bombe platzen: »Es handelt sich um Ingo Landry!«

Das Staunen im Raum hörte nicht mehr auf. Keiner der Kollegen verstand, was hier geschehen war.

Lautstark rief Forseti seine Frage in den Raum: »Auf wem ist Anke Deister dank ihrer reiterlichen Fähigkeiten im Wald in Ormesheim gelandet?«

Anke spürte, wie ihr Kopf heiß wurde. Das Lachen der Kollegen dröhnte in ihren Ohren. Was quälte sie mehr: ihre Scham oder ihre Wut auf Forseti?

203

»Wir verdanken es Anke, dass ein Verbrechen aufgeklärt wird, das bisher ungesühnt geblieben ist«, hielt Schnur dagegen, »wäre sie nicht unglücklicherweise dort vom Pferd gefallen, wüsste niemand, dass ein kaltblütiger Mord geschehen ist und der Mörder immer noch frei herumläuft.«

Anke hätte ihn küssen können für diese Verteidigung.

»Wir sind einem Irrtum erlegen. Wie konnte das passieren?« Forseti lenkte mit seiner Frage von Schnurs Argumentation ab.

»Der DNA-Test an dem Zahn brachte ein eindeutiges Ergebnis«, antwortete Schnur.

»Wie wir jetzt vor der Öffentlichkeit dastehen, muss ich Ihnen wohl nicht sagen«, fauchte Forseti.

Die Staatsanwältin meldete sich zu Wort: »Es liegt eine beabsichtigte Irreführung vor.«

Damit sprach sie etwas aus, was bis jetzt noch keinem im Raum eingefallen war.

»Der oder die Täter haben bewusst falsche Spuren ausgelegt«, sprach Ann-Kathrin Reichert weiter. »Ein einzelner Zahn als alleinige Identifizierungsmöglichkeit ist immer ein Risiko.«

»Mehr hatten wir aber nicht«, gab Schnur zu bedenken.

»Doch«, schaltete sich Theo Barthels ein. »Den Schlüssel, der eindeutig zu Ingo Landrys Haus passte. Und die Gürtelschnalle, auch wenn wir die keinem Besitzer mehr zuordnen konnten, weil ihr Zustand zu schlecht war.«

»Eine Gürtelschnalle taugt auch nicht zum zweifelsfreien Identifizieren«, schimpfte Forseti.

»Der Schlüssel hat uns verleitet, an die Identität des Toten zu glauben«, gestand Schnur, »es hätte uns auffallen müssen, dass das viel zu einfach war.«

»Warum? Es gab doch noch einen weiteren Hinweis auf Ingo Landry«, widersprach Theo Barthals, »nach früheren ärztlichen Befunden lag eine Fraktur des linken Oberarms vor. Genau an der Stelle fand Dr. Kehl die Vernarbung der zusammengewachsenen Knochen.«

»Dann hat unser Unbekannter ebenfalls eine Fraktur des linken Oberarms erlitten«, resümierte die Staatsanwältin.

»Und wir sollen nicht an Zufälle glauben«, murrte Erik vor sich hin.

»Der Käufer von Sonja Fries' Haus erzählte uns von einem Mann, der die Dame gelegentlich begleitet hatte«, trug Anton Grewe vor, was er bei seiner Befragung erfahren hatte. »Nach unseren jetzigen Erkenntnissen könnte das Ingo Landry gewesen sein.«

»Wie hat er ihn beschrieben?«, fragte die Staatsanwältin.

Diese Antwort übernahm Horst Hollmann: »*Groß, stattlich gebaut, verfügte über eine Männlichkeit, die in den Händen einer Frau nicht die gerechte Anerkennung findet!*«

»Geht es noch genauer?« Ann-Kathrin Reichert schmunzelte amüsiert.

»Das waren die Worte von Richard Giggenbach«, rechtfertigte sich Hollmann.

»Auf den Begleiter werden wir uns konzentrieren müssen. Wie es aussieht, könnte es sich dabei um Ingo Landry gehandelt haben«, schaltete sich Schnur ein. Mit seiner nächsten Frage wandte er sich an Theo Barthels: »Habt ihr den mysteriösen Brief, der an Anke gerichtet war, auf Fingerabdrücke untersucht?«

Barthels nickte.

»Und?«

»Die Abdrücke stammen zweifelsfrei von Matthias Hobelt.«

»Er hat die drei verdächtigen Frauen auf der Beerdigung sehr auffällig beobachtet«, sagte Erik.

»Das tut er anscheinend immer noch und es ist ihm ein dringendes Bedürfnis, uns über die Aktivitäten der Frauen zu informieren«, erkannte Schnur und wandte sich mit seiner nächsten Frage direkt an Anke, Bernhard und Erik: »Was habt ihr von Sonja Fries heute Morgen erfahren? Für die lange Zeit, die ihr fort wart, muss es eine ganze Menge an Informationen geben.«

Eisiges Schweigen trat in den Raum.

»Besteht die Möglichkeit, dass hier etwas vorgeht, was ich nicht wissen soll?«

Anke wusste nicht, in welche Richtung sie schauen sollte. Sie entschied sich, der Staatsanwältin in die Augen zu schauen. Was sie dort sah, gefiel ihr auf Anhieb. Sie glaubte fast darin ein Zeichen ihrer Solidarität zu erkennen. Sollte sie sich freuen oder auf der Hut sein?

»Wir glaubten, den Tatort gefunden zu haben, wo Ingo Landry vor fünf Jahren ermordet worden war«, antwortete Bernhard in die Stille.

Amüsiertes Gemurmel erfüllte den Raum.

»Vor fünf Jahren ist ein Mann ermordet worden, das ist ein Tatbestand und kein Spaß.« Damit tötete Forseti die heitere Stimmung. »Jetzt müssen wir herausfinden, wer das Skelett im Koppelwald in Ormesheim ist. Steht dieser Todesfall im Zusammenhang mit unserem Fall? Immerhin ist Ingo Landry genau zu dem Zeitpunkt verschwunden, als der Mann im Koppelwald getötet wurde. Der Zahn mit der DNA von Ingo Landry ist nicht zufällig in die Nähe dieser Leiche gekommen.«

»Sibylle Kriebig ist Zahnarzthelferin«, fiel Anke gerade ein.

»Steht das in deinem Vernehmungsprotokoll?«, fragte Schnur.

»Klar!«

»Gut! Damit befassen wir uns später.« Schnur rieb sich über sein Kinn. »Wurde der Amokläufer gefasst?« Diese Frage richtete er an Ann-Kathrin Reichert.

»Ja! Er wurde von den französischen Kollegen auf der französischen Seite des archäologischen Parks gefasst. Ihn können wir als Täter im Fall Ingo Landry ausschließen«, antwortete die Staatsanwältin.

»Schade! Einen Glücksfall hätten wir gebrauchen können.«

Die Stimmung war zum Zerreißen gespannt. Schnur ließ sich Zeit. Dabei war ihm nicht anzusehen, ob er die Spannung extra erhöhte oder bemüht war, sein inneres Gleichgewicht wiederherzustellen.

»Anke, jetzt ist es unvermeidlich, noch einmal sämtliche Daten über Ingo Landry zu prüfen. Denn wie es aussieht, war er die ganze Zeit am Leben – und ist nun fünf Jahre später ermordet worden. Die Situation erfordert eine neue Herangehensweise an den Fall.«

Anke nickte.

»Aber vorher fährst du zusammen mit Bernhard und Erik zum archäologischen Park. Der Gerichtsmediziner ist vor Ort. Er wartet darauf, dass wir die Leiche freigeben

Kapitel 40

Am Europäischen Kulturpark wehte ein starker Wind. Anke fror, sobald sie aus dem Auto ausgestiegen war. Erik wollte sich gerade seine dicke Jacke überziehen, als er seine Kollegin zittern sah. Ohne zu überlegen, legte er sie über ihre Schultern und marschierte nur im Hemd voran.

»Das kann ich nicht annehmen«, lief Anke hinter ihm her. »Ich will nicht riskieren, dass du erfrierst.«

»Das werde ich auch nicht«, entgegnete er, »aber du. Also behalte sie lieber an.«

Damit war für ihn das Thema erledigt. Insgeheim war Anke ihm dankbar für seine Hartnäckigkeit. Sie beschloss, sich in Zukunft wärmer anzuziehen. Der Ausklang des Sommers war vorüber, das musste sie endlich akzeptieren.

Sie eilten an einem kleinen Teich vorbei, der von drei überdimensional großen Grashügeln flankiert wurde. Dahinter erblickten sie das Museum, das eine originalgetreue Nachbildung des Fürstinnengrabes darstellte. Es folgten die ersten freigelegten Ausgrabungen, die Grundrisse einer römischen Villa. Hinter den Fundamenten war eine Gruppe von Menschen versammelt, die ihnen erwartungsvoll entgegenblickte. Sie standen vor Gemäuern, die auf den ersten Blick den Eindruck eines Labyrinths erweckten. Auf Ankes fragenden Blick erklärte ein Kollege: »Das sind Ausgrabungen einer römischen Fußbodenheizung – ungefähr zweitausendeinhundert Jahre alt. Unser Toter liegt hinter einem Mauervorsprung versteckt, weshalb die ersten Besucher der Anlage ihn nicht bemerkt hatten.«

»Wer hat ihn gefunden?«

Er zeigte auf eine junge Frau, die zitternd auf einem Stein saß, betreut von einem Sanitäter.

»Sie hat einen Schock. Wenn Sie sie etwas fragen wollen, wünsche ich Ihnen viel Glück.«

»Das überlasse ich Bernhard«, beschloss Anke. »Er kann so gut mit Frauen.«

Dafür erntete sie einen wütenden Blick.

Blitze erhellten die Mauern, hinter denen sich die Leiche befand. Der

Polizeifotograf schoss ein Foto nach dem anderen, nahm neben der Leiche die Umgebung auf, die archäologischen Funde, die Zeugnis dafür waren, dass es schon in einer Zeit vor Christus die Erfindung der Fußbodenheizung gab.

»Werden das Tatortfotos oder Erinnerungsfotos?« Die Frage konnte sich Anke nicht verkneifen. Wie ertappt wirkte der Fotograf. Sofort machte er Anke den Weg frei, damit sie sich die Leiche ansehen konnte. Erik folgte ihr.

Vor ihnen lag ein großer Mann, dessen Augen geöffnet waren. Seine Haare klebten an seinem Kopf und auf seiner Stirn – ebenso seine Kleidung.

»Er sieht aus, als sei er kurz vor seinem Tod im Wasser gewesen.«

»Ist er ertrunken?«, richtete Erik seine Frage an den Gerichtsmediziner Dr. Thomas Wolbert, der darauf wartete, dass der Tote zur Untersuchung freigegeben wurde.

»Wenn ich ihn mir genauer anschaue, kann ich darauf vielleicht jetzt schon eine Antwort geben«, kam es unfreundlich zurück.

Sofort entfernten Anke und Erik sich, damit Dr. Wolbert mit seiner Arbeit beginnen konnte. Kaum hatte er sich zu dem Toten hinunter gebückt, antwortete er: »Ertrunken ist er aller Wahrscheinlichkeit nach nicht. Es sei denn, es liegt *trockenes Ertrinken* vor.«

Er wollte gerade den Toten umdrehen, als das dichte Haar, das die Stirn bedeckte, zur Seite rutschte und ein Loch zum Vorschein brachte.

»Hier haben wir die Todesursache. Es sieht nach einem achtunddreißiger aus. Der Schuss war nicht aufgesetzt.«

Bernhard trat auf Anke und Erik zu und meinte: »Die Frau, die den Toten gefunden hat, können wir als Verdächtige ausschließen. Sie wird jetzt ins Krankenhaus eingeliefert, damit sie sich von dem Schock erholen kann.«

Sie beobachteten, wie die Zeugin auf der Krankenbahre in einen Krankenwagen gerollt wurde. Mit Blaulicht ging die Fahrt los.

Direkt im Anschluss wurde Ingo Landry in einem Zinksarg in einen Leichenwagen geschoben und abtransportiert. Der Gerichtsmediziner folgte dem Wagen. Anke, Erik und Bernhard folgten dem Gerichtsmediziner zur saarländischen Gerichtsmedizin in der Uniklinik in Homburg.

Das erste Ergebnis bestätigte sich. Ingo Landry starb durch einen Schuss in den Kopf. Sein Körper, seine Haare und seine Kleidung waren voller Wasserrückstände, Sand und Schlamm, Spuren, die der See des archäologischen Parks in Bliesbrück-Reinheim hinterlassen hatte.

»Ob er das Bad freiwillig genommen hat oder nicht, kann ich nicht feststellen. Es gibt keine Kampfspuren an der Leiche. Das Projektil habe ich in die Ballistik geschickt.«

»Wurde eine Waffe bei Ingo Landry gefunden?«

»Nein!«

»Können an einem Toten, der im Wasser gelegen hat, Schmauchspuren festgestellt werden?«, fragte Anke weiter.

»Ich kann nachsehen, aber es besteht die Möglichkeit, dass das Wasser die Rückstände abgewaschen hat.«

»Wie lange hat er im Wasser gelegen?«

»Nicht lange, weil sich keine Waschhaut gebildet hat. Nach seiner Körpertemperatur, der Außentemperatur und der Wassertemperatur berechnet, ergibt sich eine Todeszeit von vierzehn bis sechzehn Stunden. Er ist gestern zwischen achtzehn und zwanzig Uhr gestorben. Genaueres kann ich erst sagen, wenn ich ihn aufgeschnitten habe.« Der Gerichtsmediziner zuckte mit den Schultern. »Trotzdem prüfe ich seine Hände auf Schmauchspuren. Das Ergebnis ist leider nicht bindend.«

Er betupfte die Hand mit der Lösung Aceton und besah sich das Ergebnis.

»Keine Reaktion.« Dr. Wolbert schaute Anke an und fragte: »Hilft dir das weiter?«

Anke überlegte eine Weile, bevor sie nickte und meinte: » Ingo Landry ist vermutlich nicht freiwillig ins kalte Wasser gesprungen. Es sieht so aus, als wollte er sich vor seinem Angreifer in Sicherheit bringen, was ihm offensichtlich nicht gelungen ist.«

Sie verließ den Sezierraum. Vor der Tür zog sie ihr Handy hervor.

»Hat das Ergebnis nicht Zeit, bis wir im Büro sind?«, fragte Bernhard genervt.

»Ich rufe Kullmann an und berichte ihm von den Entwicklungen unseres Falls. Es dürfte ihn interessieren, dass seine damaligen Ermittlungen vom falschen Opfer ausgegangen sind.«

Kapitel 41

Schon im Treppenhaus konnten sie den Lärm hören, der aus ihrer Etage drang. Als sie sich durch die Tür hineinwagten, sahen sie, wer dafür verantwortlich war.

Sonja Fries und Antonia Welsch sprachen gleichzeitig auf Grewe ein. Sonjas Schminke war verschmiert, ihre Augen rot verweint, ihre Bewegungen fahrig. Antonias Gesicht hingegen hochrot, als stünde sie kurz vor einem Herzinfarkt. Vergebens versuchte Grewe die aufgebrachten Damen zu beruhigen.

»Was ist hier los?«, fragte Erik.

Grewe erblickte die Neuankömmlinge. Hastig kämpfte er sich an den beiden Besucherinnen vorbei und stöhnte: »Gut, dass du da bist! Nimm mir doch bitte diese keifenden Hyänen ab!«

»Warum ich? Du eignest dich hervorragend zum Schlichten von Streit.«

»Die haben keinen Streit, sondern ein Problem. Ich verstehe nur nicht welches, weil sie gleichzeitig sprechen.«

»Vielleicht kann Bernhard helfen. Er kennt die Damen besser als ich.« Aber als Erik sich suchend umblickte, war von Bernhard nichts mehr zu sehen. Stattdessen sahen sie Kullmann in Ankes Bürotür auftauchen. Plötzlich herrschte Stille im Flur. Alle Blicke richteten sich auf den Alt-Kommissar.

»Sie kenne ich doch«, bemerkte Sonja Fries mit weinerlicher Stimme. »Sie haben damals schon genug in unserem Leben herumgestochert. Wollen Sie damit jetzt weitermachen?«

»Bevor Sie hier mit Vorwürfen um sich schmeißen, erklären Sie uns erst einmal, welches Spiel Sie mit uns treiben«, reagierte Kullmann ganz gelassen. »Ingo Landry ist offiziell seit fünf Jahren tot. Bisher war von Betroffenheit bei Ihnen nichts zu sehen. Aber jetzt! Erstaunlich, dass der neuerliche Tod von Ingo Landry Sie mehr trifft.«

Sonja Fries wollte losschimpfen, aber Kullmann ließ sie nicht zu Wort kommen.

»Sie wussten von Anfang an, dass das Skelett, das im Koppelwald in Ormesheim gefunden worden war, nicht Ingo Landry war. Nun sind

Sie an der Reihe, uns zu sagen, wer dieser Tote ist! Denn – egal, wer dort lag – Sie haben ihn dorthin platziert. Und wie ist es möglich, dass sich Ingo Landry fünf Jahre nach seinem vermeintlichen Mord tatsächlich ermorden lässt?«

»Ich kann Ihnen dazu nur sagen, dass Matthias Hobelt heute Nacht Ingo getötet hat«, sprach sie mit zittriger Stimme. »Mehr weiß ich nicht.«

»Danke, Miss Marple, dass Sie uns die Arbeit abnehmen.« Kullmanns Stimme klang so sarkastisch, wie Anke ihn nur selten gehört hatte. »Wie kommen Sie darauf, Matthias Hobelt zu beschuldigen?«

»Er hat uns erwischt«, gab Sonja Fries zu. »Er hat gesehen, wie sich Ingo in mein Haus geschlichen hat.«

»Wann?«

»Vorgestern.«

»Deshalb wollten Sie das Haus verkaufen?«

Sonja Fries nickte.

»Auch das hat Matthias Hobelt erfahren. Er hat nicht gezögert, uns mit einem zusammengeschusterten Brief zu informieren.«

Keiner bemerkte, wie Dieter Forseti zusammen mit der Staatsanwältin in den Flur trat. Plötzlich brach Sonja Fries zusammen und weinte. Erik half ihr auf einen Stuhl, baute sich vor ihr auf und wartete, bis der Weinkrampf vorüber war. Anke bat Antonia Welsch, ihr ins Büro zu folgen, damit sie dort weitere Fragen stellen konnte. Aber Antonia reagierte anders. Sie schrie: »Ich will keine Befragung, ich will eine Anzeige machen.«

»Eine Anzeige? Gegen wen?«

»Gegen Matthias Hobelt. Er hat Sibylle in seiner Gewalt!«, antwortete sie.

»Warum sollte er sich ausgerechnet Sibylle schnappen, wenn er Sonja Fries mit Ingo Landry zusammen beobachtet hat?«, fragte Anke stoisch.

»Weil Matthias Hobelt Sibylle schon seit Tagen beschattet.«

»Und damit kommen Sie erst jetzt zu uns?«, stellte Anke fest.

»Ja. Der Mord an Ingo Landry zeigt doch, zu was Matthias Hobelt fähig ist.« Antonias Stimme zitterte.

»Ihre Kombinationsgabe lässt Sherlock Holmes erblassen. Warum gerade nach Ingo Landrys zweiter Ermordung diese Nervosität?«

»Weil wir Ingo Landry nicht getötet haben«, widersprach Antonia Welsch.

»Und was sollte das Theater mit eurem Geständnis in allen Einzelheiten?«

»Von welchem Geständnis reden Sie da?«, schaltete sich Forseti ein.

Anke erschrak. Wo kam Forseti her? Sie hatte ihn nicht kommen gehört. Jetzt war es heraus. Sie hatte Bernhard nicht in die Pfanne hauen wollen. Ertappt schaute sie Kriminalrat Forseti an. Keiner sagte etwas. Alle Augen hafteten auf Anke.

»Ich habe Sie etwas gefragt«, erinnerte Forseti.

Bernhard trat aus seinem Zimmer und antwortete an Ankes Stelle: »Ich habe ein Geständnis von den drei Damen bekommen.«

»Wann?«

»Das war an dem Tag, an dem Sie mir aufgetragen hatten, mit den Verdächtigen zu sprechen.«

»Reden Sie von Ihrem eigenmächtigen Handeln, von ihrem plötzlichen Abtauchen und davon, wie sie die ganze Abteilung in Angst und Schrecken versetzt haben?«

Bernhard nickte schicksalsergeben.

»Warum steht das Geständnis in keinem Protokoll?« Forsetis Tonfall wurde immer schärfer. Ständig blickte er auf Ann-Kathrin Reichert.

»Ich war betrunken, als ich das Geständnis bekam und hatte einen Blackout. Heute Morgen ist mir alles wieder eingefallen. Wir fanden auch den Ort, wo der angebliche Mord an Ingo Landry stattgefunden haben soll.«

Forseti stand vor Bernhard und wusste nicht, was er darauf antworten sollte. Es vergingen Minuten, in denen niemand etwas sagte. Ann-Kathrin Reichert beobachtete das Schauspiel aufmerksam, wobei sie nicht den Eindruck machte, verärgert zu sein. Im Gegenteil, sie wirkte amüsiert.

»Heißt das, Sie haben im betrunkenen Zustand ermittelt?«

Die Frage kam von Dieter Forseti.

»Ich befand mich bereits im Feierabend, als mir zufällig die Damen begegneten, die ich an dem Tag zum geplanten Verhör nicht angetroffen hatte«, stammelte Bernhard.

»Ich habe das Gefühl, dass ich hier in einem Irrenhaus gelandet bin.«

212

Forseti klang eher erschöpft als wütend, während er diese Worte aussprach. »Wo ist Jürgen Schnur?«

Das war eine Frage, deren tieferen Sinn alle ahnten. Die Kollegen freuten sich für Schnur, dass er gerade jetzt nicht im Büro war.

»Ist Jürgen Schnur über das regelwidrige Geständnis informiert?«

Schweigen. Forseti schaute auf Kullmann: »Jürgen Schnur setzt Ihre unkonventionellen Führungsmethoden fort, wie es scheint.«

Kullmann reagierte nicht darauf.

»Sobald Jürgen Schnur hier eintrifft, richten Sie ihm aus, dass ich ihn sprechen will!«

Immer noch Schweigen.

»Habe ich heute einen Hörfehler?«, fragte Forseti erbost. »Ich höre nämlich gerade nichts.«

Keine Reaktion. In seiner Wut wandte sich Forseti an Bernhard Diez: »Sie werden noch Ihre Lehre aus Ihren eigenmächtigen Handlungen ziehen. Sie sind noch nicht lange genug hier, um sich solche Freiheiten herauszunehmen.«

Anke wünschte sich selbst auf einen anderen Stern, weil sie sich die Schuld an Bernhards vertrackter Situation gab. Aber für Wünsche blieb ihr keine Zeit. Die Tür zum Treppenhaus öffnete sich. Ein Mann in einem Anzug, der die beste Zeit schon lange hinter sich hatte, trat ein. Seine Schritte waren langsam und zögernd, sein Gesichtsausdruck verriet Verunsicherung, was angesichts der Szene, die sich vor seinen Augen abspielte, kein Wunder war.

Forsetis Gesicht war rot vor Wut, Bernhards Gesicht kalkweiß vor Schreck. Sonja Fries' Augen sahen verweint aus. Erik stand über sie gebeugt wie ein Raubtier. Der Gesichtsausdruck von Antonia Welsch wirkte angriffslustig. Die Staatsanwältin grinste nur. Kullmann schaute aus dem Türrahmen hervor, als versuchte er sich dort zu verstecken. Anton Grewes dichte schwarze Haare standen zu Berge, weil er sie sich noch vor wenigen Minuten gerauft hatte.

Dieser Anblick musste einen Fremden erschüttern.

»Zu wem möchten Sie?« Anke sprach den Besucher an, um die peinliche Situation zu beenden.

»Unten sagte man mir, dass Hauptkommissar Jürgen Schnur für mich zuständig ist«, antwortete der Mann. Äderchen in seinem Gesicht waren aufgeplatzt, seine Nase angeschwollen, seine Haare fettig. In einer

Hand hielt er einen Hut, den er nervös drehte. In der anderen Brief-kuverts.

»Der ist nicht da!« Forseti trat vor. »Dafür können Sie mit mir spre-chen.«

Er überreichte Forseti die Kuverts. Sie waren alle unbeschriftet. Forse-ti schaute in den obersten hinein, erblickte aber nur eine große Anzahl bedruckter Blätter.

»Wer sind Sie und was geben Sie mir hier?«

»Ich heiße Eberhard Gessner und lebe mit meiner Frau und meinem Kind in Ormesheim. Das ist da, wo Sie die Leiche von Ingo Landry gefunden haben«, begann der Mann zu sprechen.

»Ja! Das erklärt aber nicht, was Sie mir mit den Umschlägen sagen wollen!«

»Meine Frau hat einen davon im Briefkasten gefunden«, erklärte er. »Sie hat ihn mir gezeigt und mich gefragt, was wir damit machen sollen. Zuerst wollte ich ihn wegwerfen. Aber Hugo, mein Nachbar, erzählt mir am gleichen Abend im *Battis* – das ist die Kneipe, wo ich immer einen trinken gehe – dass er auch so was im Briefkasten hatte.«

Forseti bemühte sich, nicht ungeduldig zu werden.

»Auch der Ernst hatte solche Briefe im Briefkasten. Da haben wir uns gedacht, dass es vielleicht besser wäre, die Dinger aufzuheben. Hugo und ich haben uns den Inhalt angesehen. Ich glaube, das sollten Sie auch tun!«

»Geben Sie mir bitte einen Hinweis auf den Inhalt!«

»Es sind Drohbriefe!«

Allgemeines Staunen ging durch den Flur.

»Von wem?«

»In Ormesheim redet ja jeder nur noch von dem Ingo Landry, dass der sich einfach umbringen lässt – gerade dann, wo es ihm geschäftlich so gut geht«, holte der Besucher weit aus, um auf Forsetis Frage zu antworten, »Matthias Hobelt schreibt da drin so Sachen, wie, dass er seinem Freund Ingo Landry an den Kragen will, wenn er ihn um sein Geld betrügt!«

»Meine Güte«, knurrte Forseti und nahm die Umschläge endlich an. »Warum tauchen jetzt, nach fünf Jahren, solche kompromittierenden Briefe auf?«

Eberhard Gessner räusperte sich und antwortete, obwohl Forseti nicht mit einer Antwort gerechnet hatte: »Einen Tag, bevor wir die Umschläge im Briefkasten hatten, haben meine Frau und ich gesehen, dass jemand in Ingo Landrys Haus gegangen ist.«

»Wer war das?«

»Keine Ahnung! Wie eine Polizistin sah die nicht aus. Hatte knallrote Haare, die vom Kopf abstanden wie Stachel vom Igel. So läuft doch keine Polizistin rum!«

Sibylle Kriebig, schoss es den Beamten durch den Kopf.

»Was hat sie gemacht?«

»Sie hat ihr Auto hinterm Haus geparkt. Deshalb ist sie uns aufgefallen. Dann ist sie durch die Hintertür ins Haus. Später haben der Ernst und der Hugo sie durchs Dorf gehen sehen. Deshalb sind die sicher, dass die Umschläge von der Frau mit den roten Haaren kamen. Schließlich war sie kurz vorher noch im Haus vom Ingo Landry.«

»Warum haben Sie der Polizei nicht gemeldet, dass jemand das Haus Ingo Landrys betreten hat?«, tadelte Forseti.

Verunsichert schaute Eberhard Gessner den Hauptkommissar an, kratzte sich nervös am Kopf, bevor er antwortete: »Wir dachten, weil sie einen Schlüssel hatte, dass sie das dann darf.«

Forseti dankte dem Mann und entließ ihn. Erleichtert stolperte er hinaus. Kaum war die Tür ins Schloss gefallen, drehte Forseti sich um. Er wirkte wie ein böser Geist, dessen einziges Ziel es war, alles zu vernichten, was ihm in die Quere kam.

»Die Briefe müssen überprüft werden!«

»Jetzt ist es nicht mehr zu leugnen, dass Sibylle in Lebensgefahr schwebt«, meldete sich Antonia Welsch zu Wort, »Matthias Hobelt wird sie umbringen, wenn Sie ihr nicht schnell helfen.«

»Sie werden uns zuerst einmal Auskunft darüber geben, wen Sie da oben im Koppelwald verscharrt haben«, bestimmte Forseti gereizt. »Da Sie bereits ein Geständnis gemacht haben, wird es Ihnen nicht schwer fallen, uns noch mitzuteilen, wen Sie getötet und verscharrt haben.«

»Wir haben niemanden getötet«, wehrte sich Antonia Welsch.

Forseti ließ sich von den Einwänden nicht beirren. »Grewe, Hollmann! Sie werden die beiden Damen zu dem Mord an dem Unbekannten im Koppelwald und zu dessen Identität befragen.«

»Damit haben wir nichts zu tun.«

»Dafür waren eure Angaben aber sehr detailliert«; konterte Bernhard.

»Sei vorsichtig mit dem, was du sagst!« Antonias Tonfall wurde boshaft.

Anke befürchtete schon, dass sie mit Einzelheiten herausrückte. Aber nichts dergleichen geschah. Forseti verschwand begleitet von Norbert Kullmann und der Staatsanwältin in seinem Büro. In seinen Händen hielt er immer noch das Bündel Briefe.

Antonia Welsch ging auf Bernhard zu, schob ihn vor sich her in dessen Büro und schloss hinter sich die Tür. Zurück blieben die gedämpften Stimmen der beiden. Als sie in den Flur zurückkehrten, glühten beide Gesichter. Horst Hollmann verschwendete keine Zeit. Unvermittelt forderte er Antonia auf, ihm zur Befragung zu folgen. Anton Grewe suchte mit Sonja Fries das Besprechungszimmer auf.

Kapitel 42

Kaum war die Tür hinter Bernhard zugefallen, tobte er: »Das hast du ja prima hingekriegt! Konntest du nicht den Mund halten? Den Schlamassel habe ich nur dir zu verdanken!«

»Den hast du dir selbst zu verdanken«, wehrte sich Anke. »Es hat dir niemand gesagt, dass du mit den drei Frauen ins Bett gehen sollst.«

Bernhard verstummte.

»Jetzt haben wir andere Sorgen«, versuchte Erik zu schlichten, »alles, was wir bisher ermittelt haben, ist hinfällig, weil unser Toter erst seit gestern tot ist.«

»Und außerdem ist Sibylle Kriebig verschwunden«, fügte Anke an.

»Das ist ein Hirngespinst«, wehrte Bernhard ab, »so eine wie die tut, was sie will. Sibylle legt doch nicht über jeden Schritt, den sie unternimmt, Rechenschaft ab.«

»Du kennst sie besser als wir«, stellte Anke schnell fest.

»In dem Fall liegen die Dinge wohl anders«, schaltete sich Erik ein, »was Eberhard Gessner beobachtet hat, müssen wir ernst nehmen.«

»Solange wir von Jürgen Schnur keine genauen Anweisungen bekommen, was wir als Nächstes tun sollen, bleiben wir bei dem, was er gesagt hat«, bestimmte Anke. »Ich gehe jetzt an den Computer und suche alles heraus, was es an Angaben über Ingo Landry gibt.«

»Wo steckt Jürgen Schnur?«, fragte Bernhard.

»Bei den Kollegen der Ballistik. Er lässt sich das Ergebnis der Untersuchung des Projektils aus Ingo Landrys Kopf geben«, antwortete Erik.

Anke erblickte ein Päckchen auf Bernhards Schreibtisch.

»Was ist das?«

Bernhard warf einen kurzen Blick darauf und antwortete: »Tatortfotos. Oder was soll das sonst sein?«

»Warum bekommst du die?« Anke staunte.

»Was weiß ich?«

»Kann ich sie mir anschauen?«

»Klar! Sie gehören mir nicht, das ist Untersuchungsmaterial.« Bernhard richtete seinen Blick aus dem Fenster. Anke zog den Stapel Fotos heraus und begann sie durchzusehen. Zunächst ahnte sie nicht, was sie da sah. Doch mit jeder Abbildung verstand sie besser. Es wurde immer interessanter, amüsanter, aufregender, faszinierender, sogar fesselnder. Umso genauer schaute sie darauf, bis sie ihr Grinsen nicht mehr verbergen konnte. Nach einer Weile begann sie laut zu lachen.

»Seit wann sind Tatortfotos lustig?«, fragte Erik.

Bernhard schaute vom Fenster weg und beobachtete Anke.

»Nun brauche ich dich nicht mehr nach Details zu fragen.« Anke bekam das Lachen nicht mehr aus ihrem Gesicht. »Hier sehe ich deine Talente in aller Deutlichkeit. Mannometer, von dir kann man wirklich noch was lernen!«

»Wovon redest du da?«

Bernhard eilte auf Anke zu, riss ihr die Fotos aus der Hand. Schlagartig lief er dunkelrot an, als er sah, was auf den Fotos abgebildet war.

»Was soll das?«, fragte er entsetzt, »wie kommst du dazu, in meiner Intimsphäre zu schnüffeln?«

»Du hast selbst gesagt, ich könnte mir die Bilder anschauen.« Anke tat unschuldig, »ich dachte, es seien Tatortfotos.«

Erik konnte seine Neugier nicht mehr zügeln. Mit einem Schritt stand er neben Bernhard und schaute über dessen Schulter. Anerkennendes Gemurmel kam aus seinem Mund. »Sind das Erinnerungsfotos an deine heiße Nacht mit den drei Verdächtigen?«

»Dieses verdammte Weib!«, fluchte Bernhard.

»Nun mal sachte«, bremste Erik den Wutausbruch.

Doch Bernhard ließ sich nicht beruhigen. Laut brüllte er: »Nur Antonia kann mir die Fotos untergejubelt haben, als wir uns vorhin in meinem Büro gestritten haben.«

Die Tür öffnete sich, Jürgen Schnur trat ein. Blitzschnell warf Bernhard die Fotos in seine Schreibtischschublade.

»Deine Geheimnisse kannst du für dich behalten«, reagierte Schnur darauf, »noch mehr will ich gar nicht wissen, weil ich nicht noch mehr verkrafte.«

Betretene Stimmung herrschte.

»Mein über alles bestens informierter Vorgesetzter Kriminalrat Forseti hat mich über die Sachlage aufgeklärt.« Schnurs Miene verzog sich. »Für das nette Plauderstündchen mit meinem Chef bedanke ich mich bei euch.«

»Scheiße«, murmelte Anke. »Das hatte ich so nicht gewollt. Es war mir einfach rausgerutscht.«

»Für dein *einfach so rausgerutscht* müssen jetzt eine Menge Leute bluten«, grollte Bernhard.

»Nicht so vorlaut, Bernhard!«, mahnte Schnur.

»Aber es ist doch so: Anke verdanken wir den Schlamassel!«

»Nein! Dir verdanken wir den Schlamassel«, stellte Schnur klar, »vermutlich war es kein Zufall, dass die Verdächtigen ausgerechnet dich verführt haben. Im Gegenteil. Du trägst deine Selbstüberschätzung deutlich zur Schau. Du glaubst dich in trügerischer Sicherheit – womit gerade du dafür prädestiniert bist, in solche Fallen zu stolpern.«

Endlich verstummte Bernhard.

In die betretenen Mienen sprach Schnur: »Das Projektil, mit dem Ingo Landry getötet wurde, stammt aus seiner eigenen Waffe. Vermutlich hat Matthias Hobelt sie an sich genommen, weil er von der Waffe wusste.«

»Ganz schön kaltblütig, den eigenen Freund zu töten.« Anke rümpfte die Nase.

»Und dann noch auf diese Weise«, fügte Erik an.

»Zuerst ist es für uns wichtig, die Briefe auf die Echtheit des Inhalts zu überprüfen!«, bestimmte Schnur. »Wir dürfen nicht unbesehen glauben, was zwei alkoholisierte Köpfe im *Battis* ausgeheckt haben.«

Kaum hatte er die Tür hinter sich geschlossen, murrte Bernhard: »Gut so. Du liest jetzt die Drohbriefe, dann kommst du nicht so schnell auf den Gedanken, in meinem Privatleben herumzukramen.«

»Als würde mich dein Privatleben interessieren«, trumpfte Anke auf. »Aber ich gebe dir den guten Rat, diese E-Mails zu lesen. Ich habe nämlich die Anweisung, Ingo Landry zu überprüfen.«

Kapitel 43

»Wenn Sibylle Kriebig diese E-Mails wirklich wahllos in Briefkästen in Ormesheim eingeworfen hat, hat sie nichts dem Zufall überlassen«, berichtete Erik, als Anke mit einer Akte unter dem Arm in sein Büro trat.

»Wo waren die E-Mails die ganze Zeit?«, fragte sie, als sie den Stapel an Briefen auf dem Tisch liegen sah. »Ingo Landrys Haus wurde zweimal von der Polizei durchsucht. Wenn sie dort gelegen hätten, wären sie gefunden worden.«

»Das werden wir Matthias Hobelt fragen müssen«, stellte Bernhard klar.

»Oder Sibylle Kriebig«, schlug Erik vor.

»Dafür müssten wir erst mal einen von beiden haben«, sagte Anke, »wir sollten mit unseren Ergebnissen zu Jürgen gehen. Ich habe nämlich etwas Interessantes herausgefunden.«

»Was denn?«

»Das sage ich euch in der Besprechung.«

Neugierig folgten sie ihr in Jürgen Schnurs Büro.

»Wo sind Sonja Fries und Antonia Welsch?«, fragte der Chef.

»Die Damen haben die Ehre, im Besprechungsraum zu warten«, antwortete Grewe mit zerknirschtem Gesichtsausdruck. »Nach der Sitzung geht die Befragung weiter – was allerdings nicht gerade vielversprechend aussieht.«

Alle Kollegen versammelten sich. Auch Norbert Kullmann und Theo Barthels. Freudiges Gemurmel entstand. Schnur wartete ab, bis sich die Kollegen beruhigt hatten, bevor er meinte: »Wie ich sehe, habt ihr euch sofort wiedererkannt.«

Theo Barthels und Norbert Kullmann lachten.

»Gut, dann wollen wir beginnen.« Seine erste Frage richtete Schnur an Horst Hollmann: »Hast du Matthias Hobelt in seinem Haus in der Kapellenstraße erreicht?«

»Nein!«

Seine nächste Frage richtete er an Erik: »Was beinhalten die E-Mails, die wir in Hülle und Fülle bekommen haben?«

»Matthias Hobelt stellt Geldansprüche auf das Buch«, antwortete Erik. »Er bedroht Ingo Landry in den Briefen massiv.«

»Na ja! Verstehen kann ich den armen Schlucker«, sagte Schnur. »Ingo Landry macht einen auf tot, dabei genießt er sein Leben im Luxus, fährt den tollen Mercedes spazieren, während wir hier nach seinem vermeintlichen Mörder suchen.«

»Dazu fällt mir der Jaguar wieder ein«, meldete sich Grewe zu Wort. »Kann es sein, dass Ingo Landry sein Auto selbst zu Schrott gefahren hat?«

Schnur überlegte eine Weile, bis er antwortete: »Das ist eine gute Überlegung. Dieser Aspekt sieht so herum gleich ganz anders aus. Das solltest du Sonja Fries fragen.«

»Trotz aller Raffinesse war Ingo Landrys Leben ein bisschen kurz«, merkte Norbert Kullmann an.

»Er hat es mit seiner Rolle als Leiche übertrieben«, sagte Erik.

»Was Rollenspiele als Leichen angeht, sollten Sie den Mund nicht zu voll nehmen«, funkte Forseti dazwischen. Erik lief rot an. Schnur unterbrach das Geplänkel mit weiteren Anweisungen.

»Nach der neuen Sachlage kommen wir nicht umhin, die Kontobewegungen von Matthias Hobelt zu prüfen. Da wir wissen, dass Ingo Landry die ganze Zeit noch gelebt hat, besteht nun doch die Möglichkeit von Auszahlungen an Matthias Hobelt. Wenn nicht, ist er als gefährlich einzustufen.«

»Wie sollte Ingo Landry das gemacht haben, wenn er offiziell als tot galt?«, hakte Grewe nach.

»Er konnte das nicht selbst tun. Die einzige, die dafür in Frage kommt, ist Sonja Fries. Vielleicht hat sie in den letzten fünf Jahren weitere Konten auf anderen Banken angelegt, von denen sie größere Summen auf Matthias Hobelts Konto überwies.«

Es folgte eine erdrückende Stille. Forseti saß neben der Staatsanwältin, Schnur am anderen Ende des Tisches. Das Schweigen unterbrach Ann-Kathrin Reichert.

»Wir werden wohl das Ergebnis von Matthias Hobelts Kontendurchsicht abwarten müssen.«

Anton Grewe rief: »Das Ergebnis habe ich schnell.«

»Beeil dich! Wenn die beiden Damen in unseren Vernehmungsräumen nicht fantasieren, schwebt Sibylle Kriebig tatsächlich in Gefahr.«

»Bin schon weg!« Die Tür fiel laut hinter Grewe zu.

»Ich schlage vor, Ingo Landrys Elternhaus nochmal zu durchsuchen«, sagte Anke weiter. »Die E-Mails wurden alle an Ingo Landry geschrieben – also gehörten sie ihm. Vielleicht gibt es in dem Haus Verstecke, von denen die Polizei nichts weiß.«

»Erkundige dich zuerst beim Grundbuchamt über den genauen Grundriss dieses Hauses«, schlug Kullmann vor.

»Das Nachbarhaus ist direkt angebaut«, erwähnte Anke daraufhin.

»Das ist schon mal ein Anhaltspunkt. Es besteht die Möglichkeit, dass es dort private Nutzungsregelungen gibt, die nicht eingetragen sind«, erklärte Kullmann.

»Und wie kann uns das Grundbuchamt dabei helfen?«

»Eigentümer machen schon mal Notizen in ihren eigenen Unterlagen, die man nur findet, wenn man die Akten und Pläne in Händen hält«, antwortete Kullmann.

»Sollten in dem Fall nicht die Eigentümer des Nachbarhauses darüber Bescheid wissen?«

»Ja, aber nur, wenn Sie seit dieser Zeit im Besitz des Hauses sind.«

Die Spannung war greifbar. Die Nervosität wuchs.

»Schaut bitte in INPOL nach, ob es dort etwas über Matthias Hobelt gibt. Sollte er Sibylle Kriebig wirklich in seiner Hand haben, zeugt das von einer enormen Kaltschnäuzigkeit. Das bringt mich auf die Frage, ob er schon mal aktenkundig war«, wies Schnur an.

»Schon passiert. Es gibt nichts über ihn«, meldete Anke.

Bevor Schnur weiter sprechen konnte, erläuterte Kullmann: »Matthias Hobelt wuchs im Sulgerhof in Ormesheim-Neumühle auf. Dort steht sein Elternhaus, das aber nicht mehr auf ihn eingetragen ist. Die Gemeinde Mandelbachtal hat das Haus gekauft, um es zu restaurieren. Der gesamt Hof steht unter Denkmalschutz.«

»Was bedeutet das für uns?«

»Dass dieses Haus in Hobelts Akten nicht zu finden sein wird.«

Kaum hatte Kullmann seinen Satz beendet, stand Anton Grewe in der Tür. »Es ist, wie du vermutet hast. Auf Matthias Hobelts Konto gingen nach Ingo Landrys Verschwinden keinerlei Überweisungen ein. Aber, sollte Sonja Fries weitere Konten auf anderen Banken haben, brauche ich länger, um das in Erfahrung zu bringen.«

»Danke, das genügt«, bestätigte Schnur und wandte sich an Anke: »Hast du Ingo Landry noch einmal gründlich überprüft?«

Anke nickte. Alle schauten sie gebannt an. Als sie sich ihrer Aufmerksamkeit ganz sicher war, legte sie los: »Meine akribische Suche ergab plötzlich einen Namen, den wir kennen.« Dabei schaute sie auf Bernhard und Erik. »Und zwar Hilde Kriebig.«

Die beiden hatte Mühe, ihr Lachen zu unterdrücken.

»Hilde Kriebig hat im Jahr 1966 ein weiteres Kind bekommen, einen Jungen, der auf den Namen Ingo getauft wurde.«

»Das ist der Volltreffer, von dem die Alte gesprochen hat«, rief Erik erstaunt aus.

»Richtig.« Anke nickte. »Ingo war das Kind von ihrem *Volltrottel* namens Volker – wie die Dame selbst so schön gesagt hat. Diese Ehe ging schief, da war Ingo zwei Jahre alt. Sie hat ihn zur Adoption freigegeben und zwar an die Eheleute Landry.«

»So eine Scheiße«, fluchte Schnur. »Dann waren wir von Anfang an auf dem Holzweg. Sibylle Kriebig hätte doch wohl nicht ihren eigenen Bruder getötet.«

»Nun wissen wir auch, warum Matthias Hobelt Sibylle Kriebig entführt hat?«, erkannte Anke. »Er hat das verlogene Spiel durchschaut.«

»Sollte er gewusst haben, dass die beiden Geschwister sind?«, fragte die Staatsanwältin. »Sie sind in grundverschiedenen Verhältnissen aufgewachsen.«

»Egal, ob er das gewusst hat oder nicht. Eines hat er aber auf jeden Fall durchschaut, nämlich, dass Ingo Landry und Sibylle Kriebig ein ganz heimtückisches Spiel mit den Medien getrieben haben«, stellte Schnur fest. »Aus dem Spiel haben sie ihn ausgeschlossen. Deshalb hat nur er für den jetzigen Mord an Ingo Landry und für die Entführung von Sibylle Kriebig ein Motiv.«

»Ich bitte Sie, sofort eine Fahndung nach Matthias Hobelt auszulösen! Und informieren Sie die Kollegen der Bereitschaftspolizei!«, wies Ann-Kathrin Reichert sofort an. »Außerdem ordne ich die Durchsuchung von Matthias Hobelts Haus an.« Dabei schaute sie auf Theo Barthels.

»Welches?«

»Das, in dem er wohnt.«

»Geht klar!« Theo erhob sich von seinem Stuhl.

»Gleichzeitig beantrage ich beim Richter einen Haftbefehl gegen

Matthias Hobelt, weil Gefahr im Verzug ist. Egal, wer ihn zuerst findet, er muss sofort handeln und den Verdächtigen festnehmen. Unser oberstes Ziel ist es, Sibylle Kriebig zu finden. Denn sollte sie in seinen Händen sein, schwebt sie in Lebensgefahr.«

»Dann machen wir uns an die Arbeit!« Schnur klatschte in die Hände, was seine Aufforderung unterstrich. »Erik, du begleitest Anke nach Ormesheim!«

Anke und Erik erhoben sich und wollten auf Bernhard warten. Doch der wurde von Forseti in Beschlag genommen.

Kapitel 44

Mit hastigen Schritten eilte Anke auf den Ausgang zu und wünschte, sie könnte alles ungeschehen machen.

Kullmann folgte ihr. Im Treppenhaus gelang es ihm, sie einzuholen. »Warum so eilig?«

Anke verschnaufte. Sie schaute ihren ehemaligen Chef an und antwortete: »Ich habe wohl meine Klappe zu weit aufgerissen. Meinetwegen sitzt Bernhard in der Klemme.«

»Du hast dir nichts zuschulden kommen lassen«, stellte Kullmann klar. »Bernhard ist für seine Situation selbst verantwortlich. Als Polizist mit seiner Schulung und seiner Laufbahn dürfte ihm so etwas nicht passieren.«

Anke schaute immer noch ungläubig drein.

»Oder ist es heute üblich, mit Verdächtigen zu schlafen?«

»Nein!«

»Also! Konzentrier dich lieber auf die Arbeit, die vor dir liegt! Ich habe beschlossen, euch zu begleiten.«

Erik trat hinzu und rief: »Auf nach Ormesheim!«

Schweigend legten sie die Fahrt zurück, als schleppten sie die Stimmung, die im Büro geherrscht hatte, mit sich. Umso erleichterter fühlten sie sich, als Ingo Landrys Elternhaus endlich in Sichtweite kam. Die Bauweise bot sich geradezu dazu an, in zwei Haushälften aufgeteilt zu werden – so wie hier. Verwahrlosung herrschte auf Ingo Landrys Seite. Die andere Hälfte dagegen stach durch ihre frisch gestrichene Fassade ab. Klappläden hatten Rollläden weichen müssen, das Dach protzte mit neuen Ziegeln. Am Anbau an der Seite befand sich die Haustür. Kullmann ging voraus und klingelte. Dabei vergaß er, dass er nicht offiziell an dem Fall arbeitete, denn als die Tür geöffnet wurde, stellte sich ihm die Frage: Wie sollte er sich ausweisen? Ein kleiner Junge stand vor ihm. Mit großen Augen musterte er die drei Besucher, bevor er in einem Hochdeutsch fragte, das die Polizeibeamten in Staunen versetzte: »Wen kann ich bitte melden?«

»Wir sind von der Polizei«, antwortete Kullmann. »Wem wirst du uns denn melden?«

»Meiner Mutter natürlich«, kam es gelangweilt zurück, »mein Vater ist nicht zu Hause.«

Weiter kam der Junge nicht, da tauchte eine Frau hinter ihm auf. Sie trug eine geblümte Kittelschürze, die ihre rundliche Gestalt verbarg.

»Was wollen Sie von uns?«, fragte sie unfreundlich.

»Wir wollen mit Ihnen über Ihre ehemaligen Nachbarn sprechen.«

Trotz ihrer ablehnenden Haltung ließ sie die drei Polizeibeamten eintreten. Sie folgten ihr durch eine kleine, helle Flur in einen großen Wohnbereich, der von allen Seiten offen war. Mit staunenden Blicken durchquerte Anke den Raum und konnte sich eine Bemerkung nicht verkneifen: »Schön haben Sie es hier.«

»Das hat mein Mann umgebaut«, erklärte die Gastgeberin nicht ohne Stolz.

»Haben Sie Ihre Nachbarn gut gekannt?« Damit ging Erik sofort zur Befragung über, weil er keine Lust hatte, sich über Architektur zu unterhalten.

»Wer hat nicht mitbekommen, was mit Ingo Landry passiert ist?«, fragte der kleine Bengel frech zurück.

»Wenn ich mich schon mit dir unterhalten muss, möchte ich gern deinen Namen wissen«, konterte Erik.

»Ich heiße Kevin, bin dreizehn Jahre alt und gehe auf das Christian-von-Mannlich-Gymnasium in Homburg. Reicht das?«

»Nicht so vorlaut«, bremste Erik den Eifer des Jungen. »Du bist also dreizehn Jahre alt?«

Kevin nickte.

»Dann warst du gerade mal acht, als Ingo Landry verschwunden ist.«

»Ich wusste nicht, dass Polizisten auch rechnen können.«

»Kevin!«, stieß die Mutter entsetzt hervor.

»Ich kann sogar noch weiter zurückrechnen«, richtete Erik sich weiterhin an Kevin. »Als das Buch von Sibylle Kriebig auf den Markt kam, warst du sechs Jahre alt.«

Kevin überlegte eine Weile, wobei er seine Stirn in Falten legte. Nach einer Weile fragte er: »Warum ist das von Bedeutung?«

»Das erkläre ich dir vielleicht später.« Damit spannte Erik den Jungen auf die Folter. »Als Ingo Landrys Buch auf den Markt kam, warst du?«

»Sieben«, antwortete Kevin prompt.

»Du weißt also von den Büchern?«

»Sie glauben, dass ich keine Ahnung habe, was hier los ist?«, gab Kevin frech zurück, »aber da haben Sie sich getäuscht. Oder glauben Sie ernsthaft, mein oller Vater, der jede freie Sekunde in der Kneipe hängt und sich um den Verstand säuft, wäre von selbst auf die Idee gekommen, dass die E-Mails in unserem Briefkasten für die Polizei wichtig sein könnten?«

»Oh!« Nun war es an den Polizeibeamten zu staunen. »Wie heißt dein Vater?«

»Wen wollten Sie denn besuchen?« Die Pfiffigkeit des Kleinen machte den Beamten zu schaffen. »Mein Vater heißt Eberhard Gessner. Er war bei Ihnen. Deshalb sind Sie doch gekommen – oder?«

»Kevin! Du gehst jetzt sofort in dein Zimmer«, befahl die Mutter.

Die Worte verfehlten ihre Wirkung. Kevin dachte nicht daran fortzugehen.

»Wir wollen von Ihnen wissen, ob es hier im Doppelhaus Räumlichkeiten gibt, für die ein ungeschriebenes Nutzungsrecht gilt.« Kullmann richtete sein Anliegen an Frau Gessner. »Vielleicht Speicherräume oder Kellerräume?«

»Sie wollen also wissen, warum Sie die E-Mails nicht gefunden haben«, kombinierte Kevin sofort und lachte laut. »Schön blöd, so aufzufallen, was?«

Die Mutter wurde hochrot vor Scham, doch Kevin war in seiner Überheblichkeit nicht zu überbieten. Erik runzelte die Stirn, ging auf Kevin zu und sprach im beherrschten Tonfall: »Also Dr. Watson! Beantworte bitte unsere Frage!«

»Wenn hier einer der vertrottelte Dr. Watson ist, dann sind Sie das. Ich bin Sherlock Holmes, weil ich viel schneller kombiniere als Sie!«

»Einverstanden! Also dann kombiniere mal: Wo sind hier Zimmer, die von Ingo Landry genutzt wurden, die aber nicht im Grundbuch eingetragen sind?«

Die Antwort gab die Mutter: »Das ganze Haus gehörte früher der Familie Landry, die es für ihre Landwirtschaft nutzte. Im Speicher lagerten sie Heu und Stroh. Als wir ihnen die zweite Hälfte des Hauses abkauften, einigten wir uns mündlich, dass der Familie Landry ein Speicherraum weiterhin zur Verfügung steht, der offiziell aber uns gehört. Im Laufe der Jahre wurde zwar kein Futter mehr dort gelagert, aber die Vereinbarung blieb bestehen. Niemand interessierte sich mehr für den Raum.«

»Können wir ihn sehen?«

»Ich habe keine Schlüssel dazu. Der blieb immer bei den Landrys.«

»Das heißt, der Schlüssel war immer im Besitz von Ingo Landry?«

»Genau das.«

Wieder ertönte die vorlaute Stimme von Kevin: »Und Sie haben keinen solchen Schlüssel bei der Leiche gefunden. Stimmt's?«

»Stimmt! Jetzt brauchen wir deine Hilfe, Mister Überschlau«, kam es von Kullmann. »Wer hat den Schlüssel?«

»Der, der die E-Mails gefunden und in sämtliche Briefkästen von Ormesheim gesteckt hat.«

»Danke für deinen hilfreichen Hinweis. Aber so schlau waren wir auch schon.«

Die Beamten verabschiedeten sich und verließen das Haus. Kevin folgte ihnen. Als sie schon vor der Tür standen, rief er den Beamten hinterher: »Was halten Sie davon, von der anderen Seite in den Speicher zu gelangen? Dort ist bestimmt nicht mehr abgesperrt, weil ja alles entfernt worden ist.«

»Ich habe das Gefühl, dass wir mit unseren Ermittlungen ohne deine wertvolle Geistesgegenwart nicht weiterkommen«, gestand Erik. »Was hältst du davon, für uns zu arbeiten?«

»Pah!«, stieß der Kleine aus. »Das Gegenteil werde ich machen: Ich werde Anwalt und euch alle mal ordentlich in die Mangel nehmen.«

»Oh mein Gott«, stöhnte Kullmann. »Bei dem Gedanken, wegen solcher Rechtsverdreher die eigenen Bemühungen im juristischen Imponiergehabe untergehen zu sehen, bin ich froh, dass mir das erspart bleibt.«

»Stimmt! Wir müssen ihn ausschalten.«

Anke lachte über Eriks Formulierung. »Wie willst du ihn unschädlich machen, den kleinen Racker, der dich ganz schön dumm hat aussehen lassen?«

»Das Einzige, was mir einfällt ist, dass wir ihn für unsere Seite gewinnen müssen.«

»Du meinst, als Staatsanwalt?«

Erik nickte. Sie steuerten die andere Haushälfte an. Erik sperrte das Garagentor auf. Sie durchquerten den großen Raum und gelangten ins

Wohnhaus. Dort standen sie vor leeren Räumen. Anke, Erik und Norbert Kullmann blickten sich erstaunt um.

»Wer hat das Haus leer geräumt?«, fragte Anke.

»Sibylle Kriebig traue ich das nicht zu«, antwortete Erik. »Die hat andere Interessen, als Gerümpel zu entsorgen.«

»Ich vermute Mathias Hobelt dahinter«, spekulierte Kullmann. »Er hatte großen Anteil an Ingo Landrys Leben.«

»Aber Sibylle hatte die E-Mails«, gab Anke zu bedenken.

Sie traten die Treppe hinauf ins Obergeschoss. Kullmanns Blick fiel sofort auf die offen stehende Tür, die er dort bisher noch nicht gesehen hatte.

»Das ist der Raum, von dem wir nichts wussten«, rief er und steuerte darauf zu. Leer!

»Da hat uns jemand ganz schön an der Nase herumgeführt.« Kullmann brummte verärgert, »und tut es fünf Jahre später immer noch!«

Zur Demonstration schloss er die Tür. Wie durch Geisterhand war nichts mehr davon zu sehen. Haargenau passte sie sich der übrigen Wandtapete an.

»Das erinnert mich daran, wie wir auf das Turmzimmer in Sonja Fries' Haus gestoßen sind«, erwähnte Erik mit hochgezogenen Augenbrauen, »auch durch eine Geheimtür.«

Frustriert starrten sie auf die Wand. Sie hörten ein Auto mit erhöhter Geschwindigkeit durch die Adenauer Straße brausen. Ansonsten blieb alles still. Bis die beunruhigenden Klänge von *Spiel mir das Lied vom Tod* die Stille zerrissen. Hastig kramte Erik in seiner Hosentasche und zog sein Handy hervor. Auf dem Display las er den Namen seines Vorgesetzten Jürgen Schnur. Er stellte das Handy auf *Lautsprecher*, damit Anke und Kullmann mithören konnten.

»Ein Verdächtiger hat sich im Freilichttheater in Gräfinthal verschanzt. Wir gehen davon aus, dass es sich um Matthias Hobelt handelt, weil er ehrenamtlich dort arbeitet und sich deshalb bestens auskennt. Er ist nicht allein. Vermutlich hat er Sibylle Kriebig als Geisel dabei. Das Sondereinsatzkommando ist schon dort. Sie warten auf euch!«

Kapitel 45

Blaulicht blinkte über den großen Parkplatz vor dem Restaurant *Gräfinthaler Hof*. Polizisten sperrten das Gebiet weiträumig ab. Schaulustige aus der Nachbarschaft sammelten sich hartnäckig. Hausfrauen hatten ihre Arbeit niedergelegt, um ihrer Neugier zu frönen. Alte Herren unterbrachen ihren Spaziergang, Mütter hielten ihre unruhigen Kinder an den Händen fest, in der Hoffnung, etwas zu sehen. Alle sprachen durcheinander.

»Wo mein Timmy nur steckt?«

»Hast du keine anderen Sorgen? Lass das Kind doch spielen! Ich kann meine Alice auch nicht anbinden. Mich interessiert viel mehr, was hier passiert ist.«

»Nachher muss ich ihm alles haarklein erzählen.«

»Dann ist er genauso neugierig wie seine Mutter, ha ha!«

»Haben Sie wieder eine Leiche gefunden?«

»Keine Ahnung. Uns sagt ja keiner was.«

»Wen es dieses Mal erwischt hat?«

»Hoffentlich mal einen von denen, die uns diese Biosphäre aufs Auge drücken wollen.«

An der Absperrung standen mehrere Kollegen, vor denen sich die Polizeibeamten ausweisen mussten, damit sie passieren durften. Der Weg zum Parkplatz der Freilichtbühne führte über eine asphaltierte Straße. Sie mündete in einen Schotterweg, der unter Ahornbäumen, Buchen, Eichen und Robinien hindurchführte. Ihre grauen Äste senkten sich über ihre Köpfe. Sie überquerten eine kleine Zugbrücke, die über ein ausgetrocknetes Flussbett – den Burggraben – führte. Dann passierten sie zwei Flankentürme, den Eingang zum Theater. Das Arrangement wirkte wie eine Festung. Am Kassenhäuschen direkt dahinter stand der Leiter des Sondereinsatzkommandos. Von dieser Stelle aus hatte er eine gute Sicht über die Sitzreihen und die Bühne, die mit Hauskulissen ausgestattet war. Auf der linke Seite stand die Villa Kunterbunt von Pippi Langstrumpf. In der Mitte ein großes Gebäude mit der Aufschrift *Schule*, rechts daneben eine Scheune. Verbunden wurden die Bühnenbilder mit Toreingängen, durch die hindurch die Bäume des angrenzenden Waldes zu erkennen waren.

»Warum wundert es mich nicht, gerade dich hier anzutreffen?«, fragte der Einsatzleiter Norbert Kullmann in einem Tonfall, der weder verriet, ob er sich über das Wiedersehen freute oder nicht.

»Wo hält sich der Verdächtige auf?« Mit dieser Frage überging Kullmann die Bemerkung einfach.

»In der Villa Kunterbunt.«

»Das verstehe ich nicht«, grübelte der ehemalige Kriminalist. »Handelt es sich hierbei nicht um eine Kulisse?«

»Doch! Aber das Haus ist über zwei Etagen begehbar. Hinter der Kulisse sind geschlossene Räume.«

»Kann der Verdächtige über einen Hinterausgang fliehen?«

»Keine Sorge! Wir haben das Gelände umstellt. Es gibt keinen Schlupfwinkel.«

Kullmann verstummte. Die Stille, die schlagartig einkehrte, war erdrückend. Kein munteres Vogelgezwitscher. Die Zugvögel waren längst Richtung Süden geflogen. Stattdessen verbreitete das vereinzelte Krächzen der Raben eine unheilvolle Stimmung. Die Sonne verschwand hinter dunklen Wolken, Wind frischte auf, trockenes Laub raschelte, die Temperatur sank.

»Das ganze Gebiet ist umstellt. Kommen Sie mit erhobenen Händen heraus!«, schepperte es blechern über die Naturbühne.

Keine Bewegung, kein Laut, nichts.

Der Einsatzleiter wartete eine Weile, bis er seine Aufforderung durch sein Megafon wiederholte.

»Ich sehe eine Bewegung«, ertönte eine Stimme durch das Funkgerät. »Ich habe einen Hinterkopf im Visier.«

»Nicht schießen!«

»Er bewegt sich nicht – gibt eine sichere Zielscheibe ab.«

»Ich wiederhole: Nicht schießen!«

Stille.

»Ich sehe eine zweite Person.«

»Vermutlich die Geisel! Wir werden nicht schießen, solange ich nicht den Befehl dazu gebe«, befahl der Einsatzleiter durch sein Funkgerät. Wieder trat Stille ein. Eine Weile verstrich, ohne die geringste Bewegung, ohne Lebenszeichen. Der Einsatzleiter wiederholte seine Aufforderung: »Kommen Sie mit erhobenen Händen heraus!«

Die Sonne schaute hinter den Wolken hervor. Gleißend hell leuchtete das Freilichttheater. Plötzlich ertönte ein Poltern. Anke nahm am Rande des Gesichtsfeldes die im Sonnenschein aufblitzenden Gewehre wahr, die fast gleichzeitig mit dem Geräusch in Stellung gebracht wurden. Ein Fuß wurde sichtbar. Dann eine Hand, die ein Zeichen gab, dass sich keine Waffe darin befand.

»Haltet eure Zeigefinger ruhig«, sprach der Einsatzleiter, der dieses Schauspiel gebannt beobachtete, in sein Funkgerät. Eine zweite Hand winkte hinter der Mauer hervor; eine Sekunde später erschien die ganze Gestalt gut sichtbar auf der Bühne. Vor der großen Schar bewaffneter Männer stand ein Kind! Ein Junge. Er zitterte am ganzen Körper, seine Hose war nass. Die Hände hielt er hoch erhoben, als würde ihm diese Haltung Sicherheit geben.

»Bitte nicht schießen!«, rief er mit weinerlicher Stimme. »Wir haben doch nur gespielt.«

Kaum hatte er ausgesprochen, trat ein kleines Mädchen hinter ihn. Es war nicht in der Lage, die Hände zu heben, weil es bitterlich weinte.

»Entwarnung«, bekundete der Einsatzleiter. »Die Zeitungsmeldung will ich morgen lieber nicht lesen.«

Anke lief sofort zu den beiden Kindern auf die Bühne, um sie zu beruhigen. Erik kehrte zu den Schaulustigen zurück, weil er vermutete, dass es sich bei den beiden um Alice und Timmy handelte, deren Namen er aufgeschnappt hatte. Kullmann blieb beim Einsatzleiter, dessen Gesichtsfarbe von kalkweiß auf puterrot gewechselt war.

»Wie erzähl ich's meinen Kindern?«

Kapitel 46

Die Wolken wurden immer schwärzer, eiskalter Wind pfiff ihr um die Ohren, Regentropfen peitschten ihr ins Gesicht. Sybille hatte Mühe zu erkennen, wohin sie lief. Dabei versuchte sie, ihr Tempo zu beschleunigen. Aber ihre Beine packten sie nicht mehr. Sie stolperte, rappelte sich wieder auf, taumelte weiter.

Vor ihr lag die Brücke zur Vaubaninsel. Daneben die Baustelle der Ausgrabungen. Ein hoffnungsvoller Blick darauf, aber dort war niemand mehr. Die Arbeiten waren für diesen Tag beendet.

Blieb nur die Flucht auf die Insel. Der Verfolger war schon dicht hinter ihr.

Sirenengeheul ertönte. Einen Augenblick blieb sie stehen, weil sie schon an ihre Rettung glauben wollte. Aber sie täuschte sich. Schnell erkannte sie, dass ein Krankenwagen das Rot-Kreuz-Krankenhaus ansteuerte. Dieser Irrtum kostete sie wichtige Sekunden. Sofort versuchte sie, die verlorene Zeit wieder gutzumachen und beschleunigte ihr Tempo. Im Laufen schaute sie sich auf der Insel um, in der Hoffnung, dort jemanden anzutreffen, der ihr helfen könnte.

Aber auch dort war alles menschenverlassen.

Sie gelangte an eine Weggabelung. Sich zu entscheiden, blieb ihr zum Glück erspart, weil sie genau wusste, wo sie hinlaufen musste.

Zögern könnte ihren Tod bedeuten.

Wie von Furien gehetzt wählte sie den linken Pfad, der direkt zu dem kleinen Bunker führte, dessen Absperrung aus der Verankerung gerostet war. Sie sprang die mit Hecken überwucherte Böschung hinunter und steuerte ohne Zögern das steinerne Gemäuer an, das sich ganz nah am äußeren Rand der Vaubaninsel befand. Hastig riss sie das rostige Gitter ab und wollte hineinspringen, da hörte sie etwas dicht hinter sich.

Erschrocken drehte sie sich um.

Kapitel 47

»Du setzt die Befragung von Sonja Fries fort!«

Anton Grewe nickte, eilte zum Vernehmungszimmer.

»Und du mit Antonia Welsch«, wandte sich Schnur an Hollmann.

»Geht klar!«

Dann steuerte er sein Büro an. Bernhard Diez wartete auf ihn. Er war nicht allein. Forseti stand bei ihm. Schnur spürte, dass ihm dieses Mal die Situation aus der Hand glitt. Bei dem Gedanken fühlte er sich nicht wohl. Bernhards Miene schwankte zwischen Unsicherheit und Trotz, so als sei er sich nicht im Klaren, wie er sich verhalten sollte.

Forseti stellte seine erste Frage: »Sie haben also ein umfassendes Geständnis der drei Damen! Wie kommt es, dass alle davon wissen, nur Ihre Vorgesetzten nicht?«

Bernhard schaute Forseti direkt ins Gesicht, während er antwortete: »Ich hielt es für einen schlechten Scherz.«

»Ach so! Wir belieben zu scherzen?« Forseti staunte. »Nur seltsam, dass alle Details, die sie Ihnen verraten haben, haargenau auf die Leiche zutreffen, die wir im Wald gefunden haben – bis auf die Identität.«

Bernhards Augen funkelten böse. Er atmete tief durch und wollte zu einer unfreundlichen Antwort ansetzen, da hob Schnur die Hand, um die beiden zu stoppen. Forseti wurde ungehalten, Bernhard atmete erleichtert aus.

»Bernhard, ich gebe dir den guten Rat, antworte sachlich. Ich möchte dir nämlich helfen, was nur geht, wenn du dich kooperativ zeigst.«

»Okay, Chef.« Bernhard nickte.

»Also berichte uns, was passiert ist an dem Abend!«

»Es war Feierabend. Ich habe im Marschall-Ney-Haus ein Bier getrunken. Drei Frauen gesellten sich dazu, luden mich ein und redeten mir den Kopf voll, ohne, dass ich es wollte«, versuchte Bernhard sich aus der Affäre zu ziehen, »seit ich im Polizeidienst bin, ist mir das schon oft passiert. Die Leute wollen sich bei mir wichtig machen.«

»Mit Details, die niemand wissen kann, außer dem Täter selbst?«, hakte Schnur nach. Bernhard schluckte.

»Ich glaube, ich kann die Frage selbst besser beantworten«, sprach

Forseti. »Sie lassen sich auf eine Liebesnacht mit den Verdächtigen ein – eine äußerst kompromittierende Situation, erhalten in dieser Nacht alle Einzelheiten eines Verbrechens mitgeteilt, von dem Sie bis dato noch nichts wussten und finden sich nun in der heiklen Situation, mit der Offenlegung Ihres Wissens Ihre Stellung zu riskieren.«

Bernhard fühlte sich ertappt.

»Das ist wirklich ein Problem! Sie dachten, Sie können es lösen, indem sie einfach den Mund halten. Und nun kommt doch alles heraus. Und warum? Weil der Tote gar nicht wie erwartet unser Mann ist, sondern ein ganz anderer. Die neuen Fakten werfen alle bisherigen Theorien über den Haufen.«

Bernhard brauchte nichts mehr zu seiner Verteidigung zu sagen. Forseti zu täuschen war ein Ding der Unmöglichkeit.

»Wissen Sie, was mit Polizeibeamten geschieht, die sich eines solches Dienstvergehens schuldig machen?«

»Ich halte es für zu früh, jetzt schon über ein Strafmaß zu sprechen«, mischte sich Schnur ein.

»Ich weiß, was Sie denken«, gab Forseti unfreundlich an den Hauptkommissar zurück. »Ich erinnere mich, Ihnen im Fall Esther Weis aufgetragen zu haben, eine Konsequenz aus ihrem Fehlverhalten zu ziehen. Stattdessen haben Sie die Polizistin mit einem Fortbildungslehrgang aus der Feuerlinie gezogen. Sie dachten wohl, aus den Augen, aus dem Sinn?«

Schnur funkelte Forseti böse an. Es war eine glückliche Fügung, dass gerade in dem Augenblick die Tür geöffnet wurde und Grewe und Hollmann eintraten.

»Haben Sie bei der Vernehmung der Verdächtigen Ihre Manieren über Bord geworfen?«, schimpfte Forseti. »Normalerweise klopft man an, bevor man hereinplatzt.«

»Habt ihr interessante Fakten bei euren Befragungen erfahren?«, fragte Schnur hastig, um die geladene Stimmung zu entschärfen.

»Wir haben einen Durchbruch erzielt«, erklärte Horst Hollmann nicht ohne Stolz, »nur deshalb platzen wir hier so rein.«

»Erzähl!«

»Sonja Fries hat sich verplappert«, begann Grewe und grinste.

»Und was ist daran so interessant, dass Sie uns hier stören müssen?«

»Wir haben die Damen zusammen in einem Zimmer befragt. Dabei ist Sonja Fries etwas herausgerutscht, was Antonia sofort dementieren wollte. Das hat uns erst recht aufmerksam gemacht.«

»Und was?«

»Es ging um die Identität des Toten im Koppelwald.«

Kapitel 48

Zurück blieben Norbert Kullmann, Anke Deister und Erik Tenes.

Sie schauten der Truppe des Sondereinsatzkommandos nach, wie sie mit ihren Wagen langsam vom Parkplatz davonfuhren. Die Stimmung war gedrückt. Sie hatten nicht nur nichts erreicht sondern sich sogar der Lächerlichkeit preisgegeben. Die Geisel schwebte immer noch in Gefahr – nur gab es keinen Hinweis, wo sie nach ihr suchen konnten.

Kullmann atmete tief durch. Erst als der letzte Wagen aus seinem Blickfeld verschwunden war, kam ihm ein Geistesblitz: »Ich habe eine Idee, wo Matthias Hobelt stecken könnte.«

»Wo?«, fragte Anke hastig.

».Matthias Hobelts Elternhaus steht im Sulgerhof in Ormesheim steht. Der Sulgerhof wurde 1563 erstmals urkundlich erwähnt. Reste aus der zweiten Hälfte des 16. Jahrhundert sind erhalten – diese Reste bestehen hauptsächlich aus Fassaden, aber auch vereinzelt aus Gebäuden, unter denen sich das Elternhaus befindet.

Einen besseren Ort, sich mit einer Geisel zu verschanzen gibt es nicht.«

»Aber du erwähntest auch, dass das Haus von der Gemeinde Ormesheim gekauft wurde, um es zu restaurieren.«

»Deshalb fahren wir jetzt zum Büro des Rathauses und erkundigen uns, ob schon mit den Arbeiten angefangen wurde.«

»Sehen wir das nicht, indem wir dort hinfahren«, schlug Anke mit einem Blick auf die Uhr vor. »Ob wir um diese Zeit noch jemanden im Rathaus antreffen, ist nämlich sehr fraglich.«

»Deshalb sollten wir uns beeilen.«

Zügig fuhren sie los. Wieder einmal passierten sie den Reitstall Hunackerhof. Dort geschah das Unvermeidliche. Vier große Pferdetransporter bogen direkt vor ihnen in die Hauptstraße ein. Mit ihrem gemächlichen Tempo nötigten sie die drei Polizeibeamten ebenfalls langsam zu fahren.

Anke erinnerte sich, dass in Zweibrücken ein großes Turnier stattfand. Der Reitverein Hunackerhof nahm daran mit einer eigenen Mannschaft teil. Die Schlange aus Pferdetransportern und Wohnwagen war durch den starken Gegenverkehr nicht zu überholen. Bis zur Ortsmitte mussten sie dahinter ausharren. Am Rathaus Ormesheim angekommen, versuchten sie die verlorene Zeit durch einen Sprint in das Gebäude wieder aufzuholen. Wie sie befürchtet hatten, war dort alles verwaist. Aber sie hatten Glück, weil es einem der Beamten nicht gelungen war, rechtzeitig in den Feierabend zu entkommen. Er befand sich gerade auf dem Weg zum Ausgang.

Kullmann trat ihm entgegen und bombardierte ihn sofort mit seiner Frage. Der Mann schaute ihn so verdutzt an, dass Kullmann das Gefühl beschlich, Suaheli zu sprechen. Als der Beamte sich endlich entschloss, etwas zu antworten, war Kullmann direkt erleichtert: »Ich muss nachsehen, was mit dem Sulgerhof passiert. Auswendig weiß ich das nicht.«

»Dann machen Sie das bitte!«

»Ich habe jetzt Feierabend. Kann das nicht bis morgen warten?«

»Nein! Wir befinden uns in dringenden, unaufschiebbaren Ermittlungen in einem Mordfall«, reagierte Kullmann gereizt.

Der Beamte schien die Dringlichkeit dieser Worte immer noch nicht zu erkennen, denn er stand weiterhin wie angewurzelt mit einem Gesichtsausdruck da, der energischen Unwillen verriet.

»Würden Sie jetzt bitte nachsehen!«, drängte Kullmann unbeirrt weiter.

Der Angesprochene gab nach, legte seine Tasche ab und öffnete mehrere Aktenschränke, bis er das Gesuchte fand.

»Nein«, las er aus der Akte. »Hier steht nichts davon, dass in dem Haus von Familie Hobelt bereits mit der Restaurierung begonnen wurde. Ein Antrag auf Bezuschussung ist abgelehnt worden.«

»Ich habe gehört, dass es unterirdische Gänge unter diesem historischen Gemäuer geben soll«, sprach Kullmann weiter. »Solche Details sind für unseren Einsatz wichtig. Sind diese Gänge auf ihren Plänen vermerkt? Wenn ja, sind sie begehbar?«

»Der Denkmalschutz hat alles genau überprüft«, antwortete der Beamte. »Diese Gänge gibt es nicht. Zumindest nicht unter dem Sulgerhof.«

»Gut zu wissen.« Kullmann nickte erleichtert. »Und was ist das, was Sie da in Ihren Händen halten?«

»Das ist der Lageplan des Sulgerhofs.«

»Kann ich den mitnehmen?«

»Ich mache Ihnen lieber eine Fotokopie, weil wir den Plan selbst brauchen.« Der Beamte schien endlich zum Leben zu erwachen. Nachdem er die Kopie angefertigt hatte, griff er hastig nach seiner Tasche und eilte in einem Tempo hinaus, dass er nicht mehr zu stoppen war.

Dem Plan konnten die Polizeibeamten entnehmen, dass das Haus der Familie Hobelt gegenüber dem Eingangstor stand, mit der Rückseite zu einem Nachbargrundstück. Die Bauweise des Sulgerhofs war quadratisch, mit großem Innenhof. Hinter den alten, dicken Mauern standen Wohnhäuser. Die Auflagen des Denkmalschutzes waren strikt eingehalten worden, was einerseits schön anzusehen, aber andererseits von außen schwer voneinander zu unterscheiden war. Ein Haus glich dem anderen.

»Wir müssen die Abgrenzungen zu den Nachbarhäusern herausfinden«, überlegte Erik laut, als er den Plan begutachtete.«

»Und dann?«, fragte Anke.

»Dann gehen wir hinein wie ein verliebtes Pärchen, das sich das antike Bauwerk ansehen will.«

»Matthias Hobelt kennt uns«, hielt Anke dagegen. »Der Plan gelingt nur, wenn er an Alzheimer leidet.«

»Stimmt«, murrte Erik.

Doch dann leuchteten seine Augen auf.

»Was sehe ich denn hier?« Er zeigte auf dem Plan auf einen schmalen Spalt, der zwischen Matthias Hobelts Haus und dem Nachbarhaus lag.

»Dort können wir ungesehen hindurch schleichen und zur Haustür gelangen.«

»Und klingeln und sagen, dass wir ihn festnehmen wollen.« Ankes Begeisterung hielt sich in Grenzen.

»Erik hat Recht«, mischte sich Kullmann ein. »Einer von uns kommt von vorne, einer von hinten. Wir gehen genauso strategisch vor, wie das Einsatzkommando das normalerweise tut. Nur einen Haken hat die Sache.« Kullmann blickte auf Anke und Erik. »Wie bekommen wir heraus, ob er bewaffnet ist.«

»Wo soll Matthias Hobelt eine Waffe herbekommen?«, fragte Erik. »Es ist keine auf ihn eingetragen.«

»Er könnte Ingo Landrys Waffe haben«, antwortete Kullmann. »Sie ist nicht wieder aufgetaucht.«

»Das können wir nur feststellen, wenn wir uns an das Haus heranschleichen und ihn beobachten«, antwortete Erik. »Ein Fernglas haben wir im Wagen.«

»Klingt zwar gefährlich, aber so machen wir es.«

Die drei Polizeibeamten bogen in das Wohngebiet Neumühle ein, das seinen Namen einer Getreidemühle verdankte, die gleich an der ersten Gabelung einen Großteil der Straße einnahm. Nur wenige Meter weiter stießen sie auf den Sulgerhof, dessen antike Bauweise inmitten der neuen Wohnhäuser hervorstach. Sie ließen das historische Anwesen hinter sich und bogen an der nächsten Gabelung rechts ab. Dort setzte sich die dichte Häuserreihe fort. An einer Stelle, an der ein zertrampelter Pfad zwischen zwei Häusern hindurch zu einer großen Wiese führte, hielten sie an.

Anke, Erik und Kullmann stiegen aus,

Sie schauten sich um und stellten schnell fest, dass der einzige Weg, der von dieser Stelle aus zum Sulgerhof führt, über einen verwilderten Trampelpfad führte.

»Das gefällt mir nicht«, gestand Kullmann. »Da komme ich mit meinem athletischen Körper nicht so elegant durch wie eine Gazelle. Eher wie ein Trampeltier, sodass Hobelt uns bemerkt, bevor wir das Haus im Blickfeld haben.«

»Ich habe ein Taschenmesser dabei, damit schneide ich den Weg frei«, schlug Erik vor.

Kullmann rümpfte die Nase und folgte den beiden trotzdem.

Als die Ruine in Sicht kam, konnten sie schon von ihrem Standpunkt aus den schmalen Spalt zum Nachbarhaus sehen.

»Ich gehe nach vorn. Ihr bleibt auf der Rückseite!«, befahl Erik. »Sobald ich etwas ausgespäht habe, komme ich zurück und berichte.«

Weg war er.

Zurück blieben Anke und Kullmann, die sich an den rückwärtigen Teil des Hauses heranschlichen, der von unregelmäßigen Steinen, tiefen Löchern und verrosteten Maschendrahtzäunen umgeben war. Anke gelang es, die Hintertür zu erreichen. Zuerst zog sie ihre Waffe, dann drückte sie die Klinke nach unten.

Verschlossen.

Sie warf einen Blick in das Fenster in Augenhöhe, konnte aber nichts erkennen. Enttäuscht ging sie die wenigen Meter zur Kullmann zurück.

Im gleichen Augenblick tauchte Erik wieder auf.

»Ich habe ihn gesehen.

»Er hoffentlich nicht dich«, stieß Kullmann leise aus.

»Nein! Er saß mit dem Rücken zum Fenster und war allein. Eine Waffe habe ich auch nicht bei ihm gesehen. Weder in seiner Hand noch auf dem Tisch in seiner Nähe.«

»Komisch! So unbedarft, wenn er eine Geisel bei sich hat?«, fragte Anke ungläubig.

»Na ja! Zumindest ist es gut für uns«, hielt Erik dagegen. »Ich gehe jetzt rein und hole den Burschen da raus, bevor er Gelegenheit hat, der Geisel etwas anzutun. Wenn ich ihn habe, pfeife ich laut durch die Zähne. Ihr bleibt hier, falls er mir entkommt und durch einen Hinterausgang fliehen will.«

Kullmann und Anke nickten.

Erik verschwand wieder zwischen den beiden Häusern.

Es dauerte keine fünf Minuten, schon ertönte ein lauter Pfiff.

Kapitel 49

»Hab ich dich, du Mörderin!«

Sie konnte ihn in der Dunkelheit nur hören, nicht sehen. Ohne ihr Tempo zu verlangsamen, irrte sie tiefer in den Bunker hinein, der vor einigen Jahren als Diskothek gedient hatte. Immer wieder stieß sie gegen etwas, das Lärm verursachte. Dadurch hatte ihr Verfolger ein leichtes Spiel, ihren Standort auszumachen.

»Du hast mich von Anfang an zum Narren gehalten – dachtest, ein Versager wie mich könnte man mit Leichtigkeit übers Ohr hauen. Aber du hast dich verrechnet. Ich bin dahintergekommen und werde jetzt Gleiches mit Gleichem vergelten!«

Sibylle spürte, wie ihr vor Angst Gänsehaut über den Körper kroch. Sie sah immer noch nichts, die Dunkelheit war so schwarz, dass ihre Augen sich nicht daran gewöhnen konnten. Ihr blieb nichts anderes übrig, als blind weiterzugehen.

»Dein dämliches Buch ist eine Beleidigung für jeden intelligenten Leser«, höhnte die Stimme weiter. »Allein der Titel verdient schon, dass das Buch in den Boden gestampft wird. *Frauen an die Macht*, pah! Dass ich nicht lache. Ich werde jetzt den Spieß umdrehen. Jetzt bist du nämlich diejenige, die sich vor Angst in die Hosen scheißt und sterben wird. So sieht es im wirklichen Leben aus. Die Frauen sind die Opfer – nicht die Männer!«

Sibylle erkannte selbst, dass die Rollen sich vertauscht hatten. Dass sie mit ihrem Buch ihre eigene Prophezeiung schreiben würde, hätte sie nicht für möglich gehalten. Mit ihrem Schienbein stieß sie an einen harten Gegenstand. Der Schmerz war so heftig, dass es ihr den Atem verschlug.

»Ja! Da kannst du ruhig nach Luft schnappen«, kam als Reaktion darauf. »Das Buch von Ingo Landry, den du so fertig machen wolltest, ist im Gegensatz zu deinem Schundroman ein Geniestreich. Ich gebe den Zeitungen bedingungslos Recht. Die Kritiken waren nicht unfair, als sie Ingo Landrys Buch als das bessere hinstellten. Im Gegenteil: Viel zu schonend sind die Reporter mit dir umgegangen. Es war nur dein persönlicher Neid auf seine tolle Schreibfähigkeit, dass du die Klage eingereicht hast. Du konntest es nicht ertragen, dass ein Mann besser schreibt als eine Frau!«

Der Schmerz ließ nach. Sibylle setzte ihren Weg fort. Doch leider nicht sehr weit, da stand sie vor einer Wand. Hastig tastete sie alles ab, fand aber nichts, keinen Schlupfwinkel, keinen Fluchtweg nichts.

»Das Spiel ist aus«, hörte sie seine Stimme ganz nah, »du sitzt in der Falle! So dumm, wie die Frauen nun mal sind, landen sie am Ende immer in der Falle.«

Kapitel 50

Da standen sie vor dem vermeintlichen Mathias Hobelt. Dieser Mann sah Mathias Hobelt ähnlich, war es aber nicht. Und eine Geisel gab es weit und breit auch nicht.

»Wer sind Sie?«, fragte Anke.

»Hubert«, kam es wortkarg zurück.

»Und wie weiter?«

»Dors.«

»Was machen Sie im Haus von Mathias Hobelt?« Diese Frage kam von Kullmann, dessen gute Laune schlagartig verflogen war.

»Er sagte, ich solle dort auf ihn warten. Er wollte etwas zu essen besorgen.«

»War er allein, als Sie sich mit ihm verabredeten?«

»Ja!«

Ratlos schauten sich Kullmann, Anke und Erik an.

»Wie komm ich nach Hause?«, fragte Hubert Dors.

»Laufen«, antwortete Anke. »Das macht den Kopf frei.«

»Scheißbullen!«

Keiner beachtete ihn.

»Heute ist nicht unser Tag«, erkannte Kullmann. »Jetzt weiß ich nicht mehr weiter.«

»Aber ich«, meldete sich Anke zu Wort. Gerade war ihr eingefallen, wo sie Hubert Dors schon einmal gesehen hatte. Er war der Mutige gewesen, der sich auf dem Hunackerhof dem galoppierenden Rappen in den Weg stellen wollte, um ihn aufzuhalten.

Auf die staunenden Blicke von Kullmann und Erik antwortete sie: »Die LKW-Kolonne! Hubert Dors treibt sich immer am Hunackerhof herum. Ich vermute, dass Mathias Hobelt an seiner Stelle auf einem der Wagen nach Zweibrücken unterwegs ist.«

»Was?«, plärrte Hubert Dors. »Die sind ohne mich weggefahren?« Kullmann überging den Einwurf. »Worauf warten wir noch?«

»Sollen wir ihn wirklich bis Zweibrücken verfolgen?« Erik zweifelte. »Dringen wir damit nicht in unerlaubtes Gebiet vor?«

»Wenn wir uns beeilen, können wir die Kolonne aufhalten, bevor sie die Landesgrenze passiert«, erklärte Kullmann.

Das Argument wirkte wie ein Startschuss. Im Eiltempo suchten sie ihren Dienstwagen auf und fuhren los. Sie durchquerten Ormesheim, steuerten die Bundesstraße B 423 an, die sie bis zur Autobahn A 8 führte. Dort erhöhten sie ihre Geschwindigkeit.

Aber es gelang ihnen nicht, die Turniermannschaft innerhalb der saarländischen Landesgrenzen zu stoppen. Im Nu gelangten sie in die angrenzende Pfalz, wo sich zwischen den kahlen Bäumen, den abgeernteten Feldern und den ausgezehrten Wiesen die Stadt Zweibrücken abzeichnete.

Das große Landesgestüt lag mitten in der kleinen Stadt. Die breitgefächerte Anlage erstreckte sich zwischen der Staatsanwaltschaft am Goetheplatz, dem Zweibrücker Schloss, dem Rosengarten und einem Altenwohnheim. Den Eingang zierten zwei steinerne Pferdeköpfe auf hohen Säulen. Reitplätze nahmen die eine Hälfte ein, gesäumt von Laubbäumen und dem Schwarzenbach. Die andere Seite bestand aus mehreren Stallungen, die in verschiedenen Epochen erbaut worden waren – beginnend im achtzehnten Jahrhundert.

Zwischen den Gebäuden parkten die LKWs der Reitermannschaften. Sie waren gerade dabei, ihre Pferde auszuladen.

Anke steuerte die Stallbesitzerin des Hunackerhofs an und fragte nach Matthias Hobelt. Als Antwort kam nur ein Schulterzucken.

Ein Mann kam herbeigeeilt und rief mit zorniger Stimme: »Bei uns war ein Mann in der Sattelkammer. Als ich die Tür öffnen wollte, schlug er sie mir heftig an den Kopf, dass mir schwarz vor Augen wurde. Nur deshalb konnte der Mistkerl abhauen.« Seine Beule an der Stirn bezeugte diese Aussage.

»Wissen Sie, in welche Richtung er abgehauen ist?«, fragte Erik den Mann.

Der Mann schüttelte bedauernd den Kopf und meinte: »Schnappen Sie den Kerl! Der soll mich nicht umsonst k.o. geschlagen haben.«

Kullmann betätigte sein Handy. Auf Ankes fragenden Blick erklärte er: »Ich rufe die Kollegen in Zweibrücken an. Sie müssen darüber informiert werden, dass wir in ihrem Hoheitsgebiet einen Verdächtigen verfolgen.«

»Wie willst du erklären, was du hier als Ruheständler verloren hast?«

245

»Ich kenne da einen. Der Kollege und ich sind alte Freunde durch frühere gemeinsame Aktivitäten. Zum Glück!«

Lautes Gekrächze von unzähligen Raben lenkte sie ab. Sie verbreiteten eine unheilvolle Stimmung.

»Wir sollten dort mal nachsehen«, schlug Erik vor. »Die Ansammlung an Raben muss doch eine Bedeutung haben.«

»Und welche?«, fragte Anke.

»Dass Matthias Hobelt sich dort versteckt und dabei die Raben aufgescheucht hat.«

Sie verließen das Gelände des Gestüts, erreichten den kleinen Schwarzenbach, an dessen Ufer sie entlanggingen, bis sie an eine niedrige Brücke gelangten.

Erik bückte sich, um hineinzusehen.

»Hier ist er nicht.«

Im gleichen Augenblick hörten sie über ihnen lautes Geschrei.

Schnell sprangen sie die Uferböschung hoch, da sahen sie auch schon viele Menschen, die in großer Aufregung waren. Alle zeigten in die gleiche Richtung.

Erik sprintete auf die aufgeregte Menge zu, die sich an der Heilig-Kreuz-Kirche, einem neugotischen Bau versammelt hatte.

Anke hatte Mühe, ihm bei diesem Tempo zu folgen. Doch kaum hatte sie ihn erreicht, hörte sie, wie die Menschen berichteten, ein Mann mit Waffe sei an ihnen vorbeigelaufen. Dabei zeigten sie auf den Schlossgarten, der direkt an das Zweibrücker Schloss angrenzte.

Sie passierten das barocke Gebäude, überquerten den Kopfsteinpflasterplatz, wobei Anke Mühe hatte, nicht umzuknicken, bis sie an Arkaden gelangten. Dort schlug ihnen das gleiche Bild entgegen. Schreiende, schimpfende und rufende Menschen.

»Das wird mir zu heiß«, gestand Anke. »Matthias Hobelt ist bewaffnet und bedroht unschuldige Passanten.«

»Stimmt! Für dich wird es zu gefährlich. Ich werde ihn allein verfolgen«, bestimmte Erik. »Geh zurück zu Kullmann und sieh zu, dass er die Zweibrücker Kollegen zu Hilfe ruft!«

Anke wurde bei seinen fürsorglichen Worten warm ums Herz. Dabei war der Augenblick nicht gerade der richtige, um sich Zeit für solche Empfindungen zu nehmen. Erik bemerkte ihre Verfassung nicht, sondern rannte sofort in die gleiche Richtung, die Matthias Hobelt eingeschlagen hatte.

Sie kehrte um und suchte Kullmann. Der hing – wie fast schon die ganze Zeit, seit sie in Zweibrücken angekommen waren – am Handy. Zusammen überquerten sie einige Straßen, bis sie ans Rathaus gelangten.

Anke suchte mit gehetztem Blick den Herzogplatz und die angrenzenden Häuser ab.

»Wo kommt ihr denn her?«, fragte Erik staunend, der gerade aus der entgegengesetzten Richtung auf sie zustürmte.

»Wir haben die Abkürzung genommen, weil unsere Kondition nicht mehr so gut ist.« Kullmann grinste schelmisch.

»Dann muss er euch begegnet sein«, spekulierte Erik sofort.

»Nein. Ist er nicht.« Anke schüttelte den Kopf.

»Dann kennt er sich hier aber verdammt gut aus«, schimpfte Erik und schlug mit der Faust in die Luft. »Ich war ihm nämlich dicht auf den Fersen.«

»Wenn man bedenkt, dass er ein Auto mit Zweibrücker Kennzeichen hat«, überlegte Anke laut, »können wir annehmen, dass er eine Zeitlang hier gelebt hat.«

»Und was tun wir jetzt?«, fragte Erik.

»Wir kehren zurück zum Landesgestüt und warten dort auf die Kollegen aus Zweibrücken. Sie werden ab hier übernehmen«, erklärte Kullmann.

Enttäuschung machte sich bei Anke und Erik breit.

Resigniert schlugen sie den Weg zum Gestüt ein.

Kapitel 51

Matthias Hobelt presste sich an die Wand des Pferdetransporters. Von dort hatte er gute Sicht, ohne gesehen zu werden. Die Turnierreiter befanden sich alle auf den verschiedenen Reitplätzen. Von ihnen erwartete er so schnell niemanden zurück.

Sein Atem ging stoßweise.

Dieser Riesenbulle Erik Tenes war verdammt schnell. Matthias verdankte sein Entkommen nur dem glücklichen Umstand, sich in Zweibrücken gut auszukennen. Oft genug musste er als Kind seine Ferien hier bei seiner Tante verbringen. Früher hatte ihn das geärgert, Heut war er dankbar dafür. Er konnte sich ein stolzes Siegerlächeln nicht verkneifen bei dem Gedanken, diesen athletischen Kerl tatsächlich abgehängt zu haben.

Nur leider verdankte er diese Verfolgungsjagd seiner eigenen Dummheit. Sein Fehler war, mit dem Revolver in der Hand loszulaufen. Damit hatte er Panik unter den Menschen ausgelöst, was die drei Verfolger natürlich auf ihn aufmerksam gemacht hatte. Er war ohnehin fast starr vor Erstaunen, als er die Bullen aus dem Saarland in Zweibrücken gesehen hatte. Wie waren sie ihm auf die Spur gekommen?

Da sah er sie.

Der Riesenbulle, neben ihm die Polizistin, und neben ihr der alte Sack. Er richtete seinen Revolver auf und zielte. Die drei plauderten, als befänden sie sich auf einer Shoppingtour. Das ärgerte Matthias. Die würden noch ihr blaues Wunder erleben.

Jetzt musste er strategisch vorgehen. Ein Schuss, mehr Zeit würde ihm nicht bleiben. Also, auf wen sollte er zielen?

Der Alte war das schwächste Glied, dafür der Verstand der Gruppe. Die Frau war das Herz der Gruppe, und der Riesenbulle der Kraftprotz.

Sie kamen immer näher – ahnungslos, unbedarft. Was für ein Glück für Matthias.

Wenn er die Polizistin traf, traf er mitten ins Herz. Damit würde er jede Reaktion zunächst einmal lähmen, weil sich alle besorgt um die Frau scharen würden. Das wäre der geschickteste Schachzug.

Sein Entschluss war gefallen.

Sie kamen immer näher.

Matthias war ein guter Schütze. Als Kind hatte ihn Ingo oft mit in den Schützenverein genommen und mit ihm schießen geübt. So etwas verlernte man nicht.

Er hob seinen Revolver an, richtete ihn auf die dunkelhaarige Frau in der Mitte.

Oh! Was war das? Sie blieben stehen.

Das war sogar noch besser.

Der Zeigefinger krümmte sich.

Matthias konnte sehen, dass der Alte mit seinem Handy telefonierte.

Schön!!!

Jetzt gab die Frau eine perfekte Zielscheibe ab.

Der Revolver lag optimal in seiner Hand. Seine Hand war total ruhig. Alles in ihm war hochkonzentriert und angespannt.

Er sah ihre Brust genau über Kimme und Korn, krümmte den Zeigefinger noch weiter durch.

Der Riesenbulle und die Polizistin lauschten dem Alten, der immer noch in sein Handy redete.

Matthias spürte sein Adrenalin ansteigen.

Jetzt galt es.

Ein Schuss, und er würde sich zwischen den LKWs hindurch schleichen, auf die andere Straßenseite wechseln und bei seiner Tante im Altenheim Unterschlupf suchen.

Niemand würde ihn dort vermuten.

Niemand.

Er hielt die Luft an, um jede unnötige Bewegung zu vermeiden.

Er zielte, er …

… spürte er den Lauf einer Waffe in seinem Genick.

»Polizei! Waffe fallen lassen!«

Kapitel 52

»Was?« Schnurs Augen wurden groß vor Erstaunen. »Lange haben wir ergebnislos gesucht, und jetzt geht es auf einmal so schnell.«

»Sonja Fries ist der Name bei der Befragung herausgerutscht. Nur weil Antonia Welsch versucht hat, den Namen abzustreiten, wusste ich, wonach ich suchen musste.« Anton Grewe grinste stolz.

»Dann spann uns nicht auf die Folter!«

»Vor fünf Jahren meldete der Rechtsanwalt Rudolf Dupré seinen Bruder Alfons Dupré vermisst.«

»Dupré«, grübelte Schnur laut. »Der Name sagt mir etwas.«

»Rudolf Dupré ist Sibylle Kriebigs Anwalt in der Prozesssache *Kriebig gegen Landry* wegen Verletzung des Urheberrechts«, präzisierte Grewe.

»Alfons Dupré ist sein Bruder, sagst du?« Schnur staunte.

Grewe nickte.

»Wie passt der in unsere Ermittlungen?«

»Das erkläre ich dir jetzt: Ich habe herausbekommen, dass Alfons Dupré nach seinem sozialen Abstieg als Obdachloser endete. Er lebte im Ludwigspark, dort, wo Sonja Fries wohnt.«

»Nun wird es interessant.«

»Rudolf Dupré hat seinen Bruder jahrelang verzweifelt gesucht. Er hat sogar einen Privatdetektiv eingeschaltet«, berichtete Grewe weiter. »Aber Alfons ist niemals gefunden worden – weder tot noch lebendig.«

»Wie alt?«

»Achtunddreißig.«

»Und du glaubst, es ist der Tote im Koppelwald?«

Grewe nickte.

»Gibt es etwas, was auf das Skelett in Ormesheim schließen lässt?«

»Er hatte vor Jahren eine Fraktur am linken Oberarm.«

»Das könnte unser Mann sein. Gib mir die Telefonnummer von dem Anwalt!«

Grewe legte seinem Chef einen Notizzettel auf den Tisch, auf dem alle Angaben vermerkt waren, die Schnur benötigte.

»Gute Arbeit«, lobt er seinen Mitarbeiter und überlegte eine Weile, bevor er anfügte: »Wir werden mit dem Anwalt sprechen. Anke, Erik und Norbert sollen sofort zurückkommen, damit sie uns nach Saarlouis begleiten.«

Bernhard betätigte sofort sein Handy. Lange klingelte es durch, ohne dass sich jemand an anderem Ende der Leitung meldete. Schnur schaute erstaunt auf den Kollegen, der nur mit den Schultern zucken konnte. Auch Anton Grewe wurde nervös. Endlich schallte es über den Lautsprecher: »Erik Tenes«.

»Erik, wo steckst du?«, fragte Bernhard. »Warum hebst du nicht ab?«

»Wir sind immer noch in Zweibrücken.«

»Ist Matthias Hobel euch entwischt?«

»Nein! Aber es war verdammt knapp. Er hatte die Waffe von Ingo Landry mitgenommen und damit aus dem Hinterhalt auf Anke gezielt.«

»Was?«, schrien Bernhard Diez, Jürgen Schnur und Anton Grewe wie aus einem Mund.

»Es ist nichts passiert«, beruhigte Erik die Gemüter sofort. »Die Kollegen aus Zweibrücken sind im richtigen Moment eingetroffen und konnten ihm die Waffe abnehmen. Sobald wir hier alle Formalitäten geklärt haben, kommen wir zurück. Denn Matthias Hobel hatte keine Geisel. Er war allein.«

Kullmann, Erik und Anke betraten die Büroräume.

Jürgen Schnur schaute Anke an, deren Gesicht blasser als sonst wirkte. Einem heftigen Impuls folgend nahm er sie in die Arme und drückte sie an sich. »Meine Güte! Du hast uns einen ganz schönen Schrecken eingejagt.«

Anke lachte und fragte: »Wer ist hier mehr erschrocken? Du oder ich?«

Schnur zuckte mit den Schultern und gab zu: »Wir sind nicht nur Arbeitskollegen – wir sind eine Familie!«

Anke spürte, dass ihr diese Worte gut taten. Wärme strömte durch ihren Körper. Verlegen wand sie sich unter dem Blick ihres Vorgesetzten und meinte: »Da wir auch noch Arbeitskollegen sind, schlage ich vor, dass wir uns wieder auf den Fall konzentrieren. Hinterher können wir uns immer noch liebhaben.«

Schnur lachte und erklärte: »Gut erkannt! Immer diensteifrig – so gefällst du mir.« An alle gerichtet befahl er: »Also Leute. Wir brechen auf nach Saarlouis.«

251

»Saarlouis?«, fragte Kullmann erstaunt.

»Rudolf Dupré ist in seiner Anwaltskanzlei nicht zu erreichen – und zu Hause auch nicht. Niemand kann seine Abwesenheit erklären. Es ist also schnelles Handeln erforderlich!«

»Rudolf Dupré?« Kullmann verstand immer noch nicht.

»Sonja Fries hat sich verplappert, als der Name Rudolf Dupré fiel. Der Tote im Koppelwald ist dessen Bruder Alfons Dupré.«

»Du glaubst also, Rudolf Dupré hat Sibylle Kriebig in seiner Gewalt?«, hakte Kullmann nach.

»Ich befürchte es!« Schnur nickte. »Seit wir wissen, wer der Tote im Koppelwald ist und seit wir wissen, dass sie nicht bei Matthias Hobelt war, bleibt uns nur noch diese Erklärung.«

»Mit der Aufdeckung der Identität des Toten hatten die drei Frauen wohl nicht gerechnet«, erkannte Anke, »vermutlich war ihr Plan, jemanden als Leiche in Ormesheim zu platzieren, nach dem niemand sucht.«

»Rudolf Dupré hat die Klage wegen Plagiatsvorwürfen nur angenommen, weil er dringend Geld für seinen Bruder brauchte«, erklärte Schnur, »anfangs dachte er, er könnte Alfons Dupré nach Hause zurückholen und bekehren. Doch dann verschwand der Bruder spurlos. Rudolf Dupré hat die Suche nach ihm niemals aufgegeben. Das wussten die drei Frauen.«

»Wenn sie wirklich Alfons Dupré ermordet haben, grenzt es an Unverfrorenheit, seinem Bruder weiterhin das Mandat zu überlassen«, bemerkte Anton Grewe und schüttelte sich bei dem Gedanken.

»Oder es zeugt von Raffinesse: Damit konnten Sie sich über alle Schritte des Anwalts informieren«, erwiderte Kullmann.

Erik fragte verdutzt: »Warum sagten die Penner im Ludwigspark, Alfons hätte sich verändert?«

»Wie bitte?«, fragte Jürgen Schnur.

»Als ich die Männer im Ludwigspark nach Alfons Dupré gefragt habe, bekam ich die Geschichte aufgetischt, er habe sich verändert.

Schnur schaute Anke an. »Wen haben die Obdachlosen im Ludwigspark gesehen?«

»Alfons Dupré.«

»Das kann nicht sein. Die Identität ist so gut wie sicher. Wie uns Dr. Kehl bereits mitgeteilt hat, stellte er an den Knochen etwas fest, was er Ingo Landry nur bedingt zuordnen konnte«, erklärte Schnur. »Und zwar waren die Knochen so brüchig wie bei einem alten Mann. Aber Ingo Landry war gerade mal vierzig Jahre alt ...«

»Alfons Dupré auch.«

»Lass mich ausreden! Durch die ständige Neubildung von Zellen in den Knochen halten sich unsere Knochen stabil. Für diese Neubildung sind sogenannte Osteoplasten zuständig. Die sorgen für Nachschub, wenn älteres Knochengewebe abgebaut wird, so dass sich Abbau und Aufbau stets im Gleichgewicht halten. Große Mengen an Alkohol blockieren jedoch die Arbeit der Osteoplasten, so dass sich nach und nach Löcher im Knochengewebe bilden und die gesamte Knochenstruktur instabil wird.«

»Bist du unter die Mediziner gegangen?«, fragte Erik erstaunt.

»Der Tote im Koppelwald hatte diese brüchigen Knochen, die Dr. Kehl in seinem Bericht erwähnt hat. Darunter stand die Frage, ob Ingo Landry viel getrunken habe. Wir gingen von normalen Alkoholexzessen aus. Aber wie es aussieht, war der Konchenbefund ein deutlicher Hinweis darauf, dass der Tote mehr als nur gelegentlich gesoffen hat, sondern regelmäßig. Wir haben diesen Hinweis einfach nur falsch gedeutet, weil wir so sicher waren, dass es sich bei dem Toten um Ingo Landry handelt.«

»Wen haben die Penner im Ludwigspark dann gesehen?« überlegte Anke.

Kullmann räusperte sich. Als alle Augen auf ihn gerichtet waren, sprach er seinen Verdacht aus: »Ingo Landry und Alfons Dupré waren sich von der Gestalt, vom Alter und von ihren körperlichen Merkmalen sehr ähnlich.«

»Willst du damit sagen, dass Ingo Landry in die Rolle von Alfons Dupré geschlüpft ist, um von sich selbst abzulenken?« Ankes Staunen wuchs.

»Deshalb klaute er den andern die Schnapspulle«, kombinierte Erik, »Ingo Landry musste sich die Penner auf Abstand halten, sonst wäre der Schwindel aufgefallen.«

»Das ist nur eine Theorie«, mischte sich Schnur ein, »jetzt gilt es zuallererst einmal, den Anwalt zu finden. Wenn er dahinter gekommen ist, welche Rolle seine Mandantin am Tod seines Bruders gespielt hat, wird es für Sibylle Kriebig verdammt gefährlich. Der Mann hat nichts zu verlieren.«

253

Hastig brachen sie auf.

»Wenn Rudolf Dupré wirklich hinter Sibylle Kriebigs Verschwinden steckt, hat er nicht lange gefackelt«, stellte Erik fest. »Ingo Landry wurde erst heute Morgen tot aufgefunden. Er kam schneller als wir dahinter, wer im Wald in Ormesheim gefunden wurde.«

Kapitel 53

Sibylle wollte ihren Ohren nicht trauen. Die Stimme kam ihr schon die ganze Zeit bekannt vor. Nun erst konnte sie sie zuordnen. Sie gehörte eindeutig zu Rudolf Dupré. Wie kam ihr Anwalt dazu, sie zu jagen wie einen Hund?

»Rudolf, was soll das?«, fragte sie bass erstaunt.

»Das fragst du noch?«

»Warum gehst du wie ein Berserker auf mich los?«

»Hör auf mit den Spielchen! Deine Verschlagenheit ist aufgefallen. Oder willst du mir immer noch weismachen, dass das Skelett im Ormesheim Ingo Landry war?«

»Wer denn sonst?« Sibylle spürte, dass etwas geschehen war, was sich ihrer Kenntnis entzog. Das behagte ihr gar nicht.

»Du bist eine Mörderin – Du hast meinen Bruder auf dem Gewissen. Alfons lag die ganze Zeit da oben im Wald. Du hast dich ins Fäustchen gelacht, weil ich ihn verzweifelt gesucht habe – weil ich mich immer an die Hoffnung geklammert habe, dass Alfons noch lebt. Dabei wusstest du die ganze Zeit, dass er dort verscharrt lag wie ein Tier. Dafür wirst du bezahlen!«

Rudolfs Stimme klang bedrohlich. Sibylle konnte nicht nachvollziehen, wie Rudolf dahintergekommen war, wer im Koppelwald bei Ormesheim gelegen hatte. Aber ihre größte Sorge galt der Frage, wie sie aus dieser Falle herauskäme. Langsam und leise schob sie sich seitlich an der kalten, feuchten Mauer entlang, bis sie einen schmalen Lichtspalt erspähte. Das könnte ihre Rettung sein. Nur leider erhellte diese schmale Lichtstreifen den Bunker genügend, damit Rudolf ihren Standpunkt ausmachen konnte.

»Ich sehe dich – ich bin nicht blind.«

Sibylle stieß leise die Luft aus, die sie vor Anspannung angehalten hatte.

»Warum behauptest du, dass dein Bruder in Ormesheim im Wald vergraben wurde?«, fragte sie. »Die anderen Obdachlosen hatten ihn doch noch vor kurzem im Park gesehen.«

»Weil Ingo Landry heute Morgen tot im Kulturpark Reinheim-

Bliesbrück gefunden wurde. Also kann er nicht das Skelett gewesen sein, das die Polizei vor ein paar Wochen in Ormesheim gefunden hat.«

»Was redest du da?« Sibylle stockte der Atem.

»Das wusstest du noch nicht.« Rudolf lachte gehässig. »Ahnungslos bist du mir in die Falle gelaufen.«

Aber Sibylle hörte nicht, was er sagte.

Noch einmal fragte sie: »Wer wurde tot im Kulturpark gefunden?«

»Ingo Landry. Das erstaunt dich, was? Wo du doch dachtest, du wärst aus der Schusslinie, weil das Skelett für Ingo Landry gehalten wurde.«

Sibylle wurde schwindelig. Das hatte gerade noch gefehlt. Ingo Landry war tot? Wie hatte das passieren können? Wer tat so etwas? Sie hatten seine Existenz so geschickt verborgen – die ganzen Jahre. Wer war dahinter gekommen? Dazu fiel ihr nur Matthias Hobelt ein. Sein Verhalten war nicht nur merkwürdig, er hatte sie sogar beschattet. Natürlich! So war er dahinter gekommen. Aber was nützte Matthias Hobelt der Tod seines Freundes Ingo Landry? Sie hatte Mühe, sich auf den Beinen zu halten. Ihre Knie wurden zittrig, ihr Herz schlug wild. Vielleicht spielte Rudolf Dupré nur ein Spiel mit ihr, damit sie sich aufgab. Aber das konnte sie sich nicht vorstellen. Rudolf wusste nicht, in welchem Verhältnis sie zu Ingo Landry stand.

»Du bist so still«, ertönte Duprés Stimme.

»Klar bin ich still. Mir geht es beschissen.«

»Kein Wunder. Du siehst gerade deinem Tod ins Auge – war es bei meinem Bruder genauso?«

»Was soll das Geschwätz von deinem Bruder. Er lebt und säuft sich im Ludwigspark voll. Er wurde doch von den Saufkumpanen gesehen.« Sibylle entfuhr ein Schluchzen.

»Wen die gesehen haben, weiß ich nicht. Jedenfalls nicht meinen Bruder. Er ist der Tote im Koppelwald.«

Stille trat ein, bis Rudolf Dupré weiter sprach: »Ich habe meinen Bruder geliebt. Egal, was aus ihm geworden ist. Aber nun zu hören, dass er tot ist – dass meine ganze Hoffnung all die Jahre umsonst war – das packe ich nicht.«

»Dann geht es dir wie mir.« Sibylle gab auf.

»Willst du mich verarschen? Woher willst du wissen, wie es mir geht?«

»Weil ich genau wie du meinen Bruder verloren habe«, schrie Sibylle, »Ingo Landry war mein Bruder!«

256

Kapitel 54

Sie erreichten Saarlouis, überquerten den Großen Markt, stellten ihre Fahrzeuge gegenüber dem Rathaus ab und eilten in die Adlerstraße zu Rudolf Duprés Kanzlei. Die Sekretärin reagierte auf das Eintreten der Polizeibeamten mit einer hektischen Bewegung. Sie wollte unbemerkt ihre Strickarbeiten in der Schublade verstecken, wobei sie jedoch den dazugehörigen Wollknäuel vergaß. Verräterisch prangte er auf ihrem Schreibtisch, direkt vor dem Computer, der nicht eingeschaltet war.

»Wir suchen Ihren Chef«, erklärte Schnur ihren Überfall.

»Haben Sie einen Termin?«

»Wir brauchen keinen, wir sind von der Polizei.«

»Oh! Sie schon wieder!« Dabei ließ sie ihren Blick über Anke und Erik wandern. »Heute muss ich Sie enttäuschen. Er hat mir telefonisch mitgeteilt, dass er einen Termin außer Haus habe. Heute sei nicht mehr mit ihm zu rechnen.«

»Wo findet der Termin statt?«

»Das hat er nicht gesagt.«

»Mit wem hat er den Termin?«, fragte Schnur ungeduldig weiter.

»Er sprach etwas über eine alte Rechnung, die er begleichen wolle. Damit meint er wohl, dass er Geld eintreiben will«, antwortete die Rechtsanwaltsgehilfin, inzwischen verunsichert über die vielen Fragen.

»Wir müssen Ihren Chef unbedingt finden«, drängte Schnur weiter. »Irgendetwas muss er doch gesagt haben, wo er hingehen will.«

Sie überlegte eine Weile, bis sie mit dem Kopf nickte. Hoffnung keimte auf.

»Er hat merkwürdiges Zeug geredet«, begann sie.

»Und was?«

»So etwas wie: Die Rollenverteilung zwischen Mann und Frau wieder richtig stellen.« Sie sah in erstaunte Gesichter. »Dann sagte er Dinge, die für mich genauso verwirrend klangen. Von einem geschichtsträchtigen Ort, wo er aus etwas Fiktivem etwas Realistisches machen will. Können Sie damit etwas anfangen?«

Schnur schaute fragend Anke an, die tatsächlich verstand, was sich hinter diesen Worten verbarg.

»Die Vauban-Insel!«

»Worauf warten wir noch?«

Kapitel 55

»Das glaube ich dir nicht«, fauchte Rudolf, »niemals hättest du deinen Bruder wegen Plagiatsvorwürfen verklagt.«

»Ich habe erst erfahren, wer er ist, als die Klage eingereicht war.«

»Für wie blöd hältst du mich eigentlich? Jetzt wird es Zeit, dass ich mit dir abrechne.«

»Doch! Glaub mir bitte! Meine Mutter hatte Ingo zur Adoption freigegeben, da war er zwei Jahre alt.«

»Warum sollte sie ein Kind behalten wollen und das andere nicht?«

»Ingos Vater hatte sein ganzes Geld an der Börse verspekuliert. Wir waren total pleite. Anschließend ist er in Selbstmitleid verfallen und hat nur noch gesoffen. Ich kann mich an den Alten gar nicht nüchtern erinnern. Meine Mutter hat keinen anderen Ausweg mehr gewusst.«

»Wie alt warst du, als dein Bruder fortgebracht worden war?«

»Vier!«

»Und all die Jahre hast du von deinem Bruder nichts gewusst?«

»Ganz tief in meinen Innern hatte ich schon immer gespürt, dass es ein Brüderchen gab. So ganz ausgelöscht war er nie in meinem Kopf. Immerhin waren wir zwei Jahre lang zusammen. Aber im Alter von vier Jahren ist das mit dem Gedächtnis so eine Sache. Im Laufe der Jahre wurden die Erinnerungen immer blasser – bis er mir gegenüberstand.«

Sibylle erinnerte sich an ihre erste Begegnung auf ihrer Lesung in Saarlouis. Obwohl er sie kaum angesehen hatte, war ihr, als hätte sie ein Déjà-vu-Erlebnis gehabt.

Dann ihr Zusammentreffen in Duprés Kanzlei. Das war der Moment des Erwachens. Welche Gefühle hatte das Wiedersehen in ihnen ausgelöst! Es war so, als könnten sie fast vierzig verlorene Jahre nachholen.

Und nun? Ein kleiner Hoffnungsschimmer blitzte auf: Musste sie dem Anwalt glauben? War Ingo wirklich tot? Oder versuchte er einfach nur, sie zu quälen? Rudolf schwieg. Dass er noch anwesend war, erkannte Sibylle daran, dass sie seinen schweren Atem hörte. Der Lichtstreifen neben ihr lockte. Sie musste Rudolf verwirren und dann blitzschnell davonlaufen, so war ihr Plan.

»Bei unserem Zusammentreffen in deiner Kanzlei sind meine Erinnerungen schlagartig zurückgekehrt«, berichtete sie.

»Dann wolltest du mich mit der Klage von Anfang an nur benutzen, um die Auflage eurer beiden Bücher in die Höhe zu treiben«, stellte er fest. »Du hast aus Geldgier nicht nur meinen Bruder getötet, sondern auch mit mir dein übles Spiel getrieben.«

»Nein! Das ist nicht wahr! Als ich erfuhr, wer Ingo Landry ist, habe ich die Klage zurückgezogen. Kurze Zeit später war er plötzlich spurlos verschwunden«, improvisierte Sibylle hastig. »Ich dachte, er sei mit dem Geld auf und davon. Er hatte mit seinem Buch von Anfang an richtig Kohle gemacht.«

»Du hältst mich wirklich für blöd«, knurrte Dupré. »Worauf warte ich eigentlich noch?«

»Nein, das verstehst du falsch. Der Gedanke, dass er sich ein schönes Leben machte, gefiel mir besser, als der, dass er seit fünf Jahren im Wald lag.«

»Dort hast du lieber meinen Bruder verscharrt, oder was?«

»Nein! Glaub mir doch …«

»Pah!«, schrie Rudolf plötzlich. »Meine Geduld ist zu Ende. Deine rührseligen Geschichten kannst du anderen auftischen, nicht mir.«

Kapitel 56

Die kleine Vauban-Insel lag gegenüber dem Rot-Kreuz-Krankenhaus. Von dieser Seite gab es nur einen Zugang, den Marschal-Ney-Weg. Dieser Weg wurde von einer Baustelle gesäumt, die unerwartet ehemalige Wallgräben der Vauban-Festung freigelegt hatte. Bei der Vorbereitung des Bodens für das inzwischen eingestellte Wohnungsbauvorhaben *Contregarde Vauban* waren Teile der Mauern, unter anderem der Contrescarpe-Mauer, die den Graben begrenzten, abgetragen worden. Der Bau wurde gestoppt. Stattdessen wurden sämtliche Reste der alten Wasserfestung freigelegt und unter Denkmalschutz gestellt. Eine schmale Brücke führte daran vorbei über den Saaraltarm auf die Insel.

Eine Mannschaft des Sondereinsatzkommandos war schon vor Ort. Sie versammelten sich vor der Brücke. Der Einsatzleiter berichtete Jürgen Schnur, dass die Hälfte seiner Leute auf der anderen Seite der Insel, im Saarlouiser Stadtpark vor der Brücke stand und auf Anweisungen wartete.

»Die Insel ist nicht groß. Wenn sich der Anwalt und Sibylle Kriebig wirklich dort aufhalten, werden sie nicht wegkommen – oder sie müssen schwimmen«, erklärte der Einsatzleiter, »meine Männer haben in Sekundenschnelle alles durchkämmt.«

»Wir dürfen nichts riskieren. Er hält die Frau vermutlich als Geisel. Wir gehen davon aus, dass er von ihrer Schuld am Tod seines Bruders weiß. Da ist zu befürchten, dass er bereit ist, bis zum Äußersten zu gehen«, bremste Schnur den Eifer des Einsatzleiters.

»Ich muss an das Buch von Sibylle Kriebig denken. Darin scheitert eines der Opfer daran, dass es in den kleinen Bunker flüchten will, der durch rostige Gitter versperrt ist«, berichtete Grewe.

Der Einsatzleiter ließ sich die Lage des Verstecks genau beschreiben. Über sein Funkgerät wies er die Männer an, sich über den kleinen grünen Flecken Erde zu verteilen. Der Funkspruch »Das Gitter ist verschoben worden.« versetzte alle in Alarmbereitschaft.

»Gibt es einen zweiten Ausgang?«

»Nein«, kam es zurück.

Die Polizeibeamten folgten dem Einsatzleiter auf die Insel. Gleich am

Eingang passierten sie die Bronzestatue des *Vergessenen Soldaten*. Vor ihnen lag das Herz der Insel, die Überreste der alten Festung Contregarde. Dann folgte ein Bunker, worauf eine große Statue aus Beton thronte. Nur wenige Meter weiter gelangten sie an einen kleinen Bunker, dessen Eingang mit einem rostigen Gitter nur zur Hälfte verhängt war. Dort hatten sich die Männer des Einsatzkommandos versammelt und warteten auf weitere Befehle.

»Es ist jemand drin«, lautete die Information.

»Gut! Gehen Sie hinein und lokalisieren Sie die Personen!«, wies der Einsatzleiter einen der Männer an. Der schwarz gekleidete Polizist huschte an der Absperrung vorbei in die Dunkelheit.

Kapitel 57

Sibylle schwieg jetzt. Ihre Aufmerksamkeit galt nur noch dem Lichtspalt. Dort musste sie hindurchklettern, wenn sie Rudolf Dupré entkommen wollte.

»Denk nicht dran«, hörte sie seine Stimme bedrohlich nahe. »Ich bin schneller als du. Außerdem bin ich stärker. Es wird mir eine Freude sein, die Mörderin meines Bruders eigenhändig zu töten.«

Sibylles Angst wuchs. Sie hatte nicht bemerkt, wie er herangekommen war. Ihre Aufmerksamkeit nur dem Licht zu widmen, war ein Fehler. Ihre Augen gewöhnten sich nur langsam wieder an die Dunkelheit, nachdem sie den Lichtstreifen angestarrt hatte. Er befand sich im Vorteil. Das durfte sie nicht zulassen.

»Wer hat dir gesagt, dass der Tote in Ormesheim dein Bruder ist?«, fragte sie in der Hoffnung, ihn vom Gegenteil zu überzeugen.

»Das braucht mir niemand zu sagen. Ich kann zwei und zwei zusammenzählen.«

»Aber warum sollte dein Bruder ausgerechnet im Mandelbachtal vergraben werden, wo er doch aus Saarlouis kommt?«

»Die Frage habe ich mir auch schon gestellt, und ich habe eine Antwort gefunden.«

»Und die wäre?«

»Ihr hattet von Anfang an den Plan, meinen Bruder dafür zu benutzen, um euer falsches Spiel mit euren Büchern zu spielen. Mit dem geheimnisumwitterten Verschwinden des Autors verkauft sich ein Buch immer gut, egal wie schlecht es ist.«

»Du leidest schon an Verfolgungswahn. Du glaubst allen Ernstes, wir haben deinen Bruder getötet, damit die Auflage unserer Bücher steigt?«

»Genau das! Wer vermisst schon einen alkoholkranken Penner?«

Dem konnte Sibylle nicht widersprechen. In dem Fall hatten sie sich gründlich verrechnet.

»Du hattest ja tatkräftige Hilfe – im Gegensatz zu den Schilderungen in deinem schwachsinnigen Buch. Zusammen mit deinem Gorillaweibchen Antonia Welsch und Sonja Fries, der Hure deines Bruders, konntet ihr problemlos über einen hilflosen kranken Mann herfallen. Drei gegen einen, was seid ihr für Helden! Alfons war für euch nur eine Figur in eurem makabren Spiel.«

Kurz hielt er inne, bis er anfügte: »Aber er war auch ein Mensch.«

Ein leises Scharren schallte durch die Dunkelheit.

»Was ist das?«, fragte Rudolf vor Schreck auffahrend.

»Keine Ahnung!«

Sie lauschten beide nach weiteren Geräuschen – wobei Sibylle darauf hoffte, eines zu hören, während Rudolfs Panik immer größer wurde.

»Wo wir gerade von deinem Mannweib Antonia Welsch reden. Ist sie auf dem Weg hierher?«

»Antonia ist kein Mannweib!«

»Natürlich ist sie das! Sie spielt doch den männlichen Part eurer Lesbensauerei.«

»Die einzige Sau, die mir je begegnet ist, bist du«, konterte Sibylle böse.

»Nimm dir nicht zu viel heraus. Ich mache dich hier drin kalt.«

Wieder hörten sie ein leises Knistern.

»Scheiße! Da ist einer!«

Mit einem Satz sprang er auf Sibylle, packte sie mit beiden Händen am Hals und drückte zu.

Kapitel 58

»Die beiden sind drin«, berichtete der schwarz gekleidete Beamte, als er aus dem Bunker heraustrat.

»Was tun sie?«

»Sie reden.«

»Ist die Frau in Gefahr?«

»Ja! Sie steht mit dem Rücken zur Wand und er dicht vor ihr. Einen Fluchtweg gibt es nicht, außer einem kleinen Lüftungsschacht in der Mauer.«

»Ist er bewaffnet?«

»Ich habe keine Waffe gesehen.«

»Gut! Wir gehen hinein!«

Gerade als der Einsatzleiter seinen Befehl ausgesprochen hatte, hörten sie einen lauten Schrei.

»Wir dürfen keine Zeit verlieren!«

Hastig stürmten die Männer mit Taschenlampen und Waffen ausgerüstet in den Bunker und rannten in das Innere, das aus verschiedenen Gängen bestand. Dort verteilten sie sich. Anke blieb draußen, um das Ergebnis abzuwarten.

Sie kletterte den kleinen mit Hecken bewachsenen Hügel hinauf und ging unter einer dicken Eiche hindurch bis ans Ende der Insel. Dort fiel eine felsige Wand steil hinab in das Wasser des Saaraltarms. Die Luft war kalt, Regen setzte ein. Anke beschloss zurückzukehren. Plötzlich hörte sie einen Schrei. Es klang ganz nah. Erstaunt schaute sie erneut den Abgrund hinunter, konnte aber nichts erkennen. Das Echo des Schreis hallte am anderen Ufer des stillgelegten Flusses wider. Sie bückte sich, um genauer hinsehen zu können.

Kapitel 59

Es gelang Sibylle, sich von den starken Händen zu befreien. Diese Gelegenheit nutzte sie, um einen lauten Hilfeschrei auszustoßen, doch da packte Rudolf wieder zu. In ihrer Verzweiflung strampelte sie wie wild mit den Beinen. Sie spürte, wie ihr schwindelig und die Luft immer knapper wurde. Verzweifelt versuchte sie, ihn mit ihren Füßen zu treffen. Aber das Einzige, was sie noch registrierte war sein hämisches Lachen.

»Alfons ist auch erwürgt worden. Jetzt siehst du mal, wie so ein Tod ist! Qualvoll, nicht wahr?«

Sibylles Lebensgeister schwanden. Immer noch zappelte sie mit ihren Beinen. Aber die Kraft verließ sie.

»Schade, dass du dieses Sterbensgefühl nicht mehr in deinem nächsten Buch niederschreiben kannst«, höhnte Rudolf weiter, »es wäre authentisch – im Gegensatz zu deinem jetzigen Buch, das nur Schwachsinn beinhaltet. Frauen können keine gesunden, starken Männer umbringen – nein, sie vergreifen sich an den Kranken und Schwachen, wie mein Bruder einer war. Er hatte durch seine jahrelange Sauferei keinen Mumm mehr in den Knochen. Ihn zu erwürgen erforderte keine große Kraft.«

Plötzlich traf Sibylle etwas. Sie wusste nicht was. Doch als der harte Griff von Rudolf nachließ, hatte sie die Gewissheit, dass sie ihn getroffen hatte. Sie sah, wie er sich vor Schmerzen krümmte und mit beiden Händen seinen Schritt festhielt. Sie konnte sich sofort denken, welches Körperteil sie getroffen hatte. Zeit für Schadenfreude konnte sie sich nicht leisten. Schnell kletterte sie in den schmalen Spalt. Er führte nach draußen, so viel war klar. Nur, wo sie landen würde, wusste sie nicht. Das war ihr egal, Hauptsache weg hier. Der Spalt war eng, sie kam langsamer vom Fleck, als sie sich das wünschte. Endlich gelangte sie mit dem Kopf an die frische Luft. Schon spürte sie festen Druck an ihren Füßen.

»Scheiße!«, murmelte sie.

Nur wenige Zentimeter von der Freiheit entfernt war es ihm doch tatsächlich gelungen, sie wieder zu packen. Sollte sie weiterkämpfen oder

sich ins Innere des Bunkers zurückziehen lassen? Mit letzter Kraft wand
sie sich in der Felsspalte, der Verzweiflung nahe. Es ging um Leben und
Tod. Gab sie auf, würde er sie erwürgen. Kämpfte sie weiter, konnte sie
vielleicht durch den Felsspalt in die Freiheit gelangen.

»Wir haben sie«, ertönte es durchs Funkgerät.

»Ist die Geisel unverletzt?«

»Sie steckt in einer Mauerspalte.«

»Holt Sie zurück!«

»Zu spät!«

»Was heißt zu spät?«, schrie der Einsatzleiter.

Anke erhob sich, wollte dem Einsatzleiter von dem Schrei berichten.
Plötzlich hörte sie ein deutliches »Scheiße« aus der Mauer ächzen. Seltsam. Sie schaute wieder hinunter und sah, wie etwas Rundes aus der
Mauer gekrochen kam. Sie konnte nichts Genaues erkennen. Alles war
dreckverkrustet, das Etwas hatte die Farbe der Mauer angenommen.
Es schob sich weiter heraus. Jetzt war sich Anke sicher, einen menschlichen Kopf zu sehen. Dann fuhren graue Arme aus der Steinwand und
suchten nach imaginären Haltegriffen. Ein Oberkörper schob sich hinterher und verrenkte sich in alle Richtungen. Erst bei genauem Hinsehen erkannte Anke in der Gestalt eine Frau. Das konnte nur Sibylle
Kriebig sein. Sie ragte aus der Wand heraus, wand sich wie ein Aal, der
feststeckte.

Verzweifelt schaute sich Anke um, sah jedoch sofort, dass niemand
außer ihr diese Szene beobachtete. Aber sie konnte nichts tun. Sie stand
vier Meter über dem dramatischen Schauspiel, das Sibylle Kriebig bot.
Darunter lag in einer Tiefe von zehn Metern die Saar. Wie Tentakel im
Zeitlupentempo bewegten sich die Arme und der Oberkörper der jungen Frau, deren untere Hälfte von den Mauern verschluckt war. Dabei
schrie sie, dass es Anke durch Mark und Bein ging. Sie wand sich mit
schwerfälligen Bewegungen, stieß sich mit beiden Händen an der Wand
ab, womit sie sich befreien wollte. Was sie festhielt, konnte Anke von
ihrem Standpunkt aus nicht sehen.

Plötzlich ging ein Ruck durch den Körper, der aus der Mauer heraus-
ragte. Sibylle Kriebig war es gelungen, sich zu befreien und vollständig
aus dem Spalt zu herauszukommen. Schreiend stürzte sie in die Tiefe.

Laut aufklatschend landete sie im Wasser. Gleichzeitig ertönte die Stimme des Einsatzleiters: »Was heißt zu spät?«

Schnell sprang Anke von dem Hügel herunter und rief: »Sibylle Kriebig ist ins Wasser gefallen.«

»Also los! Was steht ihr hier noch herum?«, reagierte der Einsatzleiter prompt. Fast gleichzeitig kamen von allen Seiten die Kollegen des Einsatzkommandos, Polizisten, Sanitäter und Krankenwagen. Ein ganz in schwarzes Neopren gekleideter Mann sprang in die trübe Brühe und zog Sibylle auf der Seite, die zum Stadtpark führte, ans Ufer. Sibylle Kriebig wurde auf eine Trage gelegt und abtransportiert. Die Sanitäter gaben von ihrem Ufer aus ein Zeichen, dass alles in Ordnung war. Auf der anderen Seite führten die schwarz gekleideten Beamten den Rechtsanwalt Dupré in Handschellen aus dem Bunker.

Kapitel 60

Jürgen Schnur, Anke Deister und Erik Tenes betraten das Rot-Kreuz-Krankenhaus. Norbert Kullmann begleitete sie. Nun galt es für sie zu ermitteln, warum Sibylle Kriebig den Bruder ihres Anwaltes getötet hatte. Alle Vermutungen und Überlegungen führten zu keinem Ergebnis. Ohne die Aussage der Verdächtigen würden sie nicht hinter das Motiv kommen.

Die Patientin saß auf ihrem Krankenbett. Ihr Gesicht war voller Schrammen, ihr Hals wurde von einem Bluterguss eingerahmt, der von Rudolf Duprés Versuch, sie zu erwürgen, herrührte. Aber sonst war sie unversehrt. Ihre Augen funkelten boshaft, als sie die vielen Beamten eintreten sah.

»Haben Sie nicht schon genug angerichtet?«

»Die Frage sollte ich Ihnen stellen und nicht umgekehrt«, konterte Anke giftig.

»Immer mit der Ruhe«, funkte Jürgen Schnur dazwischen, »warum haben Sie Alfons Dupré getötet?«

Sibylle Kriebig schaute ihn eine Weile an, richtete langsam ihren Blick zum Fenster und sagte: »Ich habe diesen Penner nicht getötet.«

»Aber er wurde erwürgt und im Wald verscharrt. Selbstmord ist das nicht.«

»Keine Ahnung, wer ihn getötet hat. Ich jedenfalls nicht.«

»Warum ist sein Bruder Rudolf felsenfest davon überzeugt, dass Sie es waren?«

Sibylle Kriebig antwortete nicht. Kullmann trat auf sie zu: »Ingo Landrys Verschwinden und Alfons Duprés Tod fanden zum gleichen Zeitpunkt statt. Zur gleichen Zeit landeten Ihr Buch und das von Ingo Landry auf den Bestsellerlisten.«

Sibylle schaute Kullmann lange an. Ihre Augen waren rot gerändert, ihre Wangen eingefallen.

»War Ihr Plan, Alfons Dupré – einen Penner, den niemand vermissen würde – zu töten, und seine Leiche als Ingo Landry auszugeben?«

Alle hielten die Luft an vor Anspannung.

»Ich hatte die Klage wegen Verstoßes gegen das Urheberrecht eingereicht«, begann Sibylle tatsächlich zu sprechen, »erst als ich dem Beklagten Auge in Auge gegenüberstand, erkannte ich in ihm meinen Bruder. Ich überlegte, die Klage zurückzuziehen, aber Ingo hatte eine bessere Idee. Ich sollte die Klage aufrechterhalten, kein Wort darüber verlieren, dass wir Geschwister sind und sein Verschwinden arrangieren. Die Idee war super, die Bücher wurden zum Hit.«

»Warum nicht ein neues Buch schreiben?«

»Dazu fehlte ihm die Fantasie«, murrte Sibylle. »Er hat zugegeben, dass er die Idee von meinem Buch geklaut hatte. Das konnte er sich nicht nochmal leisten.«

»Aber alles, was Sie veranstaltet haben, um viel Geld aus den Büchern herauszuschlagen, wäre schon genügend Stoff gewesen!« Kullmann schüttelte verständnislos den Kopf.

»Er fand es besser, den Verkauf seines Buches durch sein mysteriöses Verschwinden in die Höhe zu treiben. Geld verdienen, ohne einen Finger zu rühren, das war sein Ding.«

»Warum ist Ihr Bruder nicht fortgegangen, so wie er es geplant hatte?«

»Sein Plan war, Sonja Fries mitzunehmen. Aber Sonja war plötzlich nicht mehr bereit, aus dem schönen Haus auszuziehen, das sie sich in den Ludwigspark hatte bauen lassen. Sie haben es ja selbst gesehen – ein Traumhaus.«

»Also ist Ingo Landry das Risiko eingegangen, hier in Saarlouis zu bleiben?« Kullmann stutzte.

»Ursprünglich wollte er verschwinden. Doch dabei hat er einen Unfall mit seinem Jaguar gebaut. Ist in der Dunkelheit in eine Baustelle gerast. Das hat ihn so schockiert, dass er seine Pläne schnell wieder geändert hat. Eine Weile ist er im Haus in Ormesheim geblieben. Dort hatten wir uns regelmäßig getroffen und unsere Pläne geschmiedet, bis Sonja in ihrem Haus einige Zimmer eingerichtet hatte, die niemals entdeckt würden. In Ormesheim war es zu gefährlich geworden, denn die Nachbarn hingen immer eifrig an den Fenstern.«

»Wie passte Alfons Dupré ins Spiel?«, fragte nun Schnur.

»Sonjas Haus steht im Ludwigspark, wo sich die Penner aufhalten. Auch Alfons Dupré. Er hat Ingo Landry in das Haus gehen sehen, nachdem er angeblich verschwunden war, die Zeitungen voll davon standen und die Bücher sich gut verkauften. Er war nicht dumm. Er wollte Ingo erpressen.« Nun bekam alles einen Sinn. »Daraufhin hat Ingo sich mit ihm in der Nacht verabredet, weil zu der Zeit der Park menschenleer ist. Sie gerieten in Streit, er schüttelte und würgte ihn, bis Alfons plötzlich tot umfiel«, sprach Sibylle weiter. »Er wollte ihn nicht abmurksen. Aber so ein Penner ist doch schon zu Lebzeiten halbtot. Das hatte Ingo nicht bedacht.«

»Das rechtfertigt noch lange nicht, ihn zu töten«, stellte Schnur klar. Sibylle warf ihm einen trotzigen Blick zu. »Außerdem haben Sie ihn nicht nur vergraben, sondern seine Leiche auch noch unkenntlich gemacht«, Nervös schaukelte sie auf dem Bett hin und her. »Und warum ausgerechnet im Ormesheimer Wald?«

Sibylle sagte immer noch nichts.

Schnur gab an ihrer Stelle die Antwort: »Weil durch das Auffinden einer männlichen Leiche in Ormesheim sofort der Verdacht aufkam, dass es sich um Ingo Landry handelt! Ist es so?«

»Und wenn?«, trotzte Sibylle, »was ändert das?«

»Eine ganze Menge. Das nennt man Vorsatz. Hätten Sie den Todesfall gemeldet und zugegeben, zu hart mit Alfons Dupré umgesprungen zu sein, hätte die Polizei den Fall als Unfall deklariert.«

»Scheiße«, fluchte Sibylle, »das weiß ich auch.«

»Aber ihre Idee galt mehr dem Geld als der Justiz.« Sibylle schluckte schwer.

»Umso besser, als das Skelett fünf Jahre später endlich gefunden wurde«, sprach Schnur weiter. »Die Bücher waren in Vergessenheit geraten, das Geld bestimmt auch schon knapp. Oder?« Schweigen.

»Wie lange stand ihr Plan schon fest, aus dem Leichenfund ein erneutes Geschäft mit den Büchern zu machen? Schon, als Sie ihn vergraben haben? Oder haben Sie den Plan erst geschmiedet, als er gefunden wurde?«

»Das war nicht so kaltblütig, wie Sie das hinstellen«, protestierte Sibylle, »als wir erfuhren, dass dort oben ein Skelett gefunden worden war, mussten wir uns erstmal absichern, ob es sich wirklich um unseren Mann handelte.«

Anke erinnerte sich an die vielen Lichtkegel, die sie von Rondos Pferdebox aus beobachtet hatte. Wie gut, dass sie auf Kullmanns Rat gehört und nicht nachgeschaut hatte, wer sich dort herumschlich. Der ehemalige Chef schaute sie vielsagend an. Er dachte wohl gerade das Gleiche.

»Als Sie feststellten, dass es Alfons Dupré war, was taten Sie dann?«

»Nichts! Nur abwarten«, gestand Sibylle, »wir waren nicht im Geringsten überrascht, als die Polizei bei uns auftauchte und erzählte, Ingo Landry sei der Tote vom Koppelwald in Ormesheim.«

»Ihr Plan wäre fast aufgegangen«, erkannte Anke kopfschüttelnd, »die Fundstücke zu Alfons Duprés Leiche zu platzieren, war natürlich geschickt. Die ließen auf Ihren Bruder schließen. Der Schlüssel, die Gürtelschnalle, der Backenzahn. Als gelernte Zahnarzthelferin war es für Sie kein Problem, ihrem Bruder einen Backenzahn zu ziehen, der auf seine Identität hinwies. Und als Krimiautorin wussten Sie genau, welches Untersuchungsmaterial für die Irreführung nötig war.«

Sibylle fiel in heftige Weinkrämpfe. Ihr ganzer Körper schüttelte sich, Tränen liefen ihr die Wangen hinunter, sie krümmte sich zu einem Häufchen Elend zusammen. Die Polizeibeamten warteten, bis sie sich beruhigt hatte.

Kullmann nahm das Gespräch wieder auf. »Ist Ingo Landry zeitweise in die Rolle des Obdachlosen Alfons Dupré geschlüpft?«

Sibylle nickte.

»Leider hat keiner von Ihnen die hartnäckige Suche von Rudolf Dupré nach seinem Bruder mit einkalkuliert. Alles hätte so schön klappen können«, fügte er an.

»Es war auch alles perfekt. Wir hatten alles im Griff. Und dann kommt dieser Spinner und tötet meinen Bruder.«

»Sie meinen Matthias Hobelt?«

»Wen denn sonst?«

»Ingo Landry hat ihn betrogen«, belehrte Kullmann. »Das hätte er nicht tun sollen. Aber irgendeinen Fehler macht jeder.«

Epilog

Sie verließen das Krankenhaus, traten hinaus in die Dunkelheit und steuerten den Dienstwagen an. Erik übernahm das Steuer. Seiner fehlenden Ortskenntnis verdankten sie es, plötzlich mitten in Saarlouis in einem Stau zu landen. Sie versuchten die Ursache des Staus herauszufinden. Vor ihnen zogen viele bunte Lichter wackelig ihre Bahnen.

»D'r hellije Zinter Mätes, dat wor ne jode Mann«, sprach Erik.

Sie horchten amüsiert auf. »Dä jof de Kinder Kääzcher un stoch se selver an.«

»Klasse«, grinste Anke. »Und wie geht's weiter?«

»D'r hellije Zinter Mätes, dä kütt och hück zo uns, dröm jo'mer met de Fackele, et freut sich Klein un Jruss.« Die Insassen im Wagen klatschten Beifall. Erik lachte laut auf.

»In Saarbrücken ist erst in einer Woche der Martinsumzug«, erzählte Anke, »Lisa freut sich schon. Martha hat ihr zu dem Anlass eine schöne Laterne gebaut.«

»Ist Lisa wieder gesund?«, fragte Erik.

»Ja und wie«, kam es von Kullmann. »Lisa hält gleich zwei Haushalte auf Trab – unseren und Ankes.«

»Das höre ich gern.« Erik fixierte Anke im Rückspiegel und zwinkerte ihr schelmisch zu.

Der Stau löste sich auf. Die Fahrt ging jetzt zügig weiter. Sie erreichten den Parkplatz der Kriminalpolizeiinspektion.

Bevor sie ausstiegen, sagte Schnur: »Ihr braucht nicht mehr ins Büro zu gehen. Am besten fahrt ihr alle gleich nach Hause und freut euch über den Abschluss unseres Falles.« Erstaunte Blicke trafen ihn. Zögerlich rückte er mit einer Erklärung heraus: »Bernhard ist nicht mehr da. In dem Fall hat sich Forseti durchgesetzt. Ich konnte ihm leider nicht helfen«, er sah nur in betroffene Gesichter, »was nützt es euch, sein leer geräumtes Büro zu sehen?«

— ENDE —

Elke Schwab im Conte-Verlag

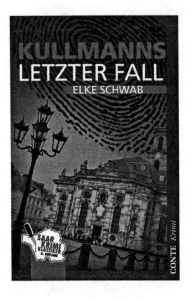

Elke Schwab
Kullmanns letzter Fall
Ein Saarlandkrimi

355 Seiten
ISBN 978-3-936950-71-7
11,90 €

Der unaufgeklärte Fenstersturz Luise Spenglers sollte eigentlich Kullmanns letzter Fall vor dem Ruhestand sein. Doch ein Polizistenmörder macht seiner Regie einen Strich durch die Rechnung. Der Polizist Nimmsgern wird am Schwarzenberg erschossen. Darauf ein weiterer Kollege. Auf der Dienststelle geht die Angst um. Die schlechte Stimmung belastet die Arbeit. Kullmann scheint die Fäden der Ermittlung aus den Händen zu verlieren. Sogar seine engste Mitarbeiterin, die Pferdeliebhaberin Anke Deister verliert das Vertrauen. Erkennt er die Gefahr noch rechtzeitig, in der seine Mitarbeiter und er schweben?

Wegen der authentisch geschilderten Tatorte fühlt der Leser sich direkt heimisch, ohne durch aufdringliches Lokalkolorit genervt zu werden. Und nicht-saarländische Krimi-Fans dürfen sich über die sorgfältigen Charakterstudien und die gründlich ausgeleuchtete Motivation freuen. Elke Schwab ist auf dem besten Weg, ihren Ruf als saarländische Jacqueline Berndorff zu festigen.
Saarbrücker Zeitung

Elke Schwab im Conte Verlag

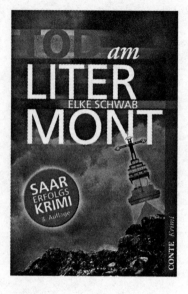

Elke Schwab
Tod am Litermont

278 Seiten
ISBN 978-3-936950-74-8
12,90 €

Die Entdeckung der Leichen zweier Frauen erschüttert das Saarland: Die eine wurde erhängt auf dem Dachboden ihres Hauses in Diefflen gefunden. Die andere kam offenbar bei einem Sturz am Berg Litermont bei Nalbach zu Tode. Kriminalkommissarin Anke Deister steht vor Fragen: Wurden die Frauen Opfer eines Killers? Stehen die beiden Fälle überhaupt in einem Zusammenhang? Oder handelt es sich bei beiden um tragische Selbstmorde? Als herauskommt, dass die Tochter eines der Opfer vor elf Jahren entführt worden war, wirft das ein völlig neues Licht auf den Fall. Der Kommissar, der den Fall von damals leitete, muss herangezogen werden. Und das ist kein anderer als der längst pensionierte Norbert Kullmann.

Eine packende Mischung aus Lokalkolorit und Kriminalgeschichte. Wochenspiegel

Virtuos Saarbrücker Zeitung

Elke Schwab im Conte Verlag

Elke Schwab
Hetzjagd am grünen See

296 Seiten
ISBN 978-3-936950-95-3
12,90 €

Die enthauptete Leiche liegt mitten im Forstrevier von Harald Steiner auf dem Limberg. Ursprünglich wollte der ehemalige Leiter eines SEK als Waldhüter von seinem letzten, auf tragische Weise misslungenen Einsatz Abstand gewinnen. Doch die Vergangenheit verfolgt ihn bis in die Tiefen des dichten Dschungels von Wallerfangen: Der Tote war in Steiners letztem Fall ein wichtiger Zeuge. Deshalb hält Hauptkommissar Jürgen Schnur seinen ehemaligen Kollegen für verdächtig. Für Steiner beginnt der Kampf gegen einen unheimlichen Mörder, der mit weiteren Bluttaten den großen Wald zu seinem Spielplatz und ihn selbst zur Marionette macht. Was dann ans Tageslicht kommt, übertrifft alles Erwartete.

Elke Schwab, in einer Jägerfamilie aufgewachsen, lässt ihre Leser in gewohnt spannender Weise erschauern. Brillant recherchiert und mit viel Lokalkolorit erzählt, lässt der Thriller zugleich Raum zum Schmunzeln über die Menschen rund um den Limberg, auch wenn man nicht in der Region lebt.

Weitere Krimis im Conte Verlag

Lilo Beil *Gottes Mühlen*
Kommissar Gontards erster Fall
184 Seiten, ISBN 978-3-936950-49-6, 9,90 €

Lilo Beil *Das Licht unterm Scheffel*
Kommissar Gontards zweiter Fall
178 Seiten, ISBN 978-3-936950-72-4, 9,90 €

Lilo Beil *Die schlafenden Hunde*
Kommissar Gontards dritter Fall
188 Seiten, ISBN 978-3-936950-87-8, 9,90 €

JuttaStina Strauss *Koks und Kosakenkaffee*
Guzzos erster Fall
286 Seiten, ISBN 978-3-936950-54-0, 13,90 €

JuttaStina Strauss *Mis en Vosges*
Guzzo in Lothringen
290 Seiten, ISBN 978-3-936950-80-9, 13,90 €

Dieter Paul Rudolph *Arme Leute*
210 Seiten, ISBN 978-3-941657-06-9, 12,90 €

Barbara Mansion *Mörderische Wallfahrt*
Mittelalterkrimi von der Saar
204 Seiten, ISBN 978-3-936950-59-5, 9,90 €

Markus Walther (Hrsg.) *Letzte Grüße von der Saar*
Krimi-Anthologie
244 Seiten, ISBN 978-3-936950-68-7, 12,90 €

Weitere Krimis im Conte Verlag

Lisa Huth, Karin Mayer (Hrsg.) *Mord vor Ort*
Das Krimibuch zum Treffpunkt Ü-Wagen
230 Seiten, ISBN 978-3-941657-02-1, 12,90 €

Stefan Hüfner *Der Tote von Dresden*
184 Seiten, ISBN 978-3-936950-13-7, 9,90 €

Kerstin Rech *Schenselo*
188 Seiten, ISBN 978-3-936950-60-1, 9,90 €

Kerstin Rech *Hotel Excelsior*
232 Seiten, ISBN 978-3-936950-77-9, 11,90 €

Jean Amila *Mond über Omaha*
Reihe Amila 1
214 Seiten, ISBN 978-3-936950-33-5, 10,00 €

Jean Amila *Mitleid mit den Ratten*
Reihe Amila 2
212 Seiten, ISBN 978-3-936950-43-4, 10,00 €

Jean Amila *Bis nichts mehr geht*
Reihe Amila 3
220 Seiten, ISBN 978-3-936950-53-3, 10,00 €

Jean Amila *Motus!*
Reihe Amila 4
180 Seiten, ISBN 978-3-936950-79-3, 10,00 €

Jean Amila *Die Abreibung*
Reihe Amila 5
190 Seiten, ISBN 978-3-936950-96-0, 10,00 €

Besuchen Sie uns im Internet:
www.conte-verlag.de